世にも恐ろしい幽霊体験

ナムコ・ナンジャタウン「あなたの隣の怖い話コンテスト」事務局 編

はじめに

　ナムコ・ナンジャタウン主催の「あなたの隣の怖い話コンテスト」がまた一冊の本になりました。毎回のように、実体験に基づいた身の毛もよだつような怖い話が数多く寄せられていますが、今回も信じられないような話が満載です。

　日常生活のなかで突然に起こった不気味な現象の数々を、選考委員も身を硬くしながら、読み進んだものです。

　すべてのことが科学的に証明でき、あらゆる情報を簡単に集めることができるというこの時代でも、人知では図り知ることのできない不思議なことが、こんなにたくさんあるのだと、あらためて感じました。

　とくに、いまや生活から切り離すことのできないパソコンや携帯電話にまつわる恐怖体験も多く、それは誰にでも起こる可能性を秘めているというところに言い知れない恐ろしさを覚えます。もしも、今夜、自分の部屋のプリンターから予期せぬものが吐き出されてきたら……と想像してみてください。

もしかしたら、鳴るはずのない携帯電話が悲鳴をあげるように鳴りつづけることがあるかもしれません。

霊は、山奥や荒れ果てた廃屋、心霊スポットと呼ばれるようなところだけに潜んでいるのではないのです。そして、それは誰の前に現われても不思議はない、まさにあなたの隣で起こった怖い話なのです。

また、今回の応募作品のなかには、偶然遭遇してしまったというのではなく、自分自身が招いてしまった……という恐ろしい話もありました。この「あなたの隣の怖い話コンテスト」に応募するため、なんとか臨場感のある文章にしようと、真夜中にある池に行ったことがきっかけとなり、「自分自身が霊を生み出してしまった」というものです。

あるいは、「死んでしまいたい」と思うあまり、別の世界からのものを呼び寄せてしまった……という人もいます。

それらは、どこかでその人自身が望んで招いてしまったものかもしれませんが、「本当は霊などいない、信じはしない」という心の隙間に、いつの間にかスルリと入ってくるものの恐怖を感じます。

そのような話に触れると、目に見えないからといって、バカにしたり、軽く考えたりしてはいけないと痛感しました。恐怖の体験は他人事ではなく、誰にでも起こりうるものなのです。

本書をお読みになる方も、心の隙間につけこまれないよう、気をつけてください。

この本を手にしたあと、窓ガラスに何かが映ってはいませんか？　鏡のなかは大丈夫でしょうか？

別の世界につながる歪んだ空間は、たったいま、あなたの隣にポッカリと口を開けているかもしれません。


ナムコ・ナンジャタウン「あなたの隣の怖い話コンテスト」事務局

今回も、恐怖体験談の人名、団体名などはプライバシーに考慮し、すべて仮名にさせていただきました。

※「怖い話」の募集は、現在は行なっておりません。
※「ナムコ・ナンジャタウン」はリニューアルのため「ナンジャタウン」に名称変更となっております。

目次

第一章　究極の怖い話

第二章　血も凍る恐怖スポット

第三章　日常を切り裂く歪んだ空間

第四章　恐怖に誘う不思議な話

第五章 怨霊が潜む魔界への扉

本文イラスト……日野浦 剛

第一章　究極の怖い話

「かんきせん……から……入ろう」――森田寛子（三十七歳）

私は参考書をパタンと閉じて、壁にかかった時計を見ました。

時計の針はピタリと午後十時を指しています。

「いくらなんでも、遅すぎる……」

私は部屋のなかにポツンと坐りながら、つぶやきました。

そこは、親戚の夫婦が暮らしている木造の古い一軒家でした。

当時、私は東京の大学を受験するために、一晩泊めてもらうことになり、上京したのです。ところが、来るはずの迎えはなく、電話もつながらず、念のためにと送ってもらっていた合鍵を使って家に入ったのは、まだ明るい時間でした。

親戚のおじさんおばさんは子供がいないせいか、小さいころから私のことをとてもかわいがってくれました。東京の大学を受験することに反対だった両親を説得してくれたのもふたりでした。

そんなことを思い起こしながら、何度も時計を見あげました。おじさんの家に着いてから、もう四時間近く経っています。私は心細さとひもじさで泣きそうになりながら、こたつに入ったまま、いつの間にか眠っていました。

どのくらい経ったかわかりませんが、

「トン……トン……」

かすかにドアをたたく音が聞こえました。

「帰ってきた！」

私は飛び起きて、玄関に走りました。

「おばさん？」

ドアの鍵に手を伸ばしながら声をかけましたが、返事はありません。ただ、「トン……トン……」という音は変わらずに続いています。

私はドアロックを外そうとした手を止めました。もし、見知らぬ人だったらと思い、躊躇したのです。そして、覗き穴から確認してみました。

そこに立っていたのは、まぎれもないおじさんとおばさんです。

「おかえりなさい」

急いで鍵を開けようとしましたが、ふと、私は動きを止めました。

何か……変なのです。

それが何なのか、とっさにはわからず、私はもう一度そっと覗き穴に顔を近づけました。

ふたりは、そこに立っています。

でも、やっぱり何かを感じました。ゾワッとするような違和感があります。

そして、あることにやっと気がつきました。

……濡れているのです。その日は雲ひとつない穏やかな日だったというのに、ふたりともびっしょり濡れ、髪からもコートからも水がポタポタと落ちていました。

何よりも奇妙だったのは、そんなに濡れているのに、ふたりが平然と立っていることでした。額に流れるしずくを拭おうともしていません。

「……ちゃん、入れて……」

ドアの向こうから、おばさんのか細い声が聞こえてきました。

それはたしかにおばさんの声でしたが、どこか調子が外れていて、服を着たまま、水に浸かっているような、なんともいえない気持ちの悪さを感じました。

背筋を冷たいものがゾクッと駆けあがってきます。

〈落ち着いて……。もしかしたら、川にでも落ちたのかもしれない……〉

自分にそう言い聞かせながら、もう一度きちんと確認しようと、私はレンズ越しに目を凝らしました。

すると、突然、おばさんは私が覗くレンズにグイッと顔を近づけてきたのです。おばさんの見開かれた大きな目がすぐ目の前に迫ってきました。

その目は、真っ赤に塗られていました。

〈……血だ！〉

私は反射的にドアから飛び退いて、手で口を覆いました。

川に落ちたりしたんじゃない……。滴(したた)っているのは血だったのです。

早く入れてあげなければという気持ちと同時に、めまいがするような恐怖が襲ってきました。

大怪我をしているのに、ふたりはどうして平気そうな顔をして突っ立っているのでしょう？

「ルルルルルル……」

そのとき、携帯電話の軽快なメロディが鳴り響きました。

心臓が鷲摑(わしづか)みにされたほど驚き、あわてて携帯電話をとりだした私の耳に、取り乱したような母の声が流れてきます。

「もしもし、寛子？　いまね、東京の病院から電話があったの。おじさんとおばさんが交通事故にあって、ふたりとも病院に運ばれたけど、たったいま息を引き取ったって。お母さんたち、明日の朝、すぐにそっちに向かうから……」

取り乱した母の声を最後まで聞かず、私は手にした携帯電話を落としてしまいました。携帯電話は「カシャン」と派手な音をたてて、玄関の土間にぶつかり、その衝撃でバッテリーが外れてしまいました。

〈おじさんとおばさんが死んだ？　じゃあ、ドアの前に立っているのは……誰？〉

混乱した頭で考えても、答えはひとつも見つかりません。

「……ヒロコ……ちゃん……入れて……」

呂律（ろれつ）のまわらないような声がふたたび、聞こえました。

私は震える手で携帯電話を拾い、必死でバッテリーを装着しようとしました。とにかく誰かに連絡しなければ、と思ったのです。

しかし、焦れば焦るほど、バッテリーはうまくはまってくれません。

そのとき、今度はおじさんがポツリとつぶやきました。

「……かんきせん……かんきせんから……入ろう」

「……そうね」

私は耳を疑いました。

〈入れるわけないじゃない！　人間が換気扇から入れるわけがない！〉

心のなかで叫びながらも、私は換気扇を見て後ずさりしました。

「ガタッ……」

玄関の隣にある台所の窓の外から、物音がしました。

「ヒイッ……」

私は息を吸いこみ、声にならない声をあげました。

目の前の古びた換気扇……羽根がかすかに動きました。

「ガタガタ……ガタ……」

無理やり換気扇をこじ開けてでもいるようなその音に、私は両手で耳を塞ぎました。

「いや！　やめて！」

しかし、物音はどんどん大きくなってきます。

〈こんなの、ありえない！　嘘だ！　嘘だ！　嘘だ！　嘘だ！　嘘だ！〉

と、つぎの瞬間、ふいに音がやみました。

〈……消えた？〉

私は恐る恐る換気扇を見上げました。

そして、そのとき、はっきりと見たのです。薄暗い換気扇の隙間から覗く四つの目を

……！

私は、そのまま気を失っていきました。

翌朝、台所に倒れていた私を揺り起こしたのは、母でした。

その前の晩に起こったことは、どんなに説明しても信じてもらえませんでした。

だから、換気扇の油で汚れた羽根についていた赤黒い手形のことは、とうとう話すことができませんでした。

「これから、そっちへ行きます」――近藤美咲（二十歳）

そのプリンターは中古のパソコンショップで購入したものでした。オフホワイトで、そんなに古くは見えませんでしたが、ただ一カ所だけ汚れていました。プリンターの背面に黒く粘っこいインクのようなものがこびりついていたのです。その汚れだけが少し気になったものの、ほかには何の問題もなさそうでした。

法学部に在籍する私は、裁判の記録を集めるためにどうしてもプリンターが必要だったので、あまり迷うこともなく、買ってしまったのです……。

その日の夜中、パソコンにプリンターを接続すると、さっそくインターネット上のページをプリントしはじめました。

「ジイ……ジイ……ジイ……」

プリンターは正常に動きはじめ、印字された紙がゆっくりと吐き出されてきます。印刷しようとしていたページは全部で五枚です。

印刷は順調に進みました。

〈中古でも、立派なものじゃない……〉

そう思いながら、五枚めのプリントを手に取り、プリンターの電源を切ろうとしたときです。

「ジイ……」

セットされた真新しい紙がわずかに動きました。そして、プリンターに吸いこまれていきます。

最後の五枚めを印刷し終わったのに、何が起こったのだろう……。

「ジイ……ジイ……ジイ……」

排出口から少しずつ紙が出てきます。

それまでに印刷した資料用のページとは何かが違っていました。なんといったらいいでしょうか、まるで、何かが這い出てくるかのような、プリンターのなかから何かを引きずってきているかのような、いやな音でした。深夜のたったひとりの部屋に、印刷している音だけが響きわたります。

私は得体の知れない強い力に縛られてでもいるかのように、プリンターから目を離すことができませんでした。

ようやくプリンターから一枚の紙がぺろりと吐き出され、印刷されるはずのない六枚めの紙が私の足もとにこぼれ落ちました。恐る恐る、それを手に取った私は、

「うわっ！」

と声をあげ、紙を投げ捨てました。

そこには、霧吹きで吹きつけられたような黒いインクの染みが一面に飛び散っていたのです。

〈どうしよう。気持ち悪いな、このプリンター……〉

しばらくのあいだ、プリンターを前に逡巡しましたが、その夜のうちにどうしても資料を集めておかなければ、翌日の授業に間に合いません。

気を取り直して、パソコンに向かいました。

必要資料をネットから探し出すのは、そんなにたいへんではありませんでした。

「七ページ分……」

確かめるように声に出してつぶやき、プリントアウトをクリックしました。

「ジイ……ジイ……ジイ……ジイ……」

一枚ずつ、きれいに印刷されて出てきました。最後の七枚めまで終わり、少し身体を硬くしていると、

「ジイ……」

また、動きはじめたのです。

まさかと思って凍りついている私の目の前に、八枚めの紙が吐き出されてきました。

それは、ぺろりと出てくると、まるで生きてでもいるかのように、私の右足首の上にかぶさってきました。見下ろした私は、思わず「ギャッ！」と叫びました。

そこには……右手の指先から肘までがくっきりと印刷されていたのです。血のりのようにべっとりとしたインクのなかに指紋が浮き上がっていました。

とっさに紙を取り、丸めようとした私は、印刷されたものが「手」だけではないことに気づきました。

そこにははっきり、こう書かれていたのです。

「これから、そっちへ行きます」

私はプリンターから飛び退くように離れ、壁を背に立ったまま、部屋のなかを見渡しました。

ドアはきちんと閉まっています。窓も閉まり、カーテンの隙間の向こうには夜の闇が広がっているだけでした。
どのくらいそうしていたかわかりません。ふと我に返り、いま何をしなければならない
かに気づきました。プリンターの電源を切り、コンピュータも落としてしまわなければな
りません。そう、一刻も早く……。
私はゆっくりとプリンターに近づくと、手を伸ばして、スイッチに手をかけました。
そのとたん、「ジイ……」と、あの音が始まったのです。
まるで、電源を切られることを拒むかのように、プリンターは作動しはじめました。
「ジイ……ジイ……ジイ……ジイ……ジイ……」
それまでとは違って、異常なほどのスピードで動いています。
吐き出されてくる紙に何が印刷されているのか、恐ろしくて、私は何度も何度も震える
指で電源スイッチを押しました。しかし、どんなに押しても電源は切れず、プリンターは
意志をもっているかのように動きつづけました。
「やめて、とまって……」
とうとう、見たくないものが目の前に出てきました。そこに印刷されていたものは、薬
指に赤っぽい指輪をはめた左手でした。これで、両腕が「こっち」に来てしまったのです。

「ジイ……ジイ……ジギ……ジギギギギ……！」

音がどんどん大きくなってきました。それだけではありません。プリンターそのものが机の上で小刻みにカタカタと震えだしたのです。私は半狂乱になって、プリンターのコードを引き抜きました。

……止まりません。

排紙口を見ると……、血まみれになった足の指先が印刷され、少しずつ少しずつ出てきます。

私は棚の上の工具箱をひっくり返すと、金槌をとりだしました。そして、プリンターの前に戻ると、そのときにはすでに右足も左足も部屋の床の上に進出してきていたのです。

「ジイ……グギ……ジギギギギ……ジジジ……ギギ……！」

尋常ではない音にプリンターに目をやると、排紙口から何かがズルッと出てくるところでした。濡れたもののような、うねった長い毛糸のようなものだと思ったのは一瞬のことでした。すぐにわかったのです。その正体が……。

髪の毛です。血に濡れた長い髪がズルズルズルズル……、プリンターから吐き出されてくるのでした。

「ギャアアアアア！」

私は叫びながら金槌を振り上げると、力いっぱいプリンターの上に振り降ろしました。

「ウグッ……ゴブ……ゴヘッ……」

口のなかにいっぱい溜まった血を吐き出すような不気味な音をたてながら、プリンターは歪みます。しかし、歪みながらもまだ「ジイ……ジジジ……ジ……」と動きつづけ、長い血まみれの髪は床に届かんばかりにどんどんどんどん垂れ下がっていきます。

排紙口の隙間から血にぬめった女の額が見えかけたとき、私は唇を噛みしめ、渾身の力を振り絞って、一撃をその頭に打ち降ろしました。

「ゴブッ！」

たしかな手ごたえがありました。

プリンターはようやくピタッと止まったのです。

私は肩で大きく息をしながら、プリンターからはみだしたままの女の髪を見下ろしました。

そのときです。

「キャアアアアアアアアアアア！」

甲高い金属をすり合わせたような悲鳴が響き渡ったと思ったら、プリンターが女の髪を一気に吐き出しました。髪はコピー用紙から生えていました。そして、その紙には目をカ

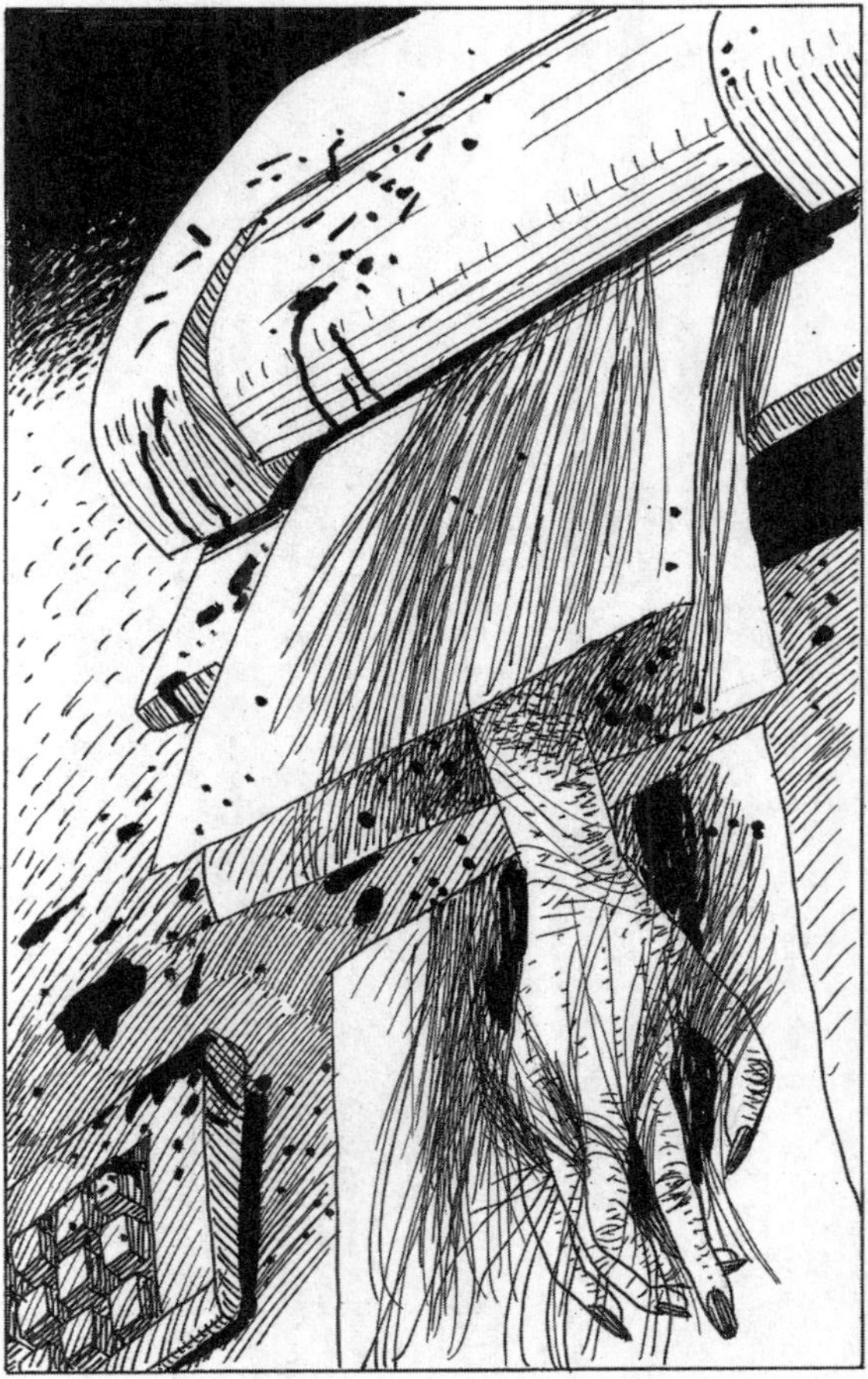

ッと見開いた血まみれの女の顔がプリントされていたのです。

髪の毛に引きずられるように、女の顔が私の足もとに落ちたとたん、私は気を失ってしまいました。

気がついたのは、外がすっかり明るくなってからでした。

部屋のなかにはガタガタに壊れたプリンターがありましたが、数時間前に印刷された、あのおぞましい両手、両足、そして、髪の生えた女の顔が印刷された紙はどこにもありませんでした。忽然(こつぜん)と姿を消してしまったのです。それはいいことだったのでしょうか? それとも……。

とにかく、私は夢中でプリンターを部屋から運び出し、近所のごみ捨て場に放り投げました。

無惨に壊れたプリンターから離れようとしたそのとき、ポンと後ろから肩をたたかれました。私が振り向くより先に、「それ」は耳もとでこう囁いたのです。

「出してくれて……ありがとう……」

冷水を浴びせられたように立ちすくみながら、肩にのせられた手を見ると、その指には、あのプリンターから吐き出された左手に印刷されていた赤い指輪が光っていました。

アパートの隣の部屋――細田淳（二十一歳）

この夏に起こったあの出来事を話すとき、私は人を選びます。なぜなら、頭がどうかしているのではないかと思われたり、ただの怪談話ですまされることで自分が傷つくからです。誰も信じてはくれません。

大学の友人・毅のアパートに行ったのは、それが初めてでした。着いたのは午後九時をまわっていたと思いますが、明かりがついている部屋は全体の五分の一ほどで、もう寝てしまっているのか、入居者がいないのか、とにかく寂しい感じの古い二階建ての建物でした。

毅の部屋の両隣も、上の階の部屋も真っ暗です。

毅の部屋は六畳一間で、男のひとり暮らし特有の臭いが鼻をつき、姉ふたりと育ってきた私はなかなか慣れません。

コンビニで仕入れてきたビールとつまみを出すと、ふたりで大学のサークルや、後輩の話などを始めました。翌日の予定はおたがいに何もなく、時間も気にせずに、ずいぶん長い時間、話しこんでいました。

　それは、たぶん午前一時くらいのことだったと思います。

「ガリガリ……ガリガリ……ガリガリガリ……」

　壁のほうからけたたましい音が聞こえてきました。反射的に音のするほうに目を向けると、土壁がバラバラと落ちてきていました。

「また、ババアが……！」

　驚いている私を気にかけるようすもなく、毅は舌打ちして、坐ったままで壁を蹴りました。

　すると、音はピタリとやみました。

「たまにあるんだよ。年寄り夫婦が住んでるんだけど、バアさんのほうがぼけちゃってるみたいで、ジイさんがひとりで面倒見てる。何度もこんなことがあるから、俺も腹立ててるんだけど、ジイさんに深々と頭下げられたら、あんまり強くもいえないし。こうやって、知らせればすぐやむし」

　毅の話に曖昧（あいまい）に頷いて、ビールに手を伸ばすと、

「ガリガリガリガリガリ……ガリガリガリガリガリ……」

　また激しい音が聞こえはじめ、思わず首をすくめました。

「ジイさん！ ちゃんと面倒見てくれよ！」

毅はさっきよりも強く壁を蹴りました。

「ガリガリ……ガリガリ……ガリガリガリガリ……」

それでも、音は鳴りやむどころか、さらに大きくなってきました。

瞬間、私の脳裏に暗闇のなかで壁をかきむしる老婆の姿が浮かび、全身に寒けが走りました。

しかし、毅は慣れっこなのか、平然とビールを飲んでいます。

「ドン……ドン……ドンドンドンドン」

今度は壁をたたく音です。

いつもとようすが違うのか、毅も少し顔色を変えてビールを手にしたまま立ち上がると、隣に負けないくらいの勢いで壁をたたきました。アルコールが入ったせいか、毅もあとに引きません。

すると、いきなりドアの開く音が聞こえました。間違いなく隣の部屋のドアです。つづいて、誰かが「パタパタ」と廊下を走ってくる音がしました。

「ガチャ……ガチャガチャガチャ」

毅の部屋のドアを見ると、ノブが大きく左右に揺れています。私も毅もドアを凝視したまま、動くことも忘れていました。

その音はしばらくつづきましたが、ふと、静けさが戻りました。いったい何が起こったのか、よく理解できません。ただ、静けさが不気味にあたりを包んでいました。

と、そのとき、

「キイィイ……」

かすかな音がして、ドアの新聞入れが開きました。

……誰かが、見ています。細い新聞入れの隙間から、ジーッとこっちを見ているのです。初めは気配だけを感じたのですが、薄暗いその隙間に目が慣れた私は、そこに大きく見開かれた目がまばたきもせず、私を見つめているのに気づきました。

「カタ……ッ」

ドアの外で音がしたかと思うと、そこに何か白いものが動きました。新聞受けの細い隙間から、入ってきた白いもの……それは、ガリガリに痩せた細い腕だったのです。何かをつかもうとでもするかのように、宙に泳ぐ腕は、ほとんど肩まで入ってきました。

狭い部屋のドア側にいた私まで一メートルも離れていないところで、腕はユラユラと揺れていました。そして、同時に「ゴン……ゴン……」と、ドアに頭をぶつけるような音が響いてきたのです。

その腕を見ていた私は怒りにも似た感情に襲われ、思わずドアのほうに近づいていきました。

そのとき、腕は突然、飛び出すように伸び、私の左手の肘から手首をひっかきました。そして、そのまま、中指と人さし指が腕時計のバンドにくいこんでいったのです。ゴツゴツとした骨の上に血管が浮き上がった手が腕時計をぐいぐいとひっぱります。とても老人とは思えない強さでした。私は力いっぱい姿勢を立て直そうとしました。

ところが、勢いあまって、「バリッ」という音とともに時計は私の腕から外れ、私は後ろに転がってしまいました。そして、両親から大学入学祝いにもらった腕時計は白い腕といっしょに新聞受けの向こう側に吸いこまれるように消えてしまったのです。

あわててドアを開けようとする私の肩を、毅が押しとどめました。

「朝まで待とう。ジイさんにいえば、すぐに返してくれるよ」

毅にしてみれば、酔っぱらった勢いで、隣の物音に過剰に反応しすぎたのではないかという反省もあったのでしょう。そういえば、少しやりすぎたかもしれません。こんな深夜に揉め事を起こしては、近所づきあいも悪くなるばかりだと、私もあきらめました。腕時計は翌日返してもらえばすむことです。

なんだかすっかり酔いも覚めてしまいましたが、もう飲む気にもなれず、私と毅は眠ってしまうことにしました。

翌日、騒々しい物音に起こされたのは、午前十時ごろのことでした。隣を見ると、毅はまだぐっすり眠っています。

普通ではない外の気配に、私は毅を揺り起こしました。

窓から外を見ると、パトカーや救急車がとまり、大勢の人が慌ただしく走りまわっています。やじ馬もたくさんいるようでした。騒然としたなかから「無理心中」という言葉が聞こえてきました。

毅が身を乗り出すようにして、大家さんらしき人に声をかけました。

「いや、隣の老夫婦ね。おじいさんが首を吊っていて、おばあさんも布団のなかで死んでるって介護ヘルパーさんがいってきたもんだから、こっちもあわてて……」

真っ青な顔の大家さんの顔を見ながら、私も毅もおなじ不安にかられていました。もしかしたら、昨夜のトラブルがきっかけでそんなことになったのではないか……。

毅は隣の住人だということで、警察に事情を話すため、パトカーに乗りこみました。

〈昨日のことが心中の原因なのだろうか？　でも、毅が壁を蹴ったとしても、もともとの被害者はこっちだし……〉

毅が戻ってくるまで、私は気が気ではありませんでした。

そんなことをずっと考えつづけ、ひとりで待っている時間は長く感じられました。

やがて、戻ってきた毅の顔を見たとき、私は不安が的中したのだと思いました。青ざめ、深刻な顔をしていたからです。

しかし、それは間違いでした。

もっと、恐ろしい話だったのです……。

「どうだった?」

「うん……。ああ、これ返してもらったぞ」

毅はすぐには質問に答えず、ビニール袋に入った私の腕時計を差し出しました。

「バアさんが……しっかり握っていたそうだ」

毅の言葉に急に激しく喉の乾きを覚えました。この時計を握って死んでいたのかと思うと、身体が震えました。

「……やっぱり心中か?」

「そうだな。遺書もあったらしい」

「あのことのあとだし……な。ジイさん、それを気にしてたのか」

「……それは、ないと思う」

「どうしてわかる?」

私がかぶせるように尋ねると、毅は急に顔をゆがめ、しばらく黙っていました。そして、震える声でこういったのです。

「ふたりの遺体……、少なくても……死後一週間は経っているらしい……」

なんとか理解しようとしました。目の焦点が合わなくなってきます。息苦しくなって、私は怒ったように叫びました。

「なんで、そんな前に死んだバアさんが、俺の時計持ってんだよ！」

「俺が知るかよ！」

毅も叫びました。

そのまま、ふたりはその場に崩れるように座りこんでしまいました。

毅の部屋を出るとき、何か話をしたような気もしますが、まったく覚えていません。そのあとも、毅とその話をすることは一度もありませんでした。

こんな話、信じてくれますか？

でも本当にあったことなのです。

私の耳からは、あの壁をかきむしる音が消えません。あの白い腕も忘れることができません。そして、男のひとり暮らし特有のものだと思っていたあの臭いも……。

私が生み出してしまった死霊――藤崎涼太（二十六歳）

悪気はぜんぜんありませんでした。
でも、理不尽な悪夢は、その日から始まりました。
僕の前から消えてください。

すべての始まりは、暇つぶしに友人から借りていた雑誌の広告でした。均一にコマ割りされたいくつかの広告といっしょに掲載されていましたが、僕はほかのものには目もくれず、この広告に吸いこまれていました。

『あなたの隣の怖い話コンテスト・恐怖体験談募集』

昔から怖い話が大好きだった僕は、迷わず応募することにしました。わけあって、ちょうど仕事を離れたところでもありましたし、うまくいってお金がもらえれば儲けものだなあという気持ちでした。

ただ、ひとつ問題がありました。それは僕自身、怖い話はたくさん知っているけれど、実際に体験したことはなかったのです。聞いたことのあるような話だと盗作になってしまうし、霊感が強いという友人が話してくれるものは、正直いってあまり怖くありません。

そこで、僕は近場の「ミステリー・スポット」といわれるところに行って、そこからヒントを得て話を作ることを考えつきました。そこに、いままで蓄積された過去の体験談からありそうな話を盛りこめば、いい話が作れると思ったのです。

僕のやろうとしていたことは、ものすごく不謹慎なことだったのでしょうか？　少なくとも、この時点で、僕には罪悪感は微塵もありませんでした。

僕の住んでいる京都は『首塚』や『清滝トンネル』『将軍塚』などミステリー・スポットには事欠きません。そのなかでも、僕は題材に『深泥ヶ池』を選びました。

本物の怖い話に負けないものを書こうと思ったら、真夜中に取材をして、臨場感を出すのがいちばんです。真夜中でも、そこが比較的明るいのは、学生時代に幾度か通ったことがあるので知っていました。車から降りなくても、ようすはわかるし、そんなに怖い思いをしなくても、何かが書けるだろうとも思いました。

僕は怖い話は大好きですが、実は怖がりなのです。

その日の真夜中、午前一時ごろ、家を出ると『深泥ヶ池』を目指して車を走らせました。

このとき、すでに投稿する話のタイトルは「彼女とドライブに行ったときの体験談」にしようと決めていました。そして、一心不乱に物語を考えていました。

『深泥ヶ池』に到着したのは、午前二時少し前です。

僕は深泥ヶ池の手前、北山通りで一度車を止めました。車を降りる気はなかったので、冷房を切り、窓を開けます。

よこしまな理由でやってきたせいか、霊感のないはずの僕でさえ、目に見えない何かが「入ってくるな」といっているような気がしたことを覚えています。

形にならない胸騒ぎを覚え、心臓の鼓動が激しくなってきましたが、ここまできて気弱になっているのも情けない話です。なるべく周囲を観察できるように、時速三十キロほどのスピードでゆっくり車を走らせはじめました。どうせ誰もいないのです。後続車を気にする必要もありません。

真夜中の風は生暖かく身体を包み、まとわりついてくるような不快感がありました。池独特のこもった臭いが鼻をつきます。

しばらく走っているうちに、だいぶ落ち着いてきました。

車はちょうど池を半周し、復路に入っていました。後半は外灯がまったくなく、ヘッドライトに照らし出された部分以外は墨を流したように真っ暗でした。それでも、何も変わったことは起きません。

もうそろそろスピードを上げて、帰ろうかと思った矢先です。前方に奇妙な影を見つけました。まだずいぶん先のほうなのですが、右側の池のそばに白っぽいものが立っています。看板か、粗大ごみか、そんなものだろうとタカをくっていたのですが、ハンドルを持つ手に力が入ってきました。

車は相変わらず、時速三十キロでゆっくりと進んでいきます。白い影がだんだん近づいてくると、それは人以外の何者でもないとわかるようになってきました。

〈こんな時間に、こんなところでいったい何をしているんだ……〉

そう思うと、背中に冷たい汗が流れました。

ヘッドライトがその影をとらえたとき、本当の恐怖が湧き起こってきました。それは……泥だらけで、白いワンピースを着た髪の長い女だったのです。こちらを向いた角度で立ち尽くしたまま、左右に細かく揺れています。腕は肩からだらりと垂れ下がり、一昔前の映画で見た亡霊そのものという姿でした。

身体の芯から起こった震えが指先にまで伝わってきます。

逃げたい……！　見たくない……！

けれども、硬直した身体は選択肢を失ってしまったように、スピードを上げることもできず、車はそのまま引きずられるように進んでいきました。

どんどん女に近づき、その輪郭がはっきりわかるところまで来ました。泥だらけの女の顔は、鼻の下まである長い前髪に隠されていますが、視線が僕のほうに向けられていることだけは、間違いありませんでした。

　そして、女との距離が二十メートルというあたりまで迫ったとき、とうとう悪夢は動きはじめたのです。

　女は見えない目で僕を見据えたまま、ゆっくりと両手を持ち上げながら、腰を少しかがめました。それは、まるで獲物を捕獲しようとしているような構えでした。

　いやな予感が全身を駆け抜け、僕はようやく本能の意志を取り戻しました。いえ、意志というよりも本能だったのかもしれません。

〈こっちにくる！〉

　あわてて車をとめ、逃げるためにバックしようとしたとたん、女はこちらの意志を察知したかのように、頼りなげな足取りでこちらに向かって走りはじめました。

　そのとき、気づいたのです。

〈窓が開いている……〉

　僕はすぐにスイッチを押して、ウインドウを閉じはじめました。パワーウインドウの遅さに悲鳴をあげたいのをこらえながら、スイッチを押しつづけます。もう、目の前まで女は迫ってきています。濡れたように全身にまとわりつく泥まみれのワンピースが重たそうに揺れていました。

〈早く！　早く！　早く！〉

女の手が車に触れる直前に窓は閉じられました。同時に、車に水っぽいものが張りついたような鈍い音が響き渡ります。

僕のすぐ前の窓に女の顔がべったりと張りつきました。目は髪に覆われたままですが、真っ白な顔に静脈のような紫の線がいくつも透けて見え、顔の表面には無数の小さな傷がついています。

僕は大きくのけ反りました。そのため、ブレーキから足が外れ、車はゆっくりと動きはじめました。

〈逃げるんだ！〉

震える足をアクセルに合わせ、踏みこみました。

一刻も早く、こんな悪夢のような場所から立ち去って、明るい場所に行かなくてはならないと、そのことしか考えていませんでした。恐る恐るバックミラーを見ると、こちらを向いたままの女の姿がだんだん小さくなっていきます。追ってくる気配はありませんでした。

ところが、大きく息を吐いて、バックミラーから目を離したとたん、そのまま息が止まりそうになりました。

前に、いる!!

僕は力いっぱいブレーキを踏みました。車の前方を塞ぐように、さっきの女が立っているのです。あわてて後ろを振り返ってみると……そこにも、女は立っていました。

僕はもう、気が変になりそうでした。

女の横をすり抜けて行く勇気など、もう微塵も残っていません。僕は前と後ろに気を配り、この恐怖が一刻も早く終わってくれることを祈りながら、車のなかで震えていることしかできませんでした。

どのくらい経ったでしょう。十分くらいにも、何時間にも感じられる時間がすぎると、悪夢の終わりは唐突に訪れました。

……消えたのです。

何もかもがすっかり消え、僕は池の出口の前にいました。

白みはじめた空の下を、僕は猛スピードで走り、最初に見つけたコンビニに駆けこみました。そこで、店員をつかまえて、池で見た話をしたのですが、まともに取りあってもらえず、迷惑そうな笑顔を返されただけでした。僕のことを「危ない人」と思ったのか、刺激しないようにやんわりと話を聞いてはくれましたが、『深泥ヶ池』についての因縁話などは知らないということでした。

僕はそのまま、急いで家に帰り、ネットで検索を試みました。『深泥ヶ池』には何かあるに違いない、それを見つけなければという思いからです。

何か理由がほしかったのです。わけがわからないほど怖いことはありません。これで終わったのか？　憑いてきたりはしないのか？　誰かおなじ目にあった人はいないのか？　なんでもいいから、僕は理由が知りたいと思いました。

結局、何の情報もないまま、夜になりました。

それはたとえようもないほど恐ろしい夜でした。眠ってしまったら、あの女がやってくるような気がして、眠ることができません。眠ったら負けだとまで思いました。

けれども、丸二日も眠っていないのですから、眠気は容赦なく襲ってきます。僕は電気をつけっぱなしにしたまま、押し入れから布団を引っ張り出し、頭から足の先まですっぽり被って、深い眠りに落ちていきました。

そして、僕は夢を見ました。

真っ暗な自分の部屋のドアがゆっくりと開かれ、そこから顔を覗かせている女……。暗闇のなかに浮かび上がる髪の毛に覆われた白い顔……。フローリングに水浸しの雑巾が落ちるような音をさせながら、寝ている僕にゆっくりと近づいてきます。

たしかに夢だとわかっていて、いくら自分に「起きろ」と言い聞かせても、何の手だてもなく女が近づいてくるのを待つことしかできません。

ポツリと冷たいものが僕の頬にあたりました。そして、ぐっしょり濡れた髪が首すじを撫で、女は僕にかぶさってきました。

車という壁がないぶん、恐怖に声をあげることもできませんでした。

髪の毛に覆われた顔は見えませんが、その口もとは歪んだような笑みを浮かべています。

その口を見ているうちに、僕は引きずりこまれるように、ふたたび眠りに落ちていきます……。

次の日も、その次の日も女は夢に現われました。

憔悴しきった僕は、もう誰かにすがるしかないと思って、実家の母親に電話をしました。

「遊びでそんなところに行くから」

事情を聞いた母親は、ひどく怒りました。

そして、知り合いの霊能者のところにすぐに行くようにといいました。

さすがの僕も疲れ果てていたので、さっそく訪ねていくことにしたのです。

その人は意外にも郊外の住宅街に溶けこむ、普通の家に住んでいました。物腰の柔らかい普通のおばちゃんで、助けてもらえるのが不思議なほどでした。その人は僕を招き入れると、すぐに大きな仏壇のある部屋に通してくれました。

さすがに除霊を始める前には、おばちゃんと思っていた顔つきが厳しくなり、集中力を高めていくのがわかります。

それから五時間も経ったでしょうか。

こちらの集中力もそろそろ限界に近づいたころ、おばちゃんはもとの柔和な顔に戻りました。しかし、笑顔はありません。

そして、こんな説明をしてくれたのです。

「除霊というものは、その霊の本質を知り、共感し、打ち解け、導くことがすべてです。でも、あなたに憑いている霊……霊といえるかどうかわからないけど、残念ながら、どんなに探しても過去というものを何も持ちあわせていないの。別な言い方をすれば、あなたにまとわりつくことにしか存在理由がないということ。コミュニケーションのとれない私にはどうすることもできなかった……。過去のない霊なんてありえないのに、まるで、あなたが生み出してしまったような気がする。誰にもどうすることもできない……」

僕は心のどこかであの女の出現を望んでいたというのでしょうか？　あの女は、また現われるのでしょうか？　ただ存在するためだけに……。

僕には、もう抗う手段はないのでしょうか？

あの世からの贈り物——山下仁志（七十二歳）

二年ほど前のことです。母親が亡くなり、代々つづいた古い家屋を売り払って都内のマンションに引っ越しすることになりました。

引っ越しに際してずいぶんたくさんの家財道具を処分しましたが、いちばん困ったのは仏壇でした。煤(すす)で黒ずんだ仏壇には十数個の位牌が納められていて、タンスぐらいの大きさがあります。狭いマンションに置くことはとてもできません。といって、棄てることもできません。

結局、マンションのクローゼットを改造して、なんとか納めることができました。

そして、恐ろしいことはそれから始まったのです。

実家では毎朝、位牌の数だけ、小さな茶わんにご飯を盛って仏壇に供え、そのあと、飼っていた鶏にそのご飯を与える習慣がありましたが、マンションではそんなことはできません。鶏を飼ったりする環境ではないので、ご飯をお供えすると、多量のご飯が無駄になってしまいます。しかも、我が家では朝はパン食でしたので、とてもつづけることはできませんでした。

ご飯をお供えしたのは、ほんの数日で、その後は仏壇の扉を開けることもあまりありませんでした。

そして、数カ月後、売り払った田舎の家の測量に立ちあうため、廃墟となった実家を訪れると、土間にまだ産みたての卵を見つけました。どうして、卵が一個だけそんなところにあるのか、深く考えもせず、私は家に持ち帰ることにしました。

翌朝、その卵を食べようと、妻が器に割った瞬間、「キャー！」と悲鳴をあげて逃げ出しました。

なんと、なかから出てきたのは、どろっと不気味に崩れかけた未成熟な雛(ひな)だったのです。あわてて紙に包んで棄てましたが、ショックを受けた妻は、そのまま熱を出して寝こんでしまいました。

それから数日後のことです。

心当たりのないところから米が配送されてきました。宛名はたしかに私になっていますが、まったく見当のつかない送り主でした。

不審に思ってカーナビを使って、その住所を確認したのですが、それがどこなのかを知ったとたん、足の震えを止めることができなくなりました。

そこは、我が家の先祖が眠る墓地のある場所だったのです。

何百年もつづいた伝統を無視した私は、飢え死にしてしまったにちがいない鶏から仕返しをされ、さらに、朝食を断たれた先祖から食事の催促まで受けてしまったのです。

雨宿りの怪——松本尚史（十七歳）

あれは去年の暮れ、家族で引っ越しをしてすぐのことでした。

ヴァイオリンのレッスンを終えた僕は、自宅がある駅に降りました。一瞬、駅前の書店に立ち寄ろうかとも思いましたが、本番を間近に控えていましたし、加えて雲行きも怪しくなってきたので、急いで帰ることにしました。

朝の天気予報では晴れるといっていたので、傘も持たず、霧雨が降りはじめた空を恨めしく見上げながら、交差点にさしかかりました。赤信号をイライラしながら睨んでいるうちに、急に大粒の雨が降ってきました。

ヘッドライトをつけた車がつぎつぎと目の前を通りすぎていきます。道の向こうに建つお寺の石碑もかすんで見えました。

信号横の街路樹の下に立ってみたものの、雨をよけることはできません。ケースのなかのヴァイオリンが濡れるのではないかと、気が気ではありませんでした。

信号が青に変わるころには、家まで楽器の心配をしながら走るより、お寺の軒下ででも雨宿りしたほうがいいのではないかという結論を出していました。僕は横断歩道を渡ると、雨に濡れてまだら模様になった山門を目指して走りました。

山門の下をくぐり、境内に入ると、しっかり水を含んだスニーカーが一歩踏み出すごとに、グチャグチャと音をたてました。

運のいいことに本堂に隣接した茶屋に明かりがともり、のれんが出ていました。入ってみると、お客は誰もいなくて、雨のせいか、妙に湿っぽい空気が漂っていました。

声をかけると、しばらくして、奥のほうから愛想のよさそうなおばあさんが出てきてくれました。

僕が何を注文しようかと考えあぐねていると、おばあさんはお茶を入れてくれ、僕の持っているヴァイオリンのケースを興味深げに見ています。

おばあさんは僕に「何か、弾いてくれないか」と、少し遠慮しながらも話しかけてきました。僕には断る理由もなく、雨宿りのお礼にと思い、バッハの『G線上のアリア』を聴かせてあげました。

おばあさんは聴き終わると、満足そうに頷き、急に何かを思い出したかのように、「すぐに戻るから」と一度奥に引っこんでしまいました。

このとき、おばあさんの後ろ姿を目で追いながら、僕は何かしら違和感のようなものを感じていました。おばあさんの動きが、歩くというより、地面の上を滑っている……そんな感じに見えたのです。

やがて戻ってきたおばあさんは、黒いヴァイオリンのビニールケースを抱えていました。そして、ケースを開け、なかから弓をとりだすと、いきなり「この弓を引き取ってもらえないものかね」といいます。

少し考えてから、僕は丁重にお断りしました。おばあさんの事情はわかりませんが、ヴァイオリンとの相性もあるし、なんとなく気味が悪いという気もしたからです。

いつの間にか、雨は止み、あたりは静けさに包まれていました。

僕は、「もう帰らないと、遅くなるから」とおばあさんにお礼をいって、ヴァイオリンケースを肩にかけると、外に出ました。

そういえば何も注文しなかったなと思いながら雲間に覗く月を見あげ、足早に帰宅しました。そして、レッスンの復習をしようと、ヴァイオリンケースを開けた僕は、生まれて初めて自分の目を疑うという経験をしました。あの、おばあさんのヴァイオリンケースに入っていたはずの弓が出てきたのです。

キツネにつままれた、というのは、こんなときのことをいうのだと思いました。

恐る恐る手に取ってみると、それは普通の弓でした。張ってある毛は新しく、よく手入れされています。あのおばあさんとヴァイオリンという組み合わせも不自然でしたし、受け取らなかった弓がここにあること自体、信じられないことでした。

不可解でしたが、そのままにしておくこともできません。僕は翌日、茶屋に出かけていきました。手品のように僕のケースに入った弓を返そうと思ったのです。

ところが……。

昨日の茶屋には明かりもついていませんでした。いいえ、それだけではないのです。そこは、茶屋だったらしいというだけの、荒れ果てた廃屋になっていたのでした。

僕は身体からジワリと染み出すような冷たい汗を感じながら、引き戸を軋(きし)ませて開け、一歩なかに踏みこんでみました。そこは、クモの巣が張り、机も椅子も乱雑に打ち捨てられた状態の、紛れもない廃屋でした。

もう、一刻も早く外に出ようとしたとき、僕の目は机の上に釘づけになりました。そこには、僕が昨日使った湯飲みがポツンとひとつ、置かれていたのです。

急いでお寺に走り、住職さんに聞いてみると、その茶屋は儲からないうえに、つづける人もいなくなったので、十年も前にたたんだのだということでした。

おばあさんの話もしてみましたが、信じてくれたのかどうかもわかりません。それに、もう昔のことなので、どんな人が茶屋を開いていたのかはわからないということでした。

おばあさんから預かってしまった弓は、棄てるわけにもいかず、僕はいまでもサブとしてときどき使っています。

飛び降り自殺の名所――山下信一（三十五歳）

私がふたりの友人といっしょに、地元でも有名な「飛び降り自殺の名所」といわれている橋に行ったのは、肝試しのためでした。本当に単なる遊び心だったのです。こんなことになるとわかっていたら、近づきもしなかったでしょう。

町の外れを山に向かう道を三十分ほども車で走ると、その橋はありました。昼間でも車が通ることの少ないその場所は、カーブと木々のおかげで、人目にはあまりつかない場所です。

私たちはビデオで橋を撮影するため、まだ明るいうちにそこに到着しました。

橋の上に立って、下を覗きこむと、足がすくんでしまうくらいの高さがあり、青い水面が深さを教えているように見えました。そこから落ちれば、おそらく助かる人はいないでしょう。自殺の名所になるはずです。

私たちは足がゾクゾクするような感覚を我慢しながら、水面に向かってビデオを向けました。

「何かが映るかもしれないぞ」

冗談とわかっていても、ゾクッとするような友人の言葉に顔が引きつりました。

そして、その事件はすぐに起きたのです。

「おい……」

私の隣にいた友人が急に震える声で私を呼び、いきなり肩をつかんできました。

「なんだよ、急に。脅かすなよ」

思わずビデオを取り落としそうになった私は、怒ったようにいったのですが、彼はそれどころではないという顔つきで、

「いま、何かに足首……つかまれたぞ……」

というのです。

「やめろよ。このシチュエーションで……」

冗談だと思ったのですが、友人の顔は見たこともないほど真っ青で、身体は私にもわか

るほどガタガタ震えています。

さすがに気味の悪くなった私たちは、すぐに車に乗って、その場所から逃げ帰りました。

しかし、撮影したビデオのことは、なんとなく気にかかります。そこで、「足をつかまれた」といった友人のアパートに行き、さっそく再生してみたのです。

すると、そこには信じられない禍々しいものが映っていたのでした。

橋の下、川の水面にいくつもの顔が見えます。それは隠し絵のように、ある角度から見ると、はっきり顔に見えるというものでした。

それだけではありません。

友人にいきなり肩をつかまれたとき、動いてしまったビデオがとらえた友人の足首には、たしかに白い何か、認めたくはありませんが、人の手のようなものが映っていたのでした。

そして……、友人が恐る恐る靴下を脱いでみると、足首に巻きついたような赤黒いアザがくっきりとついていたのです。

私たちは言葉少なに、それぞれの家に帰りました。落ち着かなくて、生きた心地もしない日が数日つづきました。

そして、一週間後、ある人物から電話がかかりました。あの、足首をつかまれたという友人と連絡が取れないというのです。驚いて、ふたりで、ビデオを見た友人のアパートに向かいました。

ノックをしましたが、返事はありません。しかし、鍵はかかっていませんでした。そこで、部屋のなかに入ってみたのですが、彼の姿はなく、ただテレビの電源が入り、砂嵐の画面が不気味に光を放っているだけでした。

私たちはそのまま帰ろうとしたのですが、テレビの横に、あの日のビデオがポツンと置かれていることに気がつきました。あんな映像は二度と見たくないと思いつつ、なぜか見なければならないという強迫観念のようなものにも逆らえず、私たちはもう一度ビデオをデッキに放りこんでしまいました。

あのときとおなじ、川面の顔、顔、顔……。

見ていられなくて、電源を切ろうとしたとたん、

「あっ……！」

いっしょに行っていた友人が悲鳴に近い声をあげ、画面を指さしました。

画面のいちばん端に、信じられないものが映っていたのです。

そう……、あいつが……、ユラユラ揺れながらビデオのなかにいたのでした。

あれから十年以上経ちます。

あいつはあの日以来、行方不明のままです。

国勢調査用紙「108番」の怪奇――八木彩恭華（三十六歳）

派遣社員でボーナスのない私がバイトをしようと思ったきっかけは、「韓流ドラマ」でした。数年前からすっかりハマってしまって、何度か韓国にも行きました。そして、年末をふたたび韓国で過ごすために、資金が必要だったのです。

私が回覧板で見つけた仕事は国勢調査。まわりの人はたいへんだからやめろといったのですが、用紙を配付して、記入してもらったあと、回収するだけの単純なものでしたし、募集要項にあった「自分の空いている時間を利用できます」という言葉が魅力的でした。

仕事の流れは、九月二十日ごろから二十三日ごろまでに「お知らせ」のチラシをポスティングし、九月末までに調査記入用紙を配付、そして十月一日から十日までに回収にまわるというものでした。回収した用紙は十五日に提出と決められています。説明を聞いたときは、単純で楽そうな仕事だと思いました。

ところが、初日から出鼻をくじかれ、リタイアしたい気分になりました。受け持ち分の二区画、約二百世帯のなかには、一筋縄ではいかない人もいたのです。

まず、十九日にポスティングを開始したところ、「今日は何日だ？　お知らせの用紙は明日から配付のはずだろう。こっちは協力してやっているんだから、郵便受けなんかに入れないで、手渡しで持ってこい」と三十分近くもお説教するおじさんにつかまってしまいました。「出直してこい」と追い返されたときには、この先どんな人に出くわすかわからないから、辞めるならいまのうちだと思ったのですが、「年末は韓国で！」との思いから、ぐっと我慢することにしました。

いまから思えば、あのとき辞めておけばよかったのです……。

十月一日からの回収も、なかなか思うようには運びませんでした。

「今日は忙しいから、明日の朝、九時に取りに来い」といわれたり、指定された時間より十分早く行っただけで「約束の時間じゃないから、あと十分してからもう一度来い」といわれたり、ひどいケースでは、回収に行くと「もう渡した」という人もいました。

もちろん、ほとんどの人は約束した日に記入してくださり、回収できたのですが、毎日のように「明日来て」という人もいれば、いつも留守になっているお宅もあります。

一軒の家に何度足を運んでも、私には一軒分のバイト料しか入らないのですから、一回で回収してしまいたくて、慣れてくると、回収率のいい夜に訪問することが多くなっていきました。夜の訪問はなるべく避けるようにとはいわれていましたが、昼間、留守のお宅が多いのですから、そんなことはいっていられません。確実に回収するためには、部屋の明かりを確認してから訪ねるのがいい方法です。まるで、テレビドラマの刑事の張り込みのようでした。

そんななかの一軒に「カイロ医院」がありました。

そこは初めに配付名簿をもらって居住地図を作成したときから、こんな医院があったのかと印象に残っていたところでした。住宅街の入り組んだ場所にあるので、患者さんなんて来るのかなあと思ったものです。朝、昼、夜、平日、祝日と時間を変えて何度も訪ねたけれども、居住者に会えないうちの一軒です。

しかし、初日に通りすぎたとき、曇りガラス越しにドクターが着る白衣のようなものを着た人を見た記憶がありましたから、空き家ではありません。患者さんが多くて手が放せないのかもしれないと、勝手に納得していました。

回収日も終盤にさしかかると、会社から帰ってから毎日何軒もの家をまわらなければならなくてハードでしたが、やっと最終日の十日を迎えました。

十五日に提出するため、用紙の記入漏れがないか、未回収がないか、確認していると……「カイロ医院」だけがありません。

そういえば、何度訪ねても応答がないので、用紙すら渡せていないのでした。私はその足ですぐ、「カイロ医院」に向かいました。玄関のチャイムを鳴らしたのは、夜の八時半をまわったころだったと思います。

しかし、何度チャイムを鳴らしても、応答はありません。私は、居留守を使ったりするお宅とおなじように、ここも張り込んでみることにしました。

すると、十分後……。

医院のなかにぼんやり明かりがともりました。

私は心のなかで「やったあ!」と叫び、すかさずチャイムを鳴らしました。ところが、誰も出てこないのです。

「いるのはわかっているんですよ」

私はブツブツ呟きながら、二度、三度とチャイムを押しつづけました。

このしつこさに降参したのか、なかからおじさんが渋々出てきました。

「夜分遅くに申し訳ありません。何度お訪ねしてもお留守だったので遅くなりましたが、国勢調査にご協力お願いいたします」

私は一方的にまくしたてるように話すと、用紙を手渡しました。そして、その場で書きこんでもらうようお願いして、私はいったん外に出てしばらく待っていました。十五分ほどで、医院のドアが開き、無事、最後の一枚を回収することができたのでした。

十五日になりました。

提出する書類をそろえて、近くの公民館に出向き、担当者と記入済み用紙の確認作業をしたのですが、ありえないことが起こりました。一枚足りないのです。十日に最後の一枚を水色の保管ボックスに収め、すべてそろっていることを確認してから、一度も箱を開けていません。

私は完ぺき主義ですから、あとで消せるよう、鉛筆で封筒と名簿に照合用の番号をふってあります。一枚一枚照らし合わせた結果、提出されていないお宅がわかりました。

あの「カイロ医院」です。

最後の最後に受け取った大切な一枚が紛失するなどということは考えられません。しっかり持ち帰って水色のボックスにたしかに入れました。

「あなたの勘違いかもしれないから、とにかく、もう一度行って確認してきてください」

担当者にそういわれ、私は仕方なく「カイロ医院」に向かいました。

チャイムを鳴らしながら、あのとき渋々出てきたぷっくりしたおじさんの顔が浮かびました。無愛想で、迷惑そうな顔……もう一度お会いしたい顔ではありません。

それでも出てきてくれれば、まだよかったのですが、またしても留守のようです。何度もチャイムを鳴らしたあと、出直すしかないかと、歩きはじめたとき、怪訝（けげん）そうにこちらを見る隣の家のおばさんと目が合ってしまいました。

「怪しいものではありません。国勢調査の用紙をこちらに回収にうかがったのですが、いつごろならいらっしゃるでしょう？」

私が調査員証を見せながら尋ねると、おばさんは不思議そうに首を傾げながら、こういうのです。

「そこ、誰も住んでいませんよ。ご主人は三、四年前に亡くなられて、いまは誰も……。息子さんは横浜にいらっしゃるようですけど……」

そんなバカな……。

私は横浜にいるという息子さんの連絡先を教えてもらって、電話をしました。あのとき、たまたま来ていた息子さんに調査票を書いてもらったのかもしれないと思ったのです。そうでなければ、納得できません。

ところが、息子さんはこの一年間、一度も来ていないというではありませんか。

では、私が会った人はいったい誰だったのでしょう。

認めたくはありませんが、私はあることに気がつきました。

私が空き家ではないと思ったのは、「医院」というイメージで、白衣の人影を見たと思ったからです。

明かりがついたのでチャイムを押しつづけたときの、あの明かり……あれは、電気の光ではなく、ロウソクを灯したようなボーッとしたものでした。

そのあと、やっとあのおじさんが出てきたとき、そういえば、家のなかは真っ暗でした。人が来ているのに、玄関の明かりも外灯もついていなかった……おじさんの後ろも、真っ暗でした。

おじさんに一方的に説明をした私ですが、おじさんの声は一言も聞いていません。しかも、書きこまれた用紙は音もなく開かれた扉の向こうから差し出されました。封筒だけがドアの隙間から出てきて、おじさんの姿はなかった……。

そして、思い出したくないのですが……おじさんの着ていた白衣。あれは白衣ではなく、死に装束でした。

私は意識の底で、ずっと違和感を抱きつづけていたのです。認めたくなくて、見なかったことにしていたのでしょうか。それに気がついたとき、全身に鳥肌が立っていました。

その後、どうしても気になった私は、横浜の息子さんに来ていただき、「カイロ医院」のなかに入れてもらいました。

すると、やはり、ありました。

埃（ほこり）だらけの机の上に、国勢調査表の封筒……私が鉛筆で書いた「108番」という数字の入った封筒……。

「開かずの間(ま)」から襲いくる怨念人形——山田芳幸(三十七歳)

　私が生まれ育ったT県A市は、昔から織物で有名な町です。私の母の実家も市内にあり、大きな機織り工場を営んでいました。

　私がその母の実家でしばらく過ごしたのは、中学二年生のときのことです。母が病気で入院したため、そのあいだだけ、祖父母の家で暮らすことになったのでした。

　母の実家には祖父母、叔父夫婦、一歳年下の従兄弟、住みこみの番頭さん、お手伝いさんがいて、私は何不自由なく、寂しい思いをすることもなく毎日を送っていました。

　その家はたいへん古く、二階建ての母屋(おもや)と渡り廊下でつながった離れのほかに、広い庭には蔵も建っていました。そして、その隣に四棟の機織り工場があります。

　ある日の夕食後のこと、テレビを見ていると、従兄弟の直弘が思い出したように言い出しました。

「よっちゃん、久しぶりにあの部屋へ行ってみよう」

　あの部屋というのは、母屋の二階のいちばん奥の部屋のことです。もとは布団部屋か何かの四畳半ほどの小さな部屋なのですが、もう誰も入る者はいない部屋で、叔父は「開かずの間」と呼んでいました。祖父は若いころから骨董の趣味があって、屋敷のあちこちにたくさんの骨董品が置かれていましたが、「開かずの間」もそのひとつだったのです。

私と直弘は小さいころ、よくその部屋に忍びこんで遊んでいました。大人たちからは「骨董品が積み上げてあって危ないから入ってはいけない」といわれていましたが、妙に陰気くさくて、薄暗いその部屋には、私たちの興味をそそる**あるもの**があったのです。

それは、一メートルほどの高さの木箱で、梵字（ぼんじ）のような難解な文字が書かれた紙で封印され、蓋を開けることはできませんでした。

「いつかあの箱を開けてみよう」

直弘とはずっと前から、そんな相談をしていたのです。

「いまから、あの箱、開けに行こう」

そのとき、直弘の誘いに、私の好奇心は大いに膨らみました。

さっそく、私たちは懐中電灯を持って「開かずの間」に向かいました。そっと襖（ふすま）を開けると、暗闇からカビ臭いにおいが漂ってきます。

私たちは、部屋に入ると、箱の前に座りこんで懐中電灯の明かりを向けてみました。そして、顔を見合わせて頷きあうと、私はおもむろに封印紙を引きちぎるように、上蓋を開けました。

なかから出てきたのは、身長五十センチほどの日本人形でした。前髪を額の前でピッチリ切りそろえた、おかっぱ頭の少女人形で、古いながら金糸銀糸をぜいたくに使った立派な着物を着ています。

しかし、真っ白に白粉(おしろい)を塗ったような顔についている細い月を逆さまにしたような目と、血が乾いたような色の唇に、なんともいえない不気味なものを感じました。

私と直弘はしばらくその人形を見つめていました。

「……なんとなく、この人形、気味悪いね」

直弘の言葉を聞き、ゾッとするものを感じましたが、私はわざと強がって、

「別に」

といいながら、木箱の上蓋で、人形の頭をコツンと小突きました。

目的を達成した私たちは、母屋のそれぞれの部屋に戻っていきました。

その夜、私はいつもどおり十一時前に布団のなかに入りました。

ふと、何かの物音を聞いたような気がして、目を覚ましたのは午前二時ごろのことです。

「コツ……コツ……コツ……」

気のせいではありません。廊下を誰かが歩いているような音が、たしかに聞こえてきます。私は音のするほうに目を向けました。

「コツ……コツ……コツ……」

足音は私の部屋の前で止まりました。

そして、襖がスッと二センチほど開いたかと思うと、

「ククク……ククク……」

と、押し殺したような笑い声とともに、誰かが片目で部屋のなかを覗いているのが見えたのです。その目を見た私は、叫び声をあげそうになりました。それは、細い月を逆さにしたような、あの人形の目だったのです。

私は布団をはねのけ、襖を力いっぱい開けて、廊下を見渡しましたが、何の姿も見えませんでした。

そのときです。

「コンコン……」

今度は窓のガラスを叩く音が背後から聞こえてきました。私はギョッとして、今度は窓のほうに走り、カーテンをサッと開けたのです。

「ヒッ」

喉から渇いたような声が漏れました。

窓ガラスを隔てた向こう側に、あの少女人形が立っていたのです。二階にある私の部屋

の外に、宙に浮いたように人形はいました。

大きな満月の光に照らされた人形の黒髪は生々しく揺れ、気味の悪い笑みを浮かべながら、それはじっと私を見つめていました。

私は大急ぎでカーテンを閉めると、すぐに布団のなかに潜りこみ、早く朝が来るよう祈りつづけました。

それから、いくらか眠ったような気もします。

時計のアラーム音で目覚めましたが、妙に頭の重い、いやな目覚めでした。

〈夢だったのか……?〉

恐る恐るカーテンを開け、すっきりと晴れ渡った空と、いつもと変わらない景色を見ていると、夢を見たのだとしか思えません。そして、臆病者だから変な夢を見たといわれるのがいやで、夜の出来事は、誰にも話しませんでした。

しかし、本当の凶事は、このあとに起こったのです。

前日、睡眠不足だった私は早めに布団に入りましたが、暗いなかで眠る気になれず、枕もとの電気スタンドをつけたまま、うつらうつらしていました。

やはり二時ごろです……。

「コツ……コツ……コツ……」

昨晩とまったくおなじように、誰かが廊下を歩く音が聞こえてきました。そして、やはり、私の部屋の前で立ち止まると、今度は大きくサッと襖が開かれました。

「ササ……ササ……ササ……」

布をこするような音がしたかと思うと、何かが近づいてきます。

とっさに逃げようとした私はがく然としました。身体が動かないのです。首を動かすことさえできません。

それは私の布団の縁まで来ると、なんと布団の上からかぶさってきました。その重さといったら、まるで大きな石の塊のようです。

そのときです。動かない身体で抵抗しようと汗びっしょりかいた私の顔の上に、突然、ヌッと顔が現われました。逆さ三日月のような目、気味の悪い笑みを浮かべた唇……まさしくあの人形の顔でした。

恐怖に歪(ゆが)む私の顔の目の前で、その表情は見る見る変わっていきました。目は吊り上がり、口は頬のあたりまで裂け、髪は逆立ち、まるで般若(はんにゃ)のような眉間のシワに強い憤怒(ふんぬ)が表われています。私の全身の毛が逆立ちました。

そしてつぎの瞬間、キラッと光る何かが私の目の前を通ったかと思うと、首すじに鋭い痛みが走り、ヌルッと温かいものが滴(したた)るのを感じました。私は渾身の力を振り絞って「ウワアアアアアア!」と声をかぎりに叫び、そのとたん、身体がフッと動くのがわかりました。とっさに枕もとにあった小型ラジオをつかみ、人形の額を思いきり殴りつけた私は、そのまま気を失っていきました。

気がつくと家じゅう大騒ぎになっていました。私の叫び声を聞きつけて、みんなが集まってきたのです。首すじから血を流している私の枕もとには鏡の破片が落ちていたそうですが、幸い大事には至らずにすみました。

私がそれまでのことを話すと、みんな怪訝な顔をしながらも、一応、その人形を見てみようということになり、「開かずの間」に向かいました。

そして、箱から取り出した人形を見たときには、誰もが言葉を失いました。人形の額から鮮血が滴っていたのです。

迷信や幽霊など信じない祖父もさすがに青ざめ、夜明けを待たずに人形をお寺に持っていきました。そして、手厚く供養された人形は、そのまま、お寺に納められました。

その後、人形の入っていた箱を調べてみると、「おつね人形の由来」と記された古文書が見つかりました。それは要約すると次のようなことです。

いまから百五十年ほど前、このおつね人形を持っていた裕福な商家の娘に動物の霊がつき、娘は人形を抱きながら、鏡の破片で首を突いて自殺してしまったこと。それ以来、こ

の人形がたびたび凶事を起こすので、仏法によって箱のなかに閉じこめられたこと……そうような内容の書き物でした。

人形は曾祖父がどこからか買い求めてきたものですが、そんな曰くつきの人形が長年、家のなかにあったのかと思うと、あらためて背筋に冷たいものが走りました。

もうずいぶん昔の出来事ですが、あの不気味な笑い顔と怨念のこもった鬼女のような顔はいまでもはっきりと覚えています。

真夏の朝の奇怪な各駅停車——前田早紀(二十六歳)

その夏はとても暑く、朝だというのにもうすでにプラットホームにも線路から熱い空気が立ち上ってくるような日でした。

私は最寄りの駅のホームで、おなじバイトをしている友達と午前九時に待ち合わせをしていたのですが、約束の時間になっても友達は現われません。いつもは遅れたりしない友達だったので、このまま待つか、先に行くか迷っていると、ポケットのなかでメッセージの着信音が鳴りました。

「ごめん、遅れる」

メッセージにはそうありましたので、私は一足先に行くことにしました。各駅停車の電車に乗れば、目的の駅まで遅れないで着ける時間です。そのことを伝えるために、返信を打ちました。

「つぎの各停に乗って先に行ってるね」

そう入力し終わって、ふと視線を前に向けると、ちょうど私の左斜め前に男の子がポツンとひとりしゃがみこんでいました。それまで気がつかなかったのですが、背中を丸めてじっとしています。

そのとき、なんだか妙な感じはしたのです。中学生くらいにも見えるし、もっと幼いような感じもします。私服なので、よくわかりませんでした。

ぼんやりその子を見ていると、電車が滑りこんできました。私が我に返って電車に乗ると、しゃがみこんでいた男の子も、スッと立ち上がって私の後ろからおなじ車両に入ってきました。電車のなかはガラガラでしたから、ラッキーと思いながらドアのすぐ横の座席に座りました。

車内はすごく静かで、冷房がききすぎているのか、腕がゾクッとするほど冷えていました。思わず両腕をさすったほどです。

さっきの男の子はほとんど空いている席に座りもせず、私の斜め前あたりに立っていました。

気になりました。その男の子がどんな顔をしているのか、見たいような見たくないような、不思議な気持ちでした。でも、なんとなく顔をあげられないのです。

つぎの駅に着いたとき、外から入ってくる夏の空気がほんの少しだけ、ホッとさせてくれましたが、誰も乗りこんできませんでした。いつもなら、座る席などほとんどないくらいなのに、何かがいつもと違っています。

〈つぎの駅で降りよう〉

理由はわかりませんが、そう思いました。

ところが、そこに友達からのメッセージが入ったのです。

「急行に乗るから、急行の待ち合わせられる駅で待ってて！」

私がつぎの駅で降りてしまったら、友達の乗った急行は追い越していってしまいます。そうなると、ふたりともバイトに遅刻するので、私は仕方なくそのままおなじ場所に座りつづけるしかありませんでした。

男の子はやはりどこに座るでもなく、ずっと私の前に立っています。私は俯（うつむ）いたままでしたが、少しずつ視線をあげていきました。男の子の靴から膝、そしてだらりと下がった手まで視野に入ったとき、そのままかたまってしまいました。

その手は真っ白で、まったく血の気がなかったのです。そればかりではありません。私よりもずっと小さなその手には青白い血管と骨が浮き出し、とても子供のものとは思えませんでした。

〈早く駅に着いて！〉

祈るように思いながら、私はずっと俯いたままの姿勢でいました。

とても長い時間そうしていたように思います。

三つの駅をすぎ、やっと急行が停まる駅に着いたので、私は飛び出すように電車を降りました。すると、その男の子も私にぴったりついてくるように、降りてきたのです。

気にしないように、視線を合わせないようにと自分に言い聞かせ、その場に立っていると、一分もしないうちに急行電車が滑りこんできました。

ドアが開く前に窓のところに友達の顔を見つけた私は、ホッとして手を振りました。しかし、「シューッ」と音がしてドアが開かれたとたん、身体が凍りつきました。

あの男の子が……着いたばかりの電車から降りてきたのです。私とおなじ各停に乗り、いっしょにこの駅で降りたばかりの子が、また電車から降りてきたのです。男の子は、呆然と立ちすくむ私の横を通りすぎながら、ふと顔をあげました。そして、とても小さな声でいったのです。

「いっしょに行きたかったのに……」

かたまっている私のそばに来た友達に声をかけられるまで、私の思考は止まったままでした。

とにかく、友達に急かされてその急行電車に乗り、しばらくは放心状態でしたが、やっとそれまでの話をしました。すると、友達も不思議そうに、

「今日、信号機の故障で九時前から電車は止まっていたのよ。この急行の前には回送電車しかなくて、それで遅れるってメールしたんだけど、電車が止まっていることは知ってると思っていた」

というのです。

では、私が乗った電車はいったい何だったのでしょうか？

あの寒くて、人の気配がなくて、リアル感のまったくない電車に乗ったままだったら、私はあの男の子にどこかに連れていかれるところだったのでしょうか？

友達のメッセージがなくて、乗り換え駅で降りなかったらと考えると、いまでも背筋が寒くなるのです。

第二章　血も凍る恐怖スポット

死を招く「悪夢」——渡辺彩花（二十歳）

それはこの夏、高校時代の友達ふたりと、神戸の六甲山の麓（ふもと）にある恵里の家に泊まりこんだときのことでした。恵里の家の近くには六甲山越えをする道路が通っていました。

深夜まで話しこんでいた私は、道路を走るバイクの音に気づき、

「こんな真夜中でも、バイク通るんやね」

と何気なく口にしたのです。

すると、恵里の顔色がサッと変わりました。

「何？　何かあるの？　ひょっとして怖い系？　それなら話して」

恵里の変化を見逃さなかった私たちはおもしろがって、そう説明を求めました。

初めは「なんでもない」といっていた恵里も、私たちがあまりしつこく聞き出そうとするので、青ざめた顔のまま、しぶしぶ話しはじめました。

「この先のカーブで、去年の秋ごろ、バイク事故があったんよ。……私はいいけど、いいの？　話しても……。あとで後悔せんとってよ」

ひどくもったいぶるので、私たちはますます聞きたくなりました。

あのとき、やめておけばよかったのですが……。

「夜中の二時ごろ、二人乗りのバイクが事故ってん。ふたりとも即死やったって。とくに後ろに乗ってた女の人は投げ出されて、顔がめちゃめちゃだったって」

それで、ふたりの霊が事故現場に出るのかと聞くと、恵里は頭を振り、

「違う。夢に、出てくるねん。その事故のこと、聞いた人は夢を見るのよ。バイクの音が聞こえてきて、女の人が出てくる夢……。顔を髪で隠すようにしている女の人が、髪の毛をかき上げると、顔は……ぐちゃぐちゃ……。それで、尋ねるんや。『私、変わってない？　きれい？』って。それで、すぐに『変わってない。きれい』って答えないと、連れていかれるんや……あの世に……」

私たちは笑いました。

昔、流行った「口裂け女」のような話で、信じられなかったからです。本当に連れていかれた人がいても、それを証明することもできないのですから、笑うしかありませんでした。

しかし、恵里は相変わらず真剣な表情で、

「なんとか助かった人もいるし、亡くならなくても、その夢のあと、体調を悪くしたりするねん。それに、その噂話をしたあと、妹も、母さんも夢を見たし、近所じゃ評判なんよ」

そんなふうに訴えます。そのうえ、

「あなたたちも見るよ、その夢。だって、いま、私から聞いたやろ？　そやから後悔するっていうてん。私は一度見たから大丈夫。一度見た人は二度と見ないから」

この類いの話に弱い育代は、すこし不安そうな顔つきになりました。

でも、私にはやはり信じられません。もしも、夢を見るとすれば、見たらどうしよう、見たくないという思いが逆に自己暗示となって、夢を見てしまうとしか思えません。もうひとりの友達の友香もおなじ考えでした。

「暗示にかからないように、気をしっかりもてばいいねん」

私たちはそう話しながら、眠りにつきました。夢を見るはずはないと……。

ところが、翌朝、育代が震えながら「夢を見た」というのです。

恵里のいったとおり、女の人が髪をかき上げながら、「私、変わってない？　きれい？」といったというのです。育代はすかさず「変わってない、きれい」といったとたん、目が覚めたといいます。

私と友香は「自己暗示にかかりやすいんやね」と取りあいませんでした。実際、私たちは夢など何も見なかったのですから。

しかし、その日から一週間ほど経ち、事故の話などすっかり忘れかけていたとき、友香からメッセージが入りました。

「夢を見てしまった。育代とおなじ夢だった。変わってない、きれいって叫んだら、目が覚めたけど。夢を見ていないのは私だけ？　彩花は大丈夫？」

メッセージを読みながら、さすがに薄気味悪くなりました。

その夜は自分に「大丈夫、大丈夫」と言い聞かせながら眠りました。

しかし……その夜、とうとう、私も見てしまったのです。

かすかに響くバイクの音がどんどん近づいてきて、ヘッドライトのような光が一瞬、見えたかと思うと、闇のなかに妙に白い姿の髪の長い女が現われました。そして、ゆっくり振り向くと、髪をかき上げました。醜くえぐれた傷跡が目の前に迫り、血の流れる口が開いたのです。

「私……変わってない？　きれい？」

私は夢のなかで悲鳴をあげると、飛び起きました。身体が汗でびっしょり濡れ、冷たくなっています。心臓は苦しいほどにドキドキしていました。

ひどく喉が渇いた感じがして、水を飲みに行き、少し落ち着いたとき、気がつきました。

……私は「変わってない、きれいよ」と返事をする前に飛び起きてしまったのです。

「でも、大丈夫。何も起こらなかった。友香のメールで自己暗示にかかっただけ」

部屋に戻ると、自分に言い聞かせるようにつぶやいて、もう一度眠ろうとしました。なかなか寝つかれませんでしたが、それでもようやくうとうとしはじめたとき、急に部屋の入り口付近に何かの気配を感じました。

〈誰か、いる！〉

ドアの向こうに、たしかに何かがいます。存在感を感じるのです。まとわりつくような、禍々しい悪意がそこにはありました。

私は急いで起きようとしました。でも、身体が動かないのです。金縛りでした。なんとか起きようと、必死になって首を左右に振りました。すると、そのとたん、ドアの向こうの存在は白い霞の塊のようなものになって部屋に入ってきたのです。

それは、身動きのとれない私の頭上で、ふいに止まりました。頭から身体に向かって、経験したことのないような寒けが走りました。

私は恐怖のあまり、無意識のうちに「父、御子、御霊の……」と、賛美歌を口ずさんでいました。キリスト教系の学校に行っていたので、とっさに口に出ていたのだと思います。

白い塊はユラリと揺れると、スッと形を変えました。すると、白い靄のあいだからスルスルと黒い髪の毛が伸びてきて、事故にあった女の人の顔が現われたのです。

〈あっちへ行って！　あっちへ行って！〉

心のなかで叫びながら、私は賛美歌を歌いつづけました。

つぎの瞬間、女の人は恐ろしい目で私を睨んだかと思うと、スーッと消えてしまったのです。と、同時に金縛りも解けました。

私は布団を頭からかぶると、朝まで賛美歌を歌いながらじっとしていました。

朝になり、寝不足のままキッチンに行くと、母も疲れた顔をして立っていました。そして、私が恐ろしかった夜の話をする前にこういったのです。

「なんだか白いものが突然、部屋のなかに入ってきて、恐ろしいから朝までずっと南無阿弥陀仏を唱えていたんよ」

私は驚くというよりも、鳥肌が立つような思いをしました。母は霊感が強いとよくいわれ、自分でもそれを自覚している人です。私だけが夢を見たなら、自己暗示ということもあるでしょうが、何も知らない母までが感じたというのですから、やはり「あれ」は事故で亡くなった女性だったのでしょう。

私が連れていかれずにすんだのは、賛美歌のおかげかもしれません。母にとっては「南無阿弥陀仏」が救いの言葉になりました。

あれ以来、キリスト教学の授業を真面目に受けるようになりました。

私の体験はここまでですが、最後にこれを読んでくださったあなたも、夢を見るかもしれません。だって、あの事故を知ってしまったのですから。

そのときには、私のように途中で起きないで、かならず「変わっていない、きれい」といってください。

夏の夜に、山上で少女がすすり泣く――三芳秀一（五十一歳）

私が中学二年のときですから、もう四十年近い昔の話ですが、いまだに忘れようとしても忘れられない出来事がありました。

あれは、夏休みのお盆前のことでした。

誰いうともなく、「肝試し」をしようという話になって、夜の十時、広島市内のH山の麓に集合しました。集まったのは男子五人、女子五人の生徒と、何人かの親たちでした。

「気をつけんさいよ」

「危なかったら逃げんさい」

親は心配そうにいいますが、私は、

「大丈夫よね。わしら、若いんじゃけえ」

と意気込んでいました。

「ほいじゃあ、あんたにまかしたけえ、よろしゅうに頼むよ」

その言葉に、

「まかしときんさい」

私は大見えを切ったのでした。

H山というのは、あの原爆でたくさんの人が亡くなった場所で、また死体を焼却した場所でもありました。原爆投下後の広島市街地の写真は、このH山から撮影したものが多いのです。

私たちは細い道を展望台のある頂上を目指して歩きはじめました。いまでこそ、夜になると少しばかりの照明がつくようになりましたが、当時は明かりなどなく、墨を流したように真っ暗な闇の道でした。麓から数十メートルで、もうあたりのようすは何も見えなくなりました。

「わし、戻る……」

いちばん後ろを歩いていた男子のひとりが情けない声を出して、足を止めると、つぎつぎに抜ける者が出はじめました。私も、内心では戻りたかったのですが、意外に度胸の据わった女子たちが帰るといわないので、仕方なく歩きつづけました。

　展望台のある山の上に着いたとき、男子は私以外全員落伍して、そこにいるのは私と五人の女子だけになっていました。

「男は情けないねえ」

「ほんまよ。度胸がない」

　女子にそういわれて、返す言葉もありません。

　さて、そこからがたいへんでした。旧陸軍の墓地をまわってこなくてはならないのです。それこそが「肝試し」の目的でした。

「みんな、わしのそばを離れんようにの」

　そういって、歩きはじめたものの、墓地の恐ろしさは筆舌につくしがたいものがありました。兵士の無念が伝わってくるような気がします。何かがいつ出ても少しもおかしくないと、誰も口にはしませんでしたが、そう思っていました。

　いまさら引き返すこともできないと、さらに墓地の奥へと進んでいったとき、突然どこからか「ガサッ……」と、木々を揺らすような音がしました。

　私たちは身を縮め、ひとかたまりになって音のしたほうに目を凝らしました。

　すると、ふたつの影がひょっこりと現われたのです。

「出た……」

私が震える声でいうと、女子のひとりが、

「あの人たち、見たことある。あれは近所の人じゃ。女の人は恋人よ」

といいます。

この言葉に、みんなの口から安堵の溜息が漏れました。

「幽霊の正体見たり、カップルよ。こんなもんじゃ。また、来年も肝試しやろうや」

陸軍の墓地をまわり、もときた道を展望台のほうに引き返すころには、恐ろしさもどこかに消え、会話も弾んできていました。

展望台にたどりつくと、

「幽霊さん、バイバイ。来年またくるけえの」

私はおどけるようにそういい、女子も、

「おとなしゅうに待っとってね。寂しがらんのよ」

とつづけました。

そのときです。

「ウウウウウ……」

すすり泣くような妙な声がはっきりと聞こえました。みんなの背中に戦慄が走ります。

「何や……？　あれ……」

私の問いかけに答える者は誰もいません。

「ウウウウウウウウウウ……」

ふたたび聞こえてきた声は、さっきよりも近づいてきているようでした。

「ありゃあ、木の葉っぱが擦れ合う音じゃ……」

私は自分に言い聞かせるようにいいましたが、女子のひとりは、

「違う。ありゃあ、どう聞いても女の子の泣く声じゃ」

といいます。

私も、木の葉っぱの音などではないことには気がついていました。

「ウウウウウウウウウウウウ……」

もうすぐそこまで、それは来ています。

「はよう！　下に降りようや！」

重苦しい沈黙を破るように誰かが叫ぶと、みんないっせいに駆けだして、もとの集合場所を目指しました。下に降りる途中で、初めに抜けた四人の男子と合流しました。

「どうじゃった？　遅いけえ、心配したで」

大人たちは待ちかねたように尋ね、展望台まで行かなかった男子が、

「なにこれしき、たいしたことはありゃあせん」

というので、笑いが起こりましたが、私たちは笑う気にはなれませんでした。そうこうするうち、さっき展望台の先で出会ったカップルが戻ってきました。そして不思議そうに私たちを見つめ、こういったのです。

「あれ、おまえら、どしたんない。小さい女の子をちゃんと連れてきてあげんと……」

私は、背筋に冷たいものを感じながら、否定するように、

「おかしいこといいんさんな。ちゃんとみんな戻ってきとるよ」

と声高にいいました。しかし、カップルのお兄さんは、

「わしら、あんたが女の子六人といっしょに歩いとるのを見とるんで。いい加減なことをいうちゃあいけん」

と譲りません。

女子のひとりが気をきかせて、

「ありゃあ、もう家に帰ったんよ」

というと、お兄さんはやっと納得したようですが、私たちの親は、

「どうやら……こりゃあ、出たのう……。昔から噂はあったが、本当のことらしい」

と、考えこむように腕組みをしました。

その噂について、親は話してくれませんでしたが、あれ以来、肝試しをすることはなくなりました。

山奥の湯で腕に巻きつく黒髪――藤岡由里子（四十五歳）

昨年の秋、私と兄は母の喜寿を祝うために群馬県にある温泉に出かけました。温泉通を自負する兄は、わざわざ山奥のひなびた温泉を選び、途中何度も道に迷いながらも、車を走らせ、なんとか目的の宿に着くことができました。

すぐに部屋に通されたのですが、そこに一歩入ったとたん、私はいやな気配を感じました。私は以前から、見えないものを感じたり、不思議な音を聞いたりすることがあったので、言葉でどう表現すればいいのかわかりませんが、とにかく、いやだなと思ったのです。

とくに左側にある部屋用の風呂場のほうに、臭みのあるどんよりした重い空気が充満していました。奥のほうから、誰かにじっと見られているような気がして、背筋がゾクッとするのです。

〈このお風呂は絶対に使わないようにしよう〉

内心そう思っていました。

一方、和室のほうは別に何も感じない、普通の部屋でしたので安心しました。

部屋に風呂はついていても、その旅館の自慢は大きな岩風呂でした。私たちは夕食前に疲れをいやすため、その大きな岩風呂に行ってみました。不気味な部屋の風呂とは違って、雰囲気もよく、乳白色の湯が絶えず流れていました。三人とも大満足だったのはいうまでもありません。

山の幸をふんだんに取り入れた夕食に舌鼓を打ち、しばらくくつろいでいましたが、母はいつものように早めに床につき、兄も運転疲れがあったのか、早々に休んでしまいました。私も眠ろうと思ったのですが、その前にもう一度温泉で温まろうと、ひとりで部屋を出ました。もう十一時はすぎていたと思います。

脱衣所で浴衣を脱ぎ、なかに入ってみると、たったひとりだけ髪を洗っている人がいました。近ごろでは珍しい真っ黒な、しかもすごく長い髪を俯(うつむ)くようにして洗っています。

〈ああ、いいお湯……。これでゆっくり眠れそう〉

湯船のなかで手足を伸ばし、リラックスしていた私は、ふと何かが首すじにあたったような気配に振り向きました。何かがたしかに触れたのです。スーッと……。

背後に人の姿はありません。

アレッと思っていると、今度はサラッとした感触の何かが背中にまわってきました。気のせいではなく、たしかに触れるものがあるので、私は身体ごと湯船のなかで振り返ってみました。

すると、乳白色のお湯に影のようなものが映っています。湯気が邪魔をして、初めははっきり見えなかったのですが、すぐにその正体はわかりました。

髪の毛です。

それは影のように映っているのではなく、真っ黒な髪がお湯の上を流れていたのでした。蛇のようにくねくねと動きながら髪の束はまっすぐこちらにやってきます。そして、硬直してしまった私の腕に巻きつこうとしました。

私は熱いくらいのお湯に浸かっているにもかかわらず、全身に悪寒が走るのを感じ、ガクガクと震えはじめました。

私は遮二無二腕を振りまわし、まとわりつこうとする髪の毛から逃れると、脱衣所に飛び出しました。そのとき、さっきまで髪の毛を洗っていた女性の姿はもうどこにもありませんでした。

身体を拭くのも忘れて、浴衣を羽織ると、部屋まで戻って布団に潜りこみましたが、震えは止まりません。その夜はとうとう朝まで眠ることなどできませんでした。

私たちが泊まった部屋にある浴室あたりの重苦しい空気と、あの岩風呂で起こった奇妙で恐ろしい出来事とは何か関係があったのでしょうか。

翌朝、母も兄もすっきりした顔で目覚めていましたが、ふたりに話しても信じてもらえない気がして、この話はずっと私ひとりの胸のなかにしまったままです。

母の喜寿のお祝いを楽しい思い出にしてもらうためにも、そのほうがいいのだと、いまでも思っています。

「死のうかな……どうしようかな……」——田中智(二十七歳)

これは僕が中学生のとき、田舎の親戚の家へひとりで泊まりに行った帰りの特急列車のなかで、隣に座った大学生のお兄さんから聞いた話です。

彼は大学生で、ワンゲル部に所属していました。

夏の合宿では先輩とふたり一組のペアを作り、H山という山に、一泊二日の登山をしたといいます。

初心者の彼は、ペースをつかめなくて、先輩の足を引っ張ってしまい、予定のキャンプ場までたどり着くことができず、先輩とふたりだけで、ほかの場所にテントを張ることになってしまいました。そこは、彼ら以外にテントを張る人もいないキャンプ場でした。

テントを張る前に夕食のための水を確保するため、彼はキャンプ地内の奥にある小さな池のほうまでひとりで歩いていきました。きれいな夕陽が水面を赤く染めています。あまりの美しさに、しばらく見とれていたのですが、ふと気がつくと、水際に小さな子供用の靴がきちんと並べられていることに気がついたそうです。

〈子供も登山しているのか……〉

そう思って、彼はあまり気にもとめませんでした。

焚き火用の小枝と水を持って、テントのそばに戻った彼が、

「池に子供の靴がありました。ほかにもテントを張っている人がいるんですね」

というと、先輩は怪訝(けげん)な顔をしました。

ほかにキャンプをしている人は見当たらなかったからです。

夕食をすませ、翌日のコースやペース配分の相談をしたあと、ふたりはテントのなかで横になりました。

夜も深くなり、午前二時ごろ、ふと目を覚ました彼は、テントのまわりでガサガサとい

う音がすることに気がつきました。しかし、驚くことではありません。食べ物の匂いに誘われて、タヌキやキツネなどの夜行性動物が近づいてくることは少なくないのです。

しかし、耳を澄ませていると、その音は規則正しく、まるで人間の足音のように聞こえてきました。それは、テントのまわりをまわりながら、だんだん近づいてくるようです。〈こんな山奥に人がいるはずがない。それに登山者なら、懐中電灯も持たずに歩きまわることはないし……〉

そんなことを考えているあいだにも、足音はどんどん近づいてきます。近づけば近づくほど、人間の足音だとはっきりわかるようになってきました。

そして、足音に混じって、女性のか細い声が聞こえてきたというのです。

「……死のうかな……どうしようかな……」

その声を聞いたとたん、彼は〈人間じゃない!〉と直感し、隣で眠っている先輩を揺り起こそうとしました。ところが、先輩は汗をびっしょりかいて、顔を歪め、うなされています。

「先輩!　先輩!」

彼が呼びかけながら先輩を揺さぶりつづけると、先輩は目を開け、そのとたん「ウワッ」と大声をあげました。

「いま、おまえの後ろに女の人が立っていたぞ……」

彼は思わず振り向きましたが、そこにはもちろん誰もいません。

「……死のうかな……どうしようかな……」

テントの外からふたたび、あの声が聞こえてくるのをふたりとも聞きました。しかも、その呟きには「キャッキャッ」と笑う子供の声まで重なってきたのだそうです。

彼の脳裏に、池の水際にあった子供用の靴が浮かびました。

「先輩、あの子供靴……」

彼がいいかけたとき、雲が流れて、明るい月の光があたりを照らしました。

「おい、あれ」

彼の言葉を遮って、先輩が指さしたほうを見ると、月の光に照らされた女の影があったのです。このままではいけない、なんとかしなければとんでもないことになると思ったふたりは、額を寄せ合うようにして相談したあげく、思いきってテントのチャックを開けました。

そして叫んだそうです。

「どっかに行ってくれえ〜！」

……外には誰もいませんでした。そして、白みはじめた東の空がふたりを包んでいたのです。ふたりは大急ぎでテントを片づけ、下山しましたが、その後、なぜかキャンプ場での一件について話をすることはありませんでした。

「もう先輩と話すことは一生ないと思うよ。数日後に、突然、亡くなったんだ……。今度は僕の番かな」

彼はそういいながら、笑っていました。

大学生のお兄さんからそんな話を聞きながら、いつの間にか眠ってしまったようで、僕は車掌さんに「もうすぐ着きますよ」と揺り起こされました。

見ると、隣にいたお兄さんがいません。

「あの……、僕の隣にいた人は、どこかの駅で降りたんですか？」

車掌さんに尋ねると、こんな答えが返ってきました。

「あなたの隣に乗客はいませんでしたよ」

では、僕は誰といっしょにいたのでしょう？

そういえば、あのお兄さんは荷物を何も持っていませんでした。それに、あの話を聞いたとき、列車はちょうどH山あたりを走っていました。

あれから十年以上になりますが、答えは見つからないまま、記憶だけが鮮明に残っている話です。

午前二時にクラクションを三回鳴らすと……

——長谷川亜希（二十一歳）

これは、私の叔父が学生のときに実際に体験した話です。

私の叔父は赤嶺といいます。学生時代はいろいろなことに興味をもっていたそうですが、そのなかには心霊現象も入っていました。

ある日、友人の當間という人が最近噂になっているという話をもってきました。

それは、ある古い道路に車で行って、夜中の二時に三回クラクションを鳴らすと、「チリン……チリン……チリン……」と鈴の音が聞こえ、血まみれのおばあさんがフロントガラスにしがみついてくる……というものでした。

當間さんもそういう類いの話が嫌いではなく、ふたりで「行ってみようぜ」ということになったそうです。しかし、その当時、叔父も當間さんも車を持っていませんでしたから、車を持っている久高さんに頼んで、三人そろって行くことになりました。

当日、待ち合わせ場所に行くと、久高さんの車がやってきました。車のなかには久高さんの友人の高江洲さんも乗っていました。

こうして仲間は四人になり、なんだかワクワクした気分で車に乗りこんだといいます。

久高さんの車はきれいに掃除されていて、バックミラーには鈴のついたお守りがぶらさがっていました。車内には小さなゴミ箱も置いてあるくらい、きちんとしていて、久高さんが車を大事にしているのがよくわかりました。

ところが、その久高さんは前日、徹夜のバイトをしたので運転するのは遠慮したいとい い、當間さんが代わってハンドルを握ったのでした。

市街地を抜け、民家もない町を走って、四人は一時間近くで、問題の現場に到着しました。人の腰あたりまでありそうなススキのような草が生い茂り、その奥は何があるのか、まったく見えないような暗闇だったといいます。

「じゃあ、鳴らすよ」

當間さんは、気合いをこめてクラクションを鳴らしました。

一回……、二回……三回……。

一同耳を澄ませましたが、何も聞こえてきません。聞こえてくるのは、エンジン音とかすかな草のざわめき、バックミラーにぶらさがったお守りについた小さな鈴の音だけ……。

数分のあいだ、沈黙が続きました。

「なあ」

高江洲さんが声を出したとたん、三人はビクッと身体を震わせましたが、

「こんなに待っても何もないってことは、やっぱりただの噂だな」

という彼の言葉に、叔父も當間さんも頷きました。

「ちょっと、外に出てみるか？」

叔父がドアに手を伸ばしかけると、久高さんがそれを急いで遮りました。そして、青ざめた顔を伏せたまま、「早く帰ろう」というのです。何を怖がっているのか、みんな久高さんをからかいながらも、ひとまず、市街地まで戻ることになりました。

そして、深夜でも営業している喫茶店の明るい駐車場に車を止めましたが、やはり、久高さんの顔は強張ったままでした。

「なんで、そんな怖い顔してるんだ？」

高江洲さんが聞くと、

「聞こえなかったのか？　鳴ってたじゃないか、鈴……」

久高さんは震える声でそういったというのです。

ほかの三人は笑いながら「バックミラーの鈴だよ」と指さしました。

すると、久高さんはダッシュボードから簡単な工具箱をとりだし、バックミラーにつけてあったお守りを外すと、小さなペンチで鈴を開きはじめました。

「……見ろよ」

解体された鈴を見て、三人は息を呑みました。

鈴のなかには音を出すための玉が入っていなかったのです。

「じゃあ、あのときの音は……」

四人は怖じ気づきながらも、確かめずにはいられなくて、車から降り、そのボディを見ると……屋根の上に赤黒い手形がついていたそうです。

「帰らなきゃ……」——石田大樹(二十歳)

高校生のとき、夏休みの思い出にと、男三人で旅行したときの出来事です。

山梨県のとある湖の湖畔にY太の親戚が所有するバンガローがあるので、そこに出かけたのです。窓からすぐ湖が見えて、二泊三日を過ごすには最適なロケーションの場所にありました。

荷物を置くなり、僕たちはすぐに湖に向かいました。人出は多く、にぎやかで、僕たちは夕方までずっと外で遊んでいました。夢中で遊んでいると、あっという間に陽は沈んで人もまばらになってきます。

「僕たちもそろそろ帰ろうか」

T也のほうを振り返ると、

「Y太がまだ湖のなかにいるんだけど……、あいつ、何やってるんだ？」

といいます。

Y太のほうを見ると、水の浅いところで膝立ちになって、湖の中心のほうをぼんやり見ています。気になって近寄ってみましたが、僕たちにはまるで気がつかないかのように相変わらず、遠くを見つめたままでした。その視線の先を追ってみても、ただ水があるだけで、何も変わったことはありません。

「どうした？」

肩を叩きながら声をかけると、びっくりしたように、

「えっ？　何？」

と振り向きました。

なんとなくおかしいなとは思いましたが、きっと疲れているのだろうというぐらいにしか考えず、その日は早めに寝ることにしました。

次の日の朝早く、カヌーを借りて三人で釣りに出ることになっていたのですが、Y太は「ちょっと寒けがする」というので、僕とT也のふたりで行くことにしました。最初のう

ちは楽しんでいたのですが、どうしてもY太のことが心配になり、一度戻ることにしました。

岸に向かってカヌーを漕いでいると、まだ寝ているはずのY太の姿が見えました。岸に着いて、「平気なのか?」と尋ねると、「うん。大丈夫だから」と笑顔を見せます。僕たちはホッとして、「朝ご飯を食べよう」と誘ったのですが、Y太は「僕もカヌーに乗りたい」といいはじめました。

朝食のあとでもよさそうなのに、どうしても乗るのだと譲りません。僕たちはふたりだけで楽しんできたので、Y太の気持ちも考え、三人で湖の中心まで行って戻ってくることにしました。

Y太は絶対に乗るといったわりには、カヌーのなかではひとり黙って湖面を見ているばかりで、話しかけても、どことなく上(うわ)の空でした。そして、もうすぐ湖の真ん中かなと思ったとき、突然、Y太が立ち上がりました。カヌーは大きく揺れています。

「Y太!」と叫んで、彼の顔を見ると、これまでに見たこともないような真っ青な顔になっていました。

「おい、どうした?」

声をかけても、黙ったままで、凍りついたような瞳が湖面を見つめています。昨日、岸

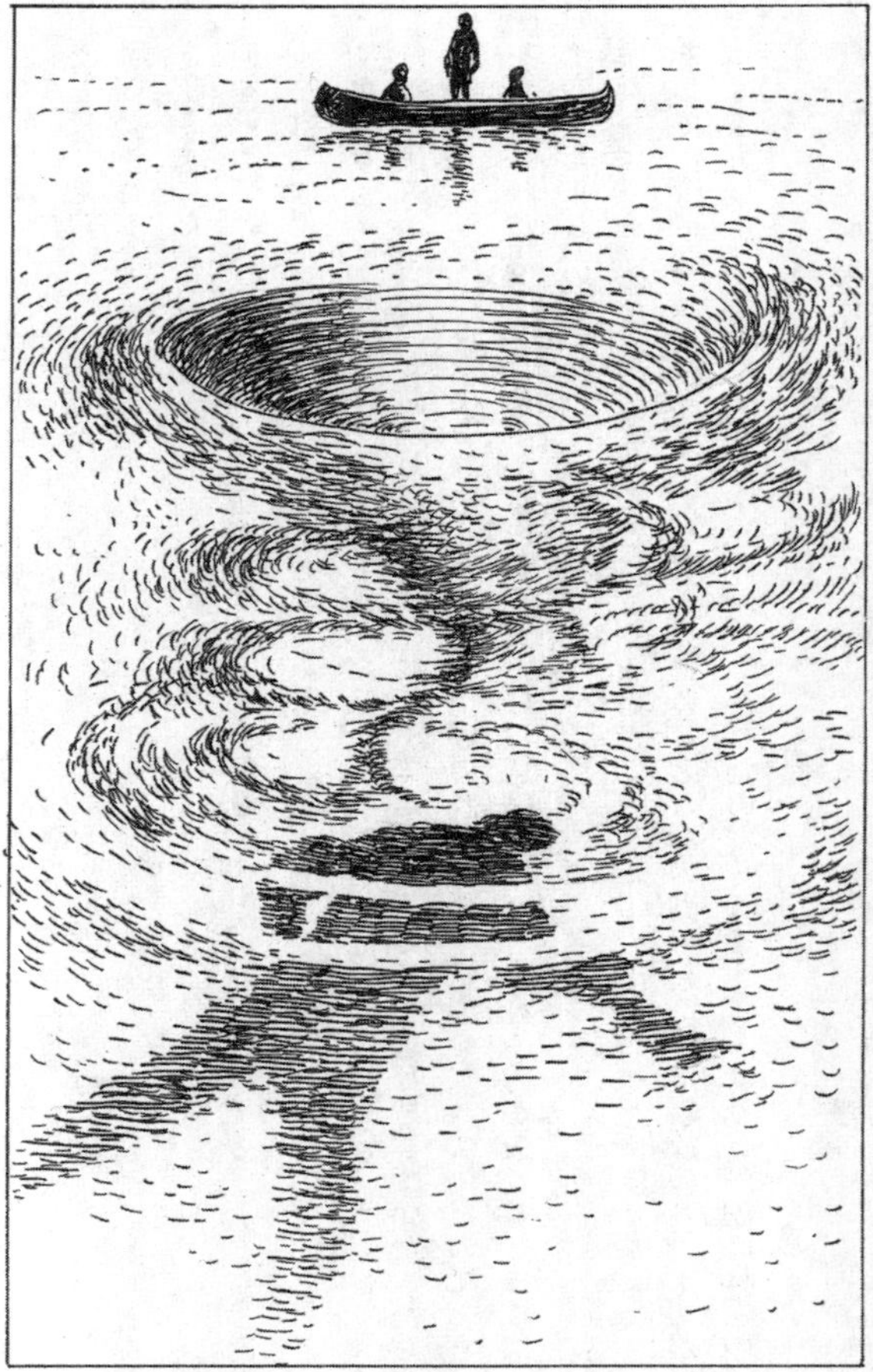

の近くでぼんやりと湖を見ていた、あの目でした。

そして、急に、

「帰らなきゃ……」

と呟(つぶや)きました。

何をいっているかわからない僕が「えっ？」と聞き返すと、

「帰らなきゃ!!」

と叫ぶようにいって、いきなり湖に飛びこんだのです。

一瞬の出来事に呆然としましたが、すぐに近くでボートやカヌー遊びをしていた人たちに助けを求め、Y太は救出されました。引き上げられたとき、意識を失っていたので、心臓をつかまれる思いでしたが、岸に着くころには意識も戻り、全身の力が抜けてしまうほどホッとしました。

僕たちは、そのまま家に帰ることになりました。

そして、夜になり、何気なくテレビを見ていると、あの湖で起こった事故のニュースが入ってきました。十代の男性の水死体が見つかったのだそうです。ちょうど、湖の真ん中で……。

芸人宿の怖い話──福沢頼子（五十八歳）

若いころ、私はアルバイトでショーガールの仕事をしていました。所属している事務所から仕事の依頼が来ると、地方に行き、数日間泊まりこんでショーに出演します。そんな仕事のなかでも、京都にあるサパークラブは本格的なバンドが入っていて、バイト仲間のなかでもとくに人気が高く、みんなが行きたがる店でした。

そして、その京都での仕事のときには決まって泊まる町宿がありました。八坂神社の近くにあり、芸人さんたちがよく利用していた宿です。その宿は敷地の真ん中に囲まれるようにして庭があり、各部屋には小さな姫鏡台がいくつも棚に並べてあったので、私たちは「もとは遊廓（ゆうかく）かなあ？」などと話していた記憶があります。

初めてその宿に泊まったときは真夏でしたが、昼間でも空気がひんやりしていて、寂しい感じがしたものです。そして、私はこの宿で恐怖の体験をしてしまったのです。

その日、数人の仲間とあの宿に泊まることになりました。京都らしい引き戸を開け、自分の部屋を教えてもらうと、私たちは二階へとつづく狭い階段を上りました。階段は途中に踊り場があり、そこに小さな窓がついています。

みんな先に行ってしまい、私が最後についていく形になったのですが、ちょうど、その踊り場のところで顔をあげると、窓の下に短冊がかかっていました。何気なくそれを見ながら通りすぎようとすると、短冊が「バタバタ」と音をさせて動いたのです。

風かなと思って窓のほうを見ましたが、窓は閉まっていましたし、風はそよとも吹いていませんでした。

〈気のせい?〉

そう思った瞬間、ゾワゾワッと身体の表面に、何かに撫(な)でられたような不快な感触が広がりました。腕を見ると、鳥肌が立っています。きっと、あのときの私は髪の毛は逆立っていたと思います。

しかし、それ以上の奇妙なことも起こらなかったので、二階の部屋に入って一息つくと、なんでもないと自分に言い聞かせていました、

「頼子、写真撮って」

おなじ部屋に泊まることになった仲間の美子にいわれ、みんながステージで着る衣裳を身につけた写真を撮っているころには、踊り場でのことはすっかり忘れていたのです。

数枚ずつ写真を撮ってあげて、それでも二枚ほどフィルムが余ったので、私はさっき見た踊り場の短冊を撮影することにしました。とくに深い意味はなかったのですが、ただな

んとなく撮っておきたかったのです。

そして、その夜のことです。

私たちは少し離れた一階のお風呂に行きました。美子はいつも「カラスの行水」で、私が湯船に入っているあいだに身体も髪も洗い終わっているほどなのですが、そのときもそうでした。「熱くてのぼせそう」と美子は脱衣所に出てしまいました。残ったのは私ひとりです。ゆっくりと身体を洗い、髪を洗っていると、脱衣所のほうに人の気配がしました。

「美子?」

声をかけてみましたが、返事はありません。

そのかわり、「キュッキュッ」と帯をとくような音が聞こえてきました。

美子は着物を着ていませんから、そんな音が聞こえるはずもなく、「人違い」に私は肩をすくめて、シャンプーをシャワーで洗い流しはじめました。

「ガラガラ……」

戸の開く音が聞こえます。

しかし、髪を洗い終わって、まわりを見渡すと、そこには誰もいなかったのです。

私は、急いでお風呂から出ると、身体を拭くのもそこそこに部屋に駆け戻りました。先に戻っていた美子に、お風呂での話をしたのですが「そんなの気のせいよ」と取りあってもくれませんでした。

その夜は、私は長いあいだ、眠ることができませんでした。目が冴えてしまって、何度も寝返りをうちました。でも、いつの間にか眠っていたようです。現実との境がないような夢を見ていて、自分の身体がしびれていくような、頭が重くなっていくような、いやな感覚に目を開けると、隣に気持ちよさそうに眠っている美子の顔がありました。

喉の乾きを覚えて、起き上がろうとしたのですが……、どうしたことか、身体が動きません。焦れば焦るほど、何かに押さえつけられてでもいるように身動きできないのです。

なんとか動く頭を持ち上げて、部屋の出入り口のほうを見たときです。スーッと襖が開き、白い浴衣のようなものの裾が目に入りました。それは音もなく、私の布団の足もとまでやってくると、ストンとその場に座りこみました。

〈見てはいけない……！〉

なぜかそう思った私は、硬く目をつぶりました。それなのに、こちらをじっと見ているような視線を痛いほど感じます。

「カタ……」

小さな音がしました。

つづいて、急須から湯飲みにお茶を注いでいるような音も聞こえてきます。

どのくらいそうしていたでしょうか。

あたりが少し明るくなりはじめ、鳥の声が聞こえるようになって、私は初めて目を開けました。恐る恐る足もとのほうを見ましたが、そこには誰もいませんでした。

しかし、テーブルの上には、使わなかったはずの湯飲みが一個、ポツリと置かれていたのです。

その後、東京に帰ってから、フィルムを現像に出しました。私がよく行く写真屋さんで、仕事の宣伝用スチール写真もそこで撮ったりしていましたので、いつも超特急で焼きつけをしてくれます。

その写真屋さんから電話があったのは、現像を頼んだ翌日のことでした。

「頼ちゃん、あのフィルム、写真にしていいの？」

そう聞かれ、なんのことだかわからないまま、ネガをチェックに行きました。

「何が写っているの？」

私が尋ねるとおじさんは黙って、ネガをライトテーブルの上に置きました。

そこに写っていたのは、ステージ衣裳を着た友達と、そして、短冊のあった宿の踊り場でした。問題は踊り場のネガです。私が写した覚えのない、あの日、絶対にいなかったお下げ髪の女の人が短冊の横に立っていたのでした。

ネガは写真屋のおじさんに頼んで、処分してもらいました。

国道二十六号線の恐怖——雪谷正文（七十二歳）

昔、私が大阪に住んでいたころの話です。

当時は貧乏暮らしで車などを買う余裕はありませんでしたが、それでも、なんとか工面をして、ある日、中古のバイクを手に入れました。うれしくてたまらない私は、休日を利用して和歌山まで走ってみることにしました。和歌山には私の父の里があり、たまに訪ねていくと、歓待してくれていました。大阪の自宅からは約百キロほどで、三時間もあれば充分たどり着くことができます。

早朝、買ったばかりのバイクのエンジンをかけると、一路和歌山に向かいました。夏の心地よい風を身体いっぱいに感じながら、国道二十六号線をひた走りました。泉佐野に入ったころ、近くの店で買った握り飯をほおばりながら、一休みしました。

天王寺行きの阪和線が警笛を鳴らして通過していきます。

そこからさらに、紀ノ川を渡って、高野山方面に向かいました。

快適な時間を楽しんで、父の生家にたどり着くと、バイクに乗った私の姿を見た叔父は驚きながらも、笑って出迎えてくれました。近くに住む親戚の人たちも集まってくれ、午後からは昔話に花を咲かせながら、にぎやかなひとときをすごしました。

楽しい時間はあっという間にすぎ、ふと時計を見ると、もう夜の九時をまわっています。「遅いから泊まっていけばいい」といわれましたが、翌日には仕事があったので、私はそそくさと帰り支度をしました。

夏とはいえ、バイクを走らせはじめると、夜気が身体を包んで、少しゾクゾクするほどです。視界もよくないので、来たときよりはややスピードを落として走り、なんとか岸和田の町までたどり着きました。

そして、ある小さな交差点にさしかかったときです。

青信号を通過しようとしたとたん、ふいに左から黒塗りの乗用車が現われ、私のバイクの前輪に接触しました。バイクは路肩にはじかれ、私は草むらに放り出されていました。見通しのよい交差点なのに、近づいてきた車のヘッドライトなど見えなかったものですから、避けようもありませんでした。

幸い、すぐ起き上がることができ、身体には異常はないようでしたが、転倒したバイクの前輪の泥よけはへこみ、タンクにも擦れたような傷がついてしまいました。

「すまんことしたなあ。申し訳ない、怪我はありませんか」

黒塗りの乗用車から飛び出してきた初老の男性が、帽子をとりながら駆け寄ってきました。自分に怪我はないが、バイクに傷ができたことを告げると、男性はポケットから何枚かの千円札を出して私に握らせました。

そのとき、妙に冷たい手が触れ、ゾクッとしたことを覚えています。もっと奇妙なのは、夏だというのに男性はコーデュロイの帽子を手に持ち、長くて黒いコートを着ていたのです。

「少ないかもしれないが、これで勘弁してください。寒くて、熱があるようなので病院に行こうと思って急いでいたものですから。ほんまに申し訳ありまへん」

私が何かをいう暇もなく、男性は乗用車に戻ると、そのまま走り去ってしまいました。私は呆気にとられて見ていましたが、たいした怪我もないし、まあいいかと手渡された数千円をポケットに押しこんで、バイクを起こしました。

エンジンは問題なくかかり、私は走りはじめました。しばらく行くと、前方に大橋が見えてきます、ここまで来れば、もうそんなに時間はかからないと思ったとき、橋のたもとに何やら白く大きな物体が見えました。

そんなものは確認しないで通りすぎてしまえばよかったのですが、私はついバイクをとめ、降りてしまいました。そして、その物体に近づいていったのですが……。自分の目を疑いました。そこにはとてつもなく大きな足が転がっていたのです。

まるで地面から生えて、夜空に向かって伸びているような足は、下駄を履いています。そして、指先がピクピクと動いているのでした。

自分が見ているものがいったい何なのか、それ以上確かめる気にはなれません。私はその場を立ち去ることしか考えていませんでした。一刻も早くと、バイクのところに戻ったのですが……、ないのです。そこにとめておいたはずのバイクがありません。

何がなんだかわからず、狼狽していたところに、ちょうど大阪方面に向かう一台の車のライトが見えてきました。そのライトに照らされ、そこから五十メートルも先の街路樹の下にバイクの影が浮かび上がったのです。

無我夢中でバイクまで走りました。そして、市街地まで一気に加速すると、赤い電球のともる交番を見つけ、私はそこに駆けこみました。

「水……、水ください」

何事かといぶかるおまわりさんから受け取った水を飲み干すと、私は黒塗りの乗用車のこと、とてつもなく大きな足のこと、バイクが勝手に移動していたことなどを話しました。

おまわりさんは話を聞き終わって、私のバイクを点検に表に出たのですが、数十秒もしないうちに戻ってきました。

「なんや悪い夢、見てるんとちゃうか。バイク、なんともあれへんで。見てみ」

おまわりさんは笑っています。

私は一瞬、心臓がつかまれたような感覚を覚えました。恐る恐る外に出て、外灯の下のバイクを見ると……、傷は消えていました。へこんだ泥よけも、擦れたタンクも何事もなかったかのように元どおりになっているのです。

それ以上、説明のしようもなく、私は交番を出ました。

数日後、あの黒い乗用車のナンバーを記憶していた私は陸運局に出向き、事情を説明して探してもらいましたが、その車はすでに廃車になっているとのことでした。しかし、廃車にした元の持ち主を教えてもらったので、そこを訪ねてみたのです。突然の訪問者に訝しい目を向けながらも、応対に出てくれた老婦人は一葉の写真を差し出しました。

「あなたが見た男の人はこの人ですか？」

「そうです、この人です」

「そうですか……。夫は、二年前に亡くなりました。大橋のところで車ごと川に落ち……」

会話はそこでプツリと切れてしまいました。

あのとき初老の男性から受け取った数枚の千円札は、いまでも私の手もとにあります。

第三章　日常を切り裂く歪んだ空間

私の部屋だけが家賃五千円の理由

——中田哲(四十四歳)

私が二十歳のころ、お金もなく、念願のひとり暮らしもできそうになかったとき、友人の拓也が話をもちかけてきました。

「オレの住んでるアパートにめちゃめちゃ安い部屋があるんだよ。ちょっと雨漏りするらしいけど、たいしたことないみたいだし、引っ越してこいよ」

まわりは家賃が二万五千円なのに、その部屋だけ五千円だというのです。

やめておけばよかったのに、ひとり暮らしがしたくてたまらなかった私は、気にもかけず、その部屋に住みはじめたのでした。隣は拓也の部屋でしたので、けっこう楽しく、少しの雨漏りとカビ臭ささえ我慢すれば、住むことはできました。

「ここに穴、開いてるぜ」

私の部屋と拓也の部屋の壁に小さな隙間のような穴が開いているのを見つけたのは、拓也でした。夜遅く、バイトから帰った拓也が電気をつける前に私の部屋から漏れている明かりで見つけたそうなのですが、小さな穴くらいで気を遣うような相手でもなかったので、大家さんに連絡することもなく放置していました。

とにかく古い建物ですから、そんなことを気にしていたのでは暮らしていけません。ところが、一ヵ月ほど経って梅雨の時期を迎えると、たいへんなことになりました。雨漏りです。

その日はいつも以上の大雨で、おまけに風が強かったものですから、天井から水滴は落ちてくるし、窓の隙間からも雨がにじんできて、寝るどころではないという状態でした。雨と風の音でテレビのボリュームも上げなければならないほどでした。

私は一晩だけ拓也の部屋に避難させてもらおうと、隣に行ってみましたが、あいにく留守です。バイト先に電話をかけてみると、雨がひどいので朝まで帰らないといいます。

「いいよ。いつものところに鍵をおいてあるから、勝手に入って寝てくれ」

拓也はそういって電話を切りました。

私は、拓也がいつも鍵を入れている郵便受けの隅っこから鍵をとりだすと、部屋に入っていきました。その部屋は雨漏りの跡もなく、私は布団を引っ張り出すと、安心して横になったのでした。バイトの疲れがたまっていたのか、すぐに眠りに落ちていきました。

やがて、夜も更けたころになって、雨は止んだようで、静けさが戻ってきました。自分の部屋に帰ろうかとも思ったのですが、夜中に畳を拭いたりするのも面倒なので、そのまま眠ってしまうことにしたのです。

そして、真夜中……。

私は、ある音で目を覚ましました。初めは外から聞こえてくる風の音かと思ったのですが、耳を澄ませていると、そうではないことに気がつきました。

「ウ……ウウウ……」

泣き声です。それは女の人の悲しそうな泣き声でした。

疲れているのに、その声は耳について離れず、眠るどころではなくなってきました。

〈隣でケンカでもしてるのか……？〉

そう思って目をつぶったとたん、頭を殴られたようなショックを受けて、私はガバッと起き上がりました。

隣の部屋……？

拓也の隣の部屋、それは……私の部屋です。

泣き声は私の部屋から聞こえてきているのです。

そのままの姿勢で、息を潜めるように、聞き耳を立てました。

たしかに私の部屋からすすり泣くような女の人の泣き声が聞こえてきます。そればかりではありません。ときおり「ポト……ポトッ……」と、雨漏りのような音も混じるのです。

私はそっと外に目をやりました。カーテンの隙間から見える外に、雨が降っているような気配はありませんでした。

私の部屋でいったい何が起きているのか、誰かいるのか……?

ドアを開けて確かめる気にはどうしてもなれなくて、私はふと、あの穴から覗いてみようと思いつきました。

畳の上を這うように、なるべく物音をたてないようにと気をつけながら、壁のそばまで行くと、私はそっと小さな穴に近づいていきました。そして、ゆっくりと覗いたのですが、そこは真っ暗でした。物音ひとつしません。

出る前に電気はすべて消していたので、真っ暗で見えないのは当たり前かと、視線を外そうとしたとき、急に何か赤いものが動きました。

〈なんだ?〉自分が寝ぼけているのかと、もう一度目を凝らすと、そこには赤く充血した目がありました。全身を凍りつかせてしまうような冷たい目です。

「フフフフフフ……」

泣き声は急に笑い声に変わりました。

そして、こんな声が聞こえてきたのです。

「……ここにいたの……?　はやく……戻ってきて……」

その声と同時に、私は気を失っていました。

翌日、私はアパートを引き払いました。

それから数日後、私と拓也は大家さんのところに行き、恐ろしい夜の話をしたのですが、大家さんは妙に真剣な表情を崩すことはありませんでした。そして、話してくれました。

私が住んでいた部屋には昔、若い女性が住んでいたそうです。しかし、その人は数年前、失恋し、風呂場で手首を切って自殺してしまいました。発見されたとき、部屋のあちこちが水浸しになっていました。

あの泣き声は、恋人だった男を恨んで彷徨(さまよ)っている女の人の声だったのでしょうか？

午前一時になると天井裏で……——鈴木りん子(六十八歳)

いまから数十年も前の話です。

私は当時、住む家を探していて、たまたまある不動産屋で二DKの一軒家を相場の半額近い家賃で借りることができたので、さっそく引っ越しました。

引っ越ししてから三日めの夜でした。

三つある部屋の、いちばん奥の部屋で寝ていた私は、「コトコト」と小さなものが走りまわっているような音で目を覚ましました。

「コトコト……コトコト……」

音の出所は天井裏のようです。

〈もしかして、ねずみ？〉

気になりながらも、そのまま眠ってしまったのですが、次の日の夜にもおなじ音で目を覚ましました。暗闇のなかで天井を見上げていると、今度は「ササササ……」と何かを引きずっているような微かな音が聞こえてきます。

〈やっぱりねずみだ。何かを運んでる。いやだなあ。巣でも作られたら、困るよ〉

それからというもの、来る日も来る日も、夜中になると決まって天井から音が聞こえてくるようになりました。そのたびに目を覚まします。それが判で押したように午前一時だったものですから、だんだん睡眠不足になってきました。

私は、ねずみ取り器を買ってきて退治することにしました。

ねずみが食べ物に食いつくと、パチンと撥ねてねずみを挟むオーソドックスなねずみ取り器です。さつま揚げの切れ端をねずみ取り器の針金に刺し、椅子に乗って天井の板を持ち上げると、私はそれをそっと天井裏に置きました。

ところが、その夜はいつもの「コトコト……」という音も、「ササササ……」という音もしません。天井裏は静まり返っています。

〈おかしいなあ。ねずみのやつ、どうしたんだろう。でもまあ、静かでいいか〉

と思って、その夜は眠ってしまいました。

それから二日ほどすぎた日の夜、

「コトコト……」

天井裏からあの音が聞こえてきました。

時計を見ると、やはりちょうど午前一時を指しています。

そのとき、突然「パチン」と音がしたので、私は飛び起きました。とうとう掛かったようです。急いで椅子を持ってくると、懐中電灯をつけて、天井裏を覗いてみました。ねずみ取り器には黒い物体が挟まっていて、身動きひとつせずじっとしています。

〈ねずみめ、とうとう捕まえたぞ〉

捕まえてはみたものの、直接触れるのは気味が悪いし、咬みつかれでもしたらたいへんです。私は軍手をし、黒いビニール袋をねずみ取り器にかぶせると、そのまま引きずり出しました。

ところが、椅子から降りて、螢光灯の明るい光の下でビニール袋のなかを覗いてみると、そこにはねずみではなく……黒い毛の塊が挟まっていたのでした。

「ウワッ！」

気持ち悪さに、私はビニール袋を放り投げてしまいました。

しかし、家のなかに置いておくのもいやなので、仕方なく、私はパジャマの上にジャンパーを羽織ると、ビニール袋をつかんで外に出ました。どこかに棄てようと思ったのですが、ちょうど近くの工場の向こうが原っぱになっていたことを思い出しました。そこまで走っていって、落ちていた新聞紙でビニール袋をくるむと、ライターで火をつけました。

たちまちビニール袋は溶け、髪の毛が燃えるいやな臭いがあたりに流れました。

それから家に帰りましたが、奥の部屋で寝る気にはなれません。手前の居間に布団を運ぶと、私はぐっすりと眠ってしまいました。

一週間ほど、居間で寝ましたが、何の物音もしなくなったので、久しぶりに奥の部屋に移動することにしました。

ところが、何かが気になっていたのでしょうか。寝つきはよかったのに、夜中にふと目を覚ましてしまいました。午前一時です。

溜息をつきながら寝返りをうった瞬間、天井にボオッと白い光が見えたような気がして、目を見開きました。……気のせいではありませんでした。天井にぼんやりと白い光を発した人型があったのです、両手を広げ、天井に張りついたまま、私を見下ろしています。

それは、どんどんはっきりとした形をとるようになってきました。女のようです。真っ赤な目が異様に光り、私を凝視しています。そして、その頭部に視線がいったとき、思わず「アッ」と声をあげてしまいました。なんと左側半分の髪の毛がなかったのです。

そのうち、閉めきっているはずの部屋のなかに風が吹きはじめると、女の長い髪が揺れ動き、天井に触れて、「サササ……」と音をたてました。

〈この音……。ねずみじゃなかった……。音の正体はこの女だったんだ……〉

私は恐怖に震えながら、心のなかで「ごめんなさい。髪の毛、燃やしちゃって……ごめんなさい」と必死で謝りました。

と、突然、腹部に強烈な痛みを感じました。女がドサリと落ちてきて、私のお腹を思いきり踏みつけたのです。その重さといったら、大きな石がのっているようで、身動きひとつできません。

〈お腹が破裂する……！　殺される……！〉

恐怖と苦しさで、私は気を失っていました。

どのくらい経ったかわかりませんが、気がつくと、夜が明け、女の姿は消えていました。

しかし、パジャマをめくってみると、お腹には二カ所の青いアザが残っていたのでした。

私はその日、会社を休んで、不動産屋に走りました。あの部屋にいったい何があるのか、どうしてあんな部屋を貸したのか、問い詰めなければ気が収まりません。勢いこんで抗議する私に、不動産屋は開き直って反論してきました。

「あんないい家が、あの家賃で借りられるんだよ、普通に考えれば何かあると思うだろう。疑ってかかるのが常識ってもんだよ。あんたもずいぶん、世間知らずだねえ」

文句をいっても埒が明きそうにないので、せめてあの家で何があったのか、話すように詰め寄ると、不動産屋は「まあ落ち着きなさい」とお茶を入れ、私の前に置きました。

「あれから何年経つかなあ、女が農薬を飲んで自殺したんだよ。髪の長い美人だったけど、失恋だったそうだよ」

「……何時ごろに亡くなったのか、知っていますか?」

その答えはわかっていたような気がしますが、聞かずにはいられませんでした。

「死亡推定時刻は……たしか、夜中の一時という話だったよ」

不動産屋の説明を聞きながら、いつも夜中の一時に目覚めた理由がわかりました。

不動産屋を出ると、私はすぐ別のルートで家を探し、引っ越しましたが、いまでもときどき午前一時に目覚めることがあります。そのとき、「コトコト……ササササ……」という音が聞こえてくるような気がして、ハッとすることがあります。

押し入れのなかの冷たい手——梶原真美（二十七歳）

小学二年生の夏休み、私は和歌山県にある祖父の家に遊びに行きました。

ある日の午後、祖父は夕方から催される盆踊り大会の手伝いに出かけ、私は二歳年下の従兄弟と四歳年下の弟の三人で留守番することになりました。祖父の家は古く、また広かったので、子供たちの好奇心を騒がせる秘密の匂いがします。

私たちはかくれんぼをして遊ぶことにしました。

ジャンケンで負けた従兄弟が鬼です。私と弟は隠れ場を求めて急ぎました。

蚊帳（かや）の陰、タライのなか、掛け軸の裏……なかなか、これといった場所が見つからず、私は汗をかきながら、家じゅうを探しました。

「八十一……八十二……」

従兄弟の数える声が気持ちを煽（あお）り立てます。弟はすでにうまく隠れたのか、気配すらありませんでした。

「九十四……九十五……」

ああ、早くしなくては……。私は仏間に滑りこみました。

いつもお線香の匂いがして、掲げている写真にじっと見られているような気がして、少し怖いけど、もう後戻りする時間はありませんでした。

急かすように背後で物音がしました。百まで数えた従兄弟が探しにきたのです。

「押し入れに入ったら、あかん！」

いつもそういっていた祖父の言葉が甦りましたが、もう迷っている暇はありませんでした。私はそっと襖を開けると、押し入れのなかに身を潜めました。

押し入れのなかはこたつ布団や古い綿入れなどがかけられていて、カビ臭い空気が漂っています。暗闇が怖くないわけではありませんが、見つかるのがいやで襖を閉めきりました。闇と湿気た布団の臭いを我慢すれば、そこはひんやりとして心地よく、しゃがんでいるうちに、汗も引いてきました。

「クフフフフッ……」

暗いうえ、布団に邪魔されて見えませんが、奥から弟の忍び笑いが聞こえてきました。

「あれ、トモもここに隠れていたの？」

心強い味方を得た気がして、私は姿の見えない弟と手をつなぎ、じっと息を殺していました。

それから、どのくらい経ったでしょう。

「お姉ちゃん、もう降参だよう。早く出てきてよう」

心細そうな従兄弟の声がします。私と弟が見つからないので、気味が悪くなってきたのでしょうか。

ところが、押し入れの外からは、もうひとりの泣き声も聞こえてきたのでした。弟です。私を呼ぶ、弟の泣き声が聞こえてくるではありませんか。

……だったら、いま、私が握っているこの手は、誰の……？　ひんやり冷たくて、湿り気を帯びたこの手は……？

「キャー！」

表現しきれない恐怖が全身を駆け巡りました。私は握っている手を振りほどき、押し入れから転がり出ました。

そのあと、高熱を出して寝込んでしまった私は、後日、祖父からこんな話を聞かされました。

祖父の妹が幼いころ、押し入れに積んであった布団に潜りこんで遊んでいるうち、足をシーツに絡ませて身動きが取れなくなり、窒息死するという痛ましい事故があったのだそうです。

左手は、まるで助けを求めるかのように、布団のあいだから突き出ていたといいます。

それからというもの祖父宅では、押し入れには布団類は積まず、布団干し用のパイプにかけて片づけるようになったということでした。

私がつないでいたあの手は、きっと祖父の妹の手だったのでしょう。

あれ以来、私は二度と人と手をつなぐことができなくなりました。

もうすぐ生まれてくる我が子の手を、私はつないでやることができるでしょうか。不安でなりません。

教室にポツンと謎の「永久空席」――樫原想林(六十九歳)

そのときは怖くなかったけれど、あとで考えるとゾーッとする……そんな経験をしたことのある人は少なくないのではないでしょうか。

私の身の上にそれが起きたのはだいぶ以前、小学五年生になってすぐのことでした。

私たちはいわゆる「団塊の世代」で、いまからは想像もできないほど、子供の多い時代でした。小学校では一クラス五十人以上、一学年に十数クラスもあるというありさまでした。一クラスに五十人以上もの生徒が机や椅子を並べて座ると、机と机のあいだも身体を斜めにしてすり抜けるように通るという具合です。

五年生に進級し、ギシギシ鳴る木造階段を上り、二階の西側にある教室に初めて足を踏み入れてみると、狭苦しいというのが第一印象でした。

新しい担任の先生がやってきて、席割りを決め、クラス全員が着席しました。ところが、南側にある窓際の席のうち、真ん中のひとつだけがポツンと空いています。まるで特等席のように……。

教室は鮨詰め状態だというのに、なぜその席だけ空けているのか、私は首をひねらずにはいられませんでした。しかもそこは、晴れた日には冬日も燦々と射しこむ、とてもいい席なのです。私は思いきって、先生に「あの席だけどうして空けるのですか」と聞いてみました。クラスのみんなも同感だったらしく、頷きながら先生の答えを待っていました。

するとし、先生は、

「それはだな……」

と、いいかけたものの、言葉を濁して、はぐらかしてしまいました。

そのときの先生の動揺を隠せないどぎまぎしたようすを、いまでも覚えています。

それから数日後のこと、クラスにひとりの転校生がやってきました。お下げ髪に、桃色のリボンを結んだ、とてもかわいい女の子でした。

転校生を紹介したあと、先生は腕組みをして何事か考えているようでした。彼女をどこに座らせるか、決めかねていたのです。ちょうど空いている「特等席」にすればいいのにと思っていると、先生は急に私のほうを指さし、こういいました。

「おまえはガキ大将だから……、おまえなら敬遠して近づかないかもしれないから……」

意味不明の説明で、転校生が私の席に座り、私は「特等席」に行くことを命じられたのです。私は意気揚々と席を譲り、日当たりのいいその席に移動しました。

ところが、早くも翌日、異変が生じはじめました。

一時間目の授業が始まったとたん、ふいに胸騒ぎがしたかと思うと、黒いベールのような薄膜が垂れ下がってきたのです。それは、目の前に現れたというよりは、心のなかに垂れ下がったという感じでした。

そして、同時に薄膜の表面に見知らぬ顔が浮かび上がってきました。青黒いのっぺりとした顔に眉は逆八の字に吊り上がって、両目が怪しく輝いています。そして口は左右の耳もとまで弓なりに赤く裂けているではありませんか。おまけに頭には黒くて小さな蛇の塊のようなものがうごめいています。

私は思わず、目をみはり、特等席の上で凍りついてしまいました。

「この餓鬼……。出ていけ……！」

そんな声を聞いたような気がしました。

脅迫するようなその声は、おそらく私にしか聞こえなかったのだと思います。先生はもちろんのこと、クラスの誰からもなんのリアクションもなかったのですから。

何かの間違いかと初めは思いました。

しかし、それからというもの、数日おきに、それは現われるのです。そして「出ていけ……！」と繰り返すのでした。

私は自分の見たもの、聞こえた声を誰かに話しても信じてはもらえないだろうと、我慢をつづけました。

しかし、忘れもしない算数の時間のこと……。

当時は算数の時間に組みこまれていた算盤（そろばん）を机の上に置き、教壇の上のひときわ大きな算盤を見ながら、使い方を教わっていると、またしても、それが目の前に現われたのです。

「この餓鬼……。まだ、ここにいるのか、出ていけ……！」

耳もとで低い声がワンワンと繰り返します。

私はとうとうたまりかね、目の前の算盤をつかんで立ち上がりながら、叫びました。

「やかましい！　このがんたれ！　おらにやばちいことばっかしぬかしやがって。これ以上、ごもくぬかしやがったら、わやにしてやんぞお」

教室内はたちまち騒然となりました。

先生はあわてて私に駆け寄り、算盤をもぎ取ると、無理やり席に座らせて、あれこれとなだめようとしました。

私の興奮がなんとかおさまると、先生は困惑した表情のまま、教壇に戻り授業を続行しました。しかし、私は算盤を取り上げられたので、所在なく、先生の手もとを見ているしかありませんでした。

そして、数分後のことです。

真横の窓ガラスが突然、私をめがけて倒れかかってきました。逃げる暇もなく、窓枠は私の頭を直撃し、私は悲鳴をあげて、机に突っ伏しました。

先生が血相を変えて飛んできて、ガラス窓をどけてくれました。幸い、ガラスではなく、枠があたったので、大きな瘤はこしらえましたが、大事にはいたらずにすみました。

先生は私のいがぐり頭を撫でながら、

「やっぱり、この席は……」

と、またしても奇妙なことを呟いています。

その日の放課後、私は職員室で先生から説明を受けました。

私の座っていた席、それは教員たちのあいだで秘かに「悪魔の棲む席」といわれていたそうです。その席に座った生徒はかならず、普通ではない行動をとるようになるのだといいます。それまでにも、突然二階の窓から飛び降りた生徒、コンパスの針で自分の目を突いた生徒、いきなり鉛筆削り用の小刀を振りかざして教師に襲いかかった生徒などがいたのだと聞きました。

しかし、席と生徒のおかしな行動の因果関係ははっきりせず、担任の先生は、半信半疑ながら、「ガキ大将」の私なら大丈夫だろうと思って座らせたのでした。

先生の話を聞きながら、私は因果関係はあるとはっきり思いました。なぜなら、私は「あの顔」をはっきりと見たのですから。

私の一件で、学校側はとうとう「悪魔の棲む席」を永久空席にすると決めました。そして、教壇の真ん前に新しい席を作り、私はそこに移動して、卒業するまで、先生と顔を突きあわせるような授業を受けることになったのでした。

「悪魔の棲む席」には誰も近寄らず、掃除のときにもその席だけはまったく動かさずまわりだけを掃いたり拭いたりしました。その結果、その席のところだけ、なんともいえない空気がよどんでいるような、奇妙な空間になりました。

そうした状況は、私が小学校を卒業して数年後に、木造校舎が取り壊されて、コンクリートの新校舎に生まれ変わるまでつづいていたようです。

しかし、「悪魔の棲む席」をなくしてしまった祟りでしょうか。新校舎完成の翌年、不審火で校舎は全焼してしまいました。それ以降、校舎は再建されることなく、やがて学校自体が廃校となってしまいました。

「悪魔の棲む席」のある校舎など、なくなってよかったと思う反面、母校がなくなってしまったことには一抹の寂しさを覚えずにはいられません。

押し入れのなかの背広男

——木本浩史（三十一歳）

それは昨年の四月のことでした。

仕事の都合で急遽引っ越しをしなければならなくなったのですが、忙しくてなかなかじっくり物件を選んでいるような暇はありませんでした。それでも、仕事の帰り、最寄りの駅前にある不動産屋に行き、条件を話して数件の候補は出してもらうことができました。実際に見に行くのは五軒と決め、なんとかとることのできた休みを使って不動産屋に出向いたのは、移動予定の二週間ほど前のことです。

朝一番に不動産屋に出向き、見学に行こうとした矢先、担当してくれた方に急用が入っ

て、いっしょにまわることができないといいます。しかし、僕にはその日一日しか時間がなく、担当の方もそれは知っていたので、

「地図と鍵を用意しますので、申し訳ないですが、おひとりで見てきていただいてもよろしいですか？」

という提案がありました。

もし気になることがあれば、帰ってきてから確かめればいいし、ひとりのほうが気が楽かもしれないという思いもありましたので、僕は躊躇(ちゅうちょ)することなく承諾しました。

一軒めのアパートは築三年めということで、とてもきれいでした。周囲には高い建物もなく、フローリングの床には日が射しこんできます。キッチン、浴室、トイレも使い勝手がよさそうで、何の問題もありません。ここに決めてしまおうかと思ったほど気に入ったのですが、まだ、一軒めなので、つぎの物件に向かうことにしました。

二軒め、三軒め、四軒めとも見学をしました。どれも、悪くはなかったのですが、やはり一軒めがいちばんよかったという気がします。

ですから、四軒めを見終わったときには、五軒めはパスして最初の物件に決めてしまおうかと思ったのですが、地図を見ると、最後のアパートまではつい目と鼻の先でしたので、一応、見ておくことにしました。

そのことをいまでも後悔しています。

見ないで帰っておけばよかったのです……。

五分ほど歩いて、僕は五軒めのアパートの前に立っていました。

外見はそれほど悪くはないのですが、なんとなく湿っぽい空気がよどんでいるような、いや〜な感じがしました。

鍵を開け、一歩なかに入ったとき、カビ臭さがつんと鼻をつきました。

僕は即座に窓を開け放ちました。それで、いくらかは新鮮な空気が入ってきて落ち着き、改めて部屋のなかを見まわしたほどです。

一度玄関のほうに戻り、キッチン、浴室、トイレを点検しました。まあ、こんなものだろう、というくらいの感想しかありませんでした。

わざわざ見にくるほどのことはなかったのですが、これで、納得して一軒めのアパートに決められると思い、戸締まりをすることにしました。

開けた窓を閉めようと、ベランダに近づいたときです。

背後で「フ……」と物音がしました。風の音のような、人の溜息(ためいき)のようなかすかな音でした。もしかしたら、それは聞こえたのではなく、僕が気配を感じたということだけなのかもしれません。

振り向くと、部屋の入り口の右側に押し入れがありました。何の変哲もない押し入れです。このアパートには初めからあまり興味がなかったので、押し入れには気がついていませんでした。

でも、なんとなく気になるのです。

不自然に開いたほんの数センチの隙間から目が離せなくなりました。

僕は近づいて、そっと引き戸に手をかけました。

つぎの瞬間、僕が力を入れる前に、押し入れの戸が「スーッ」と開いたのです。そして、押し入れの上の段、ちょうど僕の目線とおなじ高さに男の顔があったのです。

血の気がさっと引いていくのがわかりました。

上下の背広を着て、両足をかがめ、両手で抱えこんでいる男がじっと僕を見ました。笑っているでも、怒っているでもない、無表情な顔は真っ青です。

一瞬、身体が凍りつき、自由を失いかけましたが、数秒後、僕は一目散にその部屋から逃げ出しました。窓も開けたまま、鍵もかけず、とにかく無我夢中で駅まで走りました。

不動産屋に駆けこんで、事情を説明しましたが、首を傾げるばかりで、「不法侵入していたのではないか」というところに落ち着いたのですが、僕にはあの男が生きている人間とは思えませんでした。

いまは、初めに決めたアパートに住んでいますが、たったひとつ気になることがあります。仕事から帰ると、閉めたはずの押し入れがほんの数センチ開いていることがあるのです。その押し入れはもちろんのこと、ドアを開くことさえ、最近ではためらわれることがあります。

無縁仏に情をかけたばっかりに——濱口優子(四十一歳)

その年は、夫に悪いことばかり続いた年でした。

最初の悪いことは、四月中旬にある人事異動で田舎の小さな出張所への転勤が決まったことでした。

そのころ、三十代前半だった夫は都会の中心にある支店でやりがいのある仕事を任されていたのに、突然、辺鄙(へんぴ)な田舎の出張所への異動の辞令が出たのです。

家族で移り住んだマンションは、会社の借り上げ住宅でしたから、家賃の八十パーセントは会社が出してくれますし、きれいだったのですが、ただひとつだけ気になることがありました。それは正面が墓地だということです。

引っ越し当日、荷物を運びこんでいると、居間の窓からちょうど真っ正面にひとつのお墓が見えました。普通のお墓ですが、窓のほうを向くと、かならず視野に入ってきて、なんだか薄気味悪く感じたものです。

翌日から夫は仕事に行き、昼間、私はまだ二歳だった長男とふたりきりで過ごしました。マンションの住人は単身赴任者が多いらしく、親しくなれそうな家族もいませんでした。私は息子が遊べるような公園はないかと近所を探してみましたが、あるのは荒れ地と休耕地ばかりでした。

ある日曜日、夫が部屋の窓から正面のお墓を見ながらポツンといいました。

「ここへ来る一カ月くらい前、出張で来たときに、このマンションの前も通ったんだ。お彼岸前だったから、どのお墓にも花が飾ってあって、きれいに掃除されてたんだけど、ほら、ここから見える、あのお墓、あそこだけが花もなくて汚れてて、なんかかわいそうになって、出張先でお土産にもらったおまんじゅうをお供えしたんだよね。あんなことしたから、お墓に入っている人に気に入られて呼ばれちゃったのかな……」

「いやだ、怖いこと、いわないでよ」

転勤後、仕事上のトラブルが続いていたので、ふとそんなふうに考えたのでしょうが、やっと仕事が順調にまわりはじめたころ、今度は身体を壊してしまいました。ただの風邪と軽く考えていたら症状が重くなり、入院する羽目になりました。それはすぐに治りましたが、一カ月も経たないうちにインフルエンザをこじらせて、再度入院。やっと治ったら、会社のソフトボール大会で腕を骨折してしまいました。

十二月のなかごろになって「お祓(はら)いをしたほうがいいんじゃない？」という叔母の勧めで、私は夫を隣県との県境にある山奥のお寺に連れていきました。そこのお坊さんは霊能者として有名なのだと、叔母に教えてもらったからです。

通された部屋に入るなり、座っていたお坊さんはいいました。

「あんたには年寄り夫婦が憑(つ)いとる」

驚く私たちに、お坊さんは続けていいます。

「誰やろなあ。あんたとは何の関係もない老夫婦みたいやな。血のつながりはない。義理もない。どこから憑いたんかなあ。あんた、やさしかけんなあ。変な情を見せたんやろ。ああ、いかん。この老夫婦、自殺しとる。いかん、いかん」

そして突然、大声で叫びました。

「関係ない人は出ていけ！　ほら、あんたもいいなさい。腹の底から大声出して！」

夫は促されるままにいいました。

「関係のない人は出ていってください！」

「もっと大きな声で！」

「関係ない人は出ていけ！」

「そうそう、それでいい」

お坊さんは数珠を持って夫の肩や頭に手をかざしたり、祈禱するように手を合わせたりしていました。そして三十分後、「これで大丈夫」といってくれたのです。

そして、その夜のことです。

私は人の話し声で目を覚ましました。そっと目を開けると、隣に寝ている夫の枕もとに人影がふたつあります。寒けがするような霊気が、あたりに漂っていました。ふたつの影はボソボソと話しているので、よく聞き取れません。しかし、ひとつだけ、はっきりと耳に飛びこんできました。

「息子じゃなか……」

息子ではなかった……そういったのです。

そのあと、ふたつの影は窓のほうにフワフワと移動しました。そのとき、二、三日前に飾りつけておいたクリスマスツリーにぶつかったのか、ツリーの枝がワサワサと揺れ、何かがバサッと落ちる音がしたあと、気配がフッと消えました。

私は怖くて、布団を被ったまま、硬く目を閉じているうちに、いつの間にか眠ってしまいました。でも……朝になって起きてみると、ツリーの下にはサンタクロースや星の形のオーナメントが五、六個、床に落ちているではありませんか。

やはり夢ではなかったのです。

年明け、夫はもとの支店に戻るようにとの命を受け、また引っ越しすることになりました。晴れ晴れした気持ちで引っ越し準備をしていたとき、ときどき挨拶を交わしていたおなじ階に住む年配の男の人が、意外な話をしてくれました。

マンションの土地はもともと果樹園でしたが、持ち主の老夫婦が地元の銀行からもちかけられた話をすっかり信じて、果樹園をつぶしてマンションを建てることにしたそうです。バブル全盛期のころの話です。

果樹園を維持するのは、年寄りだけの力では難しく、しかも老夫婦はひとり息子を病気で亡くしていたのですから、後継ぎもいません。思いきって資金を銀行から借り、マンションを建てたのですが、田舎の部屋を借りにくる人は少なく、家賃収入は見込みよりずっと少ないものになってしまいました。やがて、バブルがはじけ、ふたりには借金だけが残りました。

そして、マンションが人手に渡ってしまうと、ふたりは自殺してしまったのです。線路に身体を縛りつけた鉄道自殺という、悲惨な死に方だったといいます。

「ほら、あそこに見えるお墓がふたりのお墓ですよ。お引っ越しの前にお参りしてきたらどうですか？」

男の人が指さす先には、夫がおまんじゅうを供え、引っ越してきたとき、私が気になって仕方のなかった、あのお墓がありました。

「とんでもない！　何の関係もない人ですから！」

私はお墓に聞こえるくらい、大きな声で叫びました。

あの夫婦は夫を息子と勘違いしたのでしょうか？　そして、無念の思いを知らせたくて、夫に憑いたのでしょうか？

私にはわかりませんが、もうあの土地を訪ねることはないと思います。

頭が半分、グチャグチャの男の子――清水啓太（三十四歳）

これは私が小学生だったときの話です。

当時、学級新聞委員だった私は、放課後の教室に残って、翌日までに出さなければならない学級新聞を作っていました。

そろそろ帰ろうと思った午後五時過ぎ、下の階から女の子たちの悲鳴と泣き声が聞こえてきました。そして、まもなく三人の女の子が私たちの教室に飛びこんできました。あまりひどく泣きじゃくっているので、最初は話もできませんでしたが、やがて、少しずつ落ち着いてきて、

「頭が半分、グチャグチャの男の子が出た」

というのです。

怖がり方といい、泣き方といい、とても嘘や冗談とは思えませんでしたから、職員室に連れていって、先生に事情を説明しました。

話を聞いた先生は「たしかに男の子だったか？」と尋ねて、女の子たちが頷くと、少し難しい顔をして、

「そうか、わかった。今日はもう遅いから、みんな、いっしょに帰りなさい」

といいました。

翌日、先生はクラス全員を席に着かせると、改まったような感じで、

「最近、教室で変なものにいたずらした人はいない？」

と聞きました。

みんな何のことかわからず、「変なものって何？」とザワザワしましたが、しばらくす

ると、Bくんが何かに思い当たったように「白い紙のこと？」と声をあげました。

すると、先生は「ああ、それだ」というように何度も頷きました。

私たちには何のことだかさっぱりわかりません。

先生は「知らないほうがよかったかもしれないけど……」と前置きをしてから説明をしてくれました。

以前、私たちのいる校舎は増築のために大規模な工事をしたことがあったのだそうです。そのとき、かくれんぼをしていた男の子がまだ完成していないベランダに出ていって、落下して亡くなったのだそうです。その生徒を慰めるために、教室の隅にはお札が貼られていたのでした。

それからしばらくたって、神主さんがやってきてお祓いをし、お札を新しいものに替えました。

そして、あの日、どこで男の子の姿を見たのかと聞かれた女の子たちが、その教室に案内すると、神主さんはベランダに出て丹念に柵を調べました。

やがて、神主さんは「ああ、これをいいたかったのか」と呟きました。

指さされた箇所を見ると、柵のボルトが取れかかっています。もし、誰かがそこにもたれたり、ぶつかったりしたら、きっと柵ごと地面に叩きつけられることになったでしょう。

その後、私が卒業するまで、あの男の子が現われることはありませんでした。そして、当時の同級生たちは、いまでも、あの話をすることはありません。

何かがいる……見られている……

——神称さくら(十七歳)

普通、霊というのは墓場や病院など、何か因縁のある場所に出るものだと思っていました。しかし、私はまったく違う場所で奇妙な体験をしたのでした。

私の通う学校はキリスト教系の女子高で、創立者の名前がつけられたホールがありました。文化祭の催し物や毎日の礼拝はそのホールで行なわれるので、生徒でなくてもみんな知っている有名なホールでした。

ホールの後ろには一般の生徒は入れない、その存在すらあまり知られていない部屋がありました。

「調整室」です。ホールの音響、照明、空調などを管理する重要な場所ですが、私も新入生のころには、その存在を知りませんでした。

私が初めてその部屋に入ったのは中学一年の夏休み、暑さがピークを迎えたある日のことでした。

演劇部に入部した私は、秋の文化祭に向けて練習に励んでいました。私に与えられたのは照明という大きな仕事で、先輩に叱られながらも、必死になって仕事を覚えようとしていました。

その日、私と同級生は先輩に連れられて、調整室のドアを開けました。

「暗いなあ」

それが第一声だったと思います。

ホールを暗くしたときに、調整室が目立たないよう、手もとを照らす電球はあるものの、部屋は極力暗くしているのです。暗いところが怖いなどと思ったことのない私でしたが、なんとなく背筋が寒くて、いやな感じがしました。

「何してるの？」

同級生の声に現実に引き戻された私は、ゆっくりと部屋のなかに入りました。その後、先輩から照明器具の説明を受けているあいだも、なんとなくソワソワして落ち着きません。

〈何かがいる……。見られている……。何……？〉

心がそう訴えていました。

しばらくすると、先輩は舞台のようすを見るために、部屋から出ていってしまいました。

同級生とふたりだけ取り残され、私はますます落ち着かなくなります。

何がきっかけだったのか、もう覚えていませんが、私は外を覗くことのできる正面の小窓に、ふと目をやりました。

なぜ、そこを見てしまったのでしょう。

ガラス窓の左下に、私の目は釘づけになりました。そこには鼻から上の男の顔があって、じっとこちらを見つめていたのでした。

〈何、これ……!? 何なの!?〉

ずしりと重たく冷たいものが背中にのしかかり、全身に鳥肌が立ちました。身体じゅうの毛穴から冷や汗が噴き出して、声を出そうとしても口さえ動きません。本当の恐怖を感じたとき、指一本動かせなくなるのだということを、そのとき、初めて知りました。

男は無表情のまま、ずっと私たちを見ています。

〈怖い……怖い……! 怖い!!〉

もう限界だと思ったとき、

「どうしたの?」

同級生が不思議そうに話しかけてきました。その声にビクリと肩を震わせて、急に自由になった手で目をこすりました。

そして、目を開くと……、男は消えていました。

「何かあったの？」

そう聞かれ、私は冷や汗でベタベタの手で窓の左下を指さしました。

「あそこに男の人、いなかった？」

「はあ？　男の人？　いるわけないじゃん」

「……ちょっと、外見てくる」

私は外に飛び出して、窓を確認に行きました。

もし、仮にそこに人間の男性がいたとしたら、身体の部分はどうなっていたのだろう。

そう、屈みこんでも窓のあの位置であんなふうに顔が見えることはありえないのでした。

それがわかったと同時に、また私はゾクリと寒けを感じました。

私はいったい何を見てしまったのでしょう。

怖くて、早く忘れたいと思い、ようやく記憶が薄れかけていた高校二年の秋……。

私は、そのときも調整室のなかにいました。

クーラーなどついていないのに、部屋のなかは異様に温度が下がっていました。

後輩といっしょに音響器具を動かしていると、ヒラリと視界に白いものが飛びこんできました。自分の右側に、人の気配がします。

一瞬で私は動けなくなり、目だけを右のほうに向けて白いものを見上げました。本来、音響用の配電板があるその前に、白いワンピースを着た女の人がいます。そして、その人の足は……ありません。

昔の記憶が鮮明に甦りましたが、少し冷静に考えられるようになっていた私は、女の人を睨みつけました。天井スレスレのところにある彼女の顔は、そんな私を見て「ニタリ」と笑ったのです。

その笑みに、背筋に悪寒が走りました。

そして、何事もなかったかのように、彼女は消えていったのです。

「先輩……」

固まったようにじっとしている私に後輩が話しかけてきました。

「いま、そこに女の人、見なかった？」

無駄だと思いつつ、聞いてみました。

もちろん、見たのは……私だけ……。

あの男の人も女の人も、私に何を訴えたかったのか、わかりません。ただ、わかるのは、いまでも調整室に何かの気配を感じるということ。そこにはまだ、何か、いるのかもしれません……。

霊気ただようエレベーター――田中隆文（五十六歳）

都会に立ち並ぶビル群。そのビルのなかで起こった出来事です。

私は毎日、夕刻六時頃に、あるビルのエレベーターを利用しています。得意先への商品の搬入のためです。エレベーターホールにある表札によると、この五階建てのビルに入っている事務所はたった二軒で、都会の建物にしては少し空きすぎています。

それは暑い夏の夜……。店内は戸外と違って涼しかったことを覚えています。五階にある取引先への搬入を終え、エレベーターに乗りました。

ちょうど四階まで来たとき、

「スー……スー……」

自分の真後ろで人の息遣いのようなものが聞こえました。それも、一度ではありません。五、六回つづけて聞こえるのです。

〈乗ったのは間違いなくおれひとり……。なんだろ、この息遣い……〉

気にはなったものの、その日の業務は問題なく終わり、家に帰るころにはそんなことはすっかり忘れていました。

翌日も五階からエレベーターに乗って、ふと各階の表示に目をやると、四階のランプがぼんやり点いていました。動きはじめたエレベーターの速度が、なんとなく遅く感じられます。わざとゆっくりゆっくり動いているのではないかという気さえしました。

「スー……スー……」

急に後ろから、あの息遣いが聞こえてきました。今度は、耳のあたりから首にかけて生暖かい息がかかっています。

〈……誰か、いる？　そんなバカな……〉

激しい恐怖が足の下から突き上げてきたとき、急に「ガクン」と大きな揺れを感じました。そして、エレベーターは停止してしまったのです。

「スー……スー……」

まだ、息遣いは聞こえてきます。不安のあまり、額に冷たい汗が流れはじめました。

〈誰かのイタズラ？　もう、やめてくれ！〉

叫びだしたいくらいでしたが、幸いにももう一度、「ガクン」と軽い揺れが起こったかと思うと、エレベーターは動きはじめました。

一階までの距離を、あれほど長く感じたことはありません。

ドアが開き、外に飛び出した私は、ドアが閉まる直前に思いきって振り返ってみました。

……誰もいませんでした。

しかし、つぎの瞬間、私の作業衣の裾が閉まりかけたドアのあいだに挟まれてしまったことに気がつきました。あわてて作業衣を引き抜こうとしたのですが……、作業衣はスーッとエレベーターのなかに引きこまれていきます。まるで誰かが引っ張っているかのように……。私はあわてて作業衣を脱ぎました。すると、作業衣はスーッとエレベーターのなかに消えていったのでした。

翌日、どうしても足を向ける気にはならなかったのですが、勇気を振り絞って搬入に出向くことにしました。確かめなければとも思ったのです。

あのエレベーターの前に立ったとき、わが目を疑い、背中に冷たい汗が流れました。「このエレベーター故障中」「使用禁止」の貼り紙がボタンを遮っていたのです。そして、貼り紙にある停止日の日付は、二日前と記されていました。

〈ウソだろう。どうなってんだ?〉

呆然と立ち尽くす私の背後に人の気配がし、ふと視線を向けると、その人は昨日のあの作業衣とおなじものを着て私の前を通りすぎていきました。

第四章　恐怖に誘う不思議な話

〈夢でよかった〉と思ったとたんに……――松下香代（二十一歳）

浅い眠りにつくと、私は誰もいない夜の公園にひとりで立っていました。まわりを見渡しても誰もいなくて、白い霧のようなものがかすかに流れています。空気は、肌にまとわりつくような湿気を帯びていました。

私は心のなかで、〈友達がほしいな〉と願い事をしました。

すると、それを待っていたかのように、公園の木の陰から白い服を着たひとりの女の人が現われたのです。私とおなじ二十歳くらいで、長い髪を三つ編みにしていました。

その人は近づいてくると、ためらいもなく、

「お友達になりましょ」

と、手を差し出してきました。

私はコクリと頷き、その人と手をつないで、ブランコのほうに向かったのでした。それから、ブランコやすべり台、ジャングルジムなどで子供のように遊びました。

ずっとこのままここにいられたらいいのに、と思ったとき、だんだん空が明るくなりはじめ、女の人はまぶしそうに目を細めると、

「もう、帰らなきゃ。また、夢で会いましょう」

といい、そのとたん、私は目覚めていました。

次の日、楽しかった公園のことを考えながら眠りにつきました。すると、すぐに目の前に公園が現われ、女の人はもうブランコに乗って、私が来るのを待っていました。

「待ってたよ。遊ぼう」

女の人はにっこりと笑って、私の手をつかみました。

こんな夢を一カ月も続けて見たある夜、女の人は真剣な顔をしていいました。

「お願い。私のことを誰にも話さないって約束してほしいな。もし約束してくれたら、永遠の命をあげる」

「わかった。約束する」

その真剣さにつられるように、私もその人の目を見て大きく頷きました。

「ありがとう。ずっと守ってくれたら、きっと永遠の命をあげるから」

女の人はとてもうれしそうな表情をしました。

ちょうどそのとき、空が白みはじめ、私は夢から覚めました。そして、いつものように大学に行ったのですが、「永遠の命」という言葉が気になって仕方ありません。「永遠の命」なんてあるのだろうかと考えこんでしまいました。

もちろん、夢だと自分でわかっていましたから、現実にはないと思ったのですが、連日、リアルな夢を見すぎたので、気持ちも不安定になっていたのでしょう。浮かない顔をしていたようです。

大学でいちばん仲のいい桃子が心配そうに近づいてくると、

「どうしたの？　顔色悪いじゃない。悩みがあるなら、聞くよ」

と話しかけてきました。

そのとき、私は夢のなかの約束のことなどすっかり忘れていました。忘れていたというより、夢のなかのことだからとバカにしていたのかもしれません。

問われるままに、夢で公園に行ったこと、白い服を着た女の人と楽しく子供のように遊んだこと、毎晩おなじ夢を見ることを、みんな桃子に話してしまいました。

それで少し気が軽くなったのですが、その夜、ベッドに入ってから少し怖くなりました。私は約束を破ってしまった……。

その夜にかぎって眠りたくない気持ちだったのですが、睡魔は遠慮なく襲ってきます。気がつくと、私はあの公園に立っていました。いつものようにブランコに坐って、じっと彼女がやってくるのを待ちました。

でも……来ないのです。

ずいぶん長いあいだ、ぼんやりと待っていました。

〈今日は来ないのかなあ……〉

そう思ったとき、木の陰に白いものが見えました。彼女の服です。

喜んで、彼女のいるほうに走っていきました。

ところが……、その人はいつもと違う、とても恐ろしい顔をしていたのです。そして、手には包丁が握られていました。

「この約束破り」

いままでに聞いたこともない、凍えるように冷たい声でその人はいいました。

踵（きびす）を返して逃げようとする私の背後から、女の人が追ってきます。足が思うように動きません。ジャングルジムのまわりを走り、砂場を駆け抜け、すべり台の下をくぐって、私は逃げつづけました。でも、どんなに走ってもすぐ後ろからその人の荒い息が聞こえてくるのです。

〈もうダメだ……！　殺される……！〉

そう思ったとき、空が明るくなりはじめ、その瞬間、私は悪夢から解放されていました。

身体じゅう、汗びっしょりです。本当にずっと走っていたかのように、息は荒く、心臓はバクバクしていました。

〈夢でよかった……〉

大きく息を吐きながら、そう思って天井を見上げたとき、私は地獄の底に突き落とされました。そこにはドロドロした血で「死ね！」と書かれていたのでした。

「……誰か、殺してくれんかのお」——阿部明彦（三十五歳）

私にはいわゆる霊感というものはまったくありません。幽霊を見たこともなければ、不可思議な現象に出くわしたこともなく、そういった意味では面白みに欠ける平凡な日々を送ってきたのかもしれません。

だから、これが「心霊現象」と呼べるものかどうか自信はないのですが、怖かったかと聞かれれば、たしかに怖いことではあったので、お話ししようと思います。

時は遡（さかのぼ）ること二十年近く前、私が高校生のときのことです。

多感な時期で、とにかく毎日が面白くありませんでした。見るもの聞くもの、すべてイライラするし、親はもちろんのこと、先生、同級生、道行く知らない人にまで腹が立ちました。生きているだけですり減っていく気がして、将来の希望などもてず、これから先何十年もある人生のことを考えると、いっそ死んでしまいたいと何度、思ったことでしょう。初めからそんな子供だったわけではないのですが、中学に入学してすぐに父を事故で亡くしてから、漠然とした不信感のようなものが募り、気難しくなったように思います。

「生きているだけでしんどい。生きるのがつらい。生きていたくない。死んでしまいたい」

願えば夢はかなうという人もいます。最終的にかなうかどうかはともかく、少しずつ近づいていくのはたしかでしょう。現に私はかなり死に近いところまで行ったような気がします。

といっても、実際に自殺を企てたようなことは一度もありません。ただ現実感覚、生きている実感が、日に日に希薄になっていくのでした。自殺関連の話やニュースに敏感になり、屋上に出ると地面が手招きしているように映りました。そうして、私が求めているのではなく、だんだん向こうが私を呼んでいるのだと感じるようになりました。

そんな灰色の高校生活の冬のある休日。私はどこに出かけるでもなく、昼下がり、ひとり、自分の部屋のこたつに潜りこんで、ふて寝をしていました。

と、階下の玄関あたりでガサガサと人の気配がします。とっさに実家を離れて専門学校に通う姉のことが頭をよぎりました。母は仕事で当分帰りませんから、姉以外に家に入ってくる人物はいないはずです。

　わざわざ起きだして迎える気にはなれずにいると、急に嘘のように静かになり、もとのように息詰まるような静寂が家をすっぽり包みました。

　どうもようすがおかしいと思いはじめたとき、今度はゆっくり足音を忍ばせて、階段を一歩一歩踏みしめるように上りはじめたようでした。

〈ははあ、驚かそうとしているんだな〉

　そう思った私は寝たふりを決めこみました。

　案の定、階段を上りきると、向かいの自室には入らず、引き戸のすりガラス越しに私の部屋のなかのようすを窺っています。

　反対にびっくりさせてやろうと待ちかまえているというのに、なかなか部屋に入ってきません。

　そのうえ「ハア……ハア……」とひどくゆっくりとした、老人の息遣いのような荒い呼吸をしてみせています。その芝居がかった悪ふざけに、最初は面白がっていたものの、なんだかうんざりしてきました。

　いっそ「起きてるよ」といってやろうかと思ったとき、ようやく戸に手がかけられました。そしてまた「スルリスルリ……」と、一、二センチずつずらすような緩慢な動きです。

せっかちな私の忍耐力は戸が完全に開けられた時点で尽きかけていました。

ところが、一歩それが部屋のなかに足を踏み入れたとたん、喉まで出かかっていた私の声は凍りついたように、塊としてひっかかり、どうしても出てきません。それが畳を擦るようにして歩くたびに、私の首すじから肩にかけて弱い電流が走るようにピリピリし、部屋の温度が急に下がりはじめたのが背中の冷たさでわかりました。

すでに姉でないことははっきりしていました。

かといって誰かは見当もつきません。それは、そのまま私を素通りして窓際に行くと、障子をガタガタと不器用に開け、ふたたびさっきのような荒い息を吐きながら、じっと窓の外を見ているようでした。

怖くてたまりませんでしたが、寝たふりをしつづけるほうがもっと怖くて、そっと覗き見ると、それは……腰まで垂れたパサパサの白髪、白い着物を着た老婆でした。

〈三途の川の渡し守……〉

そう思った瞬間、老婆は向きを変えました、私はあわてでまた、こたつに潜りこむしかありませんでした。

老婆はそんな私に気づいたかもしれませんが、何もいわず、こたつ越しにじっと私を見下ろしはじめました。たぶん数秒のことだったと思いますが、とてつもなく長く感じられました。

それでもやっと出ていく気になったらしく、衣擦れの音がしはじめました。

〈もうすぐ終わる。あと一歩だ。誰であっても消えてくれればいい〉

そう念じましたが、老婆はただでは帰りませんでした。

捨て台詞とでもいうのでしょうか。いまでも耳に残る嗄れ声でこういったのです。

「……誰か、殺してくれんかのぉ」

戸を開き、そして閉める音がして、老婆は消えました。

飛び起きて廊下に出ましたが、もうどこにもいないことは空気の軽さでわかりました。

それだけのことでした。それっきり二度と現われることはありませんでした。

私は悪い夢を見たのでしょうか。眠りが浅かったから、いつもよりリアルな夢を見た、それだけのことだったのでしょうか。

ただ、私はそれから簡単に「死にたい」と思うことをやめました。思えなくなったのです。口癖のようにそう呟かずにいられなかった自分が、あの老婆に重なって見えました。

もし、あれが「本当に三途の川の老婆」なら、私をあの世に連れていくこともできたのかもしれません。それこそ、私の望んでいたことでしたから、あれは私自身が招いたものだったのです。

でも、あのとき、私ははっきり思ったのです。

「死にたくない」と。

それで、いまの私がいるのですが、それがあの世からの使者のおかげというのも、皮肉なものだと、ふと思うことがあります。

恐怖のプラットホーム——三谷千秋(二十四歳)

私がいま住んでいる町に引っ越してきたのは、幼稚園のころでした。新しい家が建ち並ぶ郊外の住宅地で、公園や自然の森もある緑豊かなところで、環境はとてもいいのですが、たったひとつ、好きではない場所があります。

それは最寄りの駅です。急行のとまらないその駅は、さほど大きくなく、ひとつのプラットホームに上下線が入ってきます。どこに出かけるにも、その駅を利用しないわけにはいきませんでした。

この駅を好きでなくなったのには、わけがあります。

いちばん初めの出来事は、私がまだ中学に入る前のことでした。

その日、家族で海に行くため、朝早くからお弁当や水着を持って駅のホームに立っていました。

私たちが駅に着いたのは、ちょうど普通電車が出てしまったあとで、特急や急行が通過しなければ、駅にとまる普通電車はやってきません。

ホームの真ん中あたりにある花壇には紫色の矢車草が揺れていて、そのあたりで両親と姉、弟、そして私の五人が待っていたのですが、だんだん退屈になってきた私は長いホームの端まで行ってみました。振り返ると、数人の乗客が汗をぬぐいながら、椅子に座ったり、立ち話をしたりしています。

私は真ん中の花壇まで戻ると、今度は反対側の端まで行ってみました。だんだん強くなってくる陽射しに、線路からユラユラと陽炎が立ち昇りはじめていました。

〈もうそろそろ来るかな、電車……〉

そう思って、花壇のところまで戻ろうとしたとき、真後ろに立っていた男の人にぶつかりそうになりました。まわりには誰もいないと思っていたので、びっくりした私はちょっと大げさに飛び退いてしまいました。

男の人は、何か不思議な感じがしました。

背が高く、大きな人なのですが、なんとなく奇妙なのです。存在を感じられないという気持ちが、子供心にもしました。すぐ後ろにいたのに、まったく気がつかなかったくらいですから。それに、真夏だというのに、黒っぽいコートのようなものを着ているのです。

顔はまったく覚えていません。

ただ、その人は……笑っていました。

青白い顔に真っ白な歯が印象的で、たしかにこちらに向かって笑いかけていました。

普通電車が近づいてきます。

わけもなく、身体がゾクゾクした私は、みんなのところに戻ろうと、男の人をすり抜けるように歩きはじめました。

すると、

「いっしょに……」

という声が背後から聞こえてきたのです。

その声に振り返った瞬間、男の人はフワリと線路に飛び降りてしまいました。顔には笑みをたたえたまま……。

「アッ……」

声にならない叫び声は、電車の音にかき消されてしまいました。

ところが……。

何事もなかったかのように、みんな電車に乗りこんでいくのです。

私の家族もみんな「早く早く」と、私を手招きしていました。でも、足がすくんでしまった私はその場から動くことができず、その間に、電車の扉はスーッと閉まってしまいました。

「どうしたの？　何してるの？」

母が走ってきて、姉や弟にも責められましたが、たったいま見たことをうまく説明できなくて、私は黙ってしまいました。電車が走り去ったあとには何もなく、あの男の人の姿はどこにも見当たりませんでした。

結局、つぎの電車を待って、予定どおり海に行き、私もだんだん〈あれは見間違いだったんだ〉と思うようになりました。

けれども、その日を境に、何度もおなじ夢を見るようになったのです。

ホームで電車を待っていると、黒っぽいコートを着た男の人がやってきて、「いっしょに……」といいながら、手を差し伸べる……。青白い顔に白い歯を見せて笑っている……。

ただそれだけの夢です。

でも、その夢を見た日の朝はいつも肩が重くて、身体がだるく感じられて仕方がありませんでした。

そして、中学二年になった夏休みのある日のことです。

友達と遊びに行く約束をした私は、あの駅で待ち合わせることにしました。

朝早くから支度をしていたのですが、家を出ようとしたちょうどそのとき、友達から電話があり、「ごめん、待ち合わせ二十分遅らせて」といってきました。

二十分遅れると、予定していた電車よりひとつ遅い電車に乗ることになりますが、仕方ありません。

それから十五分ほどしてから、私はのんびり駅まで歩いていきました。

駅に着いた私は、それまでに見たこともない光景に驚きました。何台ものパトカーが停めてあり、警察官や白い服を着た救急隊員のような人が動きまわっているのです。改札は閉じられていました。

約束していた友達も改札の横で、青い顔をして立っています。

駆け寄って、何があったのか聞きました。

「飛びこんだんだって。男の人が……。さっきの電車に」

友達は唇まで真っ青です。

プラットホームにいた乗客らしい人たちも、神妙な顔で立ち尽くしていました。

私たちの横にいたふたり連れの女の人は、ちょうど目の前で飛びこんだ人のようすを見ていたようでした。

「関係ない人を道連れにするなんて……。あの人、飛びこむ前にいったのよ。『いっしょに……』って。隣に立ってた女の人はいきなり抱えこまれて、電車の前に……」

現場を見ていたという人がおまわりさんにそういうのを聞いて、私は倒れそうになりました。

ちょうどそのとき、ブルーのシートが非常用の出入り口から運び出され、車に乗せられていきました。そのシートの下から黒っぽいコートの端が覗いていたのを、私はたしかに見ました。

もし、友達との約束が時間どおりだったら、道連れにされていたのは私だったはずです。

〝アイツ〟は成長してるで……――室井由紀子(二十三歳)

私の実家は二階建てで、二階には部屋がふたつあります。ひとつは洋室で、もうひとつは和室です。

私とふたりの弟は長いあいだ、洋室を子供部屋に使っていました。和室のほうは父の書斎として使われていました。

しかし、私が中学生になると、父は書斎を私のために譲ってくれ、自分の「勉強部屋」ができました。それまでずっと弟たちといっしょだったので、初めて自分の部屋ができたことがうれしくてたまりませんでした。

でも、そんな喜びは長くはつづかなかったのです。

その部屋にベッドを入れて眠るようになると、奇妙なことが起こりはじめました。横になると、急に身体が重くなり、動かないと感じることが多くなったのです。

母は「身体が眠っているのに、頭が起きているからでしょう。きっと疲れているのよ。もっと早く寝るようにしなさい」と笑っていました。

私も、そうかもしれないと、なるべく早い時間に静かな音楽を聴きながら横になるようにしました。

ところが、聴き終わらないうちに、身体がいつも硬直してくるのでした。

ある夏の夜のことです。その日はいつもに増して蒸し暑く、エアコンを除湿に設定していても汗ばむような感じでした。

〈何か起こりそう……〉

漠然とそんな気がしました。

いやな予感は的中し、トロトロと眠っているうちに身体が重くなってきました。起きてこの不快な状態から逃れたいと思うのですが、腕も肩も足もベッドに張りついたように自由を失っていきました。

いつもなら、数分経てばもとの状態に戻るのですが、その夜にかぎって、いつまで経っても起きあがることができません。頭のなかが溶けていくようで、眠っているのか、起きているのか、その境さえはっきりしなくなってきました。

強い力に逆らうように無理やり目を開けてみました。天井の木目がぼんやりと見えます。頭を動かすと、ほんのわずかですが、自由になって左右の壁や机を見ることもできました。

そのときです。

急に足の先にゾワッとした感覚が生まれたかと思うと、何かに押さえつけられているような感触が伝わってきました。驚いて、起きあがろうとしましたが、身体は動きません。

私はゼンマイ仕掛けの人形のようなぎこちなさで、やっと首を少しだけ持ちあげました。すると、そこに……、ちょうど私の足先のところに、何か黒い塊のようなものがあったのです。

〈何？　これ……？〉

そう思った瞬間、黒い塊がゆっくりと動きました。

ズル……ズル……。

這っているような動きで、「それ」は徐々に私の身体を上ってきました。足首、ふくらはぎ、膝と、つぎつぎ重くなってきます。「それ」が膝のところまで来たとき、

「フ……ミャ……」

と、不気味な声が聞こえました。

猫……？ いいえ、違います。

「それ」は赤ん坊でした。

プクッとした指が膝の上まで伸びてきています。

そして、ゆっくり持ち上げられたその顔は、赤ん坊とは思えない醜悪なものでした。冷たい目がじっと私に注がれています。

私は硬く目をつぶり、聞き覚えていた「般若心経」のフレーズを心のなかで何度も繰り返しました。もちろん全部覚えているわけではありませんから、知っているところだけを何度も何度も繰り返したのです。

腿のあたりに、冷たい小さな指が触れています。それはパジャマを通してもはっきりわかりました。凍るような冷たい指につづいて、石のような重さの塊がお腹のあたりに這い上ってきます。

〈あっちに行って！　消えて！〉

心のなかで叫んだとき、階下でお風呂の戸を閉める大きな音がしました。その音と同時に身体がフッと自由に動き、お腹の上の塊も消えていました。

その夜は、隣の弟の部屋に転がりこんで、布団を被ったまま震えていました。

そして、翌日には部屋を替えてほしいと親に頼んで、階下の部屋に移り、二階の和室はもとのように、父の書斎になりました。

その後、私の周辺に変わったことはなく、眠っていて身体が動かなくなるようなこともなくなりました。

そして、大学生になると、家を出てひとり暮らしをするようになったのですが、夏休みに久しぶりに実家に帰ったとき、それが終わってはいなかったことを知ったのです。

父の書斎は末の弟が自分の部屋にしていました。

その弟の部屋に入ってみると、部屋じゅうにお札が貼られ、七福神グッズなどが置かれています。少し変わったところのある弟だったので、変なものに凝っているなあと思ったくらいで、さして気にもとめませんでした。

その夜、家族でテレビを見ていると、心霊現象についての番組が始まりました。「金縛り」という言葉が出てきたので、私はこのとき初めて、中学生のころ、二階の和室で起こった話をしました。

すると、末の弟がいきなりポツリといったのです。

「成長してるで……」

弟も、あの部屋で金縛りにあっていたのです。そして、弟が目にしたのは赤ん坊ではなく、四、五歳くらいの男の子だったということでした。

あれは、いつまで成長しつづけるのでしょうか？

この話を聞いた人のところに深夜……──小池海太郎（十七歳）

「さては何かに取り憑かれたか？」

僕はいつもの冗談で、ふさぎこんでいるIくんの顔を覗きこみました。

「じつは、そうなんだ……。悪いけど、聞いてよ」

何が悪いのかわからないまま、「まあ、話してみろよ」と僕はIくんの話を聞くことにしました。ちょうど時間を持て余していたし、退屈しのぎくらいにしか、あのときは考えていませんでした。

Ｉくんはいつもは流暢に話をする男なのですが、そのときにかぎって、ようすがおかしく、とぎれとぎれの口調でした。

Ｉくんの話というのは、半年前に僕たちとおなじ市内に住む高校一年生のＫという少年が横断歩道を渡っているとき、車に轢(ひ)かれて即死した事故のことでした。

「手足がちぎれていた」というのは、誇張だとは思いましたが、どうやらかなり無惨な事故現場だったようです。Ｉくんはクラスでは成績も優秀で真面目ですし、作り話をするとは思えない分、聞くほうもだんだん気持ちが沈んできました。

Ｉくんは話をつづけました。

「話はこれからなんだ。実は、この話を聞いた人のところにＫの幽霊が現われるというんだ。それに、話をまた誰かに話さないと、またやってくるんだって……」

「そんな、不幸の手紙みたいな話、僕は信じないよ！」

とはいったものの、背筋がゾーッとしました。

「それじゃ……、おまえのところには来たの？」

「うん、昨日の夜……」

僕は思わず、Ｉくんの口を手で遮り、塞いでいました。

その話を聞いた夜は雪がずっと降りつづけていました。ときおり、ドサッ、ドサッと屋根から雪が落ちてくる音がするたび、心臓が高鳴っていました。僕は自分の部屋に寝ていましたが、Kの話を思い出すと、いやでも目が冴えて、眠ることができません。

僕は頭からすっぽり布団を被り、硬く目をつぶりました。

しかし、いくら経っても睡魔はやってきません。それどころか、雪の音とは別の物音が聞こえてくることに気づいたのです。

「ドン……！　ドン……！」

それは、僕の部屋の外にある、父がベニヤ板で作った小屋のあたりから聞こえてくるような気がしました。小屋を叩いているような音です。

「ドン……！」

たしかに小屋のドアを叩いている音に違いありません。

「ザク……ザク……」

耳を澄ましていると、また別の音が聞こえてきました。あれは、雪の上を誰かが歩いている音です。新しく積もった雪を踏みしめるときの軋むような独特の音でした。雪の降る真夜中に、他人の敷地を誰が歩きまわるというのでしょう。

そのうえ、今度は部屋のなかにも異変が起きはじめました。

「チリン……チリン……」

鈴の音が聞こえはじめたかと思うと、「ザワザワ」とラジオの雑音のような音が迫ってきます。

耐えられなくなった僕は布団をはねのけ、照明のスイッチを入れようとしました。ところがその瞬間、窓の外で何かが動き、吸いつけられるように見てしまったのです。血だらけの少年を……。血と泥にまみれたボロ雑巾のような姿で立つ少年には、目がありませんでした。

僕は叫び声をあげて部屋から飛び出そうとしました。しかし、声が出ません。身体も動きません。粘り気のある汗が噴き出してきました。

僕は両親がときどき唱えている「お題目」を思い出し、心のなかで何度も唱えました。

少年は、距離を開けたまま、こちらに近づいてくるようなようすはありませんでしたが、陰うつな表情には変わりありません。目を背けようとしても、僕の目は少年の陥没したような目にくぎづけになったまま動きませんでした。

息をするのも苦しいほどの恐怖でした。

〈誰か、助けて！〉

出ない声で叫ぼうとしたとき、屋根から「ドサリ」と雪の塊が落ちてきました。

一瞬、目を閉じ、ふたたび目を開けると、少年の姿は消えていました……。

翌朝、家族に夜の出来事を話しましたが、誰も信じてはくれませんでした。

僕は寝不足のまま、学校に行きました。Ｉくんはチラッと僕を見ただけで、話しかけてはきません。

僕はＳくんという友人に、昨夜の出来事を話しました。誰かに話さないと、また今夜もＫが来るような気がしたからです。

「ひどいよ。そんな話、僕にするなんて……」

Ｓくんは話を聞き終えると、怯（おび）えた目で僕を見ながら、そういいました。後ろめたい気持ちはありましたが、Ｋから逃れたいという思いのほうが強かったのです。

その翌朝、教室に入るとすぐにＳくんがやってきて、

「昨日の夜、九時ごろ、急に部屋の明かりが消えたんだ。それから、ピシピシッと妙な音がして、しばらく鳴りやまなかったんだ」

といいます。

「悪かった」と謝りながら、そのくらいですんだことにホッとしていました。

それから、学校ではしばらくのあいだ、Ｋの噂話でもちきりでした。

私が見たあの少年の姿は本当にＫだったのでしょうか？　それとも、恐怖のために出現した単なる幻影だったのでしょうか？　もし、本当にＫだとしたら、話をしただけで現わ

れるのでしょうか？

若くして突然事故にあい、命を絶たれたKの無念の思いは本人でなければわからないでしょう。この世への未練もいっぱいあるはずです。そんな非運の少年を話のネタにするものが恨めしくてやってくるのかもしれません。

久しぶりにKのことを書いてしまいました。

この文章を読んでしまった人のところにも、やってくるかもしれません。もし、現われたら……、お経を唱えて、お祓いをしてください。

点滅信号の下で佇(たたず)む女性——谷川ゆき(三十二歳)

もうかれこれ十年ほど前のことです。

当時、私は昼間は地元の会社に勤め、金曜日と土曜日の夜だけ、隣町のスナックでアルバイトをしていました。

ある木曜日の夜、会社の帰りに友達とふたりで「WEST　STONE」というおしゃれな喫茶店でコーヒーを飲みながらおしゃべりをしていました。その店は深夜二時まで営業しているので、話が弾んでしまって、店を出たときは午前〇時をとうにすぎていました。

つぎの日は会社もバイトもあるのでつらいなあと思いながら、私は助手席に友達を乗せて、帰路を急ぎました。友達の家は私の家と「WEST　STONE」のちょうど中間あたり、十分ほども走れば着く距離にありました。

話をしながら走っていると、いつもの点滅信号が見えてきました。こちらが優先道路なので、少しアクセルを緩めながらも、そのまま通りすぎようとしたときです。道の左端に中年の女の人が佇んでいるのが見えました。

そして、その横を通り過ぎようとしたその瞬間、女の人が飛び出してきたのです。

私ははっきりと、その顔を見ました。透けるような白い肌で、細い目がこちらを見つめ、口もとはなぜか笑っています。

私はとっさにハンドルを右に切り、思いきりブレーキを踏んだので、「キキーッ！」という激しいブレーキ音が響き渡り、車は対向車線を大きくはみだして、民家のブロック塀の寸前で止まりました。

「何？　ちょっと！」

助手席の友達は叫び声をあげましたが、私は車が止まると同時に外に飛び出して、あたりを見まわしました。しかし、そこには誰もいません。ただ、アスファルトからタイヤの焦げたような臭いがしただけでした。

私は車に戻り、飛び出してきた女の人の話をしたのですが、友達は不思議そうに首を傾げるばかりでした。

「私もちゃんと前を見ていたけど、そんな人見えなかったよ。いやだ！　怖いよ。今日は眠れない」

眠れない眠れないと何度も呟きながら、友達は家に帰っていきました。

眠れないのは、私もおなじです。一睡もできませんでした。

朝になり朦朧としながらも、なんとか会社に行き、バイトはきついので休もうかとも思いましたが、ひとりで家にいるのも怖かったので、店に行きました。

店のママは陽気で優しい人だったので、その話をすると、

「じゃあ、ゆきちゃんの見たのは幽霊かしら。でも、笑っていたんでしょ？　それなら、きっといい霊よ」

と、笑っていいました。

その会話を聞いていた常連の木村さんが尋ねました。

「ゆきちゃん、どこで見たの？」

私が場所を説明すると、「そうかあ……」としばらく黙りこんでいました。

そして、しばらくすると、

「ゆきちゃんの見た女の人、アイリスのママだよ」

と、ポツリといいました。

「えっ？　アイリスのママって？　そんな人、私知らないけど」

「一週間前の深夜に、その場所で車に撥ねられて亡くなったんだよ。雨が降っていて客も少なかったから、早めに店を閉めてほかのスナックに飲みに行く途中だったらしい」

「でも、私が見たのはスナックのママさんというより、普通の化粧っ気のない感じの人よ」

「そういう人だったからね。飾り気がなくて。たまに僕がアイリスでゆきちゃんの話をすると、ママがよく『一度連れてきて。ゆきちゃんって子に会ってみたい』っていっていたんだよ。……ゆきちゃんに会いに来たのかな」

木村さんの話を聞くと、本当に私に会いに来たのかしらという気持ちにもなりました。

数日後、昼間にその場所を通ると、いっぱい花が手向けられていました。

しかし、しばらくして、私は驚愕の真実を知ることになりました。

アイリスのママは、私の知り合いの先輩のトラックとぶつかって死んでしまったのです。

それからというもの、私は深夜にはあの場所は通っていません。

あのときの彼女のかすかな笑顔を、私は一生忘れないでしょう。

凶事を予告する白昼夢――増田亮子（四十三歳）

あれは、秋の長雨もようやく終わって、朝から晴れた気持ちのいい日でした。部屋のなかには雨のためにできなかった洗濯物が山になっていましたので、子供が学校へ行くなり、私は洗濯を始めました。洗濯機を三回もまわし、全部干し終わると心地よい疲れを感じました。

家じゅうの窓を開け放し、すがすがしい風を感じながら一休みです。思えば、夏休みのあいだは子供たちに振りまわされて、ひとりでゆっくりする時間などなかったと思いながら、私は子供部屋のベッドに横になると、そのままうとうとうたた寝をしてしまいました。

五分くらい眠っていたでしょうか。

ふと、何かの気配に気づいて、目を開けると、右側の窓に青いジャンパーのようなものを着た男の姿がありました。何者かが侵入してきたのです。

〈しまった。窓を開けたままだった〉

恐怖のあまり、反射的に目を閉じた私は、そのままの姿勢で身体を硬くしました。

男がベッドに近づいてくるのがわかります。

でも、私には何もできませんでした。大声を出すと何をされるかわからないと、とっさに思ったのです。

左足の足もとあたりに、男は立っているようでした。

そして、「ギギギ……」と、ベッドの軋む音がしたと思うと、いきなり男は私に布団をかぶせ、その上に全体重をかけて覆いかぶさってきたのです。私は手足をばたつかせ、叫び声をあげようとしました。しかし、それよりも早く、男の太い指が私の首をとらえ、思いきり絞めはじめました。

「く……苦しい……。誰か……助け……て……」

呼吸も血の流れも止まってしまうような、その苦しさはたとえようがありません。

後悔の思いが頭のなかを駆け巡りました。

どうして、窓を開けたまま、眠ってしまったのか。もう取り返しがつかない。私の人生はこれで終わり……。

意識がどんどん薄れていき、布団のなかで私はひとつの塊になっていきました……。

と、そのとき、ハッと我に返ったのです。

私は静かに目を開けていました。

〈夢？　夢だったの……？　生きてるの？〉

私はしばらくのあいだ、自分が生きていることが信じられませんでした。あまりにもリアルな夢だったのです。額の汗を拭き、しびれているような頭を振ると、私は急いで起き上がりました。

一刻も早く窓を閉めようと思ったのです。

そして、窓に駆け寄ろうとした瞬間、私の目に飛びこんできたのは、いま、まさに家のなかに侵入しようと、右手を窓枠にかけた青いジャンパーの男でした。

男と目が合いました。

「ギャーッ！　人殺し〜！」

私はありったけの声を張りあげました。

その声に、男は驚いたようすで、庭に置いた植木鉢を蹴り倒しながら逃げていきました。

私の心臓はもうこれ以上速くならないほど、音をたてて鳴りつづけました。

たった五分間で、私は自分の人生の終わりを体験してしまったのです。

そして、あと五分、いいえ、一分でも長く眠っていたら……あの夢のとおりになっていたと思います。

亡者が連れにくる崖――安加文子（七十二歳）

もう六十年も前、私が中学一年生のときの話です。

中学に入学すると、音楽部に入ってピアノを始めましたが、放課後の練習だけではもの足りません。

早朝にも練習したいと先生にお願いしたら、あっさりと認めてくれ、私は七時前には家を出て音楽室に向かうようになりました。当時、私の村では、いまと違ってピアノを置いてある家庭などなかったのです。

その日もいつもどおり、長い田んぼ道を小走りで駆け、学校に急ぎました。山といえるような小高い丘のそばまで来たとき、私は右側につづく小道を行くことにしました。いつもは左に曲がるのですが、その通学路を行くより、右側から行ったほうが、十分ほど早く学校につくからです。

しばらく進むと、左手には段々畑が広がり、右手には川に落ちこんでいくような岸がつづいています。

石ころと雑草に覆われたその小道は、道とはいえないような荒れ方でした。

しばらく進むと、急に足が重くなりました。

コッポリ下駄の裏に石がはさまったようです。片足で立ったまま、片手で、下駄を振ってみましたが、小石は簡単には取れてくれそうにありません。

私は手提げ鞄を近くにあった手ごろな大きさの石の上に置くと、棒切れでもないものかと、あたりを見まわしました。

そのとき、一羽の雀がなだらかなところからひょい、ひょいと降りてくるのが目に入りました。アレッと思っているあいだに、雀は石の上に置いた手提げ鞄にのって、餌をついばむように、せわしく布目をつつきはじめました。

強い風が吹くと転びそうになる格好が愛らしく、ついつい見とれてしまいます。

下駄のことなど忘れてしまってしゃがみこむと、雀はぷいと動きをやめて、先ほどとおなじようにゆっくりと畑に上っていきます。

なぜ飛ばないのだろう、羽でも痛めているのかしら、と気になります。

すると、鳴き声はしないのに、「ここよ、こっちよ」と呼ばれているような気がして、私は急いで鞄を拾い上げると、雀のあとを追っていました。

ひょい、ひょいと移動していく雀のあとをついて、ずいぶん歩きました。

そして、気がつくと、私は崖の上に立っていたのです。

雀はどこに行ったのか、急に見えなくなりました。足もとの不安定な崖の上で見渡すと……、さっきまで飛ばなかった雀がいつの間にか、下の畑の柿の木に止まり、じっとこちらを見ていました。

なんだか、ホッとすると同時にひどい疲労感と頭痛を覚えた私は、あわてて崖を駆け降り、学校へと向かいました。

その日の夕食後、母に雀の話をすると、

「あんた、あんなとこ、通ってたんか」

と、叱るような口調でいわれました。

「もう、絶対に行ったらあかんで」

いつもとは違う厳しい顔を見せた母は、終戦直後に起きたという話を始めました。

「もっと早よ、いうとったらよかったんやなあ。あんたが今日行った場所やけど、そこから落ちて死んだ人、いるんよ。ほれ、知ってるやろ、治下（村里）のいちばん奥の竹藪の一軒家。もう誰も住んでないけど、あそこのじいさん、学校のセンセまでした人やけど、盗人やってたん。

急に行方不明になって、村じゅうで探したら、あの崖の下の畑で見つかってよう。警察が来て調べたら、上着のなかに手ぬぐいで作った袋に詰めたサツマイモがいっぱい隠してあってん。そんなじいさんを見つけたんは、なんと小学校二年生の孫やで。こんな遠くまで、ひとりでどうやって来たんかと尋ねたら、『カラスが、一本足のカラスさんが来て、ぴょん、ぴょんて歩いて、ずうっと連れてきてくれたん』というたそうや。

それからじいさんの四十九日が終わらんうちに、今度は息子がおなじ場所で自殺したさけ、そりゃもう、みんな気味悪いいうて、騒ぎになった。気の毒に嫁はんと男の子は里へいんでしもて、それっきりや。三人はじいさんに呼ばれたんやて、誰いうともなしにいいだしたわな。

まっとうな死に方をせんかった者は、成仏ようせんと、心根のやさしい人間に取りついて仲間を増やしていくんやと。おかあちゃんなあ、全部信じてるわけやないけど、やっぱり気色悪い。あんたは気立てがようて、やさしい子やから、よけ、心配するんよ。もしも、亡者に連れていかれたら、どうしよ。生きていかれへん」

一気にしゃべった母は気抜けしたように肩を丸め、わかったな、というように目をしばたたかせました。

それ以来、私は、亡者が棲むという、その場所を通ることはありませんでした。

誰もいない霊安室の前で……――大原真彦(三十六歳)

私は某総合病院に勤務する医療事務員です。

これは、ある当直の日に起こった出来事です。

当直はいつも医師二名、看護士二名、そして事務員一名の態勢で行なわれています。午後十時までは私も事務室にいなければならないのですが、何も問題がなければ、それ以降はベッドのある宿直室に行って仮眠をとることができました。

その日は急患もなく、忙しくなかったので、私は十時には事務室の鍵を閉めて、宿直室に移動しました。部屋の鍵をかけ、ベッドに横になったまま、用意していた文庫本を開いていると、枕もとの電話が鳴りました。

病棟からの内線電話で、看護士から「古い入院カルテを病棟に持ってきてほしい」というものでした。

事務室にある入院カルテとは別に、古いものは地下に保管してあるので、そこまで取りに行かなければなりません。ときどきそんな仕事もまわってくるので、いつものように、私は地下に向かいました。

保管場所に行くには、霊安室の前を通らなければなりません。一般の人にとっては、夜中にそんな場所を通るのはあまり気持ちのいいものではないかもしれませんが、私たちはもう慣れっこになっているので、とくに苦にすることでもなくなっていました。それに、その日は安置されている遺体もありませんでしたから、何も気になりませんでした。

頼まれた入院カルテは、すぐに見つかりました。

さっそく病棟に持っていこうと、廊下を歩きはじめたそのとき、腕と肩に「ゾクッ」と寒けが走り、私は思わず、カルテを取り落としてしまいました。寒かったわけではありません。何の前触れもなく、突然、腕から首すじまでいやな感覚が走ったのです。驚いて自分の腕を見ると、毛が逆立って鳥肌が立っていました。

カルテを拾い、ふと顔をあげると、私はちょうど霊安室の前にいたのです。

足早にその場を去ると、私は病棟に行き、看護士にカルテを渡して、宿直室に戻りました。鍵を閉めて、ベッドに横になると、霊安室の前で鳥肌が立ったことなどすっかり忘れて、ゆったりと身体を伸ばしました。午後十時までの勤務で疲れていたのか、すぐにうとうとしはじめました。

しかし、すぐに誰かに身体を大きく揺すられて目を覚ましてしまいました。ドアには鍵をかけたし、誰かが入ってくる気配もしなかったのに、突然、布団の上から揺すぶられたのです。驚いて目を開けると、そこには私にかぶさるような格好で大きな男が立っていました。

百九十センチはありそうな男は無表情で、長い髪が肩のところで揺れていました。

「やめろ」

そう叫ぼうとしましたが、どうしたことか、声が出ません。しかも、私の身体は大きな手で押さえつけられ、身動きがとれないのです。

その男が私たちとは違う「何か」であることに、気がつきました。私を押さえつけている手は布団を通しても、その冷たさが伝わってきますし、顔にはまったく血の気がありません。

抵抗することもできない私は心のなかで、お経を唱えました。正確に覚えているわけではありませんが、聞いたことのあるフレーズを何度も繰り返しました。

しかし、男は何もいわず、ただ私を揺さぶりつづけます。そして、その手にはだんだん力が入ってきて、私は重さと恐怖で、息苦しくなってきました。

と、そのとき、枕もとの電話が鳴りました。

すると、フッと目の前の男は消えてしまったのです。

肩で息をしながら電話を取ると、病棟からの内線でした。

「いま、亡くなられた患者さんがいるのですが、家族が来られるまで時間がかかりそうなんです。霊安室に運びたいのですが、大きな方なので手伝ってください」

看護士からの連絡を聞きながら、いやな予感がしました。できることなら、手伝いたくないと思いました。

しかし、断るためのうまい理由も見つけられず、仕方なく病棟に行ってみると……、やはり、私の予感は的中していました。亡くなったのは、私を揺さぶったあの男の人だったのです。

そのことは看護士には告げず、私は黙ってストレッチャーに男の人を乗せました。

彼は、私に何を告げたかったのか、いまだにわかりません。

その後、私は母から数珠と塩の入った小袋をもらい、肌身離さず、身につけています。

そして、あれ以来、奇妙なことは起きていません。

事故死した息子の携帯電話──松原亜八女(五十七歳)

まさか、我が子のことで霊体験の話をすることになるとは思いませんでしたし、また、そんな立場にはなりたくありませんでした。

しかし、それは恐怖ではなく、母と子の絆はこの世とあの世に別れてしまっても、永遠につづくものだということを知っていただきたくてペンをとりました。

長男が二十一歳という若さで亡くなったのは、二〇〇四年の秋のことです。交通事故による突然の死でした。

息子が亡くなってから数日間のことはよく覚えていません。現実とは思われない時間は止まってしまったかと思うほど長く、苦しいものでした。

亡くなってから二週間ほどして、私はようやく息子の部屋のなかに入り、彼の持っていたものに触ることができるようになりました。とても処分する気にはなれず、少しだけ片づけてあげようという気持ちでした。心のどこかで、帰ってきたときのためにそのままにしておいてあげたいと思っていたのも事実です。そんなことはないのだとわかっていながら……。

バックパックのなかには、あの事故の日に息子が持っていたものが収まっていました。そのなかに携帯電話もありました。バッテリーが切れ、電源が入らない電話を見ていると、また涙が溢れ、ついつい充電器につないでみたりもしました。

あの子から電話がかかってくるのではないかと、そんな夢のようなことを考え、しばらくぼんやりと携帯電話を見ていたのですが、もちろんありえないことです。

ずっと充電しておきたい気持ちもあったのですが、もし、息子の友達から電話があったら、また悲しい話を伝えなければならないと思いいたり、私は思いきって解約することにしました。

解約自体は、とても簡単な手続きですぐに終わりました。もう、携帯電話は何の機能も果たしません。

しかし、処分してしまうのは忍びなくて、何の役にも立たない電話を私は自宅に持ち帰りました。

電話は息子が愛用していたさまざまなものといっしょに、和室に飾られたお骨と遺影の前に置きました。

〈母さんに電話してきて……〉

そんなむなしいことをまた考えてしまいます。

そんな気持ちは一カ月が経っても変わりませんでした。

毎晩、眠ることができず、寂しくて、苦しくて、胸がつぶれそうでした。大声で泣きたいのですが、おなじように我慢している家族の前で泣いてばかりもいられないので、こらえるしかありませんでした。

そんなある夜のことです。

眠れずにぼんやりと天井を見ていると、突然、携帯のアラームが聞こえてきました。間違いなく息子が好きでアラームにセットした音楽です。

飛び起きて、音が聞こえるほうに走っていくと、それは居間のテーブルの上で鳴っていました。

暗闇のなかで携帯は青白い光を放っています。

私は音楽を流しつづける携帯を取り上げると、胸に抱きしめて布団に入りました。すると、不思議なことにスッと眠ることができたのです。

しかし、翌朝、私は奇妙なことに気がつきました。

あの携帯が鳴ったとき、私は居間のテーブルに、それを取りに行きました。たしかにそこにあったのです。

ところが、居間にはテーブルなどないのです。息子の葬儀が終わり、お骨と遺影を飾る場所を決めるとき、居間のテーブルを和室に運んで使うことにしたのですから。しかも、携帯電話はずっと和室の遺影の横に置かれていて、家族のなかで移動させた者もいなかったのです。

なぜ、夜中にテーブルが居間に移動し、携帯電話がそこにあったのでしょう。

それに……、携帯電話はすでに解約してしまい、もちろん電池も切れ、使えない状態でした。そんな電話がなぜ鳴ったのでしょうか？

私には、息子からのメッセージとしか思えません。

第五章　怨霊が潜(ひそ)む魔界への扉

凶運をふりまくレストラン——辻桐子(三十二歳)

私は去年の夏、三年間勤めていたレストランを辞めました。まわりの人にはいろいろ説明をして辞めたのですが、本当の理由を知っている人はあまりいません。私といっしょに仕事をしていた従業員、そして、夫だけがあの奇妙な現象を知っているのです。

おかしなことは、去年の春ごろから起こりはじめました。

初めは気のせいかと思っていたのです。

お客さんのいないわずかな時間、誰もいないはずの店のほうから、テーブルや椅子を動かすような音が聞こえたりするのです。

また、あるときには、「すみません」という男性の声に、お客さんかと思って出ていくと、誰もいないということもありました。

それが一度や二度ではなかったものですから、私もほかの従業員も、だんだん慣れてきてしまって、おかしいなと思いながら、見過ごしてしまうというぐあいでした。

しかし、それだけではすまないこともあったのです。

お客さんがいなくて暇だったその日、厨房に引っこんで、みんなでおしゃべりをしていたら、どこからか女性の絞り出すような声が聞こえてきました。

「はやく……してぇ……」

それは、自分の腕や頬を冷たいもので撫でられてでもいるような不気味な声でした。

厨房にいた人全員に聞こえ、そのときばかりはパニック状態になりました。

しかし、客商売をしているのですから、誰にでも相談できるという問題ではありません。

いったい何が起こったのか、どうすればいいのか相談していると、従業員のひとりが、

「塩を盛ればいいんじゃない？」

と提案しました。

それはいい考えだと、私たちは手分けして、厨房のなかの角という角に塩を盛りました。

それがいけなかったのかもしれません……。

次の日の朝、いちばんに出勤した私は、店の鍵を開けて店内に入ったとたん、凍りついてしまいました。

フロアの真ん中に真っ黒い人影が見えたのです。ボロをまとい、ぼんやりと立っている

それが、人間でないことはすぐにわかりました。その人の向こう側が透けて見えたのですから……。

それは、私が凝視していたにもかかわらず、数秒間でかき消すように消えていきました。

あまりのショックに吐き気を我慢できなくなった私は、トイレにかけこみました。すると、ドアを閉めた瞬間、「ドンドン！」とノックされ、仲間がやってきたのだと思ったので、ドアを開けてみたのですが、そこには誰もいませんでした。

この出来事と前後して、家庭でも問題が起こりました。夫の勤め先が経営不振に陥り、給料が大幅にカットされたのです。そのうえ、夫は怪我をして、会社を休まなければならなくなるし、私は私で体調を崩してしまうといったアクシデントがいくつも重なりました。

このままでは生活ができないと、長期休暇を機に、夫は会社を辞めました。そして、再就職を祈願して、毎日のように神社に願掛けに行くようになりました。

その願いが通じたのか、時間はかかりましたが、夫の再就職が決まったとき、こういわれたのです。

「やっと決まったよ。来月から働くから、おまえも変なことばかり起こるレストランは辞めてくれ。そうでないと、おれたち、また邪魔されるぞ」

なぜ、誰に、邪魔をされるのか、わからないことだらけでしたが、実際、奇妙なことが起こる店に通うのも恐ろしくなっていた私は、夫の勧めにしたがって、レストランを辞めました。

すると、不思議なことに、私の体調は元に戻り、夫は新しい職場で、いい社長と仲間に恵まれ、楽しく仕事ができるようになったのです。

あれが何だったのか、いまだにわかりません。いっしょに働いていた人たちもつぎつぎに辞め、レストランの従業員はみんな新しい顔触れになったと聞きます。

あのレストランがどうなったのか、わかりません。

でも、店に行ってみる気もありませんし、二度と関わりたくないというのが本音です。

夢を断たれた「花嫁」の怨念——北嶋葉子（二十九歳）

「奈保が……交通事故で……」

大学時代の友人が震える声で電話をかけてきたのは、五年前のある夜でした。私たちの共通の友人の奈保が事故に巻きこまれ、死んでしまったという連絡を受けたときのショックは、いまでも忘れることができません。

ちょうどそのとき、私は奈保の結婚式に着ていく洋服に合わせるアクセサリーを選んでいるところでした。

結婚式まで、あと十日というときに、こんな不幸があっていいものかと、悲しみとやり場のない怒りがこみあげ、どうしようもありませんでした。結婚生活を楽しみにし、新居の準備をする奈保のこぼれるような笑顔が一瞬にして消えてしまうなんて、私には信じられませんでした。

婚約者の真也さんの落胆も、はかりしれません。葬儀では、すっかり憔悴しきったその姿に声をかけるのもはばかられたほどでした。

しかし、人間は悲しいことを忘れて生きていかなければならないのですから、奈保の事故から四年経って真也さんから「結婚する」という連絡をもらったときには、これでやっと、真也さんにも落ち着いた幸せが訪れるのだと、ホッとしたものです。奈保のこともあるので、式は身内だけで行なうとありました。

ですから、それ以降、会うこともなかった真也さんは、きっと穏やかに暮らしていると思っていたのです。

ところが……。

一年後、偶然街で再会した真也さんは、少しも元気そうではありませんでした。顔色は悪く、頬もこけ、背中を丸めて歩いていました。あまりにも、くたびれて見えたので、思わず声をかけてしまいました。

「どうしたの？　結婚一年って、まだ新婚さんみたいなものでしょ？　何かあったの？」

私は深刻ぶらないよう、明るく聞いてみました。

すると、彼は私を近くのカフェに誘い、溜息をつきながら、話しはじめたのです。

「結婚してから、何もかもおかしいんだ」

「おかしい？」

「ああ。閉まっていた食器棚の扉が開いていたり、買ったばかりのテレビが急に燃えだしたりするし、夜中の無言電話が毎日あるんだ。気味が悪いから、近々引っ越そうと思ってるんだ」

「そう……。そんな変なことがあるなら、引っ越してもいいかもしれないね。引っ越せば、気分も変わるし、きっと元気になるよ。新しい住所、教えてね」

そんな話をして、「またね」といって真也さんと別れました。

しかし、真也さんは気分を換えることも、新住所を知らせてくることもできませんでした。

私と話した三日後、真也さん夫婦を乗せた車が突然炎上し、ふたりとも亡くなったというのです。

〈奈保が……？　連れていった……？〉

とっさにそう感じました。

そして、それが間違いではない証拠に、真也さん夫妻の車が燃えあがった場所は、奈保が死んでしまったあの事故現場だったのです。

廃バスの前に立つ血染めの女——北野小鳥(三十五歳)

私の実家は運輸関係の仕事をしていましたので、いつも身近にたくさんの車がありました。

子供のころのある夏の日、いつものように車のあいだを通り抜けて裏山に遊びに行きました。

その日は、いつもと何かが違っていました。セミの声も鳥の鳴き声もなく、とても静かだったのです。その静けさが不気味で、気味が悪くなった私は家に帰ろうと、もと来た道を戻っていきました。

そして車のあいだを通り抜けようとしたとき、「それ」が目に入ったのです。

一台の廃バスの前に立っている赤いワンピースの女性……。足もとに何かが、ポタリポタリと落ちています。その水滴が血だということに気がつくのに、そんなに時間はかかりませんでした。

赤いワンピースではなく、白いワンピースが血に染まっているのでした。

俯いた顔は悲しそうで、血を滴らせながら、いまにも歩きだしそうなその姿から逃げようと、私は夢中で走りました。

こちらを見たら、どうしよう。

追いかけられたら、どうしよう

恐怖と不安で何も考えられなくなりそうでした。家に帰り着いても、今夜、枕もとに現われるのではないかと、怯えていました。

しかし、それからは、「それ」が私の前に現われることもなく、数日後には廃バスも売られていって、ほっと胸を撫で下ろしました。

それからしばらくして、バスを購入したお客さんから「バスに得体の知れないものが出る」というクレームがきたのです。

その話を父から聞いたとき、私は初めて、あの日の不気味な女の人の話をしました。

問題のバスは少し前まで路線バスとして使用されていたもので、廃車となったものを買い取って新しい買い手がつくまで、家の裏手に置かれていたものです。それは、とても廃車とは思えないほどきれいな状態のバスで、購入した人も、まるで新車のようだと喜んでいたのです。

まさか、何かが憑いてくるなんて、誰が想像できたでしょう。

しかし、父が調べて、その原因はすぐにわかりました。

路線バスとして走っていたとき、そのバスは幼い子供とその母親を轢いてしまったのでした。

バスは母子を巻きこみ、数百メートルも走ったそうです。母親は大怪我を負って血だらけになりながらも、我が子を助けようと、必死で車両にしがみついていたといいます。その手が乗客の目にとまり、初めて事故に気がついて、やっとバスは止まったのですが、そのとき、母親はもう亡くなっていました。子供にいたっては車体の下に巻きこまれ、身体はほとんど原形をとどめていなかったといいます。

それからというもの、バスのなかに、血に染まったワンピースを着た女性が頻繁に現われるようになり、バスを売らざるをえなくなったということでした。

このことを経験してから私は、亡くなった人を供養することがどんなに大切かを知りました。そうでないと、この世のものではないものを見て、恐怖のどん底に突き落とされる人も出てくるのです。知らずに購入した人は災難です。

蒸し暑い夏の奇妙な冬服——加藤真沙美（三十歳）

私が中学生のときの話です。

体操部に所属していた私は、朝早くに部活動の練習をする、いわゆる「朝練」のため学校に行きました。蒸し暑い夏の日のことです。

学校へは歩いて四十分ほどかかるので、学校に着くころには、もうすでに汗びっしょりでした。まっすぐ部室に向かうと、すでに登校していた先輩や同級生が、何かを囲むようにして立っています。

「何？　どうしたの？」

私が声をかけると、同級生が振り向いて、

「変な服がハンガーにかかってるの」

といいます。

指さすほうを見ると、部室の壁にたしかに厚手のワンピースがハンガーに吊るされ、かかっています。それは茶色とえんじ色の縦縞の長袖でした。なんだか、壁から浮き上がっているように見え、妙な存在感がありました。

「制服でもないし、学校に私服で来る子もいないし……なんか、気味悪いね」

私はそういいました。

この暑い夏に、冬物のワンピースがかけられているのも不自然ですし、前の日にはそんなものはなかったと、みんな口々に話しあっていました。いたずらではないかという子さえいたほどです。

顧問の先生はまだ来ていないので、その服をどうしたらよいのかわからず、私たちは取りあえず体育館に持っていくことにしました。

直接触るのはいやだと、先輩が箒の柄でハンガーをひっかけ、そのまま体育館の壁際にかけておくことにしました。

ほかの部の人は何を持ってきたのかと、怪訝な顔をしていましたが、私はそんなことよりも気になることがありました。

体育館の壁に下げても、その服にはやはり浮き上がるような妙な雰囲気があるのです。

みんなもそう感じたのか、誰かが服に向かってサポーターをポンと投げつけると、つづいてテーピングを投げた子がいました。すると、みんなもそこらにあるものをつぎつぎに投げつけはじめたのです。空のペットボトルやペンや、最後には体育館シューズまで投げつけました。

服は、ものがあたるたびにユラユラと揺れました。

やがて投げるものがなくなると、服の揺れも徐々になくなったのですが、なぜか視線を外すことができません。

と、そのとき……。

服の左袖がスーッと上にあがりました。私たちは何もしていないのに、それは何かを持ち上げるように、あるいは「ものをぶつけるな」といわんばかりにスーッと……。

「キャーッ！」

ありえない光景に、みんな叫び声をあげました。

そして、体育館の隅に走って逃げたのですが、私は逃げだす瞬間に見てしまったのです。服の上、ちょうど顔があるべき位置に、白い顔と黒くて長い髪が浮き出てきたのを……。

「見た？　パーマがかかっている長い髪だったよ……」

私の隣で恐ろしそうに座りこんだ同級生も、震える声で私に同意を求めました。

もう部活どころではなく、誰も服に近づけないでいるところに、やっと顧問の先生がやってきました。先生は私たちの説明を聞いて、半信半疑のように首を傾(かし)げていました。

「何だろうなあ。ひょっとすると、演劇部が何かの理由で置いていったのかもしれないから、あとで聞いておこう」

どうか、先生のいうとおりでありますようにと、私たちは祈りましたが、結局、演劇部のものでもなく、誰が持ち主なのかははっきりしませんでした。そして、その服は私たちと顧問の先生とで焼却炉で燃やしてしまいました。

その後変わったことはありませんが、蒸し暑い夏の日には、いまでもあの服が脳裏に甦(よみがえ)ります。

白い蛾は、死んだ人の化身――本間圭三（五十八歳）

私が祖父を安置した厳(おごそ)かな棺を穢(けが)したのは、小学四年生のときのことでした。祖父の葬式前夜、親戚の子供たちといるときにちょっと悪ふざけをして、棺に腰掛けてしまったのです。

いっしょにいた私と同年代の子供たちは、いっせいに強張(こわば)ったような目でこちらを見ました。

〈あっ、圭兄ちゃん、いけないことしてる……〉

〈きっと、罰(ばち)があたる……〉

みんな、そんな目をしていました。

私もすぐ反省して、心のなかで「おじいちゃん、ごめん」と謝りながら、棺を離れました。

異変が起きたのは、その直後でした。

突然、棺の真ん中あたりから、奇妙なものが浮き上がったのです、それは、棺の蓋を素通りして出てきたように見えました。ソフトボールくらいの大きさで、灰色をした毬藻(まりも)のようなものがスーッと上昇し、一メートルくらいのところで数秒間停止したのです。

私たちは、声も出ず、じっとそれを見ているしかありませんでした。物体は音もなく動きはじめると、障子と雨戸を、また素通りして、縁側のほうに消えていったのでした。その物体が見えなくなったとたん、子供たちは悲鳴をあげて茶の間にいる親たちのところに走っていきましたが、私だけは後悔しながら、棺の前に立ち尽くしていました。

そして、みんなが寝静まった真夜中のことです。

母とおなじ布団に入り、茶の間付近に寝ていた私は、ふと目を覚ましました。目を覚ましたというよりも、誰かに起こされたという感じでした。

大勢の人の寝息と柱時計の音だけが聞こえてきます。茶の間には常夜灯の二十ワットの豆電球が淡いオレンジ色の光を放っていました。

私はしばらくのあいだ、電球を眺めていました。

やがて、柱時計が午前零時を告げた、その直後です。

一瞬、何かが明かりを遮りました。それは一度だけでなく、何度もつづきます。何かが明かりのまわりを時計回りに旋回しているのでした。

その正体はすぐにわかりました。飛翔物は大きな白い蛾だったのです。

〈おじいちゃん……〉

私は生前の祖父に聞かされた話を思い出し、心のなかで無意識に呟いていました。

「圭、白い蛾はな、死んだ人の化身なんじゃ。人は死ぬと蛾になり、経帷子まとって浄土に旅立つまでの四十九日のあいだ、家のまわりを彷徨うんじゃ。忌中の白い蛾は見てはならんといわれておる。不吉なことが起きるらしいからの」

まもなく視野から白い蛾は消えました。

と、同時に激しい変調が私の身体を襲いました。歯がカチカチと鳴るほどの震えが全身に走り、頭が割れるように痛みはじめたのです。めまい、吐き気が起こり、胸には鉄板を押しつけられたような圧迫感がありました。

「母ちゃん……起きて……起きてよ……」

懸命に叫んだつもりが言葉にはならず、意識は朦朧としてきます。目を閉じると恐ろしいことが起こりそうで、目を閉じまいと歯を食いしばりました。しかし、まぶたはだんだん塞がっていきます。渾身の力を振り絞ってまぶたを開いた瞬間、とんでもない光景を見てしまいました。

なんと、茶の間の淡いオレンジ色の光が消え、モノクロになっているのです。子供心に人が最期に見る世界はこんなものかと思ったとたん、私は深い暗闇のなかに落ちていきました。

どのくらい経ったのか、目を覚ましたとき、私は濃い霧のなかにいました。身長百三十センチあまりの私の腰から下が隠れるような濃い霧です。

気分は悪くありませんでした。そよ風に吹かれているような気分で歩きはじめると、やがて雲ひとつない紺碧の空の下に来ていて、まわりには花畑が広がっていました。

しばらく歩いていると、花畑が割れるように幅一メートルほどの道が現われました。一直線の道です。道の周囲はすべて花で囲まれ、鳥や蝶まで見えました。

けれども、そんな夢のような景色は突然、消えました。つぎに現われたのは、どす黒い色の海のように大きな川でした。私は広い川原の砂の上に立っています。そして、川の向こう岸には奇妙な渦が回っているのでした。渦は右回転になったり、逆の左回転になったり、その動きを変えていました。

そして、渦が左回転になると、私の身体は川のほうに引かれ、右回転になると、後方へ押し戻されるのでした。そんな渦を見ていた私は、だんだん船酔い状態になり、目を開けていることができなくなりました。

けれども、そんな状態なのに、渦に対してなつかしさのようなものを感じるのです。必死になって目を見開き、渦を見ようとした瞬間、私はそのなかに人影を見ました。

坊主頭、痩せた面長の顔、濃い眉、鉤鼻（かぎばな）、薄い唇、そして矢絣（やがすり）の浴衣……。

「……おじいちゃん……」

呆然とする私に向かって、祖父は手招きしました。まるで「圭、こっちへ来い」とでもいうように……。

しかし、渦の回転方向が変わると、祖父は両腕で頭を抱えこんでしまうのでした。

私は、祖父が孫を呼ぶべきかどうか迷っているのだということに気がつきました。そして私はといえば、船酔いのような状態に苦しみながらも、無邪気に祖父のそばに行くことしか考えていなかったのです。竹細工職人だった祖父に竹とんぼや竹馬を作ってもらって、またいっしょに遊びたいという気持ちだけがありました。

私は川のなかに一歩踏み出しました。水は凍りつくほど冷たいのですが、祖父のところに行くことしか考えていない私には苦になりません。

と、そのときです。

空から声明（しょうみょう）が降ってきて、思わず足を止めました。

そして、対岸に目をやると、渦のただなかにいた祖父は両腕で頭を抱えながら、足もとからだんだん消えていくのでした。矢絣の浴衣から白い花粉のようなものが舞い上がっています。

呆気にとられてそのようすを見ていた私は、花粉のようなものの正体を知って愕然としました。それは、白い蛾だったのです。

…………。

私は葬式の日の未明、朗々と声明が流れるなかで意識を回復しました。まわりには両親や親戚の人たちの心配そうな顔がありました。

その人たちがもらす安堵（あんど）の溜息（ためいき）を聞きながら、私は朝まで熟睡しました。

あとになって母から聞いた話によると、夜中に高熱を出し、意識不明になった私のために親戚の人が村医者を呼びに行ってくれたそうですが、あいにく不在だったといいます。

しかし、連絡を受けた檀那寺（だんなでら）の老住職が駆けつけ、私の容体を見るなり、祖父の棺の前で万能経である般若心経を繰り返し詠んだそうです。

私の意識が戻ると、老住職はまわりの人たちの質問には答えず、ただ微笑んで帰ってい

ったといいます。

花笠をかぶった死に神たち——横川祥恵(三十二歳)

いまから二十年ほど前の話です。

夏休みの数日を、親戚の人たちといっしょに伊豆ですごすことがありました。私はそのころ中学生で、久しぶりに会う従姉妹たちと海で遊んだり、旅館で遅くまで話をしたりして、とても楽しい旅行になりました。

四家族総勢十六名という人数だったので、にぎやかで「毎年集まりたいね」と話したりしたものです。

ところが、旅行から帰る車に乗りこんだころから、祖母の元気がなく、家に帰ってもふさぎこんでいるので、私と母はずいぶん心配しました。旅の疲れが出たのかもしれないとは思ったのですが、何かあったのかと聞いてみると、祖母は私と母にだけこっそり、こんなことを話してくれました。

それは、旅行の最終日の夜のことです。

そろって夕食をすませた私たちは、大広間に十六組の布団を敷き詰めて眠りました。昼間はしゃいでいた子供たちはすぐに寝息を立てはじめ、みんなが寝静まるまでに、そんなに時間はかからなかったようです。

祖母がふと目を覚ましたのが何時ごろだったのかはわかりません。暗闇のなかにぼんやりと座りこんでいる人影を見つけた祖母は、誰かが起きだしたか、子供が寝ぼけていると思って声をかけようとしたそうです。

しかし、障子越しの廊下の明かりをたよりによく見ると、なんだかようすが普通ではありません。きれいな着物を着た女の人たちが眠っている男の人の枕もとに座って、白い手をヒラヒラと動かしているのでした。

宿の人などではないことは、一目でわかったといいます。その人たちはみんな花笠をかぶっていたのです。

祖母はあまりの気味悪さにどうすることもできず、じっと見ているしかありませんでした。女の人たちは、眠っている男の人の顔を覗きこみ、「ニッ……」と笑うと、手招きでもするかのような動作を何度も繰り返したといいます。

そして、自分のかぶっていた花笠を取ると、そっと男の人にかざすようにしたといいます。

いやな予感がした祖母は、隣に眠っていた祖父を起こしました。

「誰かいるのよ……」

祖父を揺り起こしながら小声で囁くと、祖父は起き上がり、そのとたん祖父のそばにいた女の人はいなくなったそうです。

「誰もいないじゃないか」

急に起こされて、寝ぼけ眼の祖父はそういって、ふたたび横になりました。祖父には見えなかったのです。しかし、そのときでさえ、祖母には見えていたといいます。

まもなく、女の人たちはいっせいに立ち上がると、「ニタッ」と薄気味の悪い笑みを浮かべ、スーッと消えていったのでした。

祖母の信じられないような話はそれだけで、数週間もすると、私も母も忘れてしまっていたのですが、数カ月後、その話を思い出させるような出来事が起こりはじめました。

旅行に行った親戚のおじさんのうちのひとりが突然、心臓発作を起こして亡くなったのです。日頃は元気で、病気ひとつしない人だったので、急な知らせに誰もが驚きました。

そして、それからほとんど毎月のように親戚のおじさんの誰かが具合を悪くしたり、病気が発見されたりして、二年のあいだに、あの旅行に参加した男の人は全員亡くなってしまったのです。なかには、死亡の原因が不明という人もいました。

ただ、祖父だけはそのあと、祖母よりも長生きをしました。

あのとき、祖母が見たという花笠を持った女の人たちは死に神だったのでしょうか？

あまりにも不吉なので、いまだに親戚の人たちには話していませんが、祖母の話が気になり、あれ以降、旅館に泊まることもしていません。

冬の夜空に舞った桜の花びら——太田沙奈江（三十七歳）

これは、私が趣味で習っている「ガラス工芸」の先生からお聞きした、少し怖くて悲しい話です。

ガラス工芸の先生は山田先生といいますが、先生の生徒にB子さんという人がいました。

B子さんはもう長く教室に通っていて、先生にはなんでも話をする間柄になっていたようです。Aくんという恋人ができたときにも紹介をし、先生はこの若いカップルを微笑ましく思いながら、見守っていました。将来の話もしたといいますから、先生はふたりが結婚すると思っていたようです。

しかし、春が長すぎたのか、B子さんが彼のことをあまり話さなくなり、心配していると、Aくんが忙しさを理由にあまり会わなくなったのだということでした。やがて、Aくんの陰に新しい女性がいることに気がつくまでに、そんなに長い時間はかかりませんでした。

すっかり元気をなくしているB子さんを支えてくれたのは、山田先生でした。人の気持ちが変わっていくときには、止めようがありません。まわりの人ができることは黙って話を聞いてあげることくらいです。だから山田先生はB子さんから連絡が入ると、会って話を聞いてあげたのでした。

B子さんはとても素敵な女性だったので、Aくんがなぜ心変わりしてしまったのか、わかりませんが、山田先生は何度も相談に乗ってあげたといいます。

そして、十二月二十三日……。沈みこんだ声でB子さんから電話がかかったものの、クリスマスに向けての大がかりな作品を準備していた山田先生は、B子さんのためにどうしても時間をとってあげることができませんでした。きっと、クリスマスをひとりですごすことを考えたときに、寂しくてたまらなかったのだろうと、あとで山田先生は話していました。

「今日はきみとゆっくり話している時間がないんだ。二、三日待ってくれる?」

山田先生がそういうと、B子さんは小さな声で「いつもごめんなさい」といって電話を切りました。

その日の夜中のことです。長時間作品に向かっていた山田先生は、一息つくためにコーヒーを入れ、タバコに火をつけました。時計はもう午前一時を指していました。

そして、何気なく窓の外を見ると、いきなり一面が明るくなり、空から白いものが降ってきたといいます。

「雪……？」

そう呟いて空を仰いだのですが、それは雪ではありませんでした。

もっと大きな、そう、桜の花びらのような柔らかなものがフワフワと落ちてきているのでした。正体がわからず、呆然と見ていたそうですが、とにかく幻想的で美しかったといいます。

不思議な現象は三十秒か一分ほどでおさまり、もとの暗闇になりました。その後すぐ、山田先生は強烈な睡魔におそわれ、ソファに座りこみました。そして、夢を見たそうです。

夢のなかにはB子さんが現われ、なぜか、泣いているような、微笑んでいるような表情を浮かべ「さよなら」といいました。

そのとたん、目が覚めました。

「いかん、仕事、仕事」

山田先生は、起き上がって仕事に戻り、朝には作品を完成させることができました。

ところが、その日の朝、突然の訃報が届いたのです。

B子さんの死……。Aくんの住むマンションの屋上からの投身自殺でした。

Aくんは新しい恋人と出かけていて、その夜はマンションに帰らなかったのですが、B子さんはそのそばで何時間も待っていたようです。

Aくんの部屋の窓が見える小さな公園には、B子さんが吸った何本ものタバコの吸い殻が散乱していました。

山田先生はB子さんの葬儀に参列したあと、涙を浮かべながらこういいました。

「せめて、僕がB子さんの話を聞いてあげていれば、こんなことにはならなかったかもしれない。あの夜、花びらのようなものを見て、B子さんの夢を見たあの時間……あのときにB子さんはマンションの屋上から飛んだんだ……」

先生の無念さは痛いほどわかりましたが、でも、B子さんは本当に先生の支えに感謝していたのだと思います。だから、最後のお別れに花びらの幻想を見せてくれたのではないでしょうか？

僕の肩を叩くのは誰の手？——小坂凌（二十三歳）

少し前まで僕の左肩にはアザが残っていました。

その奇妙な現象は、僕が就職活動を始めたころから起こりはじめました。

ある朝のことです。

前日に遅くまで飲んでいた僕は、その日が大事な面接の日にもかかわらず、起床時間になっても、布団から出ることができませんでした。

うつ伏せのまま寝ていると、僕の肩を揺する手がありました。

まだ覚醒する前の意識のなかで、父か母の手だろうと思っていると、手の動きは徐々に強くなっていきました。その強さに少し腹立ちを覚えながら起きてみると、そこには誰もいませんでした。

いないのは当たり前です。僕はひとり暮らしだったのですから。

不思議に思いながら起き上がってみると、時計は午前八時十分前を指しています。すぐに家を出れば、面接に間に合う時間でした。

顔も洗わず、食事も摂らず、家を飛び出しました。おかげで合否はともかく、約束の面接に間に合って、善戦することはできました。

それからも奇妙なことはつづきました。

朝の授業があったときのことです。これも単位を落とせない大切な授業で、遅刻は許されませんでした。しかし、前日に夜更かしをしたうえ、目覚ましをかけ忘れていたのです。翌朝、ふたたび、肩を揺する手が現われました。しかも、強硬にしつこく揺すられ、未知の力に導かれるように起き上がった僕は、またしても欠席も遅刻もしないですんだのでした。

以後、その手が僕を起こす回数が増えてきました。大事な日にはかならずといっていいほど現われる法則を僕は見つけました。

何か神のような手……。そんな神秘的な畏怖の念と感謝の気持ちをもつようになりました。

しかし、それは勘違いだったと知ることが起こったのです。

電車に乗っていると、ふと睡魔に襲われました。飲んだ帰りのことです。夜も更けていたので、空いた座席に座ったとたん、僕はすぐに眠りに落ちていました。

肩を揺する手が現われました。

「お客さん、終点ですよ」

男の声がしたので、眠い目を開けました。……まわりには誰もいません。

けれども、肩はずっと揺すられているのです。

痛い……。

しかし、つぎの瞬間、痛みを忘れるほど驚きました。目の前の窓に映った僕の姿……。

そこには、僕ともうひとつ、僕の肩を揺する巨大な手が映っていたのです。

手は一本の指が僕の身体ほどもありました。その先にあるはずの身体は影になって、夜の窓には映っていません。映らないほど大きかったのです。

ここで、僕はたぶん気を失ったのだと思います。

「お客さん、終点ですよ」

ふたたび男の声がしました。

……そこには、制服を着た車掌が立っていました。

三面鏡に「彼」の悲しそうな目――北澤陽子（四十三歳）

これは、いまから十年前に私が体験した本当の話です。

あの日、仕事が終わって自宅に帰ったのは午後十時ごろのことでした。その直後、中学時代の同級生から電話があって、彼が亡くなったことを知ったのです。

中学時代、私は彼のことが好きでした。ラブレターを書いて渡したこともあります。でも、交際したり、ふたりきりで会ったりすることもないまま、卒業していきました。

その後、同窓会があると、顔を合わせることはありましたが、それぞれに違った人生を歩んでいるのだと思っていました。事実二十五歳のときに同窓会に出席したときは、私はもう結婚していて、二歳の子供の育児に明け暮れるという生活を送っていたのです。二十七歳のときには子供を連れて出席しました。周囲を見まわしてみると、自分とは違って独身の同級生が華やいで見えたことを覚えています。

そしてこのとき、私は彼の姿を見て、心があのころにタイムスリップしてしまったのです。気持ちだけは紺のブレザーに身を包んだあのころに戻っていました。

その後も普通の生活を送りながら、どんどん変化していく自分の心に気がついていました。

〈彼に会いたい〉

私は同窓会を機に、思いきって、彼にメールを送りました。といっても、同窓会の感想や会えてうれしかったという、他愛もないことですが。

私と彼の家はそう遠くなく、その夏にはカフェでいっしょにお茶を飲み、たくさん話をしました。

そして、別れ際、私たちは初めてキスをしました。

その後、彼の出現とはまったく関係ないのですが、いろいろな事情があって、私は離婚し、結婚前まで勤めていた会社に戻りました。子供を育てるために、仕事をしなければならなかったのです。

彼にそんな報告のメールを書いたのは、仕事が軌道に乗りはじめてからでしたから、離婚して二年もすぎたころだったと思います。

次の夏、私と彼は初めて結ばれました。

私は幸福でした。

どんなにたいへんでも、彼がいてくれればいい、そんな気持ちでした。

それなのに、そんなささやかな幸せは、一本の電話で打ち砕かれたのです。どうして彼が死ななければならないのでしょう。

私は、電話を切り、頭のなかが整理できないまま、呆然と目の前の三面鏡を見ました。

「あ……」

一瞬、信じられませんでした。

鏡の真ん中に、何かがあると思って視線を向けると、そこに彼の悲しそうな目があったのです。

次の日、通夜に出席した私は彼の親しい友人から、彼が「子供のいる人と結婚する」といっていたという話を聞きました。

そして、その夜から不思議なことが起こるようになりました。タンスや本箱などの家具の上に黒い影のようなものが見えたこともあります。ポルターガイストのように部屋が揺れたり、一輪挿しの花が風もないのにクルッとまわったりしたこともあります。

月命日の日には、立っていられないほど家が揺れました。震度6くらいの地震が来たのだと思いましたが、地震情報はどこにも出ていませんでした。

あまりたくさんのことが起こるので、私は占い師のところに行きました。いろいろな現象が怖かったわけではありません。彼からのメッセージが聞けるのなら、どんなことでもしたかったのです。

占い師から三面鏡の扉は閉めるようにといわれ、私は花柄のスカーフを巻きつけて、開かないようにしてあったのですが、風もないのに、それはヒラヒラと揺れ、鏡は意志を持っているかのように開こうとします。

彼は、やはり私に何かを伝えたいに違いありません。

あの訃報を聞いた日に見た鏡のなかの彼の瞳は衝撃的でしたが、それは、彼の愛にほかなりませんでした。

通勤時に、外を歩いていると突然、三原色の光が見えることもありました。家のなかにいるときに、雲のようなフワフワした塊を見ることもあります。

占い師の先生は「彼がそばにいたがっている」といいます。

彼と私はいま、住んでいる世界こそ違いますが、いつもそばにいるという気持ちは日ごとに強くなってきました。

生まれ変わったら、真っ先に彼に会いたい、そしてずっといっしょにいたい……。私はその日が来ることを信じています。

死んだはずのおばちゃんが……――田村紀子(三十七歳)

私が好きだった父方のおばちゃんが亡くなったのは、数年前の七月五日のことでした。

私が「おばちゃん」と呼ぶその人は、父のいちばん上のお姉さんで、七十八歳のとき、なったのです。

胃潰瘍と肝臓病の悪化から下血(げけつ)し、救急車で運ばれて、緊急入院したものの手遅れで亡くなったのです。

おばちゃんは八人の子供を産み、そのうちふたりを亡くしています。

それはそれは働き者で、六人もの子供を立派に育てあげた人です。

八回ものお産と、若いころに無理をしたせいか、おばちゃんは後年、足が不自由になり、ひきずるように歩いていました。

住まいは山梨県でしたが、東京にいる長男のところに年に何度か遊びにくるのがおばちゃんの楽しみでした。そして、そのときには私の家もかならず訪ねてくれて、ときには泊まっていくこともありました。

年齢のわりに頭の回転が早いおばちゃんは、性格も明るく、姉御肌のさっぱりした気性でした。冗談もとても面白かったので、私にとって、おばちゃんが来てくれるのは本当に楽しみだったのです。

また、母にとっても、おばちゃんは頼りがいのある人でした。ワンマンな父に「喝」を入れて怒ってくれるのは、おばちゃんしかいなかったのです。

そんな大好きなおばちゃんの訃報が届いたのは、私の次男がまだ一歳八カ月のときのことでした。その日、次男を遊ばせるために近所の公園に行っていた私は、いつもとは違うと感じていました。たくさんのカラスが異様な鳴き声をあげていたのです。

「カラスが鳴くから、か〜えろ〜」

まだ遊び足りない息子の手を引き、家に帰ってドアを開けると電話が鳴っていました。

電話は母からでした。

「山梨のおばさんが死んじゃったんだって……!」

具合が悪いということを聞いていなかった私は、上擦った母の声を聞きながら、自分の耳を疑いました。

取るものも取りあえず、両親、弟夫婦と私は山梨へと急ぎました。

おばちゃんの家に着いて、なかに入ろうとしたとき、足がすくんでしまって、なかなか部屋のなかに足を踏み入れることができなかったことを覚えています。やっとの思いで部屋に入ると、物いわぬおばちゃんは布団に安置されていました。その現実を思い知らされた私は、ヘナヘナとおばちゃんの横に座りこんでしまいました。

おばちゃんが病院に運びこまれ、亡くなって葬儀が執り行なわれるまでのあいだに、現実には考えられないような不思議な出来事があったことを、私は従姉妹（おばちゃんの娘）から聞かされました。

おばちゃんが亡くなったのは、午後三時ごろだということでした。

翌日になって従姉妹は、おばちゃんと仲良くしていた近所の人に連絡に行ったそうです。

「母が昨日……、亡くなったんです。いろいろと、お世話になりました」

従姉妹がそういって頭を下げると、その人は、いったい何をいっているのかという顔になりました。

「えーっ！　何をいってるでぇ……？　おまえとこのお母ちゃんなら、昨日の晩遅くに、おらん所へ来て、お茶飲んでしゃべってっただよ。そんで、夜遅いし、おまえとこのお母ちゃんは足が悪いから、家まで送ってくっていったら、いいっていうだよ。だけんど、やっぱり転んじゃいけんと思って、途中まで送っていっただよ。ほしたら、おまえこそ、夜遅いからもう帰れっていうさ……。だから途中で帰ったけんど、家に入っていくとこはちゃんと見届けただよ……」

おばちゃんは亡くなったその日の夜八時すぎに、友達の家に行ってお茶を飲み、おしゃべりしていたというのです。

そして、おばちゃんがその友達の家から帰ったという、まさにその時刻には、おばちゃんの家でも不思議なことが起きていました。

おばちゃんの亡きがらをみんなで囲んでいたときです。足が悪かったおばちゃんが足を引きずりながら歩く「シャー……シャー……」という音が聞こえたというのです。

「お母ちゃんが、家んなか、歩いてるんだな……」

みんな、そう思ったそうです。

不思議なことは、それだけではありません。

亡くなる前、おばちゃんが下血し、救急車の到着を待っていたとき、従姉妹は普段はあまり見かけない黄金虫がなぜか群れをなし、数えきれないほど、窓の外を飛んでいたのを見たそうです。黄金虫の大群は、あの世からおばちゃんを迎えにきた使者だったのでしょうか？

おばちゃんはタバコが大好きでした。亡くなる前に下血し、救急車を呼んだときにも、待っているあいだにゆっくりゆっくりと味わうように煙をくゆらせていたほどですから。思えば、それが最後のタバコでした。

おばちゃんが亡くなってから何年後かの、ある日のことです。

夢のなかにニコニコ笑うおばちゃんが現われました。そばには、なぜかお坊さんがひとりいて、おばちゃんはタバコを手に持ち、「おまえもいっしょに吸おう……」というのです。

夢はそこで覚めたのですが、私はなぜお坊さんがいっしょに出てきたのか、それまで見たことのなかったおばちゃんの夢をどうして見たのだろうかと考えていました。

そして、気がついたのです。

その日はおばちゃんの命日でした。それまで一度も忘れたことなどないのに、その年にかぎってうっかりしていたのでした。私は急いでお供えとお花、タバコを買って、お線香をあげに行きました。

それ以来、命日を忘れることはありませんが、おばちゃんにまつわる不思議な出来事を通して、私は「この世」と「あの世」があることを信じるようになりました。誰かが「霊魂は不滅」といっていましたが、私もそう思います。

死者は生きている人のことを忘れずに見ているのです。だからこそ、先祖を敬い、忘れずに供養していかなければいけないと思うのです。

霊魂は死者の心で、かならず私たちを見つづけているのですから……。

ナムコ・ナンジャタウン
「あなたの隣の怖い話コンテスト」事務局

2005年の夏、東京・池袋の屋内型テーマパーク「ナムコ・ナンジャタウン」で恒例の「あなたの隣の怖い話コンテスト」が開催され、日本全国から膨大な数の霊体験恐怖実話が寄せられた。本書は、その中から入賞作品をはじめ、47のとびきり怖い話を厳選収録したものである。

※「怖い話」の募集は、現在は行なっておりません。
※「ナムコ・ナンジャタウン」はリニューアルのため「ナンジャタウン」に名称変更となっております。

本書は、2006年6月に小社が発刊した書籍の改装改訂新版です。

二見レインボー文庫

世(よ)にも恐(おそ)ろしい幽霊体験(ゆうれいたいけん)

編者　ナムコ・ナンジャタウン
「あなたの隣(となり)の怖(こわ)い話(はなし)コンテスト」事務局(じむきょく)

発行所　株式会社 二見書房
東京都千代田区神田三崎町2-18-11
電話 03(3515)2311［営業］
03(3515)2313［編集］
振替 00170-4-2639

印刷　株式会社 堀内印刷所
製本　株式会社 村上製本所

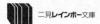

落丁・乱丁本はお取り替えいたします。
定価は、カバーに表示してあります。
2018, Printed in Japan.
ISBN978-4-576-18082-3
http://www.futami.co.jp/

の物流業界は世界一の水準にある、と確信している。

そうした日本の物流業界の高度な現場の力が、ネット通販と結びつくことで、宅配便の発送のみならず返品まで楽々と行えるのだ。ネット通販が現在、急速に伸びている背景には、すでに高度な宅配便のネットワークが存在していたことが大きな理由になっている。

私が物流の業界紙で働いた九〇年代と比べると、物流に対する社会の関心が高くなってきたように思われる。ここ数年、「週刊東洋経済」や「日経ビジネス」といったビジネス誌が、毎年のように宅配便や物流について取り上げるようになってきた。経済紙でも宅配関連や物流関連の記事が一面トップに載ることもしばしばある。

旧知の業界関係者によると、

「物流は今、旬の話題なのだ」

という。

その一番の要因は、先に挙げたネット通販の急伸によって、宅配便が一般消費者の生活に深く浸透してきたからだろう。業界全体で年間四〇億個近い宅配荷物を運ぶ現在、人々の生活にはなくてはならないものになっている。

一方で、宅配便がどのようにして運ばれているのか、という仕組みや、ネット通販度の高さだろう。欧米企業の場合、往々にして、本社での経営トップによるプレゼンテーションでは、その物流全体を包括した斬新な戦略に目の覚めるような思いがするのだが、その後で現場をみせてもらうと、プレゼンテーションとの落差に驚くこともしばしばあった。

アメリカの中西部で取材した際は、ＭＢＡを持った経営トップのプレゼンテーションの後で、そのトップ自らが現場を案内してくれたことがあった。大型の段ボールに入った荷物が乱雑に並ぶ中、所々に段ボールが破損した荷物が積み上げられていた。私が、荷物の破損率はどれぐらいあるのか、と質問すると、経営トップは破損した段ボールを蹴っ飛ばしながら、

「一％内に収めたいと思っているんだがね……」

という答えを返してきた。

日本での百貨店からのお中元やお歳暮の宅配業務となると、その誤配率は一万件のうちで一件あるかないか、というきわめて低い数字に収まる。全体の〇・〇一％前後という比率だ。それと比べるとアメリカの物流センターに保管してある荷物の破損率が一％前後というのは、日本では考えられないほどの高い数値なのだ。こうしたいくつもの欧米の物流の現場をみてきた体験から、現場の作業レベルという点では、日本

感心したのは宅急便のサービスレベルの高さである。一カ所から大量に発送する業務に比べ、不特定多数の個人宅からの返品業務は格段に難しい。それをネット上の情報のやり取りだけで、回収日を決め、ヤマト運輸のセールス・ドライバーが発送人と受取人の情報が印字された伝票まで持ってくる。もしこれに加えて、ヤマトのドライバーが、靴の知識を蓄え、客先で注文を取るようになれば、丸井の営業部門として機能するようになることだってあり得るのだ。

心配になったのは、配送料についてである。配送無料というのは、すでにアマゾンや楽天などの先例がある。店舗の運営費がかからないのと比べると、注文した商品の配送料というのは無料にしてもどうにか採算が合うといわれている。しかし、まったく買わなかった商品の返品の送料まで無料にしてしまうと、いったいどうやって採算が合うのだろうか、という疑問が残った。

物流の業界紙の記者時代から数えて、二〇年以上、宅配便を含む物流業界の記事を書いてきた。業界紙記者を辞めた後、海外で数年すごしたため、海外の物流企業の話を書くことが多くなった。物流業界では、おそらく一番多く欧米の企業の取材をして、記事を書いてきたという自負がある。

その海外の物流企業との一番の違いを挙げるなら、日本の物流企業の現場業務の精

まえがき

前著を書き終えた二〇一三年の年末のことだった。

次は何の本を書こうかと思案していたとき、家人がネット通販で注文した靴を私が受け取った。百貨店の丸井のネット通販サイトで注文した靴が、ヤマト運輸の宅急便で我が家に届いたのだ。

家人にその仕組みを訊くと、ネットで気に入った靴を何足かまとめて注文し、届いた靴を試着してから、気に入ったら決済して購入する。しかし、サイズが合わないときや、イメージしていた商品と違うときは、ネットから返品する旨と返品する日付を連絡する。すると、指定した日に再びヤマト運輸が客先の住所・氏名と配達先の住所・氏名を印字した伝票を持って靴を回収しにくる。しかも、発送する宅急便の値段が送料無料であるのはもちろんのこと、買いたい靴が一足もない場合でも、返品の送料を含め料金は一切かからないのだ、という。

これはすごいサービスだな。知らない間にネット通販の宅配便はここまで進化していたのか、と感心すると同時に、これで大丈夫なのか、と心配にもなった。

宅配戦争の略年表

1892年	小包郵便法が公布され、郵便小包事業（現・ゆうパック）が開始
1919年	ヤマト運輸（当時・大和運輸）が創立。代表者は小倉康臣
1929年	ヤマト運輸、東京—横浜間で定期便開始（大和便）
1957年	佐川急便、創業者・佐川清が京都—大阪間で飛脚業務を開始
1965年	佐川急便設立
1971年	ヤマト運輸、小倉昌男、代表取締役社長に就任
1976年	ヤマト運輸、宅急便を開始
1984年	ヤマト運輸、宅急便が1.5億個となり、郵便小包を抜く
1992年	東京佐川急便、東京地検特捜部が、渡辺広康社長らを特別背任容疑で逮捕
1992年	佐川急便、栗和田榮一が社長に就任
1998年	佐川急便、宅配便〈飛脚宅配便〉の取り扱い開始
2000年	佐川急便、99年度の宅配便個数が日通を抜き2位に
2000年	アマゾンジャパン、日本での業務開始
2003年	日本郵便、日本郵政公社が発足、初代総裁に生田正治が就任
2004年	日本郵便、ローソンでのゆうパックの取り次ぎを開始
2005年	日本郵便、郵政民営化関連法が成立
2005年	ヤマト運輸、ヤマトホールディングスを設立し、持ち株会社制に移行
2006年	佐川急便、SGホールディングスを設立し、持ち株会社制に移行
2010年	日本郵便、日本通運のペリカン便と統合。最初の1週間で大規模な遅配が発生
2013年	佐川急便、アマゾンの配送業務から手を引く
2013年	ヤマトホールディングス、〈羽田クロノゲート〉を竣工
2013年	ヤマト運輸、朝日新聞の報道で「クール便問題」が発覚
2015年	日本郵便、豪トール・ホールディングスを6000億円超で買収
2015年	SGホールディングス、ローソンと配送の新会社を設立
2016年	ヤマト運輸、巨額のサービス残業代未払いが発覚
2017年	SGホールディングス、東証一部に株式上場
2018年	ヤマトホールディングス、子会社の引っ越し料金水増し請求が発覚

仁義なき宅配　ヤマトVS佐川VS日本郵便VSアマゾン　目次

小学館文庫

仁義なき宅配

ヤマトVS佐川VS日本郵便VSアマゾン

横田増生

で幅を利かせる〝無料配送〟が宅配業界にどのような影響を与えているのかについてはあまり知られていない。宅配便という言葉から連想するのは、各家庭の玄関先に現れるセールス・ドライバーの姿ではないだろうか。しかし、どのようにして翌日配達が可能になっているのかという全体像はみえづらい。

そう考えていると、宅配便の話を、企業戦略という視点に加え、その仕組みを支えている現場の労働者の視点を絡めて本を書くことができるのではないか、という思いが強くなってきた。

たしかに、これまでも、物流業界や宅配業界に関する書籍は刊行されている。それは、宅急便の生みの親である小倉昌男による『小倉昌男　経営学』という経営指南書の類や、大下英治著『小説　佐川疑獄』といった東京佐川急便事件に関する事件物などにとどまっている。

しかし、ジャーナリストが調査報道の手法を使って書いた物流業界の本というのは、私が知る限りこれまで存在しない。それなら私が宅配業界を取材して、業界を丸ごと描ききることはできないか、と考えるようになった。しかも経済専門の出版社ではなく、一般書を扱う出版社から出すことができれば、今までの物流関連の本とは違う読者層に読んでもらえるのではないか、と。

今まで誰も書いたことがない本だけに、期待と同じ分だけの不安もある。

果たして、どんな本が書けるのだろうか。物流業界を深く取材していくとどんな話が浮かび上がってくるのだろうか。業界紙を離れてから一〇年以上がたっている。果たして、満足いく取材ができるだろうか。昔の取材先は、まだ私のことを覚えていてくれるだろうか。

ただ一つだけ自分に課したいことは、できるだけ宅配荷物の近くに身を置いて書く、ということだ。業界の専門用語を並べてお茶を濁すような本にだけはしたくない。そのためには、宅配荷物の動きに合わせて、自分の身体(からだ)も一緒に動かしたい。そうすることで、読んでくれる人が納得するような本ができる可能性につながるのではないか。そう肝に銘じながら、この取材をはじめることにする。

本編に登場する人物の肩書きや年齢は、二〇一五年九月の単行本刊行時のままとした。

第一章　迫り来る〝宅配ビッグバン〟

宅配の軽トラに〝横乗り〟

私が宅急便の下請け業者の軽四トラックに〝横乗り〟したのは、二〇一四年早春のことだった。

都内の住宅地で業界最大手のヤマト運輸の宅急便を配達するのは、私と同年代の菊池次郎＝仮名である。菊池とは宅急便センターの前で朝の七時一〇分に合流した。

天候は快晴。私は上も下も黒のジャージに、軍手という姿だった。体を動かしているときはうっすら汗をかくぐらいに暖かいのだが、日陰に入ると汗をかいた体が急に冷えてくる。そんな一日だった。

センターに入るとき、二人して大きな声で「おはようございます」と、あいさつした。センター長には、〝見習い〟として一日だけ菊池の運転する軽トラの助手席に乗せてもらう了承を得た。

宅配便に関わるトラックは主に二種類ある。各地で宅配便を届けるトラックを集配車と呼び、夜中に荷物の仕分け拠点である〈ベース〉の間を走る大型車を幹線輸送車と呼ぶ。

基本的な事柄を押さえておくと、〈宅急便〉というのはヤマト運輸の宅配サービスに対する固有名詞であり、一般名詞は宅配便となる。

このセンターは、ヤマト運輸の自社の集配車が四台あり、それに菊池の軽トラ一台が稼働している。菊池と私がセンターに到着したとき、すでに四人のセールス・ドライバーは出勤しており、積み込まれた荷物を自分の運びやすいように荷台の上で調整していた。

センター内の荷物を見渡した菊池は開口一番こう言った。

「今日は一〇〇個か、せいぜい一一〇個どまりかな。このセンターは少ないからなぁ」

一個当たり一五〇円強で運ぶ菊池にとって、荷物が多いほど、その日の収入が多くなる。仮に一〇〇個運べば一万五〇〇〇円強となり、二〇〇個なら三万円強となる。しかし、菊池が働く宅急便センターでは、一日一〇〇個前後しか軽トラに回ってこないのだ、という。

軽トラのドライバーとなる前は、長年、建設現場で屈強な労働者を束ねてきたという菊池は、人当たりがよく、話も明快でわかりやすい。人柄が練られているため、ほとんど初対面ながら、一緒に作業していても気疲れすることがない。

ヤマト運輸では自社のセールス・ドライバーが集配車で集荷配達することを原則としている。宅急便の生みの親である故・小倉昌男は自著『小倉昌男　経営学』で、集配車に下請けを絶対に使ってはならない理由を二つ挙げている。

「まず第一に、宅急便のドライバーは単なる運転手ではなく、セールスマンであるべきだと考えたからである。ドライバーが良い態度でお客様に接し、荷物を集めてこなければ宅急便は成り立たない。（中略）第二に、宅急便の損益は集配車の稼働率によって決まるからである。最初は効率が悪くて赤字であっても、だんだん荷物が増えてきて集配個数が上がってくれば利益が出る。それを一個配達したらいくらずつ払うという下請契約に依存していると、せっかく効率がよくなって利益が出ても、そのとき、利益は下請けのものになってしまう」

最初の理由はわかりやすい。自社のセールス・ドライバーは会社の顔であり、彼らに十分な給与を払って福利厚生も充実させれば士気も上がり、サービスもよくなる。それが顧客満足度を押し上げ個数の増加につながる、というのだ。二番目の理由は、一個ずつ下請けへの支払コストが発生する仕組みでは、どれだけ個数を集めてきても利益は上がりにくくなる。

小倉がこの本を書いた九〇年代末の宅急便の年間取扱個数は八億個弱。それに比べ、私が横乗りした時点の取扱個数は、当時の二倍以上に増えていた。私が潜り込んだセンターは都内の住宅密集地にあり、自社の四台では運びきれないほどの荷物量が集まってくる。それを補うのが下請けの軽トラなのである。

しかし、「利益が下請けのもの」とならないように、その契約は三カ月ごとの更新となり、菊池もこの日が、契約の最終日だった。下請けをはじめてから二年弱という期間に、七カ所の宅急便センターで働いている。

「次は、いつヤマト運輸から声がかかるかわからないし、声がかかっても今より運べる個数が多い宅急便センターになるとは限らないからねぇ」

と菊池は淡々と語る。

宅配ボックスの奪い合い

菊池と私は、駐車場に停めた軽トラまで、台車を使って荷物を運んだ。菊池は、伝票を配達エリアごとに分けて、各伝票の裏に荷姿について簡単な書き込みをする。通販の箱に入っているのか、個人宅で梱包された箱なのか、大きさも大・中・小と書き込む。マンションごとにクリップで留め、緑のカゴに並べて入れていた。

菊池によれば、頭の中で、軽トラの荷台を左右に二分割して、さらに縦に四分割することをイメージする。そうしてできあがった、合計八カ所のイメージ上の区切りの中に、配達順に積み込んでいく。いい加減に積み込めば、配達の際、荷物を探すのに手間がかかり、配達するスピードが著しく落ちる、という。

午前八時過ぎに、約七〇個の荷物を軽トラに積み込んで出発した。

荷物には、アマゾンや楽天ブックス、ゾゾタウン、ケンコーコムなどのネット通販のロゴの入った箱が目についた。ヤマト運輸にとって「最大手の荷主」となったアマゾンの荷物は全体の三～四割といったところか。

菊池が真っ先に向かったのは、センターの裏手にある七階建てのマンションだった。三五〇〇戸を超える戸数があるにもかかわらず、宅配ボックスの数は約二〇個と少ない。

ここで荷物を配り終えたのは八時半前後で、宅配ボックスには六個入れた。

「ここのボックスを佐川や日本郵便に先にとられると、再配達となり手間がかかりますからね」

と、菊池はホッとした表情で語った。

その菊池の言葉を追いかけるように、日本郵便の下請けの軽トラが到着し、その直後に佐川急便の自社の集配車がやってきた。それから午前中に配達する個数を配り終えたのは、一一時半ごろ。しかし、正午から午後二時という時間指定の荷物が一個あったので、配達先のマンションの下で三〇分ほど時間を潰す。少しぐらいなら早く届けてもいいんじゃないかと、私は思ったが、菊池は「お客さんによってはクレームになるから」といって律儀に指定時間を守った。正午を過ぎたところで、五階にある女性宅へと届け終えて、午前中の仕事が終了となった。

菊池の担当するエリアは約一キロ四方と狭い。ヤマト運輸の取扱荷物が多いため、ドライバー一人当たりの配送密度が濃くなっているからだ。

宅急便事業を起ち上げる前からこの密度こそが最も重要であることに気づいていた小倉は、先の自著にこう書いている。

「宅急便が成功するかどうかの鍵は、『荷物の密度』ではないかと推測した。／密度が濃くなれば利益が出る。薄ければ利益は出ない。密度は、集配する地域の面積が一定なら総量で決まる。とにかく荷物を増やすことが絶対条件である。そこで宅急便を開始するにあたって、『キーワードは荷物の密度』と、ことあるごとに強調した」（『小倉昌男　経営学』）

不特定多数の個人宅への配送を基本とする宅配業界では、その収益性は集荷配達の密度によって大きく左右される。高いシェアを取って配送密度が濃くなるほど、ドライバーの移動距離が短くなり、配送効率もよくなる。その結果、利益も上がるという仕組みだ。

ヤマト運輸の配送密度が他の二社に比べて濃いからこそ、菊池は朝一番に目指すマンションに直行できたのだ。菊池の軽トラに横乗りしてはじめて、小倉が生前、配送密度にこだわった理由を体感することができた。

ヤマトに限らず宅配便のドライバーは通常、受け持ちエリアを、午前中、昼過ぎから夕刻まで、夕刻から夜九時まで――の三回配達にまわる。配送件数が一番多いのが午前中で、全体の七割前後を配り終える。午前中に不在ならば、二回目、三回目と、荷物が〝落ちる（客先に届く）〟まで運ぶ。ヤマト運輸の自社のセールス・ドライバーとなると、昼過ぎから夕刻にかけ、配達と並行して集荷業務なども行う。一日に集荷するのは地域によって一〇〇個から二〇〇個と幅がある。

私はその後、何人ものヤマト運輸や佐川急便などのセールス・ドライバーから、仕事の話を聞くことになるのだが、同じセールス・ドライバーでありながら、一人ひとりの仕事が大きく違っていることに気づいた。セールス・ドライバーといっても、人口密度の高い都会と田舎では仕事の内容が全然違ってくる。同じ都会でも、宅配ボックスが完備された新しいマンションと、一戸建ての家が数多くあるエリアでは大きく異なってくる。取材から得た結論は、宅配便は配送ルートの数だけ仕事が違う、ということだった。

菊池がこの日、三回の配達で合計一〇〇個強の荷物を配り終えたのは午後九時前のこと。不在で持ち帰った荷物は一個。不在の分は、菊池の売り上げとはならない。持ち帰ったのが一個というのは、ヤマト運輸では一五～二〇％といわれる不在率（一回目の配達で配達できない比率）のため、午前中に不在となった荷物を、午後や夜に再配達して客先に届けた結果だ。

一日の走行距離は一五キロにも満たない。しかし、拘束時間は一四時間近くとなった。一万五〇〇〇円が日当とすると、時給は一〇〇〇円強となる。しかし、そこから車両代やガソリン代、車検代や保険代など必要経費を合計すると月七万円近くかかる。

その分の経費を差し引いて計算し直すと、時給は八〇〇円台にまで下がり、首都圏のコンビニやファストフードの時給より安くなる。一日一五〇個の荷物がコンスタントに運べるとようやく生活ができる水準なのだ、と菊池はいう。

長時間で低賃金、肉体的にもきつい仕事である。その上、三カ月で打ち切られるという不安定な契約ではとてもやっていられない内容だ。

私は夏になり、再度、ヤマトの別の宅急便センターで働いていた菊池に、〝横乗り〟をさせてもらうことになっていた。一日二〇〇個を配れるという「忙しい」センターということだった。しかし、夏の繁忙期には助手席にも荷物を積むほどの忙しい日々がつづくので、もう少し待ってほしい、という連絡を何度か受けていた。菊池に連絡を入れるたびに、「まだ忙しい時期だから」という言葉が返ってきた。

ようやく明日は〝横乗り〟となった前日の夕刻、菊池の妻からメールが届いた。

「主人ですが、実は昨日、クモ膜下出血で病院に搬送されてしまいました。／その為、申し訳ございませんが、今回のヨコ乗りはキャンセル願います。／主人に代わり、ご連絡まで」

菊池の場合、幸い頸動脈からのくも膜下出血であったため、退院後は後遺症もないくらいに回復した。しかし軽トラでの仕事には見切りをつけ、現在は別の仕事に就いている。

業界で〝ビッグバン〟の危機

下請けドライバーの仕事が厳しいのは、同業他社でも同じだった。

その年の秋、私は業界二位の佐川急便の千葉営業所（佐川急便の営業所とはヤマト運輸の宅急便センターに相当する）で、企業発個人宅向けの宅配荷物を方面別に仕分けるアルバイトとして夜一一時から朝八時まで、時給九三〇円で働いた。

その営業所には、日が昇りはじめる午前六時過ぎから、下請けの軽トラの運転手二〇人ほどがやってきて、荷物を積み込んでは出発していった。そのうちの何人かは、時計が午前零時を回って日付が変わった後に、前日の配達しきれなかった荷物を営業所に戻しにきていた。その同じドライバーが朝七時前にはその日の荷物を積み込みにやってくるのを目にするたび、私は菊池の横顔を思い出していた。

小倉昌男が宅急便をはじめたとき、「単なる一企業の事業ではなく、社会的なインフラになるし、そうしたいと思っていた」と自著に書いている（『経営はロマンだ！』）。

たしかにその言葉通り、宅配便は今〝社会のインフラ〟といえるほど我々の日々の生活に浸透してきた。しかし宅配便のネットワークの至る所に、いつ暴発するかわからない時限爆弾のような難問を抱え苦悶している。

その原因は九〇年代以降、各社が配送密度を高めようとシェア争いに走ったことにある。しかし現在、行きすぎた値引きを改めようと〝運賃適正化〟を進め、各社がどうにかしてネットワークを立て直そうとしている。その一方、さらにシェアを拡大しようという相反する力学も働いている。そのため、両腕を別々の方向に引っ張られた状態となり、各社のネットワークは引き裂かれそうな綱渡りの状態にある。

特に二〇一〇年以降、業界は混戦模様を深め、大きな地殻変動の予兆が現れてきた。宅配業界で〝ビッグバン〟が起こる気配が濃厚になってきている。

佐川がアマゾンとの取引を打ち切り

最初に動いたのは佐川急便だった。

同社は二〇一三年春、最大手の荷主であるネット通販の雄、アマゾンジャパンとの取引を打ち切った。その半年前の二〇一二年半ばから、同社は経営の舵をそれまでのシェア至上主義から利益重視へと切り替えていた。

佐川急便の持株会社であるＳＧホールディングスの会長である栗和田榮一は、二〇一四年三月の「会長訓示」でこう述べている。

「二年ほどまえから、これまでの『荷物を多く集めれば利益が出る』との考えを変え『適正運賃』をいただく利益重視に方針を変えた。（中略）『企業は利益がなければ存在する意味がない』との基本に戻った」

佐川急便はこれまで、業界トップのヤマト運輸との熾烈なシェア争いをつづけ、取扱個数の増加に血道を上げてきた。その佐川が二〇一二年半ば以降、シェア重視から、〝運賃適正化〟を掲げ利益重視へと軸足を移したことは、九〇年代以降、骨身を削るように集配密度を高めるためシェア争いをつづけてきた宅配業界の潮目が大きく変わったことを意味する。同社の広報課の山口眞富貴課長は「運賃単価が低いままだと、顧客から求められる配送品質に応えられなくなり、車両やセールス・ドライバー、荷物の仕分けをする中継センターや営業所などの設備を維持できなくなるため」と運賃適正化に踏み切った理由を語っている。

佐川急便の内部資料によれば、運賃適正化によって、新規に獲得した荷主の運賃が、契約を打ち切った（損失）荷主の運賃を上回ったのは二〇一三年三月中旬のこと。ここから、同社の運賃傾向は上昇の流れが決定的となる。

しかし栗和田は、約一〇年前に当たる二〇〇五年、物流専門誌のインタビューに、これとは正反対のことを語っている。

「(二〇〇四年三月期の決算数字が)経営計画に対して売り上げも利益も届きませんでした。当社はこれまで負けた経験がないんです。創業以来四八年間、常に事業を拡大してきました。成長し続けることが最大の求心力でした。それが崩れると一気にダメになる恐れがある／当社のような組織は、攻めには強くても守りに入ると弱い」(「月刊ロジスティクス・ビジネス」二〇〇五年七月号)

栗和田の発言が一八〇度転換する二〇〇五年から二〇一四年の間に、いったい何が起こったのか。

宅配市場全体でみると、ヤマト運輸が一九七〇年代後半に宅急便事業を起ち上げてから、右肩上がりの成長をつづけてきた。それが二〇〇八年のリーマンショック後、二年連続の前年割れを起こし、「宅配市場の成長神話もこれまでか」といわれた。しかし、二〇一〇年から、再び市場が成長軌道に乗り、しかも成長のスピードに加速度がついた。数字を挙げれば、二〇〇四年から二〇〇八年までの五年間の年平均成長率(CAGR)が一・七％であったのに対し、二〇一〇年から二〇一四年の五年間は四・〇％と二倍以上の伸び率となっている。

二〇一〇年から再び宅配市場を成長軌道に乗せたのは、ネット通販発の荷物だった。店舗を持たないネット通販には、宅配便が不可欠となる。

過去一〇年、ネット通販市場は九〇〇〇億円台から一一兆円台へと一〇倍以上に急拡大している。それが、リーマンショック後の宅配業界に大きな追い風となった。さらに二〇二〇年にはネット通販市場が二〇兆円となり、その先には六〇兆円となるとの予測もある。六〇兆円というのは小売市場全体の二〇％に相当する。

家庭に届くネット通販荷物が増加したことで、宅配便が消費者にとってこれまで以上に身近に感じられるようになったのだ。ネット通販と二人三脚である宅配便なしには、現代人の生活は成り立たなくなっている。その依存度は今後ますます高まると考えられる。

しかし、ネット通販の宅配荷物は、運賃が安く、かつ高いサービスレベルが要求される。「日本ネット経済新聞」によれば、八五％のネット通販企業が、〝送料無料〟を掲げている。ネット通販業者が掲げる〝無料配送〟は、往々にして宅配業者への安い運賃という形で現れる（「日本ネット経済新聞」二〇一四年九月一一日）。

シェア至上主義を掲げていたときの佐川急便にとって、ネット通販発の宅配荷物の増加は獅子身中（しししんちゅう）の虫となった。佐川急便のネット通販の荷物が増えるにつれ、飛脚宅配便の平均運賃が下落し、それに伴って利益率も低下した。二〇〇六年三月期には一個当たり五三〇〇円弱だった平均単価が、二〇一三年三月期には四六〇〇円にまで落ちた。単価の落ち幅は一割強。このため、佐川急便を軸とするデリバリー事業の営業利益は四％台から、二〇一〇年三月期には半分の二％台にまで落ち込んだ。

佐川急便の現役の営業マンは、ネット通販との取引が、宅配業者にとって不利に働く仕組みをこう説明する。

「ネット通販企業は、二、三年に一回の割合で、宅配業者のコンペを開くんです。そこで行われるのは〝運賃叩き〟です。運がよくって、運賃の現状維持。運賃の値下げとなることの方が圧倒的に多いんです」

たとえば、ヤマト運輸が五〇〇円で運んでいた荷物を、コンペの結果、佐川急便が四五〇円で運ぶことになったとする。すると次のコンペで、ヤマト運輸が四五〇円以下の運賃を提示すれば、ヤマト運輸に荷物が流れる。ネット通販企業がコンペをつづければ、運賃が下がることはあっても、上がることはない、という。

「結局、得したのは荷主ばかりで、宅配業者はその分、経営の体力が奪われていきました」（先の営業マン）

佐川急便は二〇一二年になって、これ以上利益率が落ち込めば企業の存続さえも危うくなるという危機感から、ようやく荷物の数を追い求めることより、利益の方が大事として、運賃適正化に踏み切った。

先の営業マンは、それまでの売上至上主義、シェア至上主義が、佐川急便にとって諸悪の根源だった、という。

「売り上げを前年度より増やすことが最重要視されると、現場はどんなに運賃が安くても、荷物を取ってくるようになるんです。月商一〇〇〇万円という大口の荷主であっても、赤字というのがざらにありました。それが利益重視に変わって、現場の意識も大きく変わりました。今では、一個の荷物につき、少なくとも一〇〇円の利益が残るようにと動いています」

飛脚宅配便の単価は、二〇一三年三月期の四六〇円を底に、二年連続で上昇し、直近の二〇一五年三月期は五〇〇円台にまで上昇した。飛脚宅配便の単価が、五〇〇円を超えるのは、二〇〇九年三月期以来のこととなる。それまで低迷がつづいたデリバリー事業部門の利益率も、二年連続で五％前後にまで回復してきた。それに伴って、SGホールディングスの決算も、増収増益となっている。

しかし、取扱個数では二年連続の前年割れとなっている。運賃単価と取扱個数は反比例の関係にあるからだ。運賃が安くなれば取扱個数は増え、運賃が高くなれば取扱荷物量は減る。直近の二〇一五年三月期は、取扱個数が一一・九億個で、二年前のピーク時だった一三・五億個と比べると、一割を超す落ち込みとなっている。佐川急便にとって、二年連続の前年度割れとなるのは、九〇年代後半に宅配運賃を届けて以来はじめてのこととなる。直近の二年に限っては、取扱個数を減らしながらも、利益を押し上げることに腐心していることがわかる。

三社で九割以上のシェア

国土交通省の数字から二〇一五年三月期の宅配市場を俯瞰してみると、宅配便の個数は三六億個強（前期比〇・六％減）で、メール便は五四億通強（同三・一％減）の微減となった。宅配便とメール便を合わせると、九〇億個強の荷物がそのネットワークで運ばれていることになる。日本の人口で割れば、国民一人当たり年間九〇個弱の荷物を受け取っていることになる。日本郵便が運ぶ郵便物が年間約一八〇億通であることを考えると、宅配便のネットワークはすでに、なくてはならない〝社会のインフラ〟になった、ということができる。

二〇一五年の宅配市場は五年ぶりの減少となったが、これはトップ二社の〝運賃適正化〟という名の実質的な値上げと、消費増税前の駆け込み需要の反動減という特殊要因の影響が大きい。二〇一五年四月以降のヤマト運輸と日本郵便が発表する各自の取扱個数を追うと、宅配市場は依然として年率五％前後で拡大基調にあるのがわかる。

同省による宅配便の定義では、重量が三〇キロ以下で、一個ずつの荷物に料金が発生し、宅急便や飛脚宅配便、カンガルー便（西濃運輸）などの名称がついていることが条件となる。翌日配達や時間指定などは、宅配各社がはじめた同業他社との差異化のためのサービスで、宅配便の定義にも入っていないし、各社の運送約款にも入っていない。

二〇一五年の数字を五年前と比べると、宅配便の個数は約一五％伸びており、メール便も五％強伸びている。この勢いがつづけば、数年後には宅配便は四〇億個を突破し、メール便も六〇億通を超えることになる。

取扱個数の多い順にヤマト運輸の一六億個と佐川急便の一一億個、日本郵便の四億個となり、上位三社で市場の九割以上を握りながらも、激しくしのぎを削っている。

宅配業界におけるシェアを過去一〇年でみると、ヤマト運輸と佐川急便、日本郵便による寡占化が明白になる。二〇〇六年には、先の三社のシェアが八〇％台であったのが、二〇一五年では九〇％以上にまで高まっている。三強が市場をほぼ独占し、その他の業者は戦線から離脱していくという図式ができあがってきた。

宅配事業はネットワーク事業である。全国津々浦々に拠点や車両、人材を配置してはじめて成り立つ。これだけ上位三社との差が開くと、既存の業者が新たに経済資源

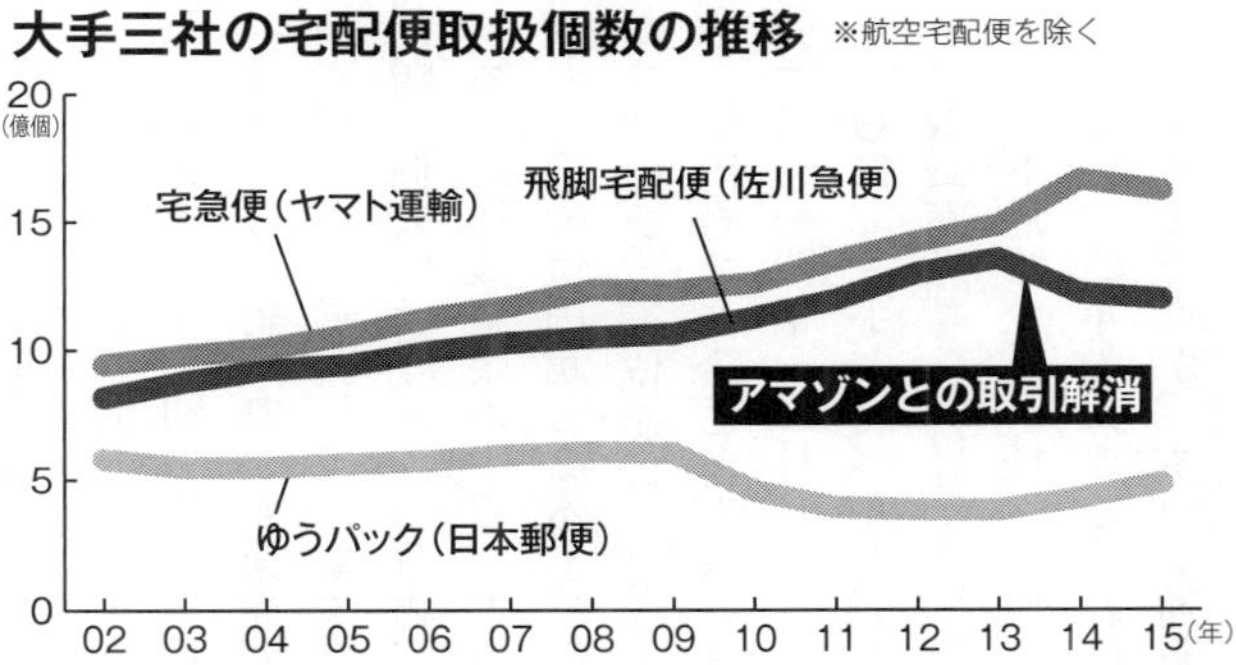

※3月期決算の数値。ゆうパックは11年まで統合前のペリカン便を含む。　出所：国土交通省/日本郵政など

を投入し巻き返そうという意欲が起こりにくくなり、新規に参入することも難しくなる。宅配業界の全体像を理解しやすくするため、本書では、主に上位三社に焦点を絞って話を進めることにする。

宅配市場は、大まかに三つの分野に分かれている。

一つは、ネット通販を軸とした企業発個人向け（B to C）荷物。二つ目は、佐川急便の出発点である企業間（B to B）の荷物。たとえば、食品メーカーが町のレストランに納入する食品や、アパレルメーカーが問屋に納入する衣料品などである。三つ目は、ヤマト運輸が宅急便を開始するときに的を絞った個人間（C to C）の荷物で、田舎の両親が娘に送る野菜や、そのお返しに娘が両親に送る東京でしか手に入らないお菓子などである。

物流の専門誌「月刊ロジスティクス・ビジネス」の編集発行人である大矢昌浩は、三つのカテゴリー別の個数の推計値についてこう語る。

「全体のうち約四割が企業発個人向けの荷物といわれており、この分野の伸びが現在の宅配市場を牽引しています。企業間の荷物は五割程度といわれています。残りの一割弱が個人間と呼ばれる荷物ですが、この部分での伸びはほとんど期待できません」

ネット通販企業の中で、トップを独走しているのは、アマゾンジャパンで、売上高は七〇〇〇億円超となる。二位がベルメゾンの千趣会、三位がヨドバシカメラ、四位がニッセン、五位がコンピュータのデル——となる。二位から五位までの売上高が、数百億円台であることをみれば、アマゾンの桁違いの強さが際立つ（「月刊ネット販売」二〇一四年一〇月号）。

さらに、大手と比べると売上高では落ちるものの、オイシックス（野菜）やケンコーコム（薬品）、LOHACO（事務用品）——など各分野で急成長を遂げる個性的なネット通販企業が続々と現れている。

ここ一、二年の大きな流れはネット通販の専業者に加えて、店舗を持つ既存の大手小売業者までもが、ネット通販に本格的に参戦してきたことだ。アパレルのユニクロやしまむら、家具のニトリ、スーパーのセブン&アイや西友など。企業名を挙げだしたら切りがないほどだ。

　ネット通販市場の拡大で宅配便の荷物量は増えたが、しかし運賃単価が低下傾向にあったため、宅配業界は長年、〝豊作貧乏〟と揶揄されてきた。〝社会のインフラ〟という地位は得たものの、国の公共事業として長い歴史を持つ電気やガス、水道や電話・通信などと比べると、その経営環境は決して盤石とはいえず、取扱個数の急増が宅配のネットワークの至る所に歪み（ゆがみ）となって表れている。トランプで作った城のような脆弱さを持っている。

運賃のダンピング合戦

経済の原則からすれば、市場のプレイヤーが淘汰され寡占化が進めば、価格、この場合運賃は上昇するはずだが、現実はそうはなっていない。

　ヤマト運輸では、二〇〇〇年代初頭には、一個当たり七五〇円近くあった運賃単価が、底となる二〇一四年三月期の決算では五〇〇円台後半にまで下がった。佐川急便では、二〇〇〇年代初頭に一〇〇〇円台近くであったのが、底となる二〇一三年三月期には五〇〇円を切るまで落ちている。

ある業界関係者は現状を指して、

「佐川清と小倉昌男という二人のカリスマ亡き後の、ビジョンなきシェア争いの結果だ」

という。

佐川清は企業間の荷物に的を絞り佐川急便を急成長させてきた。一方、小倉昌男は個人間の荷物を主戦場と決めて宅急便を成長させてきた。その二強が、通販から出る企業発個人向けの荷物を奪い合い、運賃のダンピング合戦に追い込まれた結果、低運賃にあえいでいるのが実情だ、というのだ。

ヤマト運輸の長尾裕社長（取材当時、常務）は、長年にわたって単価ダウンがつづいた理由についてこう述べる。

「宅配業界の主なプレイヤーは三社ですが、それぞれが得意とする分野が重なる領域も少なくない。その部分では競争が起こります。本来はサービスの内容で競争しなければならないのでしょうが、ただ価格（を下げること）もサービスの一つになり得るのです。お客さんの側から安い運賃を求めることもあります。その運賃にどこが応えられるかということで、これまで競争が起き、それが運賃単価を引き下げてきたことは否定できない事実です」

〝運賃適正化〟を掲げ、ダンピングという蟻地獄から一足先に抜け出した佐川急便の戦略の裏には、同社の強みが二六〇サイズ（三辺の合計が二六〇センチ以内）までの企業間の宅配荷物にあることを再認識したことにある。この二六〇サイズというのは、ヤマト運輸の上限である一六〇サイズやゆうパックの一七〇サイズと比べると、二回りほど大きい。同社が運ぶ一一億個の宅配便の内訳は、企業間の荷物が六五％強で、企業発個人向けの荷物が三五％弱——となる。ちなみに同社は個人間の荷物は取り扱っていない。

はたからみれば、〝運賃適正化〟と運賃値上げの間に違いはないように映るかもしれない。しかし佐川急便に限らず宅配各社が、同業他社から荷物を奪いとるため、自ら正規運賃の値引きを行って低水準となってしまった運賃を引き上げようとしているので、業界では運賃適正化と呼ぶ。それに対し、役所に届けている運賃表（タリフ）を上げることが、運賃値上げとなる。しかし、上位三社の運賃は、二〇〇三年に運賃が届け出制となって以来、二〇一五年三月期まで値上げされたことは一度もない。

利用者からすれば、「運賃適正化であろうと、運賃値上げであろうと、どちらでも同じじゃないか」といいたくなるだろう。しかし宅配各社が過去二〇年以上にわたり、シェア争いのため、自ら運賃を値引きするという愚行に走り、自らの首を絞めてきた経緯と、その結果である厳しい現状を理解するためには、この違いを区別しておくことが欠かせない。

「全品送料無料」がもたらした負荷

佐川急便がつづけてきた採算割れの荷主との〝運賃適正化〟の交渉の締めくくりとなったのが、先に挙げたアマゾンとの交渉だった。

アマゾンジャパンは二〇〇〇年の日本上陸時、一五〇〇円以上の買い物をすると送料無料になるという仕組みでスタートした。物流に関しては、物流センターの構内作業から宅配業務まで日本通運に業務を一括で委託していた。宅配便を運んだのは、当時のペリカン便（現在のゆうパック）である。その後、アマゾンジャパンの売り上げが急速に伸びるにつれて、宅配市場において同社は〝トリック・スター〟の役回りを演じることになる。

アマゾンがマーケティングより送料無料を重視する企業であることは、『ジェフ・ベゾス　果てなき野望』に書かれている。

ちょうどアマゾンが日本に上陸する二〇〇〇年ごろのアメリカでの話である。

「顧客はクチコミで集まるとベゾスは考えていた。だから、マーケティング費用を浮かせて顧客体験の改善に使ったほうが弾み車を回せると思ったのだ。ちょうどそのころ、まさしくその方向で行っていた実験があった――送料無料キャンペーンである」

私が『アマゾン・ドット・コムの光と影』を書いた際、アマゾンの業務の起ち上げに関わった日本通運の元役員に、アマゾンが支払うペリカン便の運賃について尋ねたことがある。

「日通が（アマゾンから）どれくらい（運賃を）もらっているかって？　お客が、アマゾンに払っているのと同じくらいだよ」

その当時の送料は三〇〇円だったので、日通の取り分も三〇〇円前後となる。

日通の元役員に限ったことではないが、物流関係者が運賃の金額をはっきりと口にすることはない。運賃は物流事業者にとって極秘事項であるためだ。角度を変えて何度も同じ質問を繰り返すことで、ようやく正確な数字に近づくことができる。

その後、アマゾンジャパンは全品送料無料として、日本での売り上げ拡大を図った。その日通に代わって、佐川急便がアマゾンの荷物を運びはじめたのは、二〇〇五年前後のこと。佐川急便が値引きした運賃を武器に日通から荷物を奪い取った。

佐川急便の関係者はこう話す。

「清水の舞台から飛び降りるつもりで、アマゾンの仕事を請け負った。それくらい運賃は安かった」

宅配業界では、一個当たりの運賃が二五〇円以下になると、宅配業者がどのように工夫しても利益が出ない構造になっている。大口割引込みで佐川がアマゾンに提示したのは、全国一律で二五〇円をわずかに上回る金額だった、といわれる。

これを佐川急便の正規の運賃表と比べてみる。関東発関東着の一番安い荷物の料金が七五〇円台である。関東発北海道着の荷物なら一一〇〇円台からとなる。運賃表と比べると、アマゾンの全国一律二五〇円超という運賃が、どれほど格安であるのかは一目瞭然だ。

このようにアマゾンが取引企業の同業他社と競争させて強引に安い料金を手に入れることは、先の『ジェフ・ベゾス　果てなき野望』にも書いてある。

アマゾンはアメリカ国内ではUPSを主要な宅配業者として利用していたが、二〇〇二年、それまでほとんど付き合いのなかったフェデックスや米国郵便公社を巻き込んで、UPSから値下げを引き出している。アマゾンにとっては、常套手段なのである。

一方、ネット通販市場のトップであるアマゾンの荷物をつかんだことで、全体の個数では二位の佐川急便が、企業発個人向けの分野においてヤマト運輸を抑え首位に立った。通販新聞の調査によれば、二〇〇九年の企業発個人向け荷物のシェアにおいて、佐川急便が四八％で、ヤマト運輸が三三％だった。

しかし、アマゾンから大量の荷物が流れ込んだことで佐川急便の現場には大きな負荷がかかるようになった。同社の都内の営業所で働く営業マンはこう話す。

「うちの営業所では、アマゾンの荷物を早朝に流すようにしていました。取引開始後、急に一日二〇〇〇個前後の荷物がラインに入ってくるようになりました。営業所内のベルトコンベアで流して方面別に仕分けるんですけれど、当時は一時間連続で、アマゾンの荷物だけを流していましたね。荷物量ではダントツでしたが、運賃では最も安いグループに入っていました」

アマゾンの荷物によって佐川急便の各営業所の収支が悪くなったばかりか、商業地区における午前中の配達率や時間帯サービス履行率、発送／到着事故発生率などの現場の業務水準を測る指標も悪化した。収支だけでなく、サービスレベルも悪くなったというのだから、踏んだり蹴ったりの状態だった。

佐川急便は元来、企業間の小口配送を事業の中心に据え成長をつづけてきた。

創業者の故・佐川清は一九五七年、京都で飛脚業を興した。裸一貫での創業であったため、佐川清は自分の守備範囲を京都―大阪間と決め、問屋へ「飛脚のご用はありませんか」と注文を取りにまわった。ヤマト運輸が宅急便をはじめるより二〇年ほど前のことである。

佐川清は自著にこう書く。

「断っておかねばならないが、私の始めた飛脚業は商業輸送で、現在の（筆者注・個人間の）宅配業ではない。従って注文取りに回る相手は個人の家ではなく、問屋、メーカーになるのである。配達する先はメーカーから問屋、問屋から小売店となる」（『ふりむけば年商三千億』）

佐川清が最初に運んだ荷物は、大阪の問屋から京都のカメラ屋に届けたカメラ一〇台だった。大阪から京都までは国鉄（現・ＪＲ）に乗り、京都市内は商品を担いで歩いた。文字通り、身一つではじめた飛脚業である。

当時、個人間の小口荷物を運んでいたのは、鉄道手小荷物（一九八六年にサービス廃止）と郵便小包だけだった。

佐川清をよく知る人物はこう証言する。

「あの人は、役所を敵にまわすことの恐ろしさを知っていましたから、同じ小口輸送でも、国鉄や郵便とかぶらない企業間の荷物に目をつけ、その分野に活路を見出していったのです。国鉄や郵便という『寝た子を起こすな』というのが佐川清の口癖でした」

企業間の小口輸送を得意としてきた佐川急便は、都内の商業地域などの配送密度の高い場所では、自社のセールス・ドライバーが運ぶ。しかし、一九九〇年代後半から、カタログ通販やネット通販発の荷物が増えるにつれ、企業発個人宅への配送も行わなければ、ヤマト運輸とのシェア争いにおいて後塵を拝する状況に追い込まれた。

「ライバルに一〇〇億円のエサ」

同じ宅配市場で覇権を争ってきた佐川急便とヤマト運輸だが、そのネットワークの構造は大きく異なる。佐川急便の営業所の数は約四三〇カ所で、従業員は四万六〇〇〇人強、セールス・ドライバーは三万五〇〇〇人弱（パートタイムを含む）、自社の車両は二万五〇〇〇台弱である。それに対するヤマト運輸は、宅急便センターが六〇〇〇カ所弱で、セールス・ドライバーは約八万人（そのうち約二万人はパートタイムのドライバー）、自社集配車両は四万台となる。

佐川急便とヤマト運輸の拠点数に一〇倍以上の開きがあるのは、佐川急便が密度の高い企業間の小口輸送からネットワークを組み立て、ヤマト運輸が密度の低い個人間の宅配便からネットワークを編み上げていった違いに由来する。

しかし、佐川急便は個人宅への配送が必要になってくると、従来のネットワークに、個人宅への配送網を継ぎ足した。ネット通販などの企業発個人宅への配送は主に佐川社内で「サポーター」と呼ぶ軽四トラックの下請け業者を使って運ぶことにした。下請け業者に払う値段は、宅配便一個で一三〇円前後、メール便は四〇円前後――となる。つまり、荷物が増えた分だけ、下請け業者への支払いも増える。つまり、ヤマトの小倉が書いたように「利益が下請けのもの」となってしまう仕組みだったのだ。

運賃が高いのならば、それでも採算は合った。しかしアマゾンのように二五〇円強の運賃しか受け取れなくなると、そこから下請け業者に一三〇円を支払えば佐川急便にはほとんど利益が残らなくなった。このため佐川急便の現場では、早くからアマゾンは〝邪魔者扱い〟だった。

二〇一二年から運賃の適正化を進めてきた佐川急便にとって、アマゾンとの値上げ交渉は避けて通れない難所だった。

アマゾンとの交渉を担当した佐川急便の営業マンはこう話す。

「うちが当時、受け取っていた運賃が仮に二七〇円だったとすれば、それを二〇円ほど上げてほしいという腹積もりで交渉に臨みました。けれど、アマゾンは、宅配便の運賃をさらに下げ、しかもメール便でも判取りをするようにと要求してきたのです。

アマゾンの要求は度を越していました。いくら物量が多くてもうちはボランティア企業じゃない、ということでアマゾンとの取引は打ち切るという結論に達しました」

宅配便とメール便の一番の違いは、判取りの有無にある。判取りが必要な宅配便には、不在ならば再配達がつきものだが、郵便受けに投げ込めば完了するメール便には再配達はない。しかし、アマゾンは佐川急便に、メール便でも不在なら再配達するようにと要求してきた、というのだ。これでは収支がさらに悪化するだけだ、という判断が働いたため、最大手の荷主であるアマゾンに三下り半を突きつけた（その後も、アマゾンの一部の大型荷物などの宅配業務に関しては、佐川急便が引きつづき行っている）。

SGホールディングスの栗和田は、先の二〇一四年の「会長訓示」でアマゾンとの取引の打ち切りについてこう語っている。

「昨年、ライバル（著者注・ヤマト運輸を指す）に『通販会社（同・アマゾンを指す）の一〇〇億円のエサを提供した』と私は思っている。これは（佐川）急便の収入の一・五％である／結果としてライバルは、集配品質の低下と固定費が増加した／必ずこれまでの体制を見直すはずである／事実クール便を四〇％UPで交渉を始めたとも聞く」

栗和田は、取材にも出てこないし、公の場にもめったに姿をみせない。そんな栗和田の話を聞こうと、私は二〇一四年秋、吹田市にある栗和田の自宅を訪ねた。しかし、週末の二日間とも不在で、話を聞くことはかなわなかった。栗和田と直接会う機会となったのは、二〇一四年一一月に、東京本社でSGホールディングスの新社長に町田公志(ただし)を指名すると発表した記者会見の席でのこと。

質疑応答となると、「会長と社長の役割分担はどうなるのか」や「株式を上場するつもりはあるのか」、「次の中期経営計画の内容はどうなるのか」といった質問に対して、栗和田からはほとんど実のある回答は返ってこなかった。

そのやり取りをみながら、経済紙が以前に栗和田を評した「修羅場をくぐった普通の人」という記事を思い出していた(「日経産業新聞」二〇〇三年九月一二日)。

その普通の人というイメージと、社内文書でみせる過激な物言いの間のギャップに、私は少なからぬ違和感を抱いていた。

アマゾンの荷物は「正直しんどい」

佐川急便がアマゾンの配送の大部分から手を引いたのが二〇一三年春のことだった。その佐川急便に代わって、アマゾンの宅配荷物のほとんどを運ぶようになったのは、業界トップのヤマト運輸である。

その結果、佐川急便とヤマト運輸の取扱個数はどのように変化したのか。

佐川急便は宅配便の取扱個数を二〇一三年三月期の一三・五億個強から、二〇一四年三月期は一二・一億個強に落とした。そのうち半分近くに相当する約六〇〇〇万個がアマゾンとの取引だったと推測されている（「日本経済新聞」二〇一三年一〇月三一日）。

一方、ヤマト運輸は、取扱個数を二〇一三年三月期の一四・八億個から、二〇一四年三月期は一六・六億個強に増やした。取扱個数の増加率は一割を超えた。その反面、運賃単価は五九〇円台から五七〇円台に落としている。この時点で、ヤマト運輸はまだ運賃の下落傾向から抜け出していなかったのである。

ヤマト運輸が運ぶ一六億個強の宅急便の内訳は、個人間の荷物が一割で、企業発個人向けの荷物が四割、企業間の荷物が五割――となる。

アマゾンが出荷する膨大な宅配荷物を、一社だけで扱うのは難しいと考えたヤマト運輸は当初、佐川急便か日本郵便と分担して運ぼうと考えていた。しかし曲折をへて、ヤマト運輸だけでアマゾンの宅配荷物のほとんどを運ぶことになった。アマゾンは、メール便に関しては日本郵便に委託した。

アマゾンの荷物が大量で、かつ運賃が安いため、その業務を引き受けた宅配業者にとって、重たい負担となるという事実に変わりはない。ならばなぜ、ヤマト運輸はアマゾンの荷物を引き受けることができ、佐川急便は切らなければならなかったのか。

そこには、両社のビジネスの構造上の違いがある、と物流コンサルタントの刈屋大輔（四一）は説明する。

「佐川の場合、住宅地への宅配荷物の多くは、下請けの軽四トラックに委託するので、なかなか儲けが出なかったのですが、ヤマトの場合、自社のドライバーが運ぶので、外注費が発生しないためアマゾンの仕事を引き受けることができたんです。その分、ヤマトのドライバーの負担は重くなるのです」

個人間の小口配送を出発点とするヤマト運輸の場合、ネット通販発個人向けの荷物を自社のセールス・ドライバーで運ぶことができる。そのため個数が増えても、ドライバーの負担こそ増えるが、外注費は発生しない。これが、ヤマト運輸がアマゾンとの業務をつづけられる理由だ。

関西地方のヤマト運輸で一〇年以上働き、宅急便センター長を務める近藤光太郎＝仮名によれば、近藤が働くセンターには五本の配送コースがあるが、どのコースでもアマゾンの荷物が二〇個近い増加となった、という。それ以前なら、午前中に一〇〇個配達するところに、アマゾンの二〇個が乗ってきた。他の通販企業、たとえばケンコーコムやオイシックス、ゾゾタウンなどからの荷物が、一コースにつき二、三個であるのと比べると、アマゾンの物量は桁が違っていた。

近藤はこう話す。

「これだけ荷物が増えると、現場としては迷惑以外の何物でもないですね。アマゾンのせいで、午前中の配達が一時間後ろ倒しとなりました。一年以上たった今でも、アマゾンからの荷物は正直いってしんどいです」

ヤマト運輸の中部地方の法人営業部門で働く石上俊介＝仮名はこう語る。

「アマゾンからの最初の運賃は一個二八〇円だったと聞いています。原価を割っているのでやっていけないのではないかとの声が強かったほどです。運賃ではアマゾンが一番安いですね」

ヤマトのクール宅急便問題

しかし、その宅配業界でトップを独走するヤマト運輸に激震が走ったのは二〇一三年一〇月のこと。ヤマトの稼ぎ頭である〈クール宅急便〉が常温で仕分けられている事実を、新聞が動画つきですっぱ抜いたのだ。

朝日新聞が二〇一三年一〇月二五日付の朝刊の一面と社会面で、「クール便　常温で仕分け／ヤマト運輸　八月　荷物二七度に」「扉開けっ放し　箱も放置／クール便『いちいち開閉せぬ』」との見出しをつけて報じた。ヤマト運輸には、クール宅急便に関して「五分以内、三〇秒以内」という社内の作業ルールがある。クール宅急便はクールボックスと呼ばれる専用設備に入れて宅急便センターに運び込まれる。そのボックス一本を仕分けるのが「五分以内」で、荷物が外気に触れる時間を「三〇秒以内」と定めているが、いちいちボックスを開閉すると作業の速度が落ちるため、ボックスを開けっ放しで作業していた。そのため八月には、ボックス内の温度が二七℃にまで上がることがあった、と伝えた。

クール宅急便には、〇〜一〇℃の冷蔵タイプと、マイナス一五℃以下の冷凍タイプがある。サービスの開始は一九八八年のことで、佐川急便より一〇年以上早い。クール宅急便が扱うのは六〇サイズから一二〇サイズまでで、大きさによって二〇〇円台から六〇〇円台の加算料金がかかる。

ヤマト運輸はクール宅配便の市場において、先行者利益を発売から二〇年近く享受しており、事件発覚当時のヤマト運輸のクール宅急便の取扱個数は約一億八〇〇〇万個であるのに対して、二位の佐川急便の飛脚クール便は三四〇〇万個強にとどまり、二位に五倍以上と大きく水をあけていた。

　設備投資に一五〇億円かかったクール宅急便について、宅急便の生みの親である故・小倉昌男は自著で、その大きな投資額以上に「社員の訓練が非常に重要だった」と書いている。

「数多くの荷物を、冷やしてよいものと、いけないものに峻別しなければならない。（中略）全工程のどこかで少しでも生鮮食品の冷却が途絶えたら、サービスは失敗だ」（『経営はロマンだ！』）

　しかし朝日新聞の調査報道は、そのうちの宅急便センターでの仕分け時に、「冷却が途絶え」ていたことを白日の下にさらした。

　ヤマト運輸は社内調査の結果、宅急便センター全体の四割で仕分けのルールが守られていなかったとして、二〇一三年一一月にヤマト運輸の山内雅喜社長（現・ヤマトホールディングス社長）が報道陣のカメラの前で頭を下げ、「現場の声に耳を傾ける姿勢が経営陣に足りなかった。信頼を裏切り誠に申し訳ない」と謝罪した。

　ヤマト運輸は、再発防止策として、「クール宅急便の取扱量の増加に対応するための体制強化」や「クール宅急便の総量管理制度の導入」などに取り組むとした。

　総量管理制度とは、クール宅急便で取り扱える個数の上限を決め、それを上回った場合、荷物を引き受けることを断ることを指す。

再発防止策と同じくらい大切なのは、その後のヤマト運輸の動きである。ヤマト運輸は、クール宅急便の不祥事を受け、二〇一四年に入ると法人向け運賃の適正化に動いた。

宅配事業の日々の業務の肝は、その業務量の予測にある。一年を通して、どの時期に、どのぐらいの荷物を運ぶのか。さらに細かくいえば、明日、どのぐらいの荷物を運ぶのか、を事前に予測する作業だ。荷物が予想より増えれば、処理能力を上回り業界用語で〃パンク〃という荷物を運べない状態に陥る。〃パンク〃が頻繁に起これば、翌日配送という約束が守れなくなって荷主の信頼を失い、顧客離れへとつながる。一方、荷物量が予想より下回れば、車両や作業要員が過剰となり、収益が低下する。

クール宅急便の問題を内部で調査する過程で、ヤマト運輸がこれまで個数についてはおおむね把握してきたが、サイズについては把握しきれていなかったことがわかった。宅急便は六〇サイズから一六〇サイズまでの六サイズがあるが、クール宅急便は、六〇サイズから一二〇サイズまでの四サイズとなる。しかし、企業発の荷物の九割ほどは、サイズの大小にかかわらず、最小の六〇サイズで計上していたためだ。それでは、個数は把握できても、どれぐらいの容積になるのかを予測することはできない。

現場のセールス・ドライバーや支店が、最小の六〇サイズで荷物を計上したのは、運賃が割安になるという考えからである。セールス・ドライバーが、荷物を入力するのに使う専用端末のサイズの部分を六〇に固定して、個数のみを計上しているケースもあった。

同社社長の長尾はこう語る。

「本来はサービス内容で競争するべきなのでしょうが、（六〇サイズにすることで）運賃（の値引きをするの）もサービスの一環だという考え方もありました。特にネット通販事業者から荷物をいただくには、運賃が大きな要因になります。けれど、そうした通販事業者さんからも採算の合う運賃をいただかないと、輸送サービスの品質が担保できないと考えて、運賃の適正化に踏み切ったのです」

業界には、佐川急便が先行して運賃の適正化の先陣を切っていたことが、ヤマト運輸の運賃適正化を容易にしたという見方もある。

しかし長尾はそうした見方を否定する。

「佐川さんとうちの運賃適正化は関係ないですね。それよりもクールの問題の方がはるかに大きかった」

ヤマト運輸がアマゾンを含む一〇〇万社前後の取引先との契約見直しを求めて交渉

した結果、直近の二〇一五年三月期の取扱個数が一六・二億個で、前年の一六・六億個と比べると、二％台の減少となった。宅急便の個数が前年割れとなるのは、リーマン・ショック後の二〇〇九年三月期以来のこと。

その半面、同社の宅急便一個当たりの単価は五七〇円台から五九〇円台に上昇した。同社が公表しているＩＲ資料でさかのぼれる限り、宅急便の単価が二〇円も上昇するのは、二〇〇〇年三月期以来はじめてのこと。これは同社が二〇一四年以降、運賃適正化に取り組んだことが奏効したためである。その結果、ヤマトホールディングス全体でみると、主力商品である宅急便の個数減少にもかかわらず、直近の決算では増収増益を果たした。

クール問題という危機に後押しされる格好で、運賃適正化に動いたことが吉と出た。〝豊作貧乏〟から抜け出して、運賃上昇→利益率の上昇→設備投資の増額→労働環境の改善——などへとつながる、宅配業界の好循環が、ようやくはじまったようにもみえた。

「送料はただと思うな」

宅配便というインフラに大きな負荷をかけているネット通販の利用者たちとは、どのような人たちなのだろうか。

都内に住むネット通販の「ヘビーユーザー」を自称する小杉麻依子（二八）は、

「ネット通販がなくなると、今のような便利な生活ができなくなって困ります」

と語る。

友人と会社を経営している小杉は、買い物に出かける時間がなく、ネットスーパーやアマゾン、楽天などを頻繁に利用する。そのため、ほぼ毎日のように宅配便を受け取っている。小杉が気に入っているのは、ヨーカ堂のネットスーパー。品ぞろえが豊富なことに加え、ドライバーの対応が「すごく感じいい」からだ。

「配達の人がいい人だと、自分でももっと買ってみようかなと思うし、友だちにも勧めたくなります。どこがいいのかですか？　清潔感があって、商品の扱いが丁寧で、いつも笑顔であいさつしてくれるところですね」

都内で働く岩倉陽子（二六）はネット通販を頻繁に利用する理由をこう話す。

「ネット通販で買い物するのはお得感があるのが最大の理由ですね」

岩倉がネットで買うのは、化粧品や衣料品、靴など。会社員で一人暮らしの岩倉は、月々に使える金額も決まっているため、いろいろなサイトを比較して、同じ商品なら一番安いところを選ぶ。さらに、在庫があるのかどうかもすぐにわかるので、無駄足を踏むこともない。しかも、買い物をするたびにポイントがたまるサイトも少なくない。

岩倉がよく買い物をするのはアマゾンや楽天、それに靴の通販サイトである〈ロコンド〉などだ。

「送料についても、極力無料のサイトを探します」

このような商品の価格と送料無料を中心としたサービスに敏感なネット通販利用者の心理は、市場調査の結果とも一致する。

ジャストシステムが、二〇一四年に発表した「ネット通販に関するアンケート調査」によると、普段の買い物のとき、購入の意思決定に影響を与えるものとしては、「商品の価格」が一位で、「非常に影響を与える」と「影響を与える」を合わせると八〇%を超える。また購入の後押しとして影響する項目では「配送料無料」がトップにくる。「非常に影響を与える」と「影響を与える」を合わせると九〇%を超え、二位以下を大きく引き離してのトップである。

しかし送料無料というのは、紛らわしい表現だ。

米誌「ワイアード」の元編集長であるクリス・アンダーソンは、『フリー〈無料〉からお金を生みだす新戦略』でこう書いている。

「商売で使われる〈無料〉には多くの意味があり、（中略）無料とうたいながら、本当はそうでないこともある。たとえば、（中略）『送料無料』は、商品価格に送料が組み込まれている」

要するに、『フリー』で描かれるネット上のコンテンツが限りなく無料（フリー）になるのとは異なり、実際多くの人手がかかる宅配便の送料が無料になることなどない。

しかし、アマゾンジャパンなどのネット通販に感化され、送料無料に甘やかされてきた日本の消費者は、貪欲に送料無料を探しつづける。それが、ネット通販業者へのプレッシャーとなり、回り回って宅配業者への安い運賃という形で表れるようになる仕組みはすでに書いた。

送料を「ただと思うな」と発言して、消費者の反発を買ったネット通販の経営者もいる。

ファッション通販サイト〈ゾゾタウン〉を展開するスタートトゥデイの社長である前澤友作は二〇一二年、ネット上で利用者が同社の送料が高いと指摘したのに対して、「ただで商品が届くと思うんじゃねぇよ。お前ん家まで汗水たらしてヤマトの宅配会社の人がわざわざ運んでくれんだよ」

とツイッターで反論した。

しかしその後、批判が殺到したため、前澤は陳謝し、翌月から全品送料無料に転換した。発言直前の業績の下方修正と相まって、株価が五％安となるほどの影響力があった。

ただで商品が届かないというのは正論ではある。しかし長い間、送料無料に馴染みすぎて消費者の感覚が鈍麻したせいなのか、その正論が通用しなくなってきているようだ。

アマゾンは二〇一四年春、重量物の飲料水を〈特別取扱商品〉として、取扱手数料三五〇円をとるようになった。たとえば、〈キリン アルカリイオンの水（二L×六本）×二箱〉の値段が一〇〇〇円前後するのに加え、それまでの送料無料から別途三五〇円を徴収すると方針を変えたのだ。

すると、カスタマーレビューには、「実質的な値上げは遺憾」や「送料別途じゃ高すぎる！」、「いつの間にか三五〇円かかるように」といった批判的な意見が並んだ。「まさかの飲料水にまでこんなもの（筆者注・三五〇円の取扱手数料を指す）がついてしまって残念です。今までお世話になりました」という書き込みもあった。

二四キロの飲料水の配達である。書籍一冊をメール便で運ぶのとは仕事量がまったく違う。ちなみに、重たくかさ張る飲料水や米、コピー用紙などは、宅配のセールス・ドライバーが最も敬遠したい荷物群である。不在のときは、宅配ボックスがあっても、入れることもできない。飲料水を宅配ボックスに入れれば、「こんな重たいものを、宅配ボックスから家まで運ばせるつもりか」というクレームが入るからだ。ならば、三五〇円ほどの取扱手数料は、ある意味当然のようにも思えるのだが、一度、送料や手数料が無料であることのうまみを覚えた消費者にとっては、反発の対象でしかない。

かくいう私自身も、この宅配業界を取材するのと並行して、自宅に届く宅配便とメール便の伝票を集めてきた。月に二〇件前後の荷物を受け取っていることがわかった。宅配便には含まれないが、毎週の食材は生協が玄関先まで運んできてくれる。二〇一四年の年末には、アマゾンでおせち料理を注文したほど、我が家のネット通販への依存度は高い。もしも、宅配便が明日消滅すれば、我が家の生活は計り知れないほどのダメージを受けるのは確かだ。

調査会社が二〇一五年に行った「宅配便サービスの利用」調査によると、「宅配便受け取り頻度は『月に二〜三回』が三一・七％」で最も多いというのだから、私は〝ネット通販依存症〟の部類に入る。

私の場合、ネット通販の半分以上が書籍や雑誌の購入である。購入先はアマゾンが一番多いが、探している本がないときは、楽天ブックスや〈ｈｏｎｔｏ〉なども利用する。書籍の購入なら、この三つのサイトでほとんど事が足りる。

しかし、雑誌となると少々厄介となる。

アマゾンでも雑誌を扱っているが、「週刊ポスト」や「週刊文春」、「ＡＥＲＡ」といった週刊誌の場合、「合わせ買い対象商品」となり、二五〇〇円以上買わないと配送してくれない。楽天ブックスや〈ｈｏｎｔｏ〉では、基本的に週刊誌は扱っていない。雑誌専門のネット通販である富士山マガジンサービスも、一五〇〇円未満の買い物には、一〇〇円の送料がかかる。

そこでみつけたのが「全品送料無料」を掲げるヨドバシ・ドット・コムだ。ヨドバシがネット通販専門に独自の配送網を作っていることは、宅配便の取材を本格的にはじめる前から雑誌記事を読んで知っていた。

そのヨドバシだと、「週刊ポスト」でも「週刊文春」でも、一冊から送料無料。買い忘れた週刊誌などを手に入れるにはもってこいだ。在庫さえあれば、当日の早朝二時、三時に注文したものが、その日のうちに届く。これまでの経験からいうと、アマゾンより速い。たとえば、取材に間に合わせるため、どうしても明日までに必要な本を注文するときは、迷わずヨドバシを使うほど信頼するようになった。

さらに、ヨドバシから雑誌を運んでくるのは日本郵便で、〈ゆうメール〉のこともあれば、なんと判取りが必要な〈ゆうパック〉で配達してくることもある。どのようにして採算がとれているのかは定かではないが、利用者としてはこの上ないほど便利である。ヨドバシ・ドット・コム、恐るべしである。

私は一年以上にわたって宅配業界を取材し、その間、作業現場でも汗を流した結果、そうした利己的な消費者の行動が、宅配業界に大きな歪みとなって表れており、現場や労働者へのしわ寄せの原因となっていることは身に染みてわかったつもりだった。しかし雑誌を買う際、アマゾンで二五〇〇円の合わせ買いをするのか、それともヨドバシの送料無料で買うのかと問われると、ヨドバシを選んでしまう。ネット時代では、料金や在庫の有無、買い物の諸条件のほとんどがガラス張りとなってみえるため、安くて便利なサイトがあるのを無視して、〝社会インフラ〟である宅配便の仕組みを維持しようという責任感から、不便だったり、高かったりするサイトから購入することは考えにくい。

人件費比率は五〇%を超える

では、宅配便が消費者のもとに届くのにどれだけの労力がかかっているのだろう。業界トップのヤマト運輸を例にとり、宅急便のネットワークを説明する。

宅急便といえばすぐに、荷物を持って玄関先に現れるセールス・ドライバーを思い浮かべるだろう。しかし宅急便が玄関先に届くまでには、セールス・ドライバー以外にも多くの労働者が関わっていることはあまり知られていない。

宅急便の大まかな流れは以下のようになる。

まずは、セールス・ドライバーが集めてきた荷物は、いったん宅急便センターに持ち帰る。そこから大型トラックで、〈ベース〉と呼ばれる全国七〇カ所にある仕分け拠点へと集められる。ベースでは数百人単位の作業員が働き、方面ごとに仕分けて、下請けの長距離トラックに積み込み、順次出発する。最終便が出るのが午後九時ごろとなる。ヤマト運輸をはじめ大手三社は、長距離の幹線輸送のほとんどを下請け輸送業者に委託している。二〇一三年に稼働した同社最大の拠点である〈羽田クロノゲート〉は二四時間稼働で、毎日、一〇〇〇人前後の作業員が働いている。

長距離トラックが到着した仕分け拠点で荷物を降ろすと、そこでさらに細かい仕分

ヤマト運輸の宅急便の仕組みと流れ

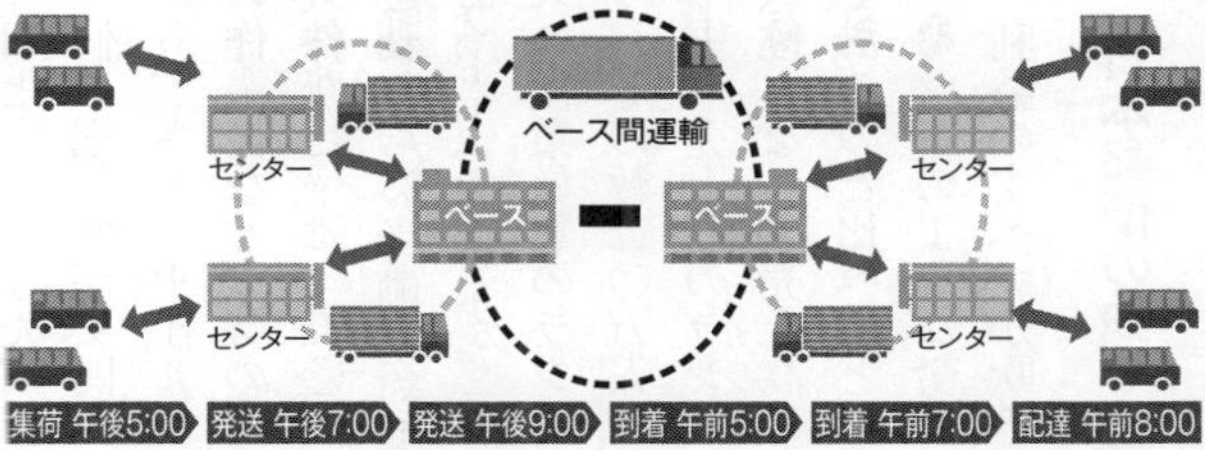

出典：ヤマト運輸

けが行われる。たとえば東京都目黒区の場合なら、二〇カ所ある集配拠点向けの〈ロールボックスパレット〉というカゴ車に手作業で積み込む。そこから、再び大型トラックで、朝七時までに集配拠点に運び込む。宅急便の集配車に積み込み、朝八時前後に宅急便センターを出発して午前中の配達をはじめる。

ヤマト運輸をはじめとした宅配各社は、〈翌日配送〉を看板に掲げているが、しかしすべての荷物が翌日に届くわけではない。

ヤマトの場合、発地から六〇〇キロ以内が翌日午前中の配送で、九〇〇キロ以内が翌日午後の配送、九〇〇キロを超えると翌々日配送となる。東京発なら、翌日の午前中配送となるのは、北は岩手県、宮城県までとなり、南は大阪府、兵庫県までとなる。翌日の午後配送となるのは、北は秋田県と青森県で、南は岡山県、鳥取県、広島県、山口県——となる。福岡や北海道は翌々日となる。また、東京でも小笠原諸島となると四〜一一日かかる。

一個の宅急便が玄関先に届く舞台裏には、大掛かりなネットワークが張り巡らされており、さらにセールス・ドライバーだけでなく、下請けの長距離運転手や仕分け拠点の作業員など大勢の人手がかかっている。ヤマトホールディングスの売上高に占める人件費比率は、五〇%を超えるという典型的な労働集約型産業なのだ。

どれぐらい労働集約型産業であるのかは、他業種と比べてみるとはっきりする。〈ヤフー!ファイナンス〉で上場企業のランキングを調べると、ヤマトホールディングスの従業員数のランキングは、一位のトヨタ自動車の三四万人から数えて八番目となり、その数二〇万人となる。

一方、売上高のランキングでは、一〇七位のファーストリテイリングに次いで、一〇八位となる。売上高がほぼ同じであるファーストリテイリングの従業員数が三万人強であるのと比べると、二〇万人というヤマトの従業員数の多さが明確になる。つまり、ヤマトのような労働集約型企業の場合、賃金体系や労働形態を少し変更するだけで、利益のすべてが吹き飛ぶこともあるほどの従業員数を抱えているのだ。

日本郵便の独り勝ちに

運賃適正化に取り組んでからのヤマト運輸と佐川急便は、取扱個数を落としながらも、運賃単価と利益を引き上げるのに成功した。

トップ二社が、それぞれの得意分野に特化することで宅配業界が〝豊作貧乏〟から脱却できたようにもみえるのだが、ここに強引に割り込んでくるのが、宅配業界三位で、ダークホース的な存在である日本郵便である。

トップ二社が運賃適正化に動いている間に、ゆうパックは、直近の二〇一五年三月期の決算で、取扱個数を四・八億個とした。前期に比べると一割以上の大幅な増加となった。直近の決算に限ってみると、ヤマト運輸と佐川急便が運賃適正化に動いて減らした取扱個数と、日本郵便が増やした個数がほぼ一致する。ゆうパックの取扱個数が増加するのは二年連続で、二年前と比べると二割以上の急増となっている。取扱個数では、日本郵便の独り勝ちとなった。

ゆうパックは、二〇〇〇年代に入ってから、ヤマト運輸と佐川急便との戦いの間に割って入ろうとしては、そのたびに競争の枠外に弾き飛ばされていた。前身の〈郵便小包〉は、一八九二年の取扱開始と一〇〇年以上の歴史を持つが、長い間、不採算部門として冷遇されてきた。

日本郵便がゆうパックに本腰を入れるようになるのは、民営化の前段として二〇〇三年に日本郵政公社になってからのこと。当時、ヤマト運輸、佐川急便、日本通運に次いで四位のゆうパックは、シェアで六%にも届かなかった。取扱個数は一・六億個強。ヤマト運輸が一九七六年に宅急便をはじめる前が一・九億個であったことを考えると、宅配市場が急拡大した三〇年の間、すっかり蚊帳の外に取り残されていたことがわかる。

しかし、二〇〇三年、海運業トップの商船三井の生田正治（いくたまさはる）会長を日本郵政公社の初代総裁に迎えてから、ゆうパックのテコ入れに動いた。その後も、日本郵政が一貫してゆうパックやゆうメールの個数拡大に注力していく背景には、二〇〇〇年の二七〇億通をピークに郵便物の減少が止まらないからだ。二〇一五年三月期の郵便物の取扱数は一八〇億通強で、ピーク時と比べると三〇%以上の落ち込みとなっている。この郵便物の収入の落ち込みを、ゆうパックで埋めないと経営の見通しが立たないという危機感がある。

生田総裁は就任当時、このままではゆうパックが市場から消えていくという焦燥感から、そのシェアを一〇%まで引き上げることを目標とした。生田は物流の専門誌にこう語っている。

「（二〇〇三年の）総裁就任時、（中略）ゆうパックをやめようという議論もありましたが、ゆうパックは郵便物流と一体になっています。ゆうパックをやめればその固定費がすべて信書（著者注・郵便物を指す）にのし掛かってくる。すると、ユニバーサルサービス（著者注・だれもが等しく受益できる公共サービス）を維持するためには信書の価格を値上げせざるを得なくなる。（中略）ですから逆にゆうパックに注力することで、大きな利益の源泉とするという考え方です。ゆうパックのシェアを少なくとも一〇％まで伸ばしていこうという『ターゲット一〇』を掲げました」（「月刊ロジスティクス・ビジネス」二〇〇七年一〇月号）

日本郵便は消費者向けに大幅な割引サービスを打ち出したり、〈デイリーヤマザキ〉や〈am／pm〉（後にファミリーマートと合併）、加えて、それまでヤマトの宅急便を独占的に取り扱っていたローソンでのゆうパックの取り扱いを開始したりした。

さらに日本郵便は二〇〇七年一〇月、ゆうパックと日通のペリカン便との業務統合を発表した。そのゆうパックにペリカン便を加えることで、ヤマト運輸と佐川急便を追撃する体制を整えようとした。

しかし、自民党から民主党への政権交代や総務省の強硬な反対などもあり、業務統合の過程は大幅に遅れた。

日本郵便は二〇一〇年七月、ようやくペリカン便をゆうパックに吸収することができた。だが、起ち上げのシステム統合に失敗し、最初の一週間で三〇万個以上の荷物を遅配するという大失態を演じた。

「両社の情報システムを統合しないまま、業務を一緒にした結果の失敗でした」

と同社の広報室長の村田秀男は語る。

統合以前には、ゆうパックが三億個弱あり、ペリカン便が三億個強あった。合計で六億個となりシェア二〇％になると目論んだが、結果は三・五億個弱に終わった。二億個強の荷物がヤマト運輸や佐川急便などの同業他社に流れていったことになる。

ゆうパックは雌伏の時をへて、佐川急便が運賃適正化に動いた二〇一三年あたりから、ようやく息を吹き返してきた。日本郵便はゆうパックの一個当たりの単価を公表していないため運賃単価の推移はわからないが、運賃適正化を進めるヤマト運輸の宅急便と佐川急便の飛脚宅配便から、安いゆうパックに荷物が流れ込んだことは容易に想像できる。

その日本郵便が、長年の仇敵であるヤマト運輸の牙城を切り崩すため、相次いで新商品を投入して攻勢を強めている。

二〇一四年六月に発売したのが〈ゆうパケット〉と〈クリックポスト〉だ。〈ゆうパケット〉で取り扱うのは、三辺の合計が六〇センチ・重量一キロ以下の荷物。定価がなく料金は企業との相対で決める。〈クリックポスト〉はオンラインで発行したラベルを貼って差し出す。料金は全国一律で一六四円。さらに、同社は二〇一五年四月、〈スマートレター〉という新商品を販売した。A5サイズの投函タイプの商品で、料金は一八〇円。

いずれの新商品もヤマトがこれまで利益の源泉としてきた六〇サイズ以下の荷物に的を絞り、判取りすることなく投函するだけの商品。三つの新商品のターゲットとなるのが、ネット通販企業やフリーマーケット、オークションなどの出品者。これら三商品の区分としてはゆうメールとなる。

日本郵政が二〇一五年四月に発表した三カ年の経営計画では、直近で、四・八億個あるゆうパックを、三年後には六・八億個まで増加させ、ゆうメールは三三億通から四一億通まで引き上げるという目標を立て、「小物・薄物を対象としたゆうパケットによる他社宅配便からのシェア獲得」という挑発的な戦略が描かれている。つまり、今まで他社の宅配便で運んでいた荷物を、安価で便利なゆうメールとして取り込もうという考えである。

たしかに、日本郵便は個数では独り勝ちとなったものの、しかし利益面では苦戦を強いられた。ゆうパックを含む〈郵便・物流事業〉では、直近の二〇一五年三月期の決算で一〇〇億円強の赤字を計上。同事業では三年ぶりの赤字に陥った。同事業が黒字に転換するのは、二年後の二〇一七年三月期を見込む。黒字化の方策の一つとして個人間のゆうパックの料金を二〇一五年八月から、平均で四・八％値上げする。

一方のヤマト運輸も、長年のライバルである日本郵便の猛攻を拱手傍観（きょうしゅぼうかん）しているわけにはいかない。

ヤマト運輸は巻き返しを図るため、今期二〇一六年三月期の取扱個数は、直近の決算より二億個を積み上げた一八億個を目標に掲げている。その半面、ようやく六〇〇円近くまで上がってきた運賃単価は五七〇円台にまで再び下がると見込んでいる。運賃の単価上昇も一時的なもので終わり、新たな薄利多売の競争が再びはじまる様相を呈してきた。

ヤマトホールディングス社長の山内は、経済誌の取材に答え、「取扱個数の減少が想定以上に大きくなった」、「料金適正化の中で、日本郵便が低単価攻勢をしかけてきた部分については、一部、流出が膨らんだところがあった」と答えている（「東洋経済オンライン」二〇一五年五月三日）。

さらに、同社の財務を担当する常務執行役の芝崎健一も「単価の適正化は少しゆっくりやっていく。いたずらに急いで、必要以上に進めていくことはしない」、「交渉をやめる訳ではないが、ゆっくりお話ししながら、きっちり上げていく作戦で対応している」と語っている（同前）。

さらに、ヤマト運輸は二〇一五年四月、〈ゆうパケット〉などに対抗する商品として〈宅急便コンパクト〉と〈ネコポス〉という新商品を投入した。〈宅急便コンパクト〉はこれまで最小だった六〇サイズ以下の荷物に対応して、運賃も関東発関東着で六〇〇円を切る。宅急便に新サイズが加わるのは、二一年ぶりのこと。〈ネコポス〉は重量一キロまでで、A4サイズのメール便商品で、料金は相対で決める。明らかに、日本郵便の新商品を意識したヤマト運輸の新商品のラインアップとなった。

これまでのヤマトVS佐川という競争の構図が、ここにきてヤマトVS日本郵便に変わりつつある。

佐川急便は現時点では、ヤマトと日本郵便の激しいつばぜり合いを静観する構えをとる。同社が二〇一五年六月にローソンと共同で新会社を設立したのは象徴的だった。新会社は、コンビニの商品を個人宅向けの宅配荷物と一緒に配達するという。佐川急便にとって負担となってきたネット通販などの企業発個人向けの荷物の配達を新会社に任せたいという意図が透けてみえる。

しかし、ネット通販の荷物に背を向けるのなら、飛脚宅配便の取扱個数の減少は今後もつづくだろう。その取扱個数の減少という状態をどこまで受け入れられるのかという疑問もある。縮小均衡という現状に耐えきれなくなったとき、佐川急便が再び、シェア拡大へと舵を切り直し、ヤマト運輸と日本郵便との戦いに割って入ってくることも十分に考えられる。

こうしてトップ三社による果てしない価格競争が繰り広げられる現状は、〝宅配ビッグバン〟と呼ばれている。

いまや宅配便の利便性は広く享受されており、明日から突然、宅配便がなくなれば日常の生活に支障をきたす。しかし、今回の取材で私は多くの現場に足を運び、現場の労働者の話に耳を傾けてきた。その結果、トップ三社による値下げ合戦のため、宅配便を取り巻く環境は日に日に厳しさを増し、疲弊しているところが至る所でみえてきた。その様子は砂上の楼閣（ろうかく）のように脆（もろ）くみえる。このまま消耗戦をつづけるのなら、宅配便の仕組みを維持することが難しくなっていくように思えた。

次章では、宅配便のネットワークの中でも、最も目に触れることのない下請けの幹線輸送に焦点を当てる。佐川急便の下請けの大型幹線車両に乗って、関東と関西を往復した体験をレポートする。

第二章　佐川「下請けドライバー」同乗ルポ

夜間の幹線輸送車に〝横乗り〟

私は二〇一四年盛夏、佐川急便の下請け業者の幹線輸送車に乗り込んだ。関東―関西の往復便である。

業界ではこうした下請け業者のトラックを指して〝傭車(ようしゃ)〟と呼ぶ。

関東にある佐川急便の営業所で、下請け業者で働く四〇代前半のドライバー・沢田浩二＝仮名と一緒になったのは当日の夕方。出発までにあと三時間ほどあった。学校を卒業後にトラックの運転手になった沢田は、この道二〇年というベテランだ。身長一八〇センチ、体重八〇キロという体軀には、輸送の現場で長年鍛えられたためか、がっちりとした安定感がある。

「今回はよろしくお願いします」

とあいさつした後で私が顔を上げると、沢田の人懐っこい笑顔があった。どことなく馬を連想させるその面長の顔に広がる愛嬌のある笑みをみたとき、これなら往復の一〇〇〇キロ超の路程もさほど気疲れしないだろうな、と感じた。

その日の私は、前日にホームセンターで買った四〇〇〇円強の安全靴を履き、一〇〇〇円近くもする滑り止めのついた軍手をはめていた。また、慣れない力仕事で腰を痛めないようにスポーツ用のコルセットを巻いて、その上にジーパンとポロシャツという格好だった。

宅配便に関わるトラックは主に二種類ある、と先述した。前章では、宅配便を届ける集配車に〝横乗り〟したが、今回は、夜中に長距離を走る幹線輸送車に〝横乗り〟させてもらうことになった。車両総重量二〇トン超で、最大積載量一三トンという大型車だ。佐川急便の通常の集配車が、車両総重量四トンで、最大積載量二トンであるのと比べると、その大きさがわかる。

沢田と合流すると、私は佐川急便の営業所の真ん中を流れるベルトコンベアの前に立った。当日は快晴で、最高気温は二九℃で最低気温は二四℃。日が落ちた後でも、作業していると、水分を吸い取られるように汗が蒸発していくのがわかる。営業所には天井はあるものの、トラックが荷積み荷降ろしをするため開けっ放しになっている。営業所内にある冷房装置といえば、数カ所に置いてある大型扇風機のみ。

ベルトコンベアの上には、その日、集配車が集めてきた荷物が間断なく流れている。荷物には八桁前後の番号が振ってある。最初の二～四桁が営業所番号で、その下がローカルコードと呼ばれ、営業所内の配達地域を表す。たとえば東京都港区赤坂に荷物を届ける場合、「七一二三一―〇一二」という番号が貼られ、千葉にある我が家に届けられる佐川急便の宅配荷物には、「七五一三―〇二八」という番号が貼られてくる。この番号は、宅配各社によって異なる。ヤマト運輸の場合、全部で六桁の番号があり、最初の二桁を〈親番〉と呼び、次の二桁を〈子番〉、最後の二桁を〈孫番〉と呼んでいる。ヤマト運輸から我が家に届く荷物には、「二五―四六―〇五」となっている。

沢田からは、

「最初の数字にだけ注意して、荷物を引いてください」

と簡単な指示を受ける。

〝荷引き作業〟である。

沢田が大型トラックに積み込むのは、関西行きの荷物。京都方面なら「四」、大阪方面なら「三」となっているので、荷札の最初の番号だけに注意を払って、ベルトコンベアから大型トラックにつながるローラーに引っ張り込むのだ。沢田は、私が引き込んできた荷物をもう一度確認し、端末でスキャンして、トラックの荷台まで引いていく。

佐川急便の集配車が営業所に帰ってくるピークの六時前後になると、ベルトコンベア上の荷物が切れ目なく流れてくる。引き込む荷物の量が増えてくると、目の錯覚であろう、ベルトコンベアのスピードが速くなったように感じ、軽い眩暈(めまい)を覚える。

流れてくる荷物の荷札が貼ってある面が、必ずしも上に向いているとは限らない。そうした場合、荷札のみえる位置に荷物を置き直して確認する。大量に流れてくる荷物から、指定された数字を探してくるだけの単純作業にもかかわらず結構な神経を使い、何度も荷物を見逃してしまう。

こちらがまごまごしているのを見透かしたかのように、営業所内のスピーカーから、

「もっと作業のスピードを上げろ。いつまでたっても終わらないだろうがぁ！」

という怒声が流れてきた。

はじめは私を含めた下請け業者への叱責の声かと思い、急いで作業をしなければとプレッシャーを感じていると、沢田が、佐川急便の自社のセールス・ドライバーに対

する荒っぽい指示なのだと教えてくれた。
「〝傭車〟にそんなムチャはいいませんよ」
と沢田は笑う。

四時間で九トンの荷物を積み上げ

佐川急便の幹線輸送では、荷物の積み降ろしまでが傭車のドライバーの仕事となる。大型の宅配荷物を得意とする佐川急便の現場では、四本組みのタイヤや三メートルを超すブラインド、ケースに入った六本の日本酒といった宅配業界では〝ゲテモノ〟と呼ばれ敬遠される荷物が、次々とベルトコンベアの上を流れてくる。

佐川急便のベルトコンベアに〝ゲテモノ〟が流れてくる理由の一つには、取り扱う最大サイズが二六〇サイズで重量が五〇キロとなり、ヤマト運輸の一六〇サイズで二五キロまで、日本郵便の一七〇サイズで三〇キロまでより、一回りも二回りも大きいことがある。また、企業間の宅配荷物の割合が七〇％近いため、個人宅に配達するような小さいサイズの荷物の割合が少ないのだ。ヤマト運輸の仕分け現場と比べると、これが同じ宅配業界の荷物なのか、と思うほどの違いがある。

しかも、第一章で書いた〝運賃適正化〟とともに進められた、サイズの見直しをする二〇一二年九月以前は、最大のサイズが四五〇サイズで六〇キロまでだったというのだから、今以上に大きな荷物が多かったことになる。宅配便を取り扱う現場では、サイズが大きくなるほど、作業の負担は増える。ヤマト運輸と佐川急便を比べると、荷物が大きい分、佐川急便の方が断然しんどい仕事となる。

しかし沢田は、そうした雑多で大型の荷物を〈テトリス〉でもやるかのように器用に荷台に積み上げていく。難なく積み込んでいく沢田だが、この作業は横でみているほど簡単ではない。大きい荷物から順番に流れてくればいいが、そんな都合よく荷物は流れてきてはくれない。大小入り混じった荷物を、関東から関西へと高速道路を走る間に崩れないように、しかもできるだけたくさん積むことが求められる。熟練の技が必要なのだ。

その日、沢田のトラックに積み込んだ総数は約九〇〇個で、かかった時間は四時間を超えた。一個当たりの平均重量を一〇キロとすると、九トンの荷物を人の手で積み込んだことになる。

荷引き作業の途中で沢田が厳しい表情になったのは、私が〈オートバックス〉と印刷された六〇サイズほどの荷物を取り落としたときだった。箱が小さいので軽く持てるだろう、と高をくくっていたら、自動車用の部品がぎっちり詰まっており、意外な重量感のため私の手から滑り落ちた。

それをみた沢田から、

「そんなときはいったん手を放してください」

と鋭い声が飛んできた。

午後八時前に積み終わったとき、私はポロシャツを着替えなければならないほどびっしょり汗をかいていた。自動販売機でペットボトル入りのお茶など三本を買って大型車の助手席に乗り込もうとしたら、助手席の位置があまりに高かったので、後ろにひっくりかえり、背中から地面に落ちた。通常の乗用車に乗る場合、体をかがめるのに対し、大型車の助手席は二階に上るような気持ちでいないとケガをすることをはじめて知った。

出発の直前に、佐川急便の社員が荷台をプラスチックの輪っかで封印し、トラックは関西へと出発した。輪っかには八桁の番号が書いてあり、到着した仕分け拠点で佐川急便の社員が開ける前に、途中で荷台を開けられるとそれがわかるようになっている。盗難などの防止のためである。

ハンドルを握り、運転をはじめた沢田はこういった。

「荷物の積み降ろしに比べたら、運転なんて楽なもんですよ」

その言葉通り、運転は何年も走りなれた経路を、淡々と進んでいくだけだった。

一方、荷物の引き込みには細心の注意が必要である。間違った方面の荷物を一個でも積み込むと、ドライバーの責任となり、正しい拠点にまで再度、自らが運転して運ばなければならないからだ。そのため、沢田は、私が引き込んできた荷物を再度チェックしてから荷台に積んでいたのだ。〝助手〟である私がした仕事であろうとも、沢田が全責任を負っているからだ。

「一番ひどかったのは、一〇年ぐらい前のことですね。神戸行きの荷物を間違って別の方面に持って行ったことがあったんです。急ぎの荷物だったので、自分で届けることもできず、赤帽を頼んで届けてもらいました。一〇万円近い代金は自腹で払いましたね」

また荷物が破損したときも、ドライバーが責任をとって弁済することもあるという。それが、私が荷物を取り落としたときに厳しい表情をみせた理由だったのだろう。

深夜の八時間前後の運転の間、沢田は、佐川急便の下請け業者にまつわること、拠点の配置やその機能などを、現場の人間の視点から教えてくれた。いつもならラジオなどを聞きながら運転しているとのことだったが、私が根掘り葉掘り訊く質問に、嫌な顔一つせず、というよりも、暇つぶしの話し相手ができたとでもいうように、打てば響くように答えてくれた。

幹線輸送の九割以上は下請け

佐川急便の宅配便のネットワークは、ヤマト運輸と比べてわかりづらい。ヤマト運輸のような、きれいな図にできる形になっていないのだ。

理由の一つは、全国に四三〇カ所強ある営業所（ヤマト運輸の宅急便センターに相当）を使って、集荷してきた荷物を出荷し、地方から運ばれてくる荷物を仕分けするからだ。営業所で出荷や仕分け作業ができるのは、宅急便センターに比べ敷地面積が広いからだ。私が助手として潜り込んだ営業所には、発着合わせて六〇台以上のトラックが接車できるスペースがある。

その営業所で処理できない荷物は、〈中継センター〉と呼ばれる仕分け専門の施設に運び込む。この〈中継センター〉は現在、全国に二五カ所あり、東京では江東区東雲（しののめ）にある〈TOKYOビッグベイ〉や愛知県小牧市にある〈中部ハブセンター〉、東大阪市にある〈鴻池センター〉などだ。中継センターは仕分け専門で、営業活動は行わない。物量によって営業所と中継センターを使い分けるというのだから、外部からは一層わかりにくくなる。

大枠でいえば、営業所で方面別の仕分けをして、幹線輸送車で中継センターへと持っていく。そこでさらに細かく仕分けをして、各営業所に運ぶ。ただし、規模の大きな営業所間の荷物になると、その発地の営業所で仕分けを済ませて、中継センターを経ずに、幹線輸送車で営業所に直送する場合もある。

翌日配達を基本とする宅配便にとって、夜間の幹線輸送は切っても切り離せないほど重要である。しかし黒子的な存在であるためと、その九割以上を下請け業者が請け負っているという理由から、これまでその実態が活字になることはほとんどなかった。どんな業界であろうとも、下請け企業の現場をジャーナリストに自由に取材させる企業は皆無であろう。実際、私が『ユニクロ帝国の光と影』を書く際、ユニクロの中国の下請け工場を取材させてもらいたい、と同社の社長である柳井正に申し込むと、「ダメ、ダメ。それだけは企業秘密に関わることだから絶対にダメです」と即座に断られたことがある。

佐川急便の宅配事業における内部配分は、「三―三―三―一」といわれる。受け取った運賃の三〇%を、荷物を発送した店舗と幹線輸送会社、それに到着した店舗で分け合い、残りの一〇%を本社が受け取る、というのだ。

佐川急便を擁するSGホールディングスは未上場企業なので、細かい財務諸表は公開していない。しかし、直近の二〇一五年三月期の決算数字を例にとると、ＳＧホールディングスの佐川急便を含むデリバリー事業部門の売上高は約七一〇〇億円。そのうちの三〇％が下請け業者に支払われるとすると、その額は約二一〇〇億円となる。幹線輸送は、それほど大きな割合を占めている。

沢田と一緒に走った夜の高速道路では、数多くの大型幹線輸送車が目についた。大手業者のトラックも時折みかけるが、圧倒的に多いのは名前も聞いたことのない中小トラック業者だった。一九九〇年にトラック行政の規制緩和である〝物流二法〟が成立して以降、事業者数は約四万社から六万社強にまで増えている。勢い過当競争となり、運賃の水準は上がりづらい業界構造となっている。

トラック業界の市場規模は約一三兆円で、六万事業者のうち、九割以上が車両台数三〇台以下という中小事業者が乱立する業界なのだ。しかも、その数字には第一章で紹介した軽トラを運転する菊池のような個人事業者は含まれていない。売上高で一兆円を超えるヤマト運輸や、それにつづく佐川急便などは、例外的な大規模トラック業者なのである。

大手トラック業者で目についたのは、西濃運輸（本社・大垣市）と福山通運（本社・福山市）の二社の大型トラックだった。一九七〇年代、その二社に日本運送（後にフットワークエクスプレスに社名変更し、二〇〇一年の倒産の後、豪トール・ホールディングスに買収され、二〇一五年には、日本郵政がその豪トールを買収）を合わせて、東京―大阪間の長距離輸送における〝御三家〟と呼ばれたトラック業者ぐらいである。後述するように、ヤマト運輸が一九七〇年代に宅急便事業に打って出たのは、この〝御三家〟との間に開いた「一〇年近い空白期間」が大きかったため、利益が上がらずジリ貧の状態に追い込まれたからだ。

下請けへの運賃値下げ

沢田が運転するトラックが佐川急便の関西にある中継センターに到着したのは、日付が変わった午前三時ごろ。それから荷降ろしの順番を待って、荷物を降ろしはじめたのは三時三〇分ごろ。そこでは、その年の秋に私自身が働くことになるSGホールディングス傘下の人材派遣会社である〈SGフィルダー〉所属の二〇代のアルバイト君が、荷物をベルトコンベアに載せてくれる。これは大いに助かったが、アルバイト君は完全にあごが上がっており、可哀想なぐらいにへばっていた。

通常の荷物は二階に向かうベルトコンベアに載せられ、二階でバーコードを読み取った後、行き先の営業所別に自動仕分け機で仕分けされ、所定のラインに落ちていく。

お酒やタイヤなどの〝ゲテモノ〟は二階から落とすと破損するため、〝ゲテモノ〟専用の一階のベルトコンベアに流れ手作業で営業所ごとに仕分けられていく。荷物の一定量を〝ゲテモノ〟が占めるため、仕分け作業の効率は悪い。もし〝ゲテモノ〟がなければ、すべて自動で仕分けることができるため、そのスピードは二倍前後になると思われた。

積み込むのには四時間かかった荷物だったが、バイト君の助けもあって、荷降ろしは一時間強で終了。そのころ、ちょうど朝日が昇りはじめていた。降ろした荷物は中継センターで仕分けされた後、関西の各営業所に運ばれ、朝八時前後から集配車が配達にまわる。

作業を終えて中継センターの外に出ると、街路樹にスズメの大群が集まり、うるさいほど鳴き叫んでいた。

沢田は会社の施設で仮眠をとり、私はネットカフェで仮眠をとった。沢田が中継センターに戻ってきたのは同日の午後四時過ぎのこと。二人で今度は関東行きの荷物を積み込む。関東行きの荷物は、直接、二カ所の営業所に届けるため、行きのように最初の一桁だけでなく、届ける二カ所の営業所の店番コードがついた荷物を引っ張ってくる。後に降ろす荷物を奥に積み込んだ後で、手前には先に降ろす荷物を積み込む。

関西の中継センターを出発したのが八時過ぎで、関東にある佐川急便の最初の営業所に到着したのが午前四時過ぎ。そこで荷物を降ろして、さらに一〇〇キロほど走って二カ所目の営業所に降ろし終え、沢田と別れたのは六時過ぎのことだった。積み降ろし作業と運転を合わせた三日間の労働時間（休憩を含む）は、二六時間となった。

私はその後、三本の電車を乗り継いで自宅に戻った。電車どころか、一〇時間近く飛行機に乗ってもほとんど眠ることができない体質なのだが、この日ばかりは乗った電車三本ともに、座席に腰かけた途端に深い眠りに落ちた。

助手席に座っているだけの私がこれだけ疲れたのなら、運転した沢田の疲労はいかほどだろうか、と思いを巡らせた。

佐川急便は二〇〇九年から二回に分けて、下請けの幹線輸送業者に支払う運賃を値下げしている。合計で一〇％を超える値下げ幅となった。

その結果、佐川急便が沢田の勤める下請け業者に支払う関東―関西の運賃は、片道で約八万円。往復で約一六万円である。

沢田が働くトラック会社の経営陣はこう話す。

「以前は九万円台だった片道の運賃が、現在は八万円台にまで下がりました。けれど、軽油の価格の上昇や人手不足の現状からすると、片道一〇万円以上受け取らないと採算がとれないのが実情です」

同社のドライバーの平均給与は手取りで約二五万円となり、二〇年前と比べると半分ほどの水準にまで落ち込んだ、という。

佐川急便に限らず、宅配便の大手各社が、長年の運賃値下げ競争のため疲弊し、〝アキレス腱〟を抱えながら半ば綱渡りの状態で経営をつづけるという脆弱さを抱えている。佐川の場合、幹線輸送の値下げ幅の大きい分、下請けの幹線輸送業者の不満の声も大きくなる。

佐川急便の下請けの運賃値下げの背景には、利益が上がらなくなったことがある、というのが業界筋の見方だ。同社の決算数字はそうした見方を裏付ける。

親会社SGホールディングスの中で佐川急便を含むデリバリー事業の営業利益は、二〇〇七年三月期には三〇〇億円台であったのが、二〇〇八年三月期には二〇〇億円台、二〇〇九年三月期と二〇一〇年三月期には一〇〇億円台にまで急減している。営業利益率でみると、二〇〇七年三月期に四％台あったのが、二〇一〇年三月期には二％台に半減している。

幹線輸送の九割以上を、下請けに委託していることは、佐川急便とヤマト運輸、日本郵便のトップ三社に共通している。しかし、大きな違いは佐川急便の場合、荷物の手積み・手降ろしまでが下請けドライバーの業務範囲となっているところだ。

ヤマト運輸と日本郵便は、仕分け施設で〈ロールボックスパレット〉と呼ばれるカゴ車に積み、それをドライバーがトラックに載せる。大型車一台で一六〜一八本。載せるのにかかる時間は一〇分弱。

その半面、カゴ車を使った大型車の積載率は約六〇％にとどまる。一〇トン積めるトラックに六トン前後しか積めず効率が悪いのだ。カゴ車が載る分だけ上下左右に隙間ができて、そうした空間に荷物を積むことができなくなるためだ。

宅急便の生みの親である小倉昌男は、九〇年代前半に、社内の講演会でこう話している。

「うちはボックス（カゴ車）を使っているので積載効率は悪い。しかし、積み降ろしは素早くできる。ボックスを使うことは、随分と決心のいることでしたが、結局はトータルの生産性を高めるためにボックスを使うことを決めました」

一トンの荷物を手作業で積み込めば、平均で一五分かかるとして、一〇トンの荷物なら二時間半かかる、と小倉は計算する。そんなことをしていては、とても労働生産性の向上は望めないと小倉は考えた。同業他社が最重視する積載効率を二の次とし、作業の効率化を最優先することを決めたのだった。

さらに、ヤマト運輸がカゴ車を採用できたのは、荷物のサイズが佐川急便に比べて小さかったという事情もある。荷姿も大きく、ケースに入った日本酒などの〝ゲテモノ〟が数多く含まれる佐川急便の場合、その荷物はカゴ車にはなかなか収まりきれない。

現在、ヤマト運輸の幹線輸送を請け負うドライバーの長島和人（四七）＝仮名は、最初の二〇年ほどは佐川急便と同じように手積み・手降ろしまで行う運行を担当していた。ヤマトの幹線輸送のハンドルを握るようになってから一〇年強となる。

「前の会社に比べるとヤマトの長距離輸送は遊びみたいなものやね。一六本のボックスを積み込むのに、一〇分もかからんから」

ドライバーの作業負担が大きいため、値下げ前の佐川急便の下請けへの支払額は、ヤマト運輸より高かった。佐川急便が関東―関西間で九万円なら、ヤマト運輸は七万円といった具合だ。佐川急便の運賃が八万円に下がった現在でも、ヤマトよりは高い。

ヤマト運輸が下請けに支払う運賃が安いことは、決算数字に表れる「傭車費」をみてもわかる。二〇一五年三月期の傭車費は一七〇〇億円強で、宅急便を主体とするデリバリー事業の一兆一〇〇〇億円強に対して、一五％台に収まる。それに対して、佐川急便の場合、先に書いたようにこの比率が倍の三〇％になるといわれている。
ヤマト運輸と比べると、佐川急便の運賃はまだ高い水準にあるが、しかし仕事量と拘束時間を考えると、それでは割に合わないというのが、下請け業者のいい分だ。

「佐川についていって大丈夫なのか」

佐川急便とは三〇年以上の取引があるという九州に本社を置くトラック業者は以前、九〇台を佐川急便の幹線輸送に充ててきた。ヤマト運輸や日本郵便の下請け業務も請け負っているが、佐川急便からの仕事が全体の半分近くを占めるという最も大きな取引先だった。

しかし、二回の値下げに加え、貨物量の減少のため、四年連続の赤字に陥り、経営トップは、金策のため金融機関を走りまわることを余儀なくされた。

同社が佐川急便から受け取る九州発中京向け貨物の運賃が、一六万円台から一五万円、さらに一四万円にまで下がったためだ。

同社のトップである石野忠＝仮名はこう話す。

「このまま佐川急便から安い運賃の仕事を引き受けつづければ、帳尻を合わせるためにドライバーの給与を下げるしかなかった。けれども、長い目で見たらこれから人手不足が深刻になるのがわかっているのだから、佐川急便との取引を失うより、給与を下げて優秀なドライバーを失うことの方が経営的なダメージが大きいと判断した」

九州─中京地区の走行距離は約一二〇〇キロで、軽油代が四万円強、高速料金代が約一万二〇〇〇円（深夜割引込み）かかる。それに車両の償却費や人件費、保険代などを含めると、とても現状のまま取引をつづけることはできなかった。

石野がみせてくれた資料によると、佐川急便が一回目に運賃の値下げを行ったのは、二〇〇九年五月で六％のダウン、二回目は二〇一一年三月で七％のダウン。合計で一二％強の値下げとなった。

同社の月次の営業利益の表によると、佐川急便の運賃値下げのあった二〇〇九年には赤字の月が三カ月あるが、通年では黒字となっている。それが二回目の値下げのあった二〇一一年には、赤字の月が七カ月となり、通年でも赤字に陥っている。二〇一三年に至っては、一二カ月すべてが赤字という惨憺たる業績だ。二〇一一年以降、四年連続の営業赤字である。

私はその数字をみながら、驚きもし、感心もしていた。

取材で九州をまわっていた私が石野に電話を入れたのは、取材当日の朝のことだった。別の取材先で、石野の会社が佐川急便との取引を打ち切ったという話を聞いて、だめで元々という気持ちで取材を申し込んだ。

元請けが下請けの話をしたがらない以上に、立場の弱い下請けが元請けのことを話したがらないのは、業界紙の経験上、骨身にしみてわかっていた。しかし、石野は私の取材の申し込みをその場で承諾し、「今日の夕方に本社まできてくれれば何でも話そう」という。

本社の社長室で、こちらの取材趣旨は説明したが、初対面のジャーナリストに月次の決算表までみせ、元請けである佐川急便のやり方を非難する率直さは、驚き以外の何物でもなかった。石野の言葉を聞いていくうちに、その率直さは石野自身が抱いている業界の先行きに対する根深い不安感の裏返しのように聞こえてきた。

先述した通り、〝運賃適正化〟に乗り出した佐川急便は二〇一三年春、アマゾンとの取引を解消し、宅配荷物が大幅に減少した。そのため、石野の経営する会社は、〝欠車〟（待機しながら荷物不足のため運行しない車両）が次第に増えていった。同年四月は一七台、五月は二〇台、六月は二五台――というように。欠車に対しては、運賃が発生しないため、月間の赤字額も膨らんでいった。

石野はこう語る。

「一〇年ほど前までは、ヤマト運輸などと比べると、佐川急便には下請け業者を教育して、一緒に業績を伸ばしていこうという雰囲気があった。けれども、佐川急便の業績が下降線をたどりはじめると、下請け叩きのようなことをはじめるようになったんです。そうなると、このまま佐川についていって大丈夫なのか、という疑念が強くなってきました。それが、下請けであるにもかかわらず、こちらから佐川急便との取引を断った理由です」

佐川にとってアマゾンとの取引は、両刃の剣だった。アマゾンは取扱個数では最も多かったが、運賃が格段に安かった。しかし利益の急減に危機感を抱いた佐川急便は、二〇一二年に入り、それまでのシェア至上主義から、利益追求に方針を切り替えた。安い荷物の運賃の荷主には値上げを要請し、アマゾンを含む値上げを断った荷主との取引から手を引いた。

その結果、佐川急便は、宅配業務開始以来、はじめて取扱個数が前期を下回ったが、その半面、運賃単価が上がったこともあり、佐川急便の属するデリバリー事業部門の利益率は五％台に乗った。

しかし、佐川急便の利益率上昇の要因として、忘れてはならないのが、下請け業者への運賃の値下げの効果だ。デリバリー事業の売上高に対する利益率は、二〇〇八年と二〇〇九年が二％台で底となった。その後も、宅配便の運賃単価の下落は二〇〇八年三月期の五三〇円台から二〇一三年三月期の四六〇円まで六年間つづくのだが、利益率は二回目の値下げを行った二〇一一年三月期から上昇に転じている。決算数字を時系列でみていけば、先に下請けへの値下げの効果が利益の増加として表れ、その後に〝運賃適正化〟の効果が上乗せされた、と考えられる。

佐川急便の内部配分に従って計算するなら、二〇一五年三月期のデリバリー事業部門の売上高七一〇〇億円強の三割を占めるとされる下請けへ支払う運賃は二一〇〇億円強。その一二％強値下げしたとするなら、それだけで二五〇億円が下請けの利益から佐川急便の利益に転じたことになるのだ。

佐川急便は業績を回復しつつあるが、しかしその恩恵はまだ下請け業者にまで至っていない。

石野は二〇一四年に入ってから、九〇台のうち採算の合う五台だけを残して、他の車両を佐川急便の業務から引き揚げた。余った車両はスポット貨物（一回だけの臨時輸送）や他の大手輸送業者の下請けに回している。

石野が佐川急便の仕事を失うことよりも、これからくるドライバー不足の事態を恐れたのには理由がある。

「稼ぎたいと思って入社してきた若者に、研修のために長距離トラックの横乗りをさせると、あまりのきつさにすぐに辞めてしまうことも少なくないのです」

と石野はドライバーの定着率の悪さに頭を抱える。

トラックのドライバーが今後、不足していくという事実は、業界にとって長い間の懸案事項であった。

佐川が引き起こした〝パンク〟

発端は、国土交通省が二〇〇八年に出した報告書。二〇一五年にはトラックドライバーが一四万人強不足する、という予測を立てた。理由は、他業種と比べ給与水準が低く、しかも長時間労働であることに尽きる。

同省が、二〇一三年に発表した資料によると、全産業平均の月収が三一万円台であるのに対して、トラック事業の平均月収は二九万円台で、月二万円の開きがある。年収では四一六万円で五〇万円以上の開きとなる。労働時間に関しては、全産業平均の年間実労時間が一七〇〇時間台であるのに対して、トラック事業は二一〇〇時間台。その差は五〇〇時間近くとなる。

労働時間は長く、賃金は安い。つまり、割の悪い仕事だというので、若い世代はドライバーという職業を敬遠し、ドライバーの平均年齢は徐々に上がっていく、という悪循環に陥っている。日本の年齢別の労働人口では、二九歳以下が一八％を占めるのに、大型トラックのドライバーでは、わずか三％台にとどまる。いかに若年層に避けられているのかが如実に表れている数字だ。

さらに、厚労省の調査によると、二〇一四年度に労災と認定された過労死が一番多かったのが〈運輸業・郵便業〉で九二件である。

九州に本社を置く佐川急便の別の下請け業者の社員もこう嘆く。

「佐川から下請け業者への値下げは決定事項として一方的に通知されてくるんです。うちの会社にとっても佐川は最大手の取引先なのですが、佐川の仕事は、拘束時間が長く運賃も安いので、ドライバーが敬遠するようになってきています。仕事の内容はドライバーが一番よく知っていますから」

同社もまた佐川からの値下げの影響で、前回の決算で売り上げを一割以上落として、赤字に陥っている。この先も取引をつづけるかどうかは、経営陣の判断になる、という。

佐川急便の広報部に二回の値下げについて訊くと、同社課長の山口からは、「協力会社との取引内容については、コメントできない」という回答が返ってきた。

下請け業者に対する値下げは、佐川急便の社内でも評判が悪い。

佐川急便は二〇一四年三月末、「消費税率引上げによるお届け遅延について」というプレスリリースを発表している。

「四月一日に実施される消費税率八％への引上げに伴う駆け込み需要により、お荷物の配達が三月に集中しているため、一部の地域におきましてお届け遅延が発生しております」

業界でいう〝パンク〟を起こしたというのだ。

佐川急便の四〇代の営業マンはこう話す。

「営業所の中には、集めてきた荷物を発送する作業まではできていたけれど、安い運賃を嫌って、臨時で幹線輸送を行ってくれる下請けのトラック業者がみつからなかったのも、年度末に〝パンク〟した原因の一つでした。現場にとって、幹線輸送のトラックが集まらないことは今でも大きな頭痛のタネとなっています」

佐川急便社内では二〇一五年三月、再び〝パンク〟を起こさないよう、まだ大型免許をとっていない現場の管理職に免許をとるようにという指示が出た。大型トラックをリースして、管理職が運転することで乗り切ろうという話もあった。実際には取扱個数が二年連続の減少となったこともあり、二年連続の〝パンク〟を起こすことはなかった。

しかし、別の佐川の営業マンは現状に強い危機感を抱いている。

「宅配便の運賃の値下げ圧力は高まり、その一方で、常に今までより高いサービスレベルを求められるようになっています。これ以上運賃が下がれば、宅配便というシステム自体が崩壊するんじゃないか、と恐れています」

一昔前まで業界には、「困ったときの佐川頼み」という言葉があった。他の宅配業者から断られた荷物でも佐川ならどうにかして翌日に運んでくれる、という意味だ。そうしたいざというときに無理が利くという余力が、佐川がこれまで伸びてきた理由の一つだった。

依然として業界二位のシェアを握る佐川が二年続けてパンクを起こす危険性を事前に察知して対応策を練っていたという事実だけでも、〝社会インフラ〟となった宅配便の仕組みが制度疲労を起こし、この先、崩れ落ちてしまう凶兆とみなすこともできるのかもしれない。

次章では、宅配業界の先駆者としての佐川急便に焦点を当て、その誕生から現在までを描く。

第三章　「風雲児」佐川が成り上がるまで

他社が断った荷物を集めた

佐川急便の創業者である佐川清は一九五七年、たった一人で飛脚業をはじめた。三五歳のときだった。

資本金も従業員も何もなかった佐川清は、文字通り、裸一貫の創業であった。そのため、守備範囲を自分の住まいのある京都から大阪の間と決めた。

「飛脚の佐川です。ご注文いただけませんか」

と問屋に飛び込みで注文を取りにまわったのが佐川急便のはじまりだった。

しかし、飛び込みで何軒営業にまわろうとも、見知らぬ飛脚業者に大事な荷物の運送を任せようという酔狂な客はなかなか現れなかった。

佐川清はしかし、「今日のひやかし客は、あすのお得意さま」という言葉を自分に言い聞かせ、ご用聞きまわりをつづけた。

そして、営業開始から一カ月が過ぎたとき、ようやく最初の注文が舞い込んできた。それまで毎日のように足を運んでいた大阪の〈千田商会〉という問屋からの注文だった。

佐川清は自伝『ふりむけば年商三千億』にそのときの様子をこう書いている。

「注文を聞いて私は耳を疑った。（中略）ライカ型の国産カメラを一〇台、京都の河原町通りのカメラ店に届けてくれ、というのが仕事の内容だったからである。／ライカ型国産カメラは、当時で一台五万円した。一〇台といえば五〇万円である。／大学の初任給が一万円の大台に乗った、と騒がれていた頃の五〇万円である。サラリーマンの年収の四倍以上の商品を、保証金もとらずに私に託そうというのである。（中略）一〇台のカメラは私にとって、単なる商品ではなかった。私は一〇台のカメラを押しいただいて京都・河原町にあるカメラ店に届けた」

佐川清は当時、国鉄（現・ＪＲ）の京都駅から大阪駅まで電車に乗り、駅からは徒歩で、御堂筋を南下して荷物を配達しながら注文聞きにまわった。佐川清が利用するのは、長距離を走る国鉄だけに限り、地下鉄や市バス、市電に頼ることはなかった。最初の荷物がサラリーマンの年収の四倍以上する高級カメラであったことは、後の佐川急便のビジネスモデルを象徴的に表している。

通常のトラック業者なら、嫌がるような、荷扱いに細心の注意が求められる精密機械の運送を、飛脚として担いで運んでいく。それだけ高価な荷物なら、運賃もさぞ高かったことであろう。業界では、こうした高価な荷物を〝運賃負担力のある荷物〟と呼ぶ。高い運賃を払うことができる荷物を指す業界用語である。

佐川清は、そこから着々と荷主の数を増やしていく。

宅配業界の細かい年表でみると、一九五七年というのは、ヤマト運輸がアメリカの〈アライド・ヴァンラインズ社〉と業務提携し、そのアライド社が使っていた猫のマークを商標登録した年に当たる。ヤマト運輸が宅急便を開始する二〇年近く前のことであり、後にヤマト運輸の二代目社長となる小倉昌男はそのころ、ヤマト運輸が買収した静岡のトラック会社に総務部長として出向し、経営見習いという身分であった。

佐川清の自伝には、初期の仕事の一つとして、一個五〇キロのベアリングを、背中に三個、前に二個、計五個二五〇キロを振り分け荷物にして担ぎ、京都と大阪の間を一日七往復したこともある、と書いてある。記述には多分の誇張もあると思われるが、そこには厳しい肉体労働に対する賛美があり、それに耐え抜いた者は高額の報酬で報いられるべきだ、という考え方がある。

飛脚業をはじめて間もなく、人を雇い入れ、バイクやトラックを買って配達をするようになると、月の売上高は七五万円になったという。

佐川清は自著『創業者からの遺言』にこう書いている。

「この金額は他の飛脚業者と比べておよそ五倍ちかくに相当する。それほど儲かったのは、同業他社が断った重量物や特に急ぎの荷物を集中して集め、また他の会社が稼働していない時間にもせっせと働いた結果、我々の想像以上に顧客は満足感を得て、運賃に三倍の差がつき、会社の収入はおよそ五倍にまでなったからである」

なぜそれほど儲かったのか。

当時も現在も、商業輸送の中心は大型貨物である。一〇〇キロ、二〇〇キロ単位の大型貨物をA地点からB地点まで運ぶのが、効率がいい。しかし、効率がいいだけに、多くのトラック業者がやりたがり、過当競争の結果、運賃のダンピングが起こって儲からない。

そこで佐川清がターゲットに絞ったのは、物量がまとまらず、時間的に急を要し（業界では〝リードタイム〟が短いと表現する）、特別扱いが必要となる荷物。こうした荷物は、大手のトラック業者は敬遠するし、荷物を出す側にしても大手に頼んだのでは、満足できるサービスが望めない。具体的な荷物となると、高級呉服やファッション衣料、貴金属類や精密機械、さらには高級生鮮食品――などである。

企業間のドア・ツー・ドア輸送の先駆け

佐川清が飛脚業の世界に足を踏み入れたのは偶然からだった。

新潟の旧家の長男に生まれたが、継母との仲がうまくいかず、一五歳で家出し、電車に乗り故郷・新潟から京都に着いた。しかし無賃乗車であったため、駅から降りることもできず進退窮まっているとき、〈丸源〉という法被(はっぴ)を着た飛脚業者の姿が目に飛び込んできた。

広島に本社を置く〈丸源〉には、佐川清の従兄が働いていたことを思いだし、藁にもすがる思いで、その法被姿の男に声をかける。事情を察したのか、その男が佐川清を広島の丸源まで連れて行って、働けるように手配してくれた。

丸源で、教育係となった親方が助手であった佐川清にこういった。

「鉄道の貨物や小荷物は、駅から駅までしか荷物を運ばん。しかしワシんとこのトラックは、荷主の戸口から受取人の戸口まで荷物を届けよる。ここが鉄道とちがうところや」（『佐川急便の犯罪』）

今でいう、企業間の小口荷物のドア・ツー・ドア輸送の先駆けである。

佐川清はこう書く。

「これが私と飛脚との最初の出会い。少しばかりキザにいうのを許して貰えるならば、佐川清個人史の決定的、歴史的瞬間だった」（『ふりむけば年商三千億』）

佐川清は戦前の鉄道輸送や郵便事業といった官業のサービスと飛脚業のサービスレベルの違いを、こう喝破している。

「自分が先で客が後と考える者。何よりも顧客の便宜を優先して考える者。その差だった。郵便や鉄道荷物運送が逆立ちしてもできないことを『丸源』はし、それが顧客に受けたのである。／『丸源』が商売を伸ばしていったのも、けだし当然と私には思えた」（『ふりむけば年商三千億』）

丸源での体験から佐川清は、わずかな荷物を、自社のトラックを利用してドア・ツー・ドアで、迅速に、かつ確実に運んでくれる飛脚業者が重宝されることを見抜いた。しかし一個ずつの荷物のテーラーメイドの輸送サービスは、国鉄やその後台頭して国鉄を追い抜いていく大手のトラック輸送に比べると、割高についた。だからこそ、佐川清は、カメラや高級衣料、時計や貴金属のように高価で、当日あるいは翌日に届ける必要がある緊急性が高いものを取り扱うことに活路を見出したのである。狙う荷物は〝運賃負担力〟のある企業間の高級品に的を絞り、当日、翌日に届けるネットワークを組む。ここに佐川清の活眼があった。

その後、佐川急便は七〇年代に入って〈Z便〉と呼ばれる、大阪発荷物なら翌日に東京や福岡に届けるというサービスを開始し、さらに航空便を利用した〈ロケット便〉のサービスを開始。八〇年代半ばには、翌日の午前九時までに配達する〈TOP便〉のサービス開始、さらには新幹線や自社のヘリコプターを使って届けるサービスなども行っている。

佐川急便が追求するスピード配送は、同業他社の追随を許さない圧倒的なものだった。こうして三％の利益率があれば合格といわれる物流業界で、一〇％以上という高い利益率を叩き出す高収益企業としての佐川急便の雛型ができあがる。

自分の懐に引き込む「人たらし」

今日では有力政治家や暴力団、右翼の大物などとのつながりが知られ、強面（こわもて）の人物を連想するのだが、佐川清とはいったいどんな人物だったのだろうか。

佐川急便グループの統括本部である〈清和商事〉で広報誌〈飛脚〉の編集長を一九

八〇年から一九九〇年まで約一〇年務めた松家靖（五八）は、佐川清が経営の第一線から退いた後は、『絶望！　佐川急便に明日はない！』や『告発!!　佐川急便の乱脈経営を糾弾する！』など、自社の経営陣を手厳しく攻撃する四冊の著書を一緒に作った。

「あんなおもろいオッサン、めったにいてませんわ」

と、その松家が〈わかば〉をたてつづけに吸いながらいう。

「（佐川清元）会長は、オレが金を残そうと思ったら、五〇〇〇億円は残ったかもしれんが、ほとんど全部使ってしまった。残すのは一億五〇〇〇万円あればいい、というのが口癖やったね。一億円は葬儀の費用で、五〇〇〇万円は比叡山での戒名料と永代供養の金額だ、といってました」

元気なころの佐川清は一日、ハイライトを一〇〇本吸い、酒もあびるほど飲んだ。数十万円もする高級シャツをポロシャツのように着て、腕には特注の数千万円もする腕時計が巻かれていた。

肺気腫になった後でも、タバコを吸う人間を相手にするときは、自分からタバコに火をつけ、タバコを勧める気配りの人だった。

松家は、佐川清のことを「人たらし」と呼ぶ。

佐川清は、相手が何をほしがっているのか、何をしてもらいたいのかを一瞬で見抜き、それを与えることで、自分の懐に引き込むことができた人物だった、と。

たとえば、佐川清が一線を退いてから最初の著作となる『不死鳥・佐川急便』を一九九八年に松家が代筆した。その一年後、手元不如意となった松家が、もう一度、一緒に仕事ができないか、と佐川清に手紙を書いた。

その翌日、松家の携帯電話が鳴った。電話口からは、

「京都の佐川だ！　なんだ、この手紙は！」

という元気な怒声が聞こえてきた。

松家が、「次の本のご指導をいただきたく」と神妙に述べると、

「●×▲◎■☆▼◇！？！」というわめき声が聞こえてきた。

たしかに佐川清は早口で、滑舌も悪く、その話は聞き取りづらかった。

役員会で佐川清の怒声を聞いたことがある元役員は、佐川清が怒っていることだけはわかったが、その内容はまったくわからなかった、と述べている。

しかし松家は、その声を聞いて、「このオッサン、まだ元気に生きとったな」とうれしくなった、という。

「普通の人なら、会長の話していることの二割もわからんでしょうね。でも、広報誌

時代に、一〇年の付き合いがありますから、俺には四割ぐらいはわかりました」

　佐川清が来週火曜日まで忙しいのだというので、松家は水曜日に南禅寺の近くにある佐川の自宅を訪ねた。自宅の奥にある二〇畳はある洋間で、佐川清の話を録音しながら聞いた。しかし、その日は佐川清の懐から一円も出てこなかった。計算が狂った松家は急いで原稿を仕上げ郵送すると、佐川清がもう一度、家にこい、という。

　佐川清は単刀直入に「金は持っているのか」と松家に訊く。松家が窮状を打ち明けると、机の引き出しから八〇〇万円の現金を出してきた。定価一六〇〇円の本を作るなら、その初版の刷り部数五〇〇〇部を自分が買い取るから安心して書け、といってその現金を手渡した。それから聞き書きをつづけ、『絶望！　佐川急便に明日はない！』を出版する。表紙には「佐川急便会長　佐川清語り　元佐川急便社内報編集長　松家靖著」とある。

　もちろん、佐川清は優しさばかりで事業を拡大してきたわけではない。

　七〇年代に佐川急便と業務提携して、その後八〇年代に入ると、北海道の支店を乗っ取られた大栄運輸興業（本社・京都）の武島政勝は、九〇年代のテレビ番組で佐川清の冷酷で強欲な人柄をこう評している。武島は一時、北海道佐川急便の会長と東北佐川急便の社長を務めた人物である。

「理由もないのに（役員や社員の）出勤停止やとか、給料の減俸だとか。とかく佐川（清）さんが自負しておられることは、ワシは憲法で、ワシは天皇で、なおかつ、縁の下のゴミまでワシのものや、と。（会社のことは、佐川清の思い通りに）どないでもなるわけですわ」

この武島が作った大栄運輸興業の北海道の支店に、最初は〈佐川急便部〉という部署を作る。その後、佐川清の息のかかった幹部社員が、一二〇人ほどいたドライバーたちに、賃金を五万円ほど上乗せするという条件で引き抜いて、佐川急便札幌店を作っている。いわゆる乗っ取りである。

武島は、週刊誌に「悪のシステムで急成長／違法の限りを尽くした佐川急便商法」という談話を寄せている。その後、武島は佐川急便と裁判をし、約五年かかって和解している（「朝日ジャーナル」一九九二年二月二八日）。

田中角栄との出会い

私がこれまで取材してきた企業と比べると、佐川急便をとらえることは一筋縄ではいかない作業である。その社史は複雑怪奇で、内部の権力闘争に加え、数回にわたる脱税、バブル期の株の投機での損失、政治家や暴力団などとの癒着——などといった特殊要因がこれでもか、というほどに絡んでくる。

平成の一大疑獄事件といわれた東京佐川急便事件に関しては、一九九二年、東京佐川急便の社長であった渡辺広康が特別背任の容疑で逮捕され、後に最高裁で有罪判決が確定している。また、自民党の副総裁の金丸信も同年、五億円のヤミ献金を佐川急便から受け取った事実を認め、副総裁を辞任。略式起訴で罰金二〇万円の命令が出ている。また、当時新潟県知事だった金子清も佐川急便から一億円のヤミ献金を受け取ったとして、その職を辞している。佐川清は「政界のタニマチ」と呼ばれ、約一〇〇〇億円をばらまいたといわれるが、その佐川清自身が訴追されることはなかった。

この難解な佐川急便の理解を容易にするため、三人の人物に焦点を絞り同社のこれまでの宅配業界における功罪を読み解いていきたい。

一人は、創業者であり、東京佐川急便事件後、引責の形で経営の第一線を追われた佐川清だ。もう一人は、佐川清と、激しい権力闘争を繰り広げ、バブルが弾けるとともに資金繰りに行き詰まり特別背任で有罪となった渡辺広康だ。最後は、佐川清の最初の結婚でできた一人息子であり、東京佐川急便事件が起きた一九九二年以降、今日まで佐川急便のトップの座にあり、現在はＳＧホールディングスの会長を務める栗和田榮一だ。

佐川急便の歴史を正しく理解することで、宅配便を中心とした運輸業界の発展の経緯や、業界が抱えていた問題点が浮き彫りになってくる。

三人の中でも、〝佐川急便物語〟の主人公は、佐川清である。

佐川清は一九二二年、地元の大地主であり、味噌の麹（こうじ）づくりを独占する権利を持つ新潟の旧家の三男として生まれた。清の父親は小学校の校長であり、県教育界の名士であった。しかし、父親が迎えた後妻との仲がうまくいかず、清は中学を中退し一五歳で家出して、〈丸源〉で飛脚を手伝ったり、その後、実家に戻って麹づくりの現場で働いたりした。肉体を使って働くことが、佐川清の性に合っていたのだ。

しかし佐川家は、敗戦後の農地改革で地主の地位も資産も失い没落する。

佐川清は敗戦後、近隣にあった鳶（とび）職〈栗和田組〉の飯場へと飛び込み、土木工となって働きはじめた。すぐに鳶職として頭角を現した佐川清は、親方の娘である栗和田ミヨと結婚し、一九四六年に一人息子の榮一が生まれる。東京佐川急便事件以降、社長に就く栗和田榮一の誕生である。

しかし佐川清は翌年、まだ生まれて間もない榮一と妻を残し、東京に出奔する。榮一はその後、地元の高校を卒業して国鉄（現・JR東日本）に就職。保線関係の仕事に従事した。三〇歳になるまで、父親である佐川清と会うこともなく育つ。

東京に出てきた佐川清は、自らの土木会社〈佐川組〉を作り、進駐軍の仕事を中心に、全国の現場を職人たちと一緒に渡り歩いた。

この時期に出会ったのが、同じ土建業を営む田中角栄だった。投宿した茨城県の安宿の風呂場でのことだった。

佐川清がジャーナリスト宮本雅史に語った述懐によるとこうである。

「湯につかっていると、浪花節が聞こえてきた。いい声で、あまりにもうまいので、『うまいですね』と言うと、『生まれはどこだ』と（筆者注・田中角栄が）聞いてきた。『新潟だ』と答えると『俺もそうだ』ということになって、一緒に風呂に入った。まだ政治家にはなっていなかった。（中略）しばらくして、また会った。今度は東京の、確か成増だったと思うが、進駐軍のハウスの現場だった。『久しぶりだな』ということになって、このときから付き合うようになった。印象はよかったよ。あっさりしていて、よくしゃべった」（『歪んだ正義』）

その後、総理大臣にまで上り詰める田中が政界に進出すると、佐川清は資金面で支援するようになる。二人の関係は、八〇年代後半に起こった皇民党による竹下登へのほめ殺し事件につながり、さらには東京佐川急便事件へと発展し、一時は佐川急便を倒産の危機にまで追い込むことになるのだが、その経緯については後述する。

土建業の経営者として佐川清が体得した経営哲学は、同業他社の二倍の賃金を従業員に支払うことだった。

「(高い)給料こそ、部下への信頼と期待を表す指数だ」

という考え方だ。

その土建会社も一〇年足らずで解散し、この章の冒頭に述べたように身一つで飛脚業をはじめた。

トラック業者を乗っ取る

飛脚業をはじめた佐川清の前に、運輸行政の規制という大きなカベが立ちはだかった。

佐川急便にとっても、ヤマト運輸にとっても、ドア・ツー・ドアの小口配送網を完成させるには全国津々浦々にネットワークを張り巡らせることが不可欠だった。しかし、一九九〇年に〝物流二法〟が施行され、物流業界の規制緩和が行われる以前は、日本全国にネットワークを作ることは不可能に近い、と業界では考えられてきた。

運輸省(現・国交省)は当時、霞が関の中でも最も許認可件数が多く、癒着や腐敗の温床となってきた。運輸省関連の政治家が起訴された大きな事件を挙げるだけでも造船疑獄（一九五四年）、日本通運事件（一九六八年）、ロッキード事件（一九七六年）、砂利船汚職事件（一九八八年）――などがある。

規制でがんじがらめの業界で、佐川清の場合、企業の買収と政治家への献金を使って、規制の網の目をかいくぐって佐川急便を急成長させた。対するヤマト運輸の小倉昌男は、運輸省と正面から対決し、〝民意〟に訴えかけ、その後押しを受け二〇年以上かけて全国の路線免許を取得していった。

その二人の対極的な行動をみていると、佐川清は〝妖術遣い〟であり、小倉昌男は今でいうなら大阪市長の橋下徹のような、〝ポピュリスト〟であるように私の目には映った。

佐川清が念願の〝区域免許〟を取得するのは一九六五年一〇月のこと。これにより、ようやく佐川急便を設立することができた。その当時、トラック事業は免許制度だった。トラック事業の免許は大きく二つに分かれており、一つは佐川急便が手にした通称〝区域免許〟で、もう一つが、通称〝路線免許〟。

区域免許とは、一定の地域、通常は県単位で有効な免許で、その県内では荷物の輸送ができるというもの。路線免許とは、たとえば、東京から大阪までの間で、荷物を積んだり降ろしたりすることができる。トラック事業をバス事業にたとえると、区域免許を持った業者とは、一定の地域で運行できる貸切バス業者のようなもので、一方の路線免許を持った業者とは、長距離の乗り合いバスを運行できる業者となる。

トラック事業者は、区域免許よりも、より自由度の高く、儲けの上がる路線免許を手に入れたがる。しかし、免許を出しすぎて供給過多になることを恐れた運輸省は、路線免許の数を極端に絞った。そのため、路線免許は〝幻の免許〟とまで呼ばれた。

佐川急便を設立した一九六五年というのは、ちょうど高速道路の距離が延びはじめ、貨物輸送の主役が、国鉄からトラック輸送に代替わりしようとしていた時期だった。この時期、路線免許をとった数少ないトラック事業者は、ドル箱路線である東京―大阪間のトラック輸送をほぼ独占することができ、大きな勢力となった。その代表が、第二章で挙げた、かつて〝御三家〟と呼ばれた西濃運輸と福山通運、それに日本運送だった。その三社にしても、全国をカバーする路線免許は与えられていなかったのである。

高級品をドア・ツー・ドアで、できるだけ速く届けるためには路線免許が必要だった。しかし、まともに運輸省に申請しても、路線免許が簡単にもらえるわけがなかった。

そこで佐川清はどう動いたか。

佐川清は二つの方法をとった。一つは、各地方のトラック業者に業務提携を申し込むことだった。

新たに免許を取得するよりも、すでに免許を持った業者と組む方が容易に事が運ぶのだ。業務提携によって、佐川急便から地方の業者に多くの荷物が流れるようになる。すると業務提携の裏で佐川清は、提携先の株の買い占めをはじめる。佐川清が大株主になると、今度は一転して、佐川急便からの荷物量を絞る。当然、営業成績は悪化する。佐川清は大株主の立場から、「能力のない経営者は辞めろ」といって、会社を乗っ取るのが常だった。

こうしたトラック業者の〝ハイジャック〟を繰り返すことで、佐川急便はトラック業者のフランチャイズ制を採って営業エリアを拡大していった。

佐川急便はこのころ、地域ごとの独立採算制を採っていた。〈東京佐川急便〉や〈中京佐川急便〉、〈大阪佐川急便〉や〈九州佐川急便〉など、一〇〇社近い佐川急便が乱立し、近隣の荷主の荷物を、同じグループの会社でお互いに奪い合うことも少なくなかった。仲間意識よりもはるかに競争意識が強かった。要するに、グループ会社というまとまりはほとんどなかった。

地方にある中小規模の佐川急便の子会社は佐川清にいいように牛耳られることが多

かった。しかし、一方で東京や名古屋、大阪などの取扱荷物量が多い大都市圏の佐川急便各社を率いるトップには、社内でも戦国時代の武将と同じような一匹狼タイプが多く、いずれは佐川清の〝寝首をかき切って〟でも、自分が佐川急便グループのトップに立つんだという激しい闘争心が醸成される下地となる。この異常とも思えるほどの峻烈なグループ内の覇権争いという側面を中軸に考えていくと、奇怪にもみえる佐川急便の全貌がわかりやすくなってくる。

企業買収と並行して、佐川清は、裏金としての政治家への違法献金という禁断の〝妖術〟も遣った。政治献金の先は、田中角栄をはじめとする大物政治家だった。

佐川清は田中角栄への献金について、ジャーナリストの宮本にこう語っている。

「一〇億円以上というのは、六、七回はあるかな。全部、選挙のときだ。（中略）最後に渡したのは、角さんの（著者注・一九八六年の）最後の選挙のときだった。最初、一五億円渡したのだが、あとで、一一億四〇〇〇万円足りないという電話があったので、このときもすぐに目白に運んだ。（中略）金はもちろん、（政治資金収支報告書には）届けていませんよ」（『歪んだ正義』）

想像がつかないほどの巨額のヤミ献金である。

佐川清は「角さんには金は渡したが、見返りはまったくなかった」と贈収賄の可能性を全面的に否定した。しかし宮本は、こう書く。

「田中が岸内閣で郵政大臣になった一九五七年に、佐川急便が創業、その後、急成長していることを考え合わせると、佐川の『見返りはない』という答えには疑問が残る。（中略）／二人があうんの呼吸で理解し合える関係だったとすると、明確に〝特別なお願い事〟をしなくても、ごく自然に田中が佐川の気持ちを察し、〝手を貸した〟と見ても不自然でない」（『歪んだ正義』）

　この宮本の意見に私は同意する。

田中角栄はどのように〝手を貸した〟のかといえば、県単位でしか動くことのできない区域免許を使って、佐川急便が県をまたいで荷物を運ぶことに目をつぶることではなかったか。

　後の東京佐川急便事件でも、佐川清は運輸省の免許取得に絡み、国会議員への働きかけの嫌疑が指摘されながらも、起訴には至っていない。しかし、佐川清が巨額の政治献金の見返りを何も求めなかったのかという点においては、その答えは限りなく黒に近い灰色だったというのが実情だろう。

　佐川清や東京佐川急便の渡辺広康が献金した政治家は、田中角栄だけにとどまらなかった。与党議員はもちろん、共産党以外の野党議員にまでカネをばらまいた。さらに、後の皇民党によるほめ殺し事件に絡んでくる山口組系の稲川会の石井進会長には、渡辺が巨額の債務保証をして、回収不能に陥っている。

加えて、佐川清にも渡辺にも強い〝タニマチ気質〟があったのではないか。お互い裸一貫からのし上がってきて大金を使える立場になると、政治家や事業家、闇世界の住人や芸能人までがそのカネにむらがってくる。カネを媒介にして、政治家や事業家と対等に付き合えることの快感や愉楽の味が、何物にも代え難かったため、カネを湯水のごとくつぎ込んだのではなかったか。

ナンバー2・渡辺広康の反乱

独自のドア・ツー・ドアのサービスと、同業他社を相次いで乗っ取ることで佐川急便は、創業からわずか二〇年でグループの年商は三〇〇〇億円を超え、業界トップの日本通運に次いで業界二位に躍り出た。

しかしその躍進の裏側では、七〇年代半ばの二〇億円超の脱税事件で有罪判決を受けて以来、九〇年の三〇億円超まで数回にわたって、同社は脱税事件を繰り返している。また労働基準法違反も数多くあった。佐川急便は当時、二〇代の若いセールス・ドライバーに対し、「五〇万円の給料は約束する。ただし、月平均一一〇万円から一二〇万円の運賃収入を上げることが条件」（『佐川急便の犯罪』）といった誓約書を書かせて採用するため、セールス・ドライバーは、勢い過重労働となり、そのノルマがきついことから八〇年代後半には、車両事故や人身事故などで懲戒免職となったドライバーの数は二〇〇人を超えた年もあった。そのために、運輸省から行政処分を受けたことも複数回ある。

「仕事はきついが、佐川で三年働けば家が建つ」

といわれたのはこのころのことであり、ワタミの創業者である渡邉美樹が八〇年代に、佐川急便で一年働いて貯めた三〇〇万円を資金に居酒屋業界に乗り出したことは有名である。

同業他社の二倍、三倍の給与を払う代わり、佐川清が自社のドライバーに求めたのは、絶対的な忠誠心と、自ら身を粉にして働いた創業時の労働観の共有である。それは、荷主から声がかかれば、夜でも朝でも、「はい」と駆けつける。一日二四時間、一年三六五日が営業日というもので、とても社会の規範や労働基準法とは相容れない考え方だった。

フランチャイズ集団である佐川急便グループを掌握したいという佐川清は一九七五年、清和商事を設立した。今でいう、持株会社のような存在である。同社を全国のグループ会社の頂点に位置づけ、その下部組織に各ブロックを統括する主管店を配し、さらにその下にフランチャイズ店を位置づけた。

佐川清は、自らが会長職に収まった清和商事を、自分と佐川家にとっての〝金蔓（かねづる）〟にしようとした。清和商事を通じて、各グループの売上高の三％を統括手数料の名目で徴収した。グループの売上高が三〇〇〇億円なら、黙っていても清和商事に一〇〇億円近い手数料が入ってくる仕組みである。清和商事の社長には後妻の長男である正明が就いている。

そんな佐川清にとって、次第に〝目の上のたんこぶ〟となってきたのが、グループの売上高の五〇％近くを上げる東京佐川急便社長の渡辺だった。渡辺は六〇年代に東京で〈渡辺運輸〉を起ち上げた後、七〇年代に東京佐川急便に看板を書き換える。渡辺は東京発の荷物が多いことと、自らの会社の株式を手放さないことで、東京佐川急便の〝独立〟を最後まで守ろうとした。

戦国時代の武将が各社のトップを務める佐川急便グループの中でも、渡辺は着実に佐川清に次いでナンバー2の座に上り詰めていく。渡辺は、はじめは佐川清の名代（みょうだい）として、政治家や右翼団体と付き合うようになり、その後は、佐川清に対抗する意識から、自らが進んでそうした付き合いにのめり込んでいく。なかでも、多額の債務保証をした稲川会の石井進は、渡辺の後見人を務めた。

また、渡辺は、社内ではだれかれとなくすぐに「飲みに行こう」と誘い、グループ内の情報や、佐川清の弱点を収集するのに余念がなかった。中卒という学歴でありながら、立教大学を卒業後、三菱商事に勤めていたと経歴を詐称していたことも広く知られていた。

渡辺を自分の右腕のように頼っていた佐川清だが、お互いが次第に距離を置くようになるのは清和商事を作ってからのことだ。

グループ会社が、清和商事に払う〈統括手数料〉は、はじめ売上高の三％だったが、それが八八年には五％になり、八九年には一〇％になった。いくら佐川急便のグループ会社が高収益企業といっても、売り上げの一〇％を清和商事に吸い取られては事業のうまみが残らない。

そこで反旗を翻したのが渡辺だった。

渡辺は社会党の安恒良一参議院議員を使って、国会で清和商事と佐川清を潰す意図で何度も質問させている。

安恒の質問は、一九八六年から一九九〇年の五年間で八回に及ぶ。国会議員が一企業の内部のことについてこれほど頻繁に質問するのは異例のことだ。

安恒は一九九〇年六月二〇日の運輸委員会で清和商事の手数料についてこう追及している。

「(清和商事はグループ企業から昭和) 六三年一〇月までは統括手数料の名目で総売上高の三%を取った。〈中略〉/ところが、去年の一二月にそれを今度は五%に上げた。〈中略〉そうして今度はそれを一二%に上げる。いや、それは高過ぎると騒いだら今一〇%に落ちついておりますね、一〇%ですよ。今言ったように、(佐川清) 会長の給料は一カ月八〇〇〇万も取って、(その上) 株主配当は取っておって、あと総売上高の一〇%ずつ各店から吸い上げるというんですね」

この安恒の執拗な質問の甲斐あって、一九九〇年に清和商事は京都佐川急便に吸収され、消滅する。佐川清・正明親子を中心とする社内勢力は大きな打撃を受ける。

ちなみに、安恒はその後、東京佐川急便からの多額な借入金があることが判明して、社会党から除名処分を受けている。

佐川急便の関係者は、渡辺広康が反乱を企てた理由をこう語る。

「渡辺には、佐川清の後継者の地位を、清和商事の社長である佐川正明と争う気持ちが強かった側面があります。渡辺が、正明を追い落とすために不利な情報を兵庫県警にリークしたのではないか、という噂も社内では根強く残っていました。そこで、正明やその取り巻きが巻き返しを図ったのです」

東京佐川急便事件の真相

渡辺が八〇年代半ばから株の仕手戦や、ゴルフ場の開発につぎ込んだ巨額の資金がバブルの崩壊で損失となっており、右翼団体の債務保証も回収できない状況にあることなどが、佐川正明を中心とする反渡辺勢力に漏れ伝わっていた。反渡辺勢力は、渡辺と東京佐川急便をめぐる資金の流れを徹底的に調べ上げ内部資料にまとめた。

その資料が捜査当局に流れた。

このグループの権力闘争に使われるはずだった内部資料が外部に流出したことが、一九九二年からはじまる東京佐川急便事件の端緒となる。債務保証と直接融資の総額は五〇〇〇億円近くにも上った。同年二月には東京地検が渡辺らを特別背任罪で告発することで、渡辺の佐川急便グループのトップに立つという野望はついえる。

その後、八〇年代後半に竹下登が首相になることを妨げようとして起こった右翼団体の皇民党による〝ほめ殺し事件〟で、渡辺が債務保証をしていた暴力団・稲川会の石井進に皇民党のほめ殺しをやめるよう仲介役を頼んだことなども明らかになってきた。

その一方で、このほめ殺し事件は、ロッキード事件以降、〝闇将軍〟として権力を握っていた田中角栄を裏切って、自らの派閥を作って首相になろうとした竹下を「許せん」とした佐川清が背後で皇民党のほめ殺し活動を支援したのが発端だったこともわかってくる。

佐川急便グループはこれまで指摘された、労働基準法や運送免許、道路交通法違反などに加え、東京佐川急便事件で政治献金疑惑や特別背任による渡辺の逮捕、暴力団との関係という複数のスキャンダルを引き起こした。

このときの佐川急便グループの全売上高は、六〇〇〇億円台。利子を含めた不良債権は約六〇〇〇億円、それに事業での借入金を含めると、一兆円近い有利子負債を抱えていた。佐川急便グループはここで企業として消滅しても何の不思議もなかった。

しかし、メインバンクである三和銀行（現・三菱ＵＦＪ）は、大阪佐川急便の社長であった栗和田榮一に佐川急便の社長を託して、自力で再建する道を歩ませた。

三〇歳まで新潟の国鉄で働いていた栗和田は、七〇年代後半、佐川清に呼ばれ東京佐川急便で働くようになっている。

栗和田は『佐川急便　再建３６５０日の戦い』で、入社の経緯をこう語っている。

「いきなり、うちの会社に来い、という意向を人づてに聞いて入社することになったのです。／父親が京都で大きな運送会社をやっていることは、近所の人から聞いていましたが、生まれてから会ったことはありませんでした」

栗和田は二年半、セールス・ドライバーとしてハンドルを握り、営業課長から次長を経験した後、新設の台東店の店長を任される。セールス・ドライバー一〇〇人超という大所帯だった。その五年後の一九八六年には大阪佐川急便の専務に抜擢され、一九九〇年には同社の社長になるに至って栗和田自身もグループ内の権力闘争に参戦することになる。

東京佐川急便事件以降の佐川急便グループの再生に当たっては、複数の幹部の名前が社長候補として挙がったが、結局、東京佐川急便事件に関わりがなく、しかも佐川清の血を継いでいる栗和田に落ち着いた。

主要取引銀行であった三和銀行の幹部が栗和田を京都のホテルに呼び出したのは、一九九二年二月のことだった。そこで、「栗和田さんに佐川急便の社長をやっていただきます」と切り出した。

栗和田はそのときのことをこう述懐している。

「（社長になりたいと）自分から手をあげそうな人もいたし、私でなくてもいいだろうという気はありました。（中略）食事をしながら二時間以上説得された。味は全くわからなかった。それで説得の中で、『あんたしかいないから、三年間だけでいい』と言われ、（銀行の）支店長からは『あんたも、病気だと言い出すんじゃないでしょうね』と言われました。その言葉の裏には引き受けないと、これからの支援の仕方を考える、との圧力を感じました。そこまで言われたら、逃げられないか、と思いました」（『佐川急便　再建３６５０日の戦い』）

銀行が佐川急便を潰すのではなく、再建を選んだ理由は、当時、佐川急便グループの売上高に対して一〇％以上という桁外れの営業利益があったことだった。

人件費比率が高いため、利益率が三％あれば合格とされるトラック業者の中では、ずば抜けた利益率である。銀行はこの利益を負債の返済に充てれば、一〇年で会社を再建できると踏んだ。

しかし佐川急便グループが従来のフランチャイズ制を維持し、各社がばらばらのままだと担保能力もなく、将来も企業のガバナンスで問題を起こす恐れがある。そのため、グループ会社を段階的に合併して、一つの企業とすることにした。一九九二年から二〇〇二年まで数回に分けて、グループ会社を合併して一つの企業とした。

その後も佐川急便の営業利益率は一五％前後と高いままであったため、着実に有利子負債を返しつづけ、二〇〇三年には不良債権を一掃する。

創業者の佐川清は二〇〇三年、急性心不全のため他界する。享年七九。また、同年に最高裁で有罪判決が決定した渡辺広康は翌〇四年、鬼籍に入る。享年六九。どちらも、東京佐川急便事件以降、佐川急便の経営に関与することはなかった。

佐川急便はその間、栗和田のもと、組織の改編や業務改善、新商品の開発を進める。なかでも、今日の宅配市場を考える上で、最も重要なのは一九九八年の飛脚宅配便の発売である。

佐川急便は創業以来、宅配便に類似する業務を行ってきた。宅配便と一般貨物との違いは、宅配便が三〇キロ以下の荷物一個ずつに対して運賃を受け取るのに対し、一般の商業貨物は輸送距離と貨物の総重量の二つの項目の掛け算から運賃が決まる。佐川急便は、佐川清が最初の注文を取って以来、荷物一個ずつの料金を取っていたが、宅配便という形態はとらなかった。先に述べたように一九九〇年以前、宅配業務を行うには路線免許が必要だったからだ。規制緩和後は、免許の足かせも外れた。

宅配便でヤマトと〝二強激突〟

しかし、規制緩和直後に東京佐川急便事件を起こしたため、宅配便の開始は遅れた。そして、フランチャイズだったグループ会社が一つにまとまる象徴として、佐川急便は九〇年代後半に宅配便プロジェクトに乗り出す。

そのプロジェクトに関わった人物はこう証言する。

「宅配便といえば、ヤマト運輸が自力で切り開いた市場というイメージが強いのですが、ドア・ツー・ドアの小口輸送に最初に目をつけたのは佐川清だというのが我々の考えでした。圧倒的なスピードで商業荷物を翌日に運ぶため、商店街にあるような小さなお店が、余分な在庫を持たずに商売ができるようになりました。そうした中小商店の仕事のやり方を根本から変えたのが佐川清が生み出したサービスでした。そのことを認めてもらうためにも、まずはいったん、ヤマト運輸と同じ土俵に上がって、社会的な評価を得るべきだ、という思いでプロジェクトを進めました」

佐川急便が飛脚宅配便のサービスを開始した翌一九九九年、それまで二位の日本通運を抜いて、トップのヤマト運輸に次ぐ二位に躍り出た。

とはいえ、佐川急便が宅配便の届け出をする以前の一九九〇年代前半から、現場では、佐川急便とヤマト運輸の一騎打ちの場面が増えていた。しかし、佐川急便が正式に宅配市場に参入したことで、宅配市場で〝二強〟が今日までつづく骨身を削るような戦いの火ぶたが切られた。〝二強〟が争ったのは、企業発の宅配荷物だった。

〝二強〟の戦いが進むにつれ、地方の長距離輸送業者が片手間にやっていた宅配便は、徐々に淘汰された。大資本をバックにした日本通運や西濃運輸、福山通運でさえ、宅配市場から押し出されるようになる。

その一方で、東京佐川急便事件で背負った巨額の負債を返済した佐川急便の高い利益率が、二〇〇〇年に入ってからひたすら宅配便の個数を目指すようになると、普通のトラック業者と代わり映えしない水準まで落ち込んできた。セールス・ドライバーの給与も、初任給で二〇万円台にまで下がり、佐川急便の現場の力が弱体化していった。

たしかに、栗和田は銀行の求めに応じ、巨額の負債を一〇年余りで返済し、佐川急便の経営を健全にした。財務面の立て直しについては、一定の評価がされるべきだろう。しかし、企業の戦略という側面から考えると経営者としての手腕に疑問符がつく。

負債返済のメドがたった二〇〇一年、専門誌「月刊ロジスティクス・ビジネス」(二〇〇一年一〇月号)に、栗和田はこう語っている。

「きっかけは通信販売の登場でした。彼らは『B toC(企業発個人向けの荷物)』のネットワークを必要とした。それにどう対応するのかというのは当社にとって大きな課題であり続けた。まだベストな解答は出ていません。しかし、当社が今後も、『B toB(企業間の荷物)』、『B toC』を中心ターゲットにしたネットワークをとっていくことは変わりません」

もともと企業間荷物から出発した佐川急便がこの時期、ヤマト運輸をライバル視して通販を中心とした企業発個人向けの荷物の配送まで手を広げる、と栗和田は宣言しているのだ。

しかし両社が企業発個人向けの荷物を奪い合うために値引き合戦をつづけていった結果、体力の消耗が激しくなり、現場の至る所に制度疲労が目立つようになった過程は第一章と第二章に詳述した。特に、佐川急便がネット通販の最大手アマゾンの荷物を受注したことが裏目に出て、利益がほとんど上がらない企業に成り下がった。

現在では、企業間荷物への回帰を掲げる佐川急便をみていると、この二〇〇一年の栗和田の決断には大いに疑問の余地が残る。

佐川急便はその間、宅配便の市場以外にもさまざまな選択肢を模索しては挫折している。国内では、二〇〇五年に日本航空や三井物産などから出資を募り〈ギャラクシーエアラインズ〉という国内の貨物専用機の会社を作り、国内の宅配便のスピードアップを図った。しかし、就航からわずか二年で撤退し、出資企業との間に軋轢(あつれき)を生んだ。

また、同時期に、アジアを中心とした国際宅配市場に注力するため中国や韓国、台湾などの市場に打って出るが、まだこれといった成果は上がっていない。さらに二〇一三年、宅配便に付加価値をつけるため、宅配便の前工程である倉庫業務を含めた物流業務を一括で受注する〝サード・パーティー・ロジスティクス〟に触手を伸ばすべく、業界大手のハマキョウレックスと業務提携することで、いったんは合意するものの、業務開始直前で白紙撤回している。

佐川急便の経営方針が猫の目のように変わるのは、栗和田に原因がある、と同社の事情に精通する業界人は話す。

「今でも佐川急便の実権を握っているのは栗和田さんです。でも、自分で企業戦略を描ける能力のある人ではない。周りの側近がいろいろな戦略を作って、それに承認を与えるのが栗和田さんの役目。けれど、成果が上がらないと担当者はすぐにクビになるし、うまくいっても、俺の後釜を狙っているんじゃないか、などと栗和田さんが勘ぐってしまうと、そこでもクビになることがある。ここ数年で、佐川急便のトップが何人も替わっているのをみるだけでも、内部がごたごたしているのが透けてみえてくる」

栗和田は二〇〇二年にいったん、佐川急便の社長の座を真鍋邦夫に譲るが、二〇〇五年には業績不振を理由に、自らが社長に返り咲いている。その後、二〇〇九年から現在まで、佐川急便の社長に三人が就いている。

有能な指揮官不在が同社の迷走の理由とするならば、佐川急便の将来を見通すことは難しい。宅配市場で業界二位の佐川急便は、これからどこへ向かおうとしているのか。前途は視界不良ということができるだろう。

次章では、一〇〇年近い歴史を持つライバルのヤマト運輸の誕生から現在までを描く。

第四章　ヤマトはいかにして「覇者」となったか

宅急便に役員たちは反対していた

ヤマト運輸の宅急便は、難産と権謀術数（けんぼうじゅっすう）の末に生まれた。

宅急便を開始する前は、従業員も役員もこぞって宅急便に反対していた。

小倉昌男の後に第三代の社長に就いた都築（つづき）幹彦（八六）はこう証言する。

「宅急便の開始については、私を除く役員の全員が反対していました」

当時の有価証券報告書によれば、社長の小倉を筆頭に一〇人の役員がいる。都築は四〇代半ばと、役員としては最年少でありながら常務の地位にあり、小倉が掲げる宅急便転換への唯一の理解者だった。

「みんな宅急便には反対なんですが、役員会などでは理論派の小倉さんにいい負かされるのが嫌で、面と向かって反対意見を述べる人はいませんでした。けれど、小倉さんが席を立つと、私のところにきて、私から小倉さんに宅急便をやめるようにいえ、と急き立てるのが常でした」

東京大学で経済学を勉強した小倉昌男が、脳梗塞で倒れた父の康臣に代わって社長の座に就いたのは一九七一年のこと。

小倉は、「会社はガタガタの状態だったが、時期が悪いなどと嘆いている暇はなかった。再建するしかない」という気持ちで社長職に就くが、すぐに不況の荒波が襲ってきた。

不況とは一九七三年にはじまった第一次石油ショックのことを指す。その影響でヤマト運輸が取り扱う物量は、七四年、七五年と二年連続で前年比二五％も落ち込んだ。運ぶ荷物のないドライバーたちが、会社でキャッチボールなどをして時間を潰すことも少なくなかった。石油ショック後に約六五〇〇人だった現場の従業員を、新規採用の停止と、パート社員のリストラなどで一〇〇〇人ほど減らしたが、そのとき組合員の整理はしなかった。

小倉は自著にこう書く。

「(人員整理を含む)コスト削減で石油ショックの窮地はしのいだが、運賃収入の構造問題が解決したわけではない。一九七五年度が最悪期だった。(中略)抜本的な対策を打たないと、会社がつぶれてしまうかもしれない」(『経営はロマンだ!』)

この危機感が、小倉が宅急便へと突き進む原動力となる。

親から会社を引き継いでみたものの、このままでは倒産するかもしれないという危機感が、新たなビジネスモデルを生み出したという点では、ファーストリテイリングの柳井正がユニクロのチェーン展開をはじめたことを想起させるものがある。

小倉が最悪と評した一九七五年度の決算数字は、売上高は三五〇億円で、営業利益は七・四億円、経常利益は二七〇〇万円弱——で、経常利益率はわずか〇・〇七%だった。収益構造では、路線営業(幹線輸送)事業が、全体の八〇%近くを占め、通運事業(国鉄=現・JRを使った鉄道輸送)や三越などから受注した百貨店輸送がそれぞれ一〇%ずつほどあった。

社長就任以来、一発逆転の打開策として小倉が温めてきたのが、国鉄や郵便局が取り扱う個人間の小包事業に進出することだった。国内の小口荷物輸送の先駆者である佐川清が「寝た子を起こすな」といってあえて手を出さなかった分野だ。

当時、個人から出る五・六キロ以下の荷物は郵便局が運び、六キロ以上は国鉄が運ぶという区分けができていた。ヤマト運輸が宅急便を開始する当時、郵便小包は年間一・九億個を取り扱い、国鉄の手小荷物は約六〇〇〇万個を取り扱っていた。合計すると二・五億個の個人発個人着の小包が、〝お上〟によって運ばれていた。

しかし当時の〝お上〟による小包配送は、使い勝手が悪かった。梱包をしっかりしろ、縄をかけろ、送り状を二枚書け――などという対応で、「運んでやる」といわんばかりだった。実際、郵便にとっても国鉄にとっても、小包業務は主力業務ではなかったため、荷物がいつ到着するのかもわからないというお粗末なサービスレベルだった。また国鉄の場合、駅まで持っていくのも、駅から引き取るのも、客側の負担だった。まさに「運んでやる」といういい方がぴったりくる。

それをみていた小倉は、官業が独占している個人間の荷物こそが狙い目だ、と踏んだ。

小倉は同社の社史にこう語っている。

「私は、このマーケットは大変おもしろいと思っていた。なぜかというと、競争相手がいないのです。親方日の丸が二社あるが、サービスが非常に悪く、田舎から柿を送っても、東京に着くのに一週間もかかってみんな腐ってしまう状況ですから、ここへ参入すれば、すぐにもおさえられる予感がしました」（『ヤマト運輸70年史』）

郵政省と国鉄が取り扱っている二・五億個をすべて取り込んで、一個の運賃を五〇〇円とすれば、一二五〇億円の市場となる。当時のヤマト運輸の売り上げの三倍以上に当たる。

「ヤマト運輸が食べていくには充分な規模だ」と小倉は考えた。

この二・五億個という数字を押さえておくことは大切である。

宅急便開始前の計画の段階では、小倉の頭にあったのは、三億個に満たない数字であり、現在の一六億個という数字とは大きな乖離がある。小倉の語る宅急便の話だけを追っていては、ネット通販のような企業発の宅配荷物が中心となった現在のヤマト運輸の全体像と、その苦悶がみえてこない原因はここにある。

それとは別に、個人間の荷物の獲得を目指していくという方針は、消費者の利便性のために身を張ってでもお役所へ盾を突くという、小倉の、いやヤマト運輸の〝金看板〟ともいえる副産物を手に入れた瞬間でもあった。

客層を家庭の主婦に絞る

小倉はどのようにして宅急便事業にたどり着いたのであろうか。

父親の会社を受け継いだ小倉は当初、どんな荷物でも運べる会社を目指した。いうならば日本通運のような総合物流企業になろうとしたのだ。しかし、次第に会社が利益の上がらない収益構造に陥っていることがわかってくると、総合物流企業という考えを捨てる必要があることが明確になってきた。では、どのような企業を目指すべきなのか。

小倉はこう書く。

「その時なぜか、以前に読んだ牛丼の吉野家の新聞記事が頭に浮かんできた。メニューを牛丼に絞り込んだら、利益が増えたという話だった。普通に考えれば、品数を減らせば客も減る。だが、吉野家は大胆な絞り込みによって特色を出し、逆に客を増やしたのである。／そうだ、この際、理想的な運送会社を目指すのはやめて、取り扱う荷物を絞り込んだらどうか。これが宅急便というコンセプトの最初のヒントになった」(『経営はロマンだ！』)

小倉は、宅急便を実現するため、解決すべき課題を一つずつクリアしていく。どのように集荷するのかという点では、取扱店を利用する案を出す。どのようにネットワークを組むのかという点では、〈ハブ&スポーク〉という、自転車の中心（ハブ）とそこから伸びていくスポークという考えを用いた。具体的には、各県に中心となるベース（仕分け拠点）を置いて、それを幹線輸送で結び、各ベースの下には宅急便センターを配置する。現在のネットワークの原型ができあがる。当初の配送エリアは関東一円で、翌日配達を原則とした。

宅急便構想の独自性は、客層を家庭の主婦に絞った点にある。

小倉は自著にこう書く。

「家庭から家庭へと荷物を運ぶサービスをうまく商品化すれば、主婦に買ってもらえるはずだ。それまで運送会社と言えば荒くれ男のイメージが強く、主婦は業界から最も縁遠い存在だったが、実は大いなる潜在顧客だと気づいた。／客は主婦だから、サービス内容が明快でなくてはならない。地帯別の均一料金、荷造り不要、原則として翌日配達、全国どこでも受け取り、どこへでも運ぶ――。目指すサービスの方向性が見えてきた。頭の中で商品計画が固まっていくのは楽しかった」（『経営はロマンだ！』）

企業発の宅配荷物と個人間の宅急便の荷物の違いのたとえ話として、ヤマト運輸の社内では「豆拾い」という言葉がよく使われた。従来の企業発の宅配荷物が一升枡を持って、豆を枡一杯に盛って、枡ごと運ぶようなものであるのに対して、個人間の宅急便の荷物は一面にぶちまけてある豆を一粒ずつ拾い集めるような根気のいる仕事となる、というのだ。

どうしたら、そのようなことができるのか。

小さな枡を持った人をたくさん使い、さらに枡を持たない人にも手伝ってもらえばいい。具体的には、集荷には多くのセールス・ドライバーが運転する小型トラックを利用し、後のコンビニにつながる取次店にも集荷業務を委託することを考えつく。

小倉が何度も使った「豆拾い」は、ヤマト運輸社内で宅急便成功までのキーワードとして繰り返し使われる。宅急便開始から事業が軌道に乗るまで、大口の仕事を取って楽をして宅急便の荷物を集めようとする案が会議の席上に出てくると、「豆拾いを厭うな！」と小倉から一喝された。

経営の指揮を執る小倉にとって、宅急便構想を練ることは楽しかったかもしれないが、従業員はそんな新事業の成り行きを不安な面持ちで見守っていた。

宅急便事業に反対する気持ちは役員のみならず、大多数の社員たちも共有していた。それまで工場などから出荷される大型荷物を運んでいたドライバーたちにとっては、家庭をまわって一個ずつ小型の荷物を集めてまわり、それを翌日配送するという考えは、天動説から地動説に宗旨替えするほどの大きな変革だった。

七〇年から同社の組合の委員長を務めた粟飯原誠（九〇）は、当時の一般職員の約七〇％の組合員を率いていた。当初、組合員のほとんどは宅急便に反対していた。その粟飯原のもとにも役員たちは直談判にやってきた。

「みんな口をそろえていうには、うちが小口配送（宅急便を指す）なんかに手を出したら、きっと倒産してしまうから、組合の委員長から小倉さんにストップをかけてほしい、と」

しかし小倉は、そんな粟飯原に一本釣りを仕掛けてきた。

宅急便をはじめる少し前、七四年の春闘の準備で、粟飯原が地方の営業所をまわっていたとき、北海道にいた粟飯原に小倉が会いにきた。札幌の支店長らと〈すきの〉の飲み屋やクラブで飲んだ後、二人で小倉の泊まっていたホテルの部屋に移動し、そこで膝詰めで小倉の宅急便構想を聞いた。

粟飯原は、小倉の懐刀であった常務の都築と昵懇の間柄で、その都築が橋渡しをして、小倉と粟飯原の非公式の会談が実現した。

二人きりで飲むのははじめてのことだった。都築にならって小倉は、粟飯原のことを「アイちゃん」と呼んだ。

粟飯原は、はじめから宅急便に諸手を挙げて賛成したわけではない。しかし、石油ショック以降、物量が減りつづけ、これといった打開策もみえてこない。かといって、大型運転手が主力の職場で、その組合の委員長が、小型トラックの運転手が主役となる宅急便の案を丸飲みすれば組合員からの突き上げは避けられない。

栗飯原は、

「即座にOKとはいえませんが、前向きに検討します」

とだけ答えた。

小倉はそれに対して、

「一つよろしく」

と頭を下げた。

栗飯原は、宅急便の案を飲む代わりに、ドライバーの労働環境の改善の条件を出した。

一つは、当時、事務職員と運転手との間にあった労働環境の格差是正だった。事務職員は五七歳で定年だったのに対し、運転手の定年は五五歳だった。両者の賃金体系も大きく違っていた。事務職員と運転手との間の格差をなくすこと。加えて、新しい業務内容やサービスの導入に関しては組合との事前協議制とすること、長距離運転手の給与は切り下げないこと、宅急便をはじめたことで従業員を解雇しないこと――などを要求した。

小倉がこれらの条件を飲んだことで、粟飯原は、各支部にいる腹心の部下を使って宅急便開始の地ならしをはじめていく。組合の要所を宅急便の賛同者で固めていった。
小倉は、経営陣が反対する中、組合の全面的なバックアップを盾にして宅急便の計画を推し進めることができた。

しかし、小倉は組合とのこうした水面下での取引には一切触れず、『小倉昌男　経営学』にはこう書く。

「私は、社内の会議などあらゆる機会をとらえて新規事業の構想を説いて回ったが、はかばかしい反応が得られなかった。／そんなとき、意外なところから声が上がった。社長がそんなにしつこく言うなら本気で考えてみようか――。こんなことを言い出したのは、なんと、労働組合の幹部たちであった。／彼らは、ヤマト運輸の経営が危機的状況に陥っているのを真剣に心配していたのである」

経営者の語る成功談には、往々にして書かれない裏面があるものである。

宅急便を開始する以前、ヤマトの組合は、要求が通らなくなると、時限ストや二四時間ストを毎年のように打つという戦闘的な組合だった。しかし、宅急便の開始を契機に経営者と組合幹部の間に取引が成立したことを境に、ストを打たない組合になった。それまで好戦的だった姿勢を改め、いい意味では労使協調路線を歩み出す。その半面、組合が会社と〃握った〃ととらえる向きもある。

つまり、組合が組合員の権利を主張することよりも、会社の顔色をうかがうことを優先する転換点となったのではないか、という疑問だ。実際、粟飯原は中央執行委員長を一五年間務めた後、宅急便に協力した功績を認められる形で、通常ならヤマト運輸の役員の天下りポストである〈ヤマト運輸共済会〉の理事長を六七歳まで務めてヤマト運輸を去る。

ヤマトの組合が宅急便開始以降、一度もストを打っていない点について、私が粟飯原に尋ねると、こんな答えが返ってきた。

「そうした指摘は、当時の組合員からもあったんです。けれど、組合活動は、ストを打つか打たないかだけが大切なわけではないんです。いつでもストを打てる準備をして会社と交渉することが大切。私は、組合の宴席ではいつも水前寺清子の『三百六十五歩のマーチ』を歌うことにしていました。大切なのは『三歩進んで二歩下がる♪』という精神ですよ。組合が三歩進んで、一歩も下がらないために、会社自体が潰れてしまっては元も子もないでしょう」

小倉は佐川急便を研究していた

小倉の著作を読んでいて大きな違和感を抱くのは、宅急便発想のヒントになったのは、米UPSの宅配事業だという記述だ。

UPSは創業一〇〇年以上の歴史を持ち、アメリカでも屈指の物流企業だ。現在では、自社の航空貨物便を使った国際宅配便のイメージが強いが、もともとは全米にトラック輸送網を敷いたことで知られる業界の最大手の一つ。

小倉は、一九六〇年代前半に視察旅行で訪れたアメリカで、UPSの支店を訪問して以来、訪米のたびにUPSの各支店を視察するようになる。

社長になって宅急便を開始する前の七三年にもニューヨークに出張した。そのときマンハッタンの十字路の周りに四台のUPSの車両が停まっているのをみて、小倉は「はっと閃いた」。集配密度が高まれば、「個人からの荷物の宅配は絶対に儲かる。（中略）新しい市場に転換しても儲かるはずだ――。私は強く確信したのである」（『小倉昌男　経営学』）。

物流業界の歴史に少しでも通じている人間からすると、小倉のこの説明を額面通りに受け入れるのは難しい。

その理由の一つには、UPSが個人宅への宅配に本腰を入れるようになるのは、アメリカでネット通販が台頭する九〇年代以降のことである。小倉が七〇年代にマンハッタンでみた四つ角に停まっていたUPSの車両は、企業間の宅配荷物を運送していたと思われる。企業間の荷物を運ぶトラックをみて、個人間の宅急便の成功を確信するという論理には飛躍がある。

さらに、ヤマト運輸の本社から一万キロも離れたニューヨークでの商業用の小口配送を参考にしなくても、わずか四〇〇キロも離れていない京都で佐川急便が商業用の小口配送ですでに成功を収めていたからだ。

宅配関連の年表をみると、ヤマト運輸が宅急便をはじめた一九七六年というのは、佐川清がライカのカメラ一〇台を担いで企業発の小口配送をはじめて約二〇年がたっており、翌七七年には東京佐川急便が設立される。当時、佐川急便はすでに一〇〇店舗近くを抱えていた。こうした国内の小口配送の成功例が間近にあるにもかかわらず、米UPSから宅急便のヒントを得た、とする小倉の説明には違和感を拭いきれない。

ヤマト運輸の第五代の社長を務めた有富慶二（七四）は、この点について以下のように説明する。

「小倉さんは、佐川急便の小口配送を研究したと思いますよ。佐川急便は商業荷物で、ヤマト運輸は個人発の荷物という違いはありますけれど、当時二〇％近い利益を上げていた佐川急便を横目でみながら、個人間の市場にセグメント化したのが小倉さんの独自の考えだったと思っています」

生前の小倉と付き合いがある「月刊ロジスティクス・ビジネス」の編集発行人である大矢昌浩もこう話す。

「宅急便をはじめるにあたって、小倉さんは佐川急便をはじめとする伝統的な急便事業を熱心に研究し、その手の勉強会にも足しげく出席していた、と聞いています」

業界の常識や年表、事実関係から推し測ると、小倉昌男が宅急便をはじめるに当たって佐川急便を参考にしたという方が、米ＵＰＳを参考にしたというよりはるかに説得力がある。その意味で、民間企業における日本の宅配便の先駆者はヤマト運輸ではなく、佐川急便だったといえる。

「危ない会社」に転落

ヤマト運輸は、一九一九年に東京市京橋区木挽町（現在の銀座三丁目）で、小倉の父・康臣が創業する。

銀座生まれの康臣は中学校を中退した後、車を引いて野菜を売り歩き、事業のための資金を蓄え、さらに親戚・知人から資金を募り、三〇歳のとき〈大和運輸（現・ヤマト運輸）〉を設立する。資本金は一〇万円。アメリカから輸入したトラック四台で事業を開始する。当時のトラックの登録台数は全国で二〇〇台強という時代の話である。起ち上げ当初、三越呉服店（現・三越伊勢丹）という大手荷主の業務を請け負ったことで業績が安定する。

ヤマト運輸は、同社には三つの〝イノベーション〟があると語る。同社の歴史の中で最初のイノベーションと位置づけるのが、一九二九年に開始した〈大和便〉である。第二が宅急便の開発であり、第三が現在進行中の羽田クロノゲートを中心とした〈バリュー・ネットワーキング構想〉となる。

第一のイノベーションである〈大和便〉とは、東京—横浜間でさまざまな会社から出る小口貨物を積み合わせる定期便を指す。トラックを毎日、定時に、決まった路線を走らせ、荷物は積み合わせる。業界でいう〝路線便〟のはしりである。それまでのトラック輸送といえば、一台丸ごとの貸切輸送しかなく、その運賃は大手法人顧客にしか手が届かなかった。しかし、それを重量ごとに荷受けすることで、トラック輸送への需要が急速に拡大するきっかけを作った。

このサービスのどこが革新的だったのかといえば、小口配送で料金も手ごろだったため、それまで地産地消するしかなかった群馬の下仁田ネギや埼玉の狭山茶、神奈川の三浦大根などの特産品を最大の消費地である東京に届けることができたことである。農産品に限らず、〈大和便〉を利用することで関東の製造業者や卸業者などの商圏が一気に広がった。

〈大和便〉の関東一円のネットワークは、一九三五年に完成。四五年の決算では、売上高が約四〇〇万円に対し、経常利益が約五〇万円。利益率で一二％強を計上している。当時、「日本一のトラック会社」と認められる業績を上げていた。四九年には東京証券取引所への上場を果たし、翌五〇年には、当時長距離輸送の花形であった〈通運事業〉を汐留の国鉄貨物ターミナルで開始する。ヤマト運輸が順風満帆のころである。

小倉昌男は、一九二四年に東京都渋谷区代々木で生まれる。佐川清が新潟の片田舎で生まれる二年後であり、二人は同年代となる。

しかし、その後の二人の歩む道は大きく異なる。小倉には、小学校のころから家庭教師がつき、旧制東京高等学校から東京大学の経済学部へ進む。高校と大学でテニス部に入り、大学ではマックス・ウェーバーの『プロテスタンティズムの倫理と資本主義の精神』の講義に感銘を受ける。第二次世界大戦の敗戦をはさんで、東大を卒業後に、ヤマト運輸に入社する。

小倉は典型的なエリートの二代目社長である。佐川清が中学校を中退し、家出を繰り返すうちに敗戦を迎えたのと比べると、小倉の家庭環境がいかに恵まれていたのかがわかる。

ヤマト運輸に入社後は、百貨店部長や営業部長を経て、一九六一年に三六歳で取締役に就く。しかしこのころになると、ヤマト運輸に往年の勢いはなく、倒産の文字がちらつくようになっていた。神戸大学の助教授だった占部都美（うらべくによし）が一九六三年に著し、ベストセラーとなった『危ない会社』で、陸運会社で唯一名前が挙がったのが〈大和運輸〉だった。会社の経営を測る指標となった流動比率、負債比率、固定比率、使用総資本利益率――の四項目のいずれにも、「要注意」のマークが打たれている。

敗戦前後の「日本一のトラック企業」から「危ない会社」へ転落した理由は、過去の成功例への執着だった。五〇年から六〇年にかけて、高速道路を含めた道路状況が徐々に整備される。六五年に名神高速道路が全面開通し、東名高速道路が開通する。六五年からの約一〇年で、高速道路網は、ほぼ一〇倍に延びた。

加えて、トラックの性能が飛躍的に高まった。そのため、それまで鉄道輸送が中心だった長距離輸送が、次第にトラック輸送に取って代わられることになる。しかし、関東一円の〈大和便〉で成功した父・康臣は、以前の道路状況とトラックの性能が頭から離れず「箱根の山は越えるな」と厳命した。峻厳な箱根の山を越えようとすれば、トラックがエンストなどを起こし荷物が届かなくなる、という心配からである。

しかし、トラックの長距離輸送時代を見越した、西濃運輸や福山通運、日本運送などが、五〇年代半ばから東京―大阪間の路線免許を次々に取りはじめる。ヤマト運輸が長距離の路線免許を取り東京―大阪間にトラックを走らせるのは一九六〇年のこと。先発組からほんの数年、長距離輸送での出足が遅れる間に、利益の上がるおいしい荷物はほとんど先発組に押さえられていた。ヤマト運輸がどれだけ努力しても、長距離の路線貨物では利益が出ないような状況に陥っていた。

路線運賃の仕組みをできるだけ簡単に説明すると、路線事業の儲けは〈混載差益〉によって生まれる。荷物を運んで受け取る運賃と、運行経費の差額が儲けとなるわけだ。

その路線運賃は、重量が軽い荷物ほど割高になり、重い方が割安になる。同じように合計の重量が一〇トンとなる荷物を運ぶとしても、一キロの荷物を一〇〇〇個運ぶのと、一〇〇キロの荷物を一〇個運ぶのとでは、前者の方が圧倒的に儲かる仕組みになっている。

先発組の西濃運輸や福山通運などは、早々に軽くて割高な荷物を囲い込んでおり、ヤマト運輸のような後発組には、儲からない重量荷物だけが残っていた。このため、ヤマトは主力の路線事業にどれだけ注力しようとも、利益が上がらないようになっていた。

そこに石油ショックによる荷物の減少が追い打ちをかける。そのまま座して会社の倒産を待つより、起死回生を狙って宅急便に乗り出したのが一九七六年のことだった。その基盤となったのは、戦前からつづく〈大和便〉のネットワークであり、百貨店配送から得た個人宅へのノウハウだった。佐川清が、裸一貫ではじめた小口配送とは、スタートから大きく諸条件が違っていた。佐川清に比べると、ここでも小倉の方がはるかに恵まれていたのだ。

「サービスが先で、利益は後」

宅急便事業をはじめる前は、倒産の危機を前面に出して、従業員の意識改革を迫った小倉だった。

しかし、いったん宅急便をはじめると、その小倉が「サービスが先で、利益は後」という標語を作り、利益よりもサービスの向上を重視するように求めた。はじめのうちは、取扱個数に一喜一憂することなく、人件費や車両代、営業所の経費などの固定費がかかる宅急便事業では損益分岐点を超えるまで我慢する。その後は安定した利益が出るはずだ、と考えたからだ。先行者利益を享受するためには、少しでも多くの荷物を取り込むことが必要であり、そのためにはサービスによる差異化を図るしかない、という思考だった。

宅急便に対する冷淡な視線は社内だけでなく、社外でも同じように向けられていた。個人宅から荷物を集めるような細かい仕事で利益が出るわけがない、と。しかし大方の予想を裏切って、宅急便は快進撃をはじめる。

当初は関東域内で、一個一〇キロまでの荷物を、電話一本で集荷に行き、翌日には荷物が到着するという明快なサービスが消費者の心をつかんだ。料金を一律五〇〇円としたのも利用者である主婦にはわかりやすかった。米屋や酒屋に取次店になってもらい、利用者が自ら荷物を持ち込めば一〇〇円割り引いた。

実質的な初年度に当たる一九七七年三月期の取扱個数は一七〇万個、二年目は五〇〇万個超、三年目は一〇〇〇万個超、四年目は二〇〇〇万個超、五年目は三〇〇〇万個超——と誰も予想し得なかったほどのスピードで伸びていった。

宅急便事業が当たると確信した小倉は、それまで取引のあった三越や松下電器といった大口の荷主との取引を打ち切り、宅急便に特化するようになる。

三〇〇〇万個超を取り扱った五年目の八〇年には売上高における経常利益率も五％に乗り、宅急便事業も採算ラインを超えた。六年目には国鉄の手小荷物を抜いた。そうなると、静観していた同業他社が一斉に宅配市場に参入してきた。先に挙げた西濃運輸や福山通運、日本通運など、三〇社近くが宅配市場になだれ込んできた。新規参入の各社が、ペリカンやカンガルー、小熊やライオンなどの動物をシンボルマークとして使ったため〝動物戦争〟と呼ばれた。

とはいえ、ヤマト運輸にとって最大のライバルは、郵政省（現・日本郵便）の郵便小包だった。しかし、ヤマト運輸の関係者はこう証言する。

「あのころは、郵便局が、ライバルであるはずのヤマトの宅急便の宣伝をしてくれたものです。郵便局の窓口の人が郵便小包で送るよりも、ヤマトさんの宅急便の方が速く着きますよ、って。それを耳にした我々は、郵便局の近くに営業所を作るようにしました」

サービス開始から九年目となる一九八四年、宅急便の取扱個数は一・五億個を超え、ついに一・四億個台の郵便小包を抜いた。以来、ヤマト運輸の宅急便は一貫して取扱個数で宅配業界のトップを走ることになる。

その前年、ヤマト運輸は〈Pサイズ〉の宅急便を発売する。そのころ、ヤマト運輸は一〇キロまでのSサイズ、二〇キロまでのMサイズの二種類の運賃の認可を受けていた。それに加えて、これまでのSサイズよりさらに小さく、運賃は二〇〇円安い二キロまでの〈Pサイズ〉を発売するために、運輸省に運賃の認可の申請をしたが、運輸省は受理しなかった。

はじめから運輸省の態度が否定的だったのを見抜いていた小倉は、先手を打って、五月下旬に新聞各紙に全五段の広告を打った。

「宅急便のPサイズを発売いたします。（中略）六月一日から取扱い開始予定」と太字で書き、但し書きとして、「すでに運輸省に対して、この新運賃を申請しておりますが、認可が遅れれば、発売開始日は認可後となります」と書き加えた。

それでも運輸省が認可する動きをみせないと、五月三一日に同じく全五段で「宅急便Pサイズの発売を延期します」という広告を載せた。消費者へのおわびとともに、「運輸省の認可が遅れているため、発売を延期せざるをえなくなりました」と書いた。

この手法が運輸省を揺さぶった。

二度目の広告を出した一週間後、運輸省はPサイズの運賃を認可するように方向を転換した。NHKは午後七時のニュース番組で、小倉の談話入りでニュースを流し、新聞各紙も大きく報道した。読売新聞は、五段の記事を掲載し「宅配便値下げ　業者判断を尊重　まずヤマト二キロ以下新設」と見出しをつけた。

小倉は自著にこう書く。

「役所はマスコミや世論には弱い。それで高い広告料を払ってまで世論に訴えたのである。運輸省は結局、規制緩和の世論に押される形で、八三年七月に（筆者注・Pサイズ運賃の）認可を発表した」（『経営はロマンだ！』）

Pサイズ運賃の認可で、マスコミを通した世論喚起に役所対策の勝機を見出した小倉は以後、この手法を多用する。たとえば、八六年、ヤマト運輸が申請した路線免許を運輸省が棚ざらしにしたという理由で、当時の橋本龍太郎運輸相を相手に行政訴訟を起こした。トラック業者が管轄官庁を訴えるというのは、後にも先にもヤマト運輸だけの荒業である。

以来、小倉には〝官僚と戦う男〟という何物にも代え難い好印象が確立する。消費者は、官僚という大きな風車に突撃していく小倉を〝ドン・キホーテ〟のように見立て、惜しみない喝采を送った。それをマスコミが後押しした。

政治史をみると、規制緩和の旗振りをした中曽根康弘が第一次内閣を発足したのが前年の八二年のこと。まだ規制緩和という言葉が一般に広く受け入れられるはるか以前のことである。こうした時期に、規制緩和という概念を武器に、民意を味方につけて官僚と戦ったのは、小倉の時代を読む嗅覚の鋭さの表れだっただろう。

佐川清が政界への献金という裏技や寝技を使って、免許の問題をクリアしていったのに対し、小倉は運輸省や郵政省に真っ向から勝負を挑んだ。官僚や政治家と渡り合っても勝てるという勝算が小倉にはあったのだ。

小倉が会長に退いて、ヤマト運輸が信書をめぐって郵政省と揉めていたときのことを、小倉は自著にこう書いている。

「もし、今も（私が）ヤマトの社長なら、『お客でなく、自分だけを訴えてくれ』と言う。そして『懲役三年、行ってきます』と世論に訴える。一生懸命に配達をしている会社の人間を刑務所に入れていいのか、と。そうすれば世論を喚起できるだろう」（『経営はロマンだ！』）

私が小倉を〝ポピュリスト〟と称するのは、こうした手法を多用したためである。

一方、当時を知るヤマト運輸の元幹部はこう証言する。

「表立って運輸省と戦うのが小倉さんの役目で、その裏で運輸省を懐柔するのが都築さんの役目でした。都築さんの指示で、私が運輸省の担当課長にビール券を持っていったことも何度かありました。小倉さんのように戦っているだけでは、日々の業務は進みませんから」

都築にその点を確認すると、歴代の運輸省の担当課長とは親しく付き合ったとしながらも、ビール券を渡したかどうかについては明言を避けた。

民意をバックに自分たちの優位に進めようとするヤマト運輸の手法は、今でも脈々と受け継がれている。

ヤマト運輸は二〇一五年四月からのメール便の廃止に先だって、二〇一五年一月下旬の日経新聞に、「お客様の『リスク』をふせぐために、三月三一日、クロネコメール便を廃止します」という広告を載せた。

一般消費者が、メール便の中に間違って手紙などの信書を入れて送ると、罰則を受ける恐れがあるため個人発のメール便の取り扱いを廃止する、という内容である。この広告に呼応するかのように、一月二八日付の日経新聞は、「ヤマトのメール便廃止が問う岩盤規制」という社説を掲載して、ヤマト運輸の姿勢を高く評価している。この一連の流れは、小倉が三〇年も前に残した置き土産が今も有効であることを実感させるものだった。

企業発の宅配に進出した契機

成長軌道に乗った宅急便は、スキー宅急便（一九八三年）やゴルフ宅急便（一九八四年）、クール宅急便（一九八八年）など、次々と新商品を投入する。その結果、宅急便は日本人のライフスタイルを変えた商品とまでいわれた。スキーやゴルフに手ぶらで行けるばかりでなく、帰省の行き帰りの荷物を宅急便で運び身軽に動けるようになったためである。

しかし、宅急便が損益分岐点を超え、郵便小包を追い越したあたりから、ヤマト運輸にとっては悩ましい問題が持ち上がってくる。

ヤマト運輸の斬新なサービスによって個人間の宅配市場の数字は膨らんだが、個人間の宅配荷物だけでは頭打ちとなり、それだけに専念していたのでは成長をつづけることが難しくなってきた。つまり、個人間の荷物に加え、企業発の宅配荷物を取り込む必要が出てきたのである。

しかしどれだけ小倉の著書を丹念に読んでも、また小倉の講演を収録したＤＶＤを観ても、ヤマト運輸が個人間の荷物から企業発の荷物を取り込むようになる岐路がみえてこない。小倉の話は個人間の宅急便や新サービスの開発に終始している。小倉は、個人間の荷物が宅急便全体の半数を切った後でも個人間の荷物の話しかしない。ヤマト運輸が企業発の宅配荷物を積極的に取り込むようになったことについてはほとんど触れていない。

第一章で述べたが、現在、ヤマト運輸が取り扱う一六億個強の宅急便のうち、個人発の荷物は一割前後にすぎない。残りの約九割は企業発の荷物である。いまや企業発の荷物が主力であるのだが、その境目はどこにあったのだろうか。

第一の転換点は宅急便誕生から一〇年目に当たる八五年にやってきた。小倉が社長から会長に退く二年前のこととなる。

同年の全国支店長会議でのこと。当時の営業推進本部長が会議の席で、全国の主要地域で営業所（現在の宅急便センター）とは別に、通販や百貨店、スーパーをはじめとする企業発個人宅向けの宅配荷物を取り込む部署を設立したい、と提案した。宅急便の個数はすでに二億個近くに伸びており、個人間の荷物を「豆拾い」するだけでは個数が伸びないようになってきた。

小倉から「豆拾い」の精神を叩き込まれていた会議の出席者たちは、議事進行表で提案の内容を事前に知り、当の部長がこっぴどく怒られるのではないか、と遠巻きに様子をうかがっていた。

「けれど大方の予想に反して、小倉さんは、その提案にパクッと食いついてきました」と語るのは当時の部長である。「私が提案すると、小倉さんは、名前はどうしようか、って突然入ってきたんです。それはいいアイデアだね、などとほめる人では決してありませんでしたけれど、名前をどうしようか、というのは小倉さんからのゴーサインが出たということです。周りは、意外な展開に唖然（あぜん）としていました」

名称は〈特販営業部〉と決まり、当初は東京などの主管支店からはじめ、翌年には本社にも特販課を設置して、全国規模の大口荷主との交渉を担当した。

ヤマト運輸が会社として、企業発個人向けの荷物に取り組みはじめた第一歩がここにあった。その後に、大口割引や宅急便のモデルチェンジを行った。モデルチェンジでは、それまでのPサイズ、Sサイズ、Mサイズの三つから、六〇サイズ、八〇サイズ、一〇〇サイズ、一二〇サイズの四サイズとした。いずれも企業が使いやすいようにとの配慮からである。

ヤマト運輸がその後、企業間の宅配荷物に進出するのは、一九九一年のこと。当時の関東支社長が、千代田区でナンバーワンのセールス・ドライバーから話を聞いてヒントを得た。そのドライバーが雑居ビルに入っている小さな事務所に日参し、一個、二個といった企業間の宅配荷物を集めてくるのに注目した。そのドライバーは、「荷物があれば、何度でも、すぐに集荷に行く」を実践していた。

百貨店やスーパーからの企業発個人向け宅配荷物の伸びも頭打ちになっているところだったので、関東支社長はすぐに支社に「足を使って軒先（客先）を増やすように」という指示を出した。佐川急便は、まだこの時点で宅配便を届け出てはいない。

しかし、九〇年代前半からヤマト運輸と佐川急便との間での荷物の熾烈な争奪戦の幕が切って落とされる。

バリュー・ネットワーキング構想

九〇年代初頭にさかのぼる、ヤマト運輸と佐川急便との仁義なき荷物の争奪合戦が、宅配便の運賃水準を押し下げたことで、利用者のすそ野が広がり、市場が拡大してきたというプラスの側面もある。運賃が低くなればなるほど、取扱個数が増えるからだ。

ヤマト運輸における現場力の低下を端的に表したのが、二〇一三年一〇月に発覚したクール宅急便を常温で仕分けていたという不祥事だろう。社内調査の結果、常温荷物の何倍も手間のかかるクール荷物を宅急便センターで仕分ける際に、社内ルールに違反していた営業所が全体の四割近くあったことが判明した。

ルール違反の主な原因としては、「配達先がすぐ近くなので、コールドバッグを使用しなかった」、「時間帯指定配達の集中や、複数口（例：一カ所へ一〇個以上の納品）の荷物が車載保冷スペースに入りきれなかった」、「サイズオーバーの荷物が車載保冷スペースに入らなかった」――などとある。要するに現場の処理能力を上回る荷物が流れていたということに尽きる。

このクール宅急便の不祥事を契機に、ヤマト運輸は翌二〇一四年から企業発の荷物の〝運賃適正化〟に乗り出す。社長の長尾は、「クール宅急便において高品質を維持するには、適正な運賃をいただくことが不可欠だ、と考えました」と語っている。

つまり、これまでのような低水準の運賃で高品質のサービスを維持することは難しいと判断した。その意味で、宅配便の運賃水準の推移は、宅配市場のその時々の立ち位置を理解する大きなカギを握っているのだ。

ヤマト運輸は、二〇〇五年にヤマトホールディングスという持株会社の傘下に入る形となり、現状の運賃下落に対抗する策を練りはじめる。そうして二〇一三年にできあがったのが、同社が第三のイノベーションと位置づける〈バリュー・ネットワーキング構想〉だ。

宅急便事業を軸にして、グループ会社が、宅急便発送の前工程や後工程を行うことで、付加価値をつける。その分を料金として徴収することで、宅急便一個当たりの収益率を高めるのが狙いだ。

長尾はこう語る。

「宅急便の仕組みはもともと、個人間の荷物に対応するように作られてきました。そこに、企業発の荷物を載せていたことに無理があったんです。それを、企業発の荷物に付加価値をつけるようにするのが、〈バリュー・ネットワーキング構想〉の主眼です」

具体的には、製造業の工場なら、複数の部品供給先から宅急便で調達してきた部品を仕分けして、再び宅急便で工場のラインへと投入する。または、小売業者が荷主となる場合は、複数の製造業者から宅急便を使って集めてきた製品を、店舗ごとに仕分けした後で、再び宅急便を使って店舗ごとに納品する——といった工夫である。

その中心となるのが、一四〇〇億円を投じて二〇一三年に完成した〈羽田クロノゲート〉であり、厚木ゲートウェイや、二〇一六年に稼働する愛知の中部ゲートウェイと、二〇一七年に稼働する大阪の関西ゲートウェイとなる。総額で二〇〇〇億円の投資の理由は、宅急便を主軸としながらも企業発の宅配荷物に対応することで、宅急便の一個の利益率を高めることにある。わかりやすくいえば、宅急便一個を運ぶだけなら運賃単価は六〇〇円だが、そこに検品で五〇円、仕分けで五〇円、保管で五〇円を加算していけば、合計で一個当たり七五〇円の収入になる、ということだ。

果たして、ヤマトの目論み通りに収入は増加するのか、という懸念は残る。

ヤマトホールディングスは二〇一五年七月、楽天市場の出店者を業務支援することで楽天と連携した。同社は中小のネット通販事業者の受注管理から集荷・配送までを一貫して請け負う。受注管理まで含めた一個（東京—名古屋間の六〇サイズ）の宅急便料金はといえば五三〇円台にとどまる。料金表通りでも、七五〇円台である。それに付加価値サービスをつけて五三〇円台というのでは、あまりに安すぎないか。

ヤマト運輸の長尾に、二〇〇〇億円を投資した元は取れるのか、と問えば、「勝算があるからこその投資です」という答えが返ってきた。果たしてどれほど、利益率が上がるのかは、三つのゲートウェイが本格稼働する二〇一七年以降でないと、はっきりとはみえてこない。しかし荷主のサプライチェーン（供給連鎖）の多くの部分を担うことで、収益を高めようとするのは、物流業界全体のトレンドと軌を一にする。それが主力の宅急便を中軸にして作られている、というのがヤマト運輸の特徴である。

次章では第三の勢力である日本郵便の変遷をみていくことで、宅配各社の歴史の締めくくりとしたい。

第五章　日本郵便「逆転の独り勝ち」の真相

日本郵便に「佐川」のプレート

私が、日本郵便の基幹センターである〈新東京郵便局〉を見学したのは、二〇一四年の梅雨時のことだった。

ＪＲ新木場駅と地下鉄の南砂町駅の中間あたりに位置する、新東京郵便局が面する明治通りは、佐川急便の東京本社をはじめ数多くの物流施設が軒を連ねるため〝物流銀座〟とも呼ばれる。行き来する乗用車よりトラックの台数の方が多いくらいだ。

業界紙で働いているときに、何度か訪れた一帯ではあるが、日本郵便の施設に足を踏み入れるのははじめてのことだった。私が現役の記者だった九〇年代は、まだ日本たからだ。

郵便の業務が物流業者と競合関係にあるという認識は薄く、取材することもまれだった。

約束の時間は午前一〇時。小雨がぱらつく中、私は新木場駅から折り畳み傘をさし一〇分ほど歩いて、新東京郵便局に到着。すると、広報担当者が先に待っていてくれた。

郵便局名に「新」という文字がつくが、建設されたのは一九九〇年と二〇年以上も前の古い施設だ。敷地面積八万平方メートルで、三階建ての施設の延べ床面積は一〇万平方メートル。その三階部分を使ってゆうパックの荷受けや仕分け、発送作業を行う。ヤマト運輸でいう〈ベース〉とほぼ同じ機能を有している。

全国から集荷されてくる郵便物やゆうパックを東京二三区の約六〇カ所にある集配局に区分けする業務と、二三区から発送される郵便物やゆうパックを仕分けして、全国の中継局に幹線輸送する業務を担う。

二〇一四年三月期の数字では、年間でゆうパックを九〇〇〇万個強取り扱っている。ゆうパックの年間の取扱個数が四・二億個強だったので、全体の四分の一近くをこの施設で処理したことになる。

現場を担当する児玉善宏に案内されて一階から三階までみせてもらう。一階は大型郵便物を扱い、二階は小型・特殊・国際郵便物を扱う。一階には、一時間で三万通を仕分ける大型郵便物区分機や、三年前に導入したという〈ロボットパレタイザー〉という、カゴ車に積んだ郵便物の入った箱を降ろしてくれる物流機器などをみせてもらう。

一階で興味を惹かれたのは、〈佐川急便〉というプレートがかかった一画。佐川急便から委託を受けた同社のメール便である〈飛脚ゆうメール〉の仕事をしている場所なのか、と私が問うと、

「佐川さんは、メール便については、発送代行業と実運送の二本立てで行っていますから……」

と、簡潔ながら、事情を知らない人が聞いたら要領を得ない答えが返ってきた。それを聞きながら、この業界には、取引先については尋ねないし、答えないという、不文律があったことを思い出した。

業界全体の二〇一五年三月期のメール便の取扱数は五四億通強。そのうち、トップの日本郵便と二位のヤマト運輸で全体のシェアの九〇%近くを押さえる。対する三位の佐川急便は、二・八億通。佐川急便のメール便には、自社で運ぶ〈飛脚メール便〉と、郵便局に委託する〈飛脚ゆうメール〉の二種類がある。その比率は二対八となり、

八割の二・二億通以上を日本郵便に委託して運んでもらっている。その受付場所の一つが、新東京郵便局の一階にあったのだ。

どうして佐川急便はメール便の実輸送の大部分をライバルである日本郵便に任せているのか。

都内で働く佐川急便の営業マンは、その理由をこう説明する。

「メール便は単価が安く、どれだけ力を入れてもなかなか利益にはつながりません。けれど、通販などのお客さんの中にはメール便も一緒に運んでほしいという要望もあるので、サービスメニューの一つとしては持っています。こちらから積極的に営業することはありませんし、実運送のほとんどは日本郵便に任せています」

首都大学東京の特任教授で、二〇〇三年から二〇〇七年まで、日本郵政公社の理事として、ゆうパックやゆうメールの改革を担当した本保芳明（六六）は、二〇〇四年に佐川急便から飛脚ゆうメールの配達を請け負うと決めたとき、公社内からの反発にあった、という。

「佐川急便が自社で運びたくない荷物をどうして日本郵便が運ばなければならないんだ、という声がありました。けれど、我々には当時、佐川急便のような営業力がなかったわけです。実際、飛脚ゆうメールから大量の荷物がコンスタントに流れてくるようになると、公社内の反対派も納得したようでした」

ヤマト運輸が、二〇〇〇年代はじめにメール便を宅急便に次ぐ第二の経営の柱に育てようとして自社のネットワークにこだわったのと比べると、佐川急便は立場を大きく異にする。経営学でいう選択と集中の考えを使って、佐川急便はメール便を、経営資源を集中すべき得意分野である同社の主力である飛脚宅配便の枠外に置いているのだ。一方のヤマト運輸も二〇一四年三月末になって、ようやく個人向けのメール便から撤退した。

佐川急便がメール便を日本郵便に委託していることは秘密でも何でもない。佐川急便のウェブサイトには、飛脚ゆうメールの説明として「お客さまからお預かりしたお荷物を、当社が差出人となって郵便局に差し出し、郵便局員がゆうメールとして配送いたします」と書いてある。そこまで情報が公開されているにもかかわらず、取引先のこととなると、説明する口が途端に重くなるのは、相変わらずだな、と私はおかしくなった。

“第三の勢力”まで躍進

ゆうパックの作業が行われるのは、三階である。

新東京郵便局３階の中央制御部門

三階にはトラックが発着するための九六本のホームがあり、約一〇〇社ある下請けの幹線輸送業者が全国から東京二三区宛のゆうパックを運んでくる。

三階の中央部分に周りから一段高くなった場所があった。そこは、作業現場に置かれた複数のカメラからの映像をみることができ、作業の進捗をみながらマイクで適切な指示を出す中央制御部門の働きをする。

二三区から集荷されたゆうパックは、午後六時までにそれぞれの集配局に運ばれてくる。集荷されたゆうパックは順次、新東京郵便局に〝横持ち（同じ物流企業内における他の施設への輸送をこう呼ぶ）〟をかけ、遅くとも午後八時には到着する。全国に発送する分は、午後九時までには仕分けをしてから発送される。それと入れ替わりに、同じ三階で、全国から幹線輸送車で運ばれてきた二三区向けのゆうパックの仕分け作業が行われる。幹線輸送車が到着した順番に作業が行われ、最後のトラックが二三区内の集配局に向けて出発するのが午前六時前後となる。

新東京郵便局で、一日に取り扱うゆうパックの数量は平均三〇万個で、繁忙期になると四五万個近くにまで跳ね上がる。そのうち、冷凍冷蔵荷物となるチルドゆうパックの個数は、一万個前後。全体の三〇分の一を占める。三階で働くのは物量に合わせて五〇〇人強となるが、そのうち主力戦力となるのは、期間雇用社員である〈ゆうメイト〉である。

案内してくれた児玉は「平成二年（一九九〇年）の開設当時と比べると、新東京郵便局におけるゆうパックの取扱量も三倍近い数になっています。この先、ゆうパックの全体の取扱個数が五億個を超えるようになれば、施設の処理能力を上回ってしまいます。そうなれば、近隣の施設で荷物を処理するしかなくなります」と語る。

日本郵便は二〇一四年春、二〇一八年までに一八〇〇億円を投じて東京ドーム級の大型物流施設を全国に二〇カ所新設し、ネット通販などからのゆうパックやゆうパケットなどの荷物の処理能力を引き上げる、と発表している。

二〇一四年三月期の期末は、消費税増税の駆け込み需要という大波がきたため、業界トップのヤマト運輸と二位の佐川急便が、三月末に〝パンク〟を引き起こす事態に陥った。しかし、三位の日本郵便は〝パンク〟を起こさなかった。

同社の広報室長の村田秀男はこう語る。

「三月は通常、平月の二割増しの荷物となるのですが、二〇一四年三月の年度末は三割増しになりました。現場では、取扱個数を数％読み違えるだけで、〝パンク〟を引き起こしてしまいますが、今回は現場の頑張りが大きく、〝パンク〟とならずに済んだことにはホッとしています」

一時間以上かけて見学させてもらった後に、新東京郵便局を出ると、さっきまで小雨だった雨が、持ってきた折り畳み傘では防ぎきれないほどの本降りとなっていた。

日本郵便は、ゆうパックの〝パンク〟で痛恨の経験をしている。二〇一〇年夏、日本郵便のゆうパックと日通のペリカン便の業務を統合した際、最初の週で大規模なパンクを引き起こし、マスコミでも大きく報道された。宅配史上最悪の〝パンク〟として業界人の記憶に今でも焼きついている。その後、百貨店などの大手荷主企業が、ゆうパックから逃げていくなどの痛手を受けた。〝パンク〟の怖さを身をもって知っている日本郵便だけに、ゆうパックの取扱個数が前年比で一〇％以上増える中でも、消費税の駆け込み需要を無事乗り越えたことの意味は大きかった。

その業務統合の失敗から五年の雌伏の時をへて、今ようやく日本郵便のゆうパックが、ヤマト運輸と佐川急便に反撃の狼煙を上げようとしている。

ゆうパックの取扱個数は、二〇一三年三月期が三・八億個強、二〇一四年三月期が四・二億個強、二〇一五年三月期が四・八億個となった。

宅配市場のシェアでみると、五年連続で一〇%を超えたことになる。

ゆうパックのシェアが一〇%を超えることを目指す、と公言したのは、郵政公社となった初年度の二〇〇三年にさかのぼる。そのときの取扱個数が一・八億個で、シェアが五%台であったことを考えると、長くて遠い道のりをたどって、ようやく宅配市場で〝第三の勢力〟として認められる位置にまではいあがってきた。

遅い、不便、厄介の三重苦

ゆうパックは、前身である郵便小包から数えると一〇〇年以上という最も長い歴史を持つ。

一八九二年、元号でいうと明治二五年に、〈小包郵便法〉が公布され、郵便小包事業がはじまった。当時の逓信大臣（郵政大臣に相当）だった後藤象二郎は「小包を全国にわたって均一に送達させるには、私企業ではなく、政府による事業の方が適当である」と述べ、ユニバーサル・サービスの考え方が必要だ、とした。

当時の小包は、サイズが六一センチ、重量が五・六キロ以内で、料金は距離と重量によって決められていた。初年度の取扱個数は四万個超にすぎなかったが、一〇年後には一〇〇〇万個を超えた。敗戦直後には、三〇〇〇万個超を取り扱い、七〇年には約二億個までに増加した。

郵便局以外で個人の荷物を取り扱ったのは、当時の国鉄の〈国鉄手小荷物〉であったが、これは重さ六キロ以上三〇キロ以内となり、郵便小包との棲み分けができていた。しかし、この国鉄手小荷物は、駅から駅までしか輸送せず、個人が駅まで荷物を引き取りに行かなければならなかった。

小学生だった八〇年代に、田舎の東北から手小荷物で送られてきたリンゴを父親と受け取りに行ったことがあるという首都圏に住む四〇代の男性は、こう話す。

「オヤジに、岩手に住む祖父母からリンゴが届いているので早く取りに行かないと腐ってしまうからっていわれて、二人で隅田川にある荷物置き場に行ったことがあるんです。そこでリンゴの木箱を受け取って持って帰ったことを覚えています。今の宅配便の時代からすると、考えられないほどのサービスの悪さでしたね」

つまり、国鉄の手小荷物は、遅い、不便、厄介の三重苦を背負ったきわめて使い勝手の悪い輸送商品だった。

ヤマト運輸が宅急便を開始した一九七六年、手小荷物は八〇〇〇万個近い取り扱いがあったが、宅急便の誕生から一〇年目で手小荷物は、あっけなく廃止に追い込まれた。

一方、生き残った郵便小包は、ヤマト運輸の宅急便をはじめとした民間の宅配業者との争いに巻き込まれていく。ヤマト運輸の宅急便が成功すると、日本通運や西濃運輸、福山通運など三〇社近くが宅配市場に参入したことについてはすでに述べた。民間の宅配市場の取扱個数の合計が、ゆうパックを抜くのが一九八二年度のこと。ゆうパックのシェアはこのとき、五二％から四〇％にまで一気に下がった。そのゆうパックは二年後の一九八四年度には、取扱個数でヤマト運輸の宅急便単体に抜かれる。しかし、この時点でもシェアでみると、まだ二六％を保っていた。

ゆうパックはその後も、取扱個数で一億個台という低空飛行をつづけ、続伸する民間の宅配市場から取り残される格好で、じりじりとシェアを落としていく。

ヤマト運輸が八〇年代に、郵便局の近くを狙って営業所を作ったことは先に述べた。郵便物は正規職員がバイクで運ぶのに対して、ゆうパックを運ぶのは軽四トラックに乗った下請け業者で、配達員は〈コッパイさん〉という蔑称で呼ばれていた。

特に、佐川急便が一九九八年に飛脚宅配便の運賃を届け、ヤマト運輸と佐川急便の〝二強時代〟に突入してからは、ゆうパックは宅配市場のシェア争いから脱落し、その他大勢の一つという扱いになる。このころ、世論には日本郵便がゆうパックから撤退してもいいのではないか、という声もあった。

日本郵政が郵政公社となった後で主催した公聴会では、利用者から、

「もう（ゆうパックは）利便性やサービス改善はがんばらなくてもいいじゃないですか。だって、小包は民間宅配業者さんの方がズーット便利だからそちらを使えば十分」

という発言も出ている（『郵政改革の原点』）。

しかし、二〇〇〇年代に入ると、事業としてのゆうパックの重要性が、二つの意味で高まってくる。

一つは主力であった郵便事業の落ち込みである。九〇年代以降、電子メールが普及するようになると、先進各国の郵便事業が徐々に侵食されてきた。簡単便利で、無料の電子メールが、郵便物に取って代わる部分が出てきたのだ。

日本の場合、郵便物（ゆうパックを除いた）取扱量のピークとなるのが、二〇〇二

年三月期の二六〇億通強である。同時期のゆうパックは、一・五億個強で宅配市場のシェアは五％台と底を打っている。この年、トップのヤマト運輸の宅急便は九億個強で、二位の佐川急便の飛脚宅配便は八億個強。業界シェアはいずれも三〇％を超えていた。先の利用者の声にあったように、ここでゆうパックが廃止されてもおかしくない状態にあった。

しかし、主力であった郵便物の落ち込みがその後もつづくと予想される中では、ゆうパックはどうしても成長させなければならない事業分野へと位置づけが変わっていくのである。実際、九〇年代から二〇〇〇年代にかけて、民営化された欧州の郵便局が、その後の経営の中心に宅配荷物を据えて大転換を果たしたところがある。代表例は、ドイツポスト（現・ドイツポストＤＨＬ）やオランダのＴＮＴ（現・米フェデックス傘下）などだ。宅配荷物の中でも、特に高い利益を見込むことができる国際宅配荷物に事業を絞って、郵便物の取扱量の減少に対抗しようとしてきた。

日本郵便もこれまでの大黒柱であった郵便事業に陰りがみえはじめたので、ゆうパックを手放すわけにはいかなくなったのである。

「ヤマト運輸がライバル」

ゆうパックを含む日本郵便は、時々の政治事情に翻弄されてきたという側面が強い。

橋本龍太郎首相のもと、一九九六年に作られた〈行政改革会議〉では、郵政の民営化を検討するが、郵政公社とはするものの、民営化は行わないことを決定した。しかし、二〇〇一年に郵政民営化を自らの政治命題と掲げる小泉純一郎が首相となると、民営化の議論が蒸し返される。

その小泉政権のもとで、郵政民営化を前提としない郵政公社が出発するのが二〇〇三年のこと。国営の郵政公社の初代総裁に就いたのが、海運会社である商船三井のトップを務めた生田正治だった。

公社化の半年前の二〇〇二年夏、生田のもとに小泉首相から電話が入った。

「来年四月に日本郵政公社が発足することはご存じですね。生田さんに初代総裁をお願いしたい」

生田が郵政民営化論者であったことが、総裁指名の理由だった。民営化しないはずの郵政公社であったが、民営化含みでの生田の総裁就任となった。

〝真っ向勝負〟を旗印に掲げた生田が推進した重要な施策が、ゆうパックのシェアを二〇〇五年までに一〇%に上げようという〈ターゲット一〇〉と名付けるプロジェクトだった。当時のシェアが五%台で赤字だったゆうパックのシェアの倍増と利益が上がる体制づくりを目指した。〈ターゲット一〇〉の本当の狙いには、ゆうパックをこれまでのように郵便事業の一部として取り扱うのではなく、先行する同業他社の宅配業者と伍して戦えるように育てたい、という気持ちがあった。この時点でのライバルは、ヤマト運輸や佐川急便だった。

生田は二〇〇三年一〇月、「小倉昌男さんのヤマト運輸がライバルだと思うと、身が引き締まりませんか?」と題したメールを社内に発信している。

「『サービスが先、利益は後』という小倉さんの哲学は、我々の『真っ向サービス』に通じてくると思います。ヤマトの場合、収益分岐点まではとにかく業量を増やして行くプロセスでは結果として業績健全化に大きく資した筈です。／安売り競争には極力参戦せず、サービスの質で勝負しようとの気概も見えます」として、同社の経営姿勢を見倣うようにと檄を飛ばしている。

生田がゆうパックの強化にこだわったのは、コスト構造上、ゆうパックは郵便物の業務と一体となっていたため、もしゆうパックを廃止すれば、その分の固定費が郵便物に上乗せされ、郵便料金を値上げせざるを得なくなるという事情であった。

郵政公社になるまでの日本郵便が、ゆうパックについてほとんど無策で通してきた最大の理由は運賃にあった。郵政公社となって以降、はじめて相対の運賃を出すことが可能になったのである。つまり、大口企業への割引運賃を提示することができるようになったのだ。それまでは、運賃表通りの料金を請求することしかできなかったため、すでに宅配市場では過半を超えていた企業発の荷物については、ヤマト運輸や佐川急便と勝負することができなかった。郵政公社となった後でその縛りが外れたため、ゆうパックで攻めの営業に転じることができるようになった。

ローソンを取り込む

その生田のもとで、ゆうパックのテコ入れ戦略を託されたのが先述の本保である。その本保は、ゆうパックを宅配便と同じ土俵で戦えるようにするため、二つのことを行った。まずは、民間の宅配便の象徴であるコンビニでの集荷業務を開始すること。二つ目は、日本通運のペリカン便との業務統合である。

本保と同時期に郵政公社の理事となり、生田の郵政改革を支えた稲村公望（こうぼう）（六六）はこう話す。

「社内での意見の聞き取りや利用者の声を集めてわかったことは、サービスレベルでは、ヤマト運輸にさほど劣っていない、ということでした。宅急便とゆうパックとの一番の違いは取扱店の数だ、という結論に達しました」

ヤマト運輸は当時、セブン－イレブンやローソン、ファミリーマートなどのコンビニ大手を軒並み取次店として取り込んでいた。

本保はまず、コンビニの最大手であるセブン－イレブンとの交渉に臨んだ。しかし、ヤマト運輸はコンビニ各社と宅急便だけを取り扱うようにという独占契約を結んでいることもあり、セブンは宅急便かゆうパックの二者択一を迫られる形となる。

ゆうパックは当時、まだ、翌日配達の体制づくりやクール便への設備投資などの課題を抱えていたため、サービスレベルではヤマト運輸の宅急便と比べると見劣りがする。結局、セブンとの提携話は流れた。

本保が次に狙ったのが、業界二位の〈ローソン〉の取り込みだった。

ローソンでは、社長の新浪剛史（にいなみたけし）（当時）が乗り気だった。新浪は、ヤマト運輸と結んでいた独占供給条項に対して、「ビールでも何でも複数の商品を取り扱っているのに宅配便サービスだけは独占なのはおかしい」として、異を唱えていた。

本保は新浪の発言をこう解釈する。

「新浪さんには、ヤマトの宅急便のサービスは素晴らしいけれど、一社独占ではおごりが出てくることもあり得る。チャレンジャーと切磋琢磨しないと、サービスはよくならない、という気持ちがあったんだと思います」

しかし、ローソン社内では、ゆうパックと手を組むことに反対する声も根強かった。そのため、システムの連携や送り状の改善、翌日配達の実施などの細かい実証実験を積み重ねた。実験結果が思った通りにならないと、新浪から本保のもとに何度も抗議の電話がかかってきた。

「一度は、私がロンドンに出張しているとき、午前二時か三時に、ホテルの電話が鳴り、新浪さんの怒声が聞こえてきました。実証実験がうまくいってない、っていって。それだけ新浪さんもゆうパックとの提携にかけてくれていたんだな、と思います」

そうしてようやく、二〇〇四年一一月、それまで宅急便の取次店だったローソンが、ゆうパックの取次店に転換するのに成功した。

新浪は、「ヤマトの宅急便とゆうパックのどちらを選ぶかは顧客が店頭で決めること。利便性向上のためにも宅急便の取り扱いは継続したい」と発言している。

それに対して、ヤマト運輸の社長であった山崎篤（当時）は、「納税免除などの優遇措置を持つ（郵政）公社とは競争条件が違う。同じ土俵では戦わない」と切り返したが、しかし新浪は、ゆうパックと宅急便の両方を取り扱う道を選んだ。結局、宅急便とゆうパックが一緒に扱われることを嫌ったヤマト運輸が、ローソンとの取引を打ち切った。

ローソン攻略を陰で支えた稲村は、宅急便からゆうパックに切り替わる日の午前零時にローソンの店舗に足を運んだときのことをこう語る。

「僕は日付が変わるのを待ってからローソンの店員さんに訊いたんです。ゆうパックと宅急便を取り扱うのでは何か違いはありますか、って。もちろん、違いはないって答えが返ってきましたよ」

その間、政治の舞台が郵政の民営化を軸に回転をはじめる。二〇〇五年夏に郵政民営化関連法案が参議院で否決されると、小泉首相は衆議院を解散して総選挙に打って出た。解散に際し、小泉首相は「郵政民営化が、本当に必要ないのか。賛成か反対かはっきりと国民に問いたい」や「郵政民営化に賛成する候補者しか公認しない」などと述べた。

のちに〝郵政解散〟と呼ばれる総選挙で、自民党単独で三〇〇議席に迫る圧勝をおさめた。その秋、郵政民営化関連法が成立して、二〇〇七年に民営化することが決定した。

ペリカン便との統合問題

政治の潮目が変わる間、本保が次の目標であった日本通運のペリカン便との業務統合に本格的に動き出していた。

ペリカン便は赤字であるのに対して、当時のゆうパックは黒字だった。両方を統合して、業務の効率化を図れば、黒字になる、と日本郵便は皮算用した。当時、日通はペリカン便との業務提携の相手については、日本郵便だけでなく、同業他社も検討していた、という。

本保は、生田総裁と一緒に、日本通運の川合正矩（まさのり）社長（現・会長）をはじめとする役員と話し合いを進めた。しかし生田が、二〇〇七年一月に発足する、新生・日本郵政株式会社のトップに就任しないことが決まっていたので、ペリカン便との業務統合の決断は、次期社長の西川善文（よしふみ）に委ねられた。本保は、これまでの話し合いの過程を西川をはじめとする新経営陣に説明した。西川からゴーサインが出たのは二〇〇七年五月だった。

業界四位のゆうパックと業界三位のペリカン便の統合を正式に発表するのは、同年一〇月のこと。西川社長は記者会見で「競争力のあるサービスを通じて収益構造を確保する。そのための（ペリカン便との業務）提携だ」と語っている。

二〇〇七年三月期のペリカン便の取扱個数は三・三億個で、ゆうパックは二・七億個弱。単純に合計すれば六億個となり、宅配市場のシェアで二〇％近くを握ることになって、ヤマト運輸の一一億個強に一気に迫る筋書きだった。

日本郵政の広報室長の村田は、当時、郵政側が抱いていた期待はそれ以上だったという。

「単に一＋一＝二となる以上に、一＋一＝三にも、四にもなるような強い期待感がありました」

いい換えれば、生田総裁以来の念願がかなって、ようやくヤマトの宅急便や佐川の飛脚宅配便に伍して戦える体制が整うという期待が日本郵便の中には膨らんでいたのだ。

一方、日通には、お荷物であるペリカン便事業を、日本郵便に預けて身軽になりたい、という切実な思いがあった。

総合物流企業であり、業界一の売り上げを誇る日本通運にとって、ペリカン便の扱いは長年の懸案事項であった。

もともと、大手企業相手の物流事業が得意な日通は、縦割り型の組織であり、官僚的で、小回りが利かない、と業界で陰口をたたかれてきた。そんな日通は、手間暇がかかり、利幅が薄い宅配事業にどこか及び腰で取り組んできた。

しかし、一度だけ、そんな日通がペリカン便強化に本腰を入れたことがあった。一九九九年に岡部正彦が社長に就任したときである。同年に発表した中期経営計画ではペリカン便の強化を最重点施策として掲げた。

翌二〇〇〇年には、それまで下請けに頼ることが多かったペリカン便の配達にセールス・ドライバー制度を導入。また、情報システムやクール便の施設などに合計で五〇〇億円を投資した。

二〇〇〇年の同社の創立記念日で岡部は、本社社員に向かって「一人ひとりがあらゆる場面で『ペリカン便』の利用にこだわってほしい。自社の商品を育てることを強く意識してもらいたい」と語り、新聞の取材に対しては、「三年後には（ペリカン便の）取扱量を倍増し、いずれシェアでトップに立つ」と大風呂敷を広げた。

しかしその年末の繁忙期に無念の〝パンク〟を引き起こしてしまう。

小田急百貨店はその年の秋、自社で所有していた首都圏の物流センターを閉鎖して、年間四〇〇万個近いお中元・お歳暮の配送をペリカン便に全面委託した。福岡に本社を置く岩田屋（現・岩田屋三越）も、前年のお中元を境に、ペリカン便へ全面委託していた。

専門誌はパンクの様子をこう伝えている。

「昨年末（筆者注・二〇〇〇年末）の繁忙期、同社（同・日通）は最大で数週間という配達の遅延を発生させている。宅配貨物の年末繁忙期の物量は通常の数倍に膨れあがる。宅配便各社は予めそれを見越して戦力を手当てするのだが、積極的な拡大策の影響で日通では見込みが大きく狂った」

「配達店に荷物が溢れ、仕分けが追い付かない。その間に不在宅の持ち戻りがどんどん帰ってくる。再配送依頼の電話が鳴っても現場の処理に追われて、受話器をとる社員が誰もいない。そのうち営業時間をすぎてしまう。日持ちのするドライ商品ならまだしも、歳暮には食品も少なくない。遅れただけでは済まされない」（『月刊ロジスティクス・ビジネス』二〇〇一年一〇月号）

当時のペリカン便の〝パンク〟について、同業他社の経営者の一人はこう話す。

「現場は目標に掲げた数字を追い求めようとしたけれども、現場の人材や機材、車両などが不十分のようにみえました。戦場にたとえるなら、上官が勢いよく、突撃！と命令しても、装備が貧弱な部下が、すでに先を走るライバルと同等に戦うのは難しい。そのため、安い運賃を武器に、百貨店などからギフト配送の注文を取ってきたのはいいけれど、結果を急ぎすぎたあまりに大きな失敗となったわけです」

もともと、ペリカン便は開始以来、赤字体質がつづいていた。決算では、ペリカン事業とアロー事業が合算で計上されていたため、具体的な赤字額は不明ながら、業界では、ペリカン事業の赤字額は年間数百億円とも、一〇〇〇億円を超えるともいわれていた。

そのペリカン便が乾坤一擲（けんこんいってき）の大勝負に打って出たが、手痛い敗北を喫したわけだ。

岡部は結局、ペリカン便を三年間で二倍にするという計画を一年で撤回する。

経済紙に、その理由について尋ねられると、岡部は、ペリカン便は「赤字だ」とした上で、

「物量は増えたが、（不在や配達ミスによる）持ち戻りのため臨時的な費用がかさんだ。個数と単価、インフラがミスマッチを起こした。／今は価格破壊の時代だから私どもの原価はこれだけといっても納得してくれる客は少ない。もちろん率先して安売りしたことはなかったし、そんな指示も出していない。ただ、結果として安売りに巻き込まれた」

と敗戦の弁を述べている（「日経流通新聞」二〇〇一年六月一二日）。

日通がペリカン便の強化策を進めている時期は、同社がアマゾンからの物流業務を

受注した時期と重なる。日通は二〇〇〇年一一月、アマゾンから、千葉市の市川塩浜にある物流センター業務とペリカン便による配送業務を受託した。まだ、海の物とも山の物ともつかない日本に進出したばかりのアマゾンである。

私が『アマゾン・ドット・コムの光と影』を書くため、業界紙時代に面識があり、アマゾンとの業務を担当した日通の元役員に取材したとき、アマゾンから受注したペリカン便の値段は三〇〇円前後だと語った。

それでは、もともと利益が上がらないといわれるペリカン便の足を引っ張ることにはならないか、と私が問うと、こんな答えが返ってきたのを覚えている。

「一つ一つの事業でみちゃダメなんだよ。物流業務全体でみないと。お客さんからすると、多くのサービスメニューを持っている物流業者に任せる方が便利じゃないですか。ペリカン便一個の単価よりも、物流業務全体を俯瞰する視点で儲かるかどうかをみないといけないんだよ」

しかし、二〇〇〇年の年末のパンク以降、日通はペリカン便を持てあますようになる。そこに、日本郵便側から合弁話が舞い込んできた。日通は一も二もなく、その話に飛びついた。

日通と日本郵便の大きな違いは、次の点にある。日通は儲け頭の航空輸送部門や国際輸送部門など一〇部門前後を抱えており、ペリカン便がなくなっても、業績面で大きな損失を被ることはなかった。赤字にもかかわらず日通がペリカン便事業をつづけてきたのは、物流業界のトップ企業としてメンツを保つという側面も強くあっただろう。

それに対して、日本郵便の事業は、国内外の郵便物と、ゆうパックとゆうメールを含む物流部門の二部門しかない。たとえ、取扱個数が少なかろうとも、また利益率が悪かろうとも、ゆうパックを切り捨てるわけにはいかなかったのだ。

ゆうパックは「奪還営業」

日本郵政と日通は二〇〇八年秋、ＪＰエクスプレスという共同出資会社を作る。そこで、ゆうパックとペリカン便を独立させて一緒にするはずだった。

しかし、総務省から再三、準備が不十分として、業務統合の許可が延期されたため、先にペリカン便だけをＪＰエクスプレスに移管して業務を開始した。二〇〇九年夏に、郵政民営化に反対する民主党が政権をとってからは、視界が一層不明瞭となり、統合の「白紙撤回」もあり得る、との声が出はじめた。

日通は徐々にＪＰエクスプレスから資本を引き揚げ、もう業務統合は潰(つい)えたか、と多くの業界人が思った二〇一〇年夏、ようやく、日本郵便がＪＰエクスプレスを吸収することで、ゆうパックに一本化して仕切り直しとなった。再出発を果たしたのは、二〇一〇年七月一日のことである。

しかし、すでに述べたように、大事な出だしの最初の一週間で、ゆうパックは三〇万個を超す遅配を引き起こす。ゆうパックにとっては、悪夢のような〝パンク〟だった。

物流業界には七月一日という関東のお中元の開始時期と重なったことが、そもそも間違いだったとする声があるが、日本郵政の村田はそれに反論する。

「物量の多寡よりも、ゆうパックとペリカン便の二つのシステムを統合することなく、無理やり業務だけを統合しようとしたのが失敗の最大の要因でした。問題が起きたときのことを想定したマニュアルもありませんでした。物流拠点は、荷物であふれながらも、作業員は手作業で一つ一つの荷物を探していくしかありませんでした」

二〇〇七年に業務統合の話が最初に出たときは、ゆうパックとペリカン便を統合して、合計六億個にもなるという皮算用をしたのだが、相次ぐ統合の延期と、統合直後のパンクが響き、二〇一一年三月期は三・四億個からのスタートとなった。その間も市場が拡大していることを勘案すると、三億個近くの宅配荷物が同業他社、つまりヤマト運輸や佐川急便などに、逃げていったことになる。

しかし、日本郵便はこの大一番での勝負で挫折したことに腐ることなく、倦まず弛まずゆうパックに取り組んでいく。

その後、佐川急便が二〇一三年に運賃適正化に動き、二〇一四年にはヤマト運輸がそれにつづいた格好となった。実勢運賃の上昇に伴い、ヤマト運輸と佐川急便が取扱個数を減らす中、唯一、取扱個数を伸ばすゆうパックの存在感が高まってきた。

佐川急便がアマゾンとの取引から撤退したのと相前後して、日本郵便がアマゾンからのメール便の仕事を請け負った。さらに、二〇一四年四月には、通販企業への営業を担当するソリューション企画部を本社に作った。陣容は約五〇人。同年六月には、法人向けの一キロ以下の荷物を扱う判取り不要の〈ゆうパケット〉と〈クリックポスト〉を発売した。狙いは、ヤマト運輸が得意とする小型の宅配荷物の取り込み。ゆうパケット運賃は、「お客さまごとに個別に設定いたします」という、定価がない商品。さらに、二〇一四年一〇月には、再配達を減らす目的で、アマゾンと共同で、家庭用の大型の郵便受け箱も開発した。

都内で働く佐川急便のセールス・ドライバーはこう話す。

「ここ数年では、小型の荷物になると、日本郵便の出してくる値段にはとても太刀打ちできないようになりました」

都内の渋谷郵便局で働く日巻直映（五三）によると、郵便局内のゆうパックの部門には、「奪還営業」と大書した幟（のぼり）がたっている、という。何から何を奪還するのかといえば、最大のライバルであるヤマト運輸の宅急便からの荷物の奪還を意味するのだという。

各郵便局に置かれた法人向けのチラシの表面には、「御社の発送物を、ぜひお見積りさせてください!!　ご利用条件にあった運賃をご提示いたします」とあり、裏面には見積りの条件を記入する欄の下に、「一年間の無料転送サービス」、「確実にお届けします。返還時の調査・再配送の手間も軽減できます！」と、日本郵便の最大の強みである、転居情報の活用も盛り込む。

さらに二〇一五年四月、ヤマト運輸が発売した宅急便の従来の最小である六〇サイズより小さい〈宅急便コンパクト〉と判取り不要の〈ネコポス〉に対抗するように、日本郵便は一八〇円という〈スマートレター〉を投入して、ヤマト運輸との全面対決の体制を整える。

一〇年以上かけて、ヤマト運輸と佐川急便の後ろを追いかけてきた日本郵便が、ようやくトップ二社の背中がみえる位置まで駆け上がってきた。二〇一五年秋には、日本郵便を含む日本郵政の株式上場が具体的な日程として浮上している。株式を上場すれば完全民営化となり、民間企業と同じ土俵で戦うことになる。

それ以上に重要なことは、株式公開後、上場に伴う豊富な資金が日本郵政に流れ込み、それを使って日本郵便がM＆A（企業買収）に乗り出すことができるようになることだ。

日本郵便は二〇一五年二月、豪トールという〝サード・パーティー・ロジスティクス企業〟（包括して物流業務を受託する企業）を六〇〇〇億円超で買収した。トールは企業のサプライチェーンを最適化することを主眼とした企業であるため、ゆうパックの個数を押し上げることにはつながらない。

しかしここで注目すべきは、記者会見の席で、日本郵政社長の西室泰三（にしむろ）が、「（買収先を決める際）日本の会社では一社断られたのがあるんです」と語っている点だ。西室は、「独り言だった」として、日本企業の名前を公表することを避けた。しかし、業界では佐川急便や物流子会社などが相手先として取りざたされた。十分にあり得る話だ。

現在、売上高で世界の〝物流企業〟のトップに立つドイツポストＤＨＬも、もとはドイツの国営郵便局が出発点だ。二〇〇〇年に株式公開して以降、日本円で一・五兆円前後をM&Aにつぎ込んで世界一の座に上り詰めた。

日本郵便がこの秋の上場以降、ドイツポストと同様に積極的なM&A戦略を採るとすれば、佐川急便の買収も具体性を帯びてくる。

それが実現すれば、ゆうパックの得意とする小型の宅配荷物と飛脚宅配便の得意とする企業間の大型宅配荷物が一緒になる。取扱個数でもヤマト運輸の一六億個と並ぶ。オセロで一気に黒白が引っくり返るような逆転劇が、宅配市場で起こる可能性が出てきた。

次章では、宅配業界の最前線で働く、セールス・ドライバーに課せられている厳しい労働環境について述べる。

第六章　宅配ドライバーの過労ブルース

一日三時間のサービス残業

中四国地方のヤマト運輸で一〇年近くセールス・ドライバーとしてハンドルを握る金井高志（四二）＝仮名と会ったのは、二〇一四年の初夏。地方都市のファミリーレストランで金井の話を聞いた。

セールス・ドライバーに話を聞くとき、私はいつも勤務先の宅急便センターの陣容や、労働時間などについて細部にわたって質問することにしている。

第一章でも述べた通り、セールス・ドライバーが一日三回、同じルートをまわって、配達と集荷を行うのはほぼ同じだ。しかし、出勤時間や取り扱う荷物量、配送距離などは、ルートの数だけ違うからだ。

金井が働く宅急便センターはいくつかの宅急便センターがまとまって一カ所の支店と同じ敷地内にあり、金井が所属するセンターにはパートを含めて一〇人のドライバーが在籍し、七台の車両があるという。

〈仕分けアシスト〉と呼ばれ、朝五時から八時ごろまで働く短時間のアルバイトもいる。ベースから〝横持ち（同じ会社内の施設間で移動させることを指す）〟のトラックの第一便が到着する五時前後から、トラックからカゴ車を降ろし、宅急便の車両に積み込むアルバイトだ。

セールス・ドライバーの負担を少しでも軽減しようという目的で導入されたアルバイトではあるが、朝五時から八時までという条件が厳しいためか、いつも集まるわけではない、という。また〈アシスト〉の作業に全面的に頼っていては仕事が計画通りに進まない。

金井は朝六時半前後に出勤して、自らも積み込み作業をはじめるが、〈PP（ポータブル・ポス）端末〉の立ち上げは八時以降と決められている。ヤマト運輸では、携帯電話を一回り大きくしたような宅急便の業務に使う専用端末である、PP端末の立ち上げから終了までをドライバーの勤務時間としている。

金井はこう語る。

「八時以前にPP端末を立ち上げることを、うちのセンターでは〝フライング〟と呼んでいます。〝フライング〟をすると、その日のうちに支店長から注意を受けます」

実際、八時には荷物を積み込んで出発する。しかし、会社が決めた朝八時に出勤していたのでは、とてもすべての荷物を配りきることはできない。

「八時に会社に出てきたら、九時過ぎの出発となります。そうなれば、すべての時間帯指定の配送がずれ込んできます。最後は夜の指定時間である、午後八時～九時に間に合わず、一〇時を過ぎて配達することにもなりかねません。そんな遅い時間の配達は非常識だ、といってクレームの対象となることもあります」

午前中に七〇個ほどを配り終えて、午後一時にはセンターに戻って午後の荷物を、四〇個ほど積み込み再び出発する。

勤務交番表では、昼食の時間を一時間とれることになっているが、一時間とれることはほとんどない。月二〇日の出勤とすると、その二〇日間全部で、車を停めてお昼ご飯を食べる時間がないのが現状。しかたなく、運転したままで食べることができる、煎餅やバナナ、チョコレートなどで昼食の代わりとする。しかし、ヤマト運輸が給与を支払うベースとする同社〈勤怠確認リスト〉をみると、金井は毎日、一時間の休憩をとっていることになっている。

こうしたお昼の休憩の時間を削ってまで働く労働環境は、ごく最近にはじまったことなのか、それとも以前からつづいていることなのだろうか。

「僕が働いて一〇年近くたちますが、車を停めてお昼を食べたのは、たまたま配送荷物が少ない日のことで、年に一、二回あるぐらいですね。全部合計しても二〇回もなかったと記憶しています」

午後は配達と一緒に集荷作業もする。午後六時にセンターに戻ったときは、集荷した荷物を降ろし、最後の時間指定の荷物を積み込んで出発する。

一日の走行距離が一〇〇キロ近くと長いため、配達個数も一〇〇個前後が上限となる。再配達となるのは三〇個ほど。そのうち、二回目、三回目の配達で〝落ちる（お客が受け取る）〟荷物が二〇個ほど。一戸建てが多いために宅配ボックスもなく、一〇個ほどの荷物が翌日以降の再配達分として残る。

時間指定サービスと再配達の作業は、ヤマト運輸のみならず、宅配ドライバーに大きな負担をかけている。

これは郵便配達と比べると一目瞭然である。

郵便の場合、一日のどの時間でも、郵便物を郵便受けに投函すれば作業が完了する。

しかし、宅急便に代表される宅配便では、時間指定がある上に、受取人からの判取りが必要となる。時間指定を守らなければならない上に、不在の多い都心や宅配ボックスのない一戸建ての場合、受取人が在宅するときまで何度も配達することになる。ヤマト運輸も佐川急便も正式には宅配便の不在率を発表していないが、業界平均の不在率は一五～二〇％といわれている。

管轄官庁である国交省は、宅配便の不在対策はドライバーの人員確保という側面からも取り組む必要があるとの考えから、二〇一五年度に予算を組んで、宅配便の再配達を減らす対策に乗り出す。国交省がこの種の調査を手がけるのははじめてのことで、そのことからも宅配業界にとって再配達の負担の大きさがうかがえる。

金井が三回目の配達を終えセンターに戻るのは、午後九時二〇分前後。再配達する荷物を降ろすとすぐに、ＰＰ端末を締め、業務が終了となる。しかしその後も、代引きの料金の精算や伝票の整理、宅急便センターの幟や看板の片づけなどの雑用が待っている。

金井がもろもろの業務を終えて宅急便センターを出るのは一〇時ごろとなる。

朝六時半から午後一〇時まで金井が働いた間、サービス残業となるのは、朝の一時間半、お昼の一時間、夜の一時間弱――となり、一日の合計で約三時間となる。

金井の給与は、基本給や業務インセンティブ、残業代や諸手当を含め、額面で約三〇万円である。月二〇日間の勤務で一日三時間のサービス残業があると計算すれば、月間で六〇時間をサービス残業していることになる。金井の一時間当たりの残業時間単価をかけると、月間で八万円弱が未払い残業代となり、年間では一〇〇万円近くとなる。このサービス残業代が全額支払われれば、年間の賞与を含めた給与の総額は、約四五〇万円から五五〇万円に跳ね上がる。

過労死ラインを超えていた

その金井が、

「二年ほど前にうつ病にかかりました」

と、私に打ち明けたのは、取材もそろそろ終わりに近づいてきたときのことだった。

私は金井の発言を聞いてさほど驚かない自分に気がついた。私は心のどこかで、金井がうつ病に罹患していた可能性を感じながら話を聞いていたのかもしれない。

以前、ユニクロに関する書籍を書いた後、その書籍が名誉毀損で訴えられたため、裁判所に提出する証拠を集める目的で、長時間労働と厳しいノルマのためにうつ病にかかったユニクロの元店長や元社員の話を聞いてまわったことがあった。彼らには特有の感情の微妙な起伏や話し方の抑揚があり、金井からも私が同種の波長を感じとっていたからだろうか。

金井はうつ病にかかった理由をこう分析する。

「法律違反であるサービス残業がヤマトではまかり通っていることに僕は腹を立てていました。おかしい、許せない、という気持ちが募って、不眠に陥り、それがうつ病につながったんだと思っています。今は体調がずいぶんとましになりましたが、あのころは、毎朝、出勤するのがつらくてたまりませんでした」

結婚して一〇年以上になる妻にも、職場での窮状を訴えることはできなかった。妻に悲しい思いをさせたくなかった、と金井はいう。一人で悩みを抱え込むうちに、不眠症に陥った。それをおして仕事をつづけていると、体調が悪化する一方だったので、病院に行くと、うつ病と診断された。

金井が、後日みせてくれた診断書には「抑うつ状態　上記の疾病の為、二～三カ月の休養加療を要する」と記してあった。しかし、抗うつ剤を服用すると、運転に支障をきたす恐れがあるため、薬を飲まず仕事をつづけた。生活のためにも仕事を投げ出すわけにはいかなかった。

しかし、上司にはもちろん、労働組合にさえもサービス残業について相談することはできなかった。

「もし組合から会社に連絡がいけば、会社にいられなくなるという不安がありますから」

と金井はいう。会社ばかりか、本来なら労働者の味方であるはずの組合も信用することができない、というのである。

労働問題の専門家らは、過重労働を原因とするうつ病は、過労自殺を引き起こす主要な原因の一つと指摘している。うつ病は過労自殺や過労死の前兆だ、というのが労働問題の専門家の間での定説となっている。

セールス・ドライバーではないが、ヤマト運輸の船橋主管支店で働く管理職（当時四七歳）が二〇一一年四月、くも膜下出血で死亡している。翌一二年に、船橋労働基準監督署が、長時間労働による過労が原因として労災認定している。要するに、過労死である。死亡する直前の三カ月間は、時間外労働が一カ月で八六〜一一〇時間に及んでいたという（日経新聞、二〇一二年九月二一日）。

厚労省が定めた過労死ラインは、一カ月の残業時間は八〇〜一〇〇時間。船橋主管支店で働く管理職の残業時間は、その過労死ラインを超えていたことになる。

関西地方のヤマト運輸で一〇年以上働き、宅急便センター長を務める近藤光太郎＝

仮名の場合も、サービス残業の時間だけで過労死レベルを超えることがある、と語る。

「多いときは、月に九〇時間から一〇〇時間ぐらいサービス残業をしていますね」

ヤマト運輸では、センター長も、セールス・ドライバーと同様に集荷配達をこなす。センター長は管理職ではないため、残業代がつくことになっている。そのセンター長が、セールス・ドライバーより、サービス残業が長くなるのは、週に一、二回ある半日出勤の日に、会社に残りセンター長として他のセールス・ドライバーの仕事の進捗を管理したり、全体をまとめたりする仕事をするからだ。

午前八時から午後一時までの勤務の場合、そのあと午後一〇時や一一時まで残って仕事をしていることも少なくない。

「何年も働いていると、サービス残業をこなすのは暗黙のルールのようになります。ヤマトは、サービス残業ありきの会社だと割り切っていますから。これを上司や本社にいっても現場の長時間労働が変わることはないだろう、と思っています」

記録の上では残業なし

私が取材してまわったヤマトのセールス・ドライバーからは次々と労働環境に関する悲鳴が聞こえてきた。時間指定配達や代引きなど顧客へのサービスが付け加わるたびに、現場の負担は増える。さらにヤマトホールディングスが二〇一三年に発表した〈バリュー・ネットワーキング構想〉では、二〇一七年をメドに東京―名古屋―大阪間の荷物を当日配達できる仕組みを作るという。当日配送となれば、セールス・ドライバーの負担がさらに増すことも予想される。

業界全体の荷物量はほとんど右肩上がりで増えているのに加え、ヤマト運輸の物量は、佐川急便が二〇一三年春、アマゾンとの取引を打ち切り、そのアマゾンがヤマト運輸に宅配荷物を委託したため一段と増えた。二〇一四年春からはヤマト運輸もまた、法人顧客への運賃適正化に踏み切ったため、二〇一五年三月期の個数は前期比で微減となった。しかし、依然として年間一六億個を運ぶ業界トップの地位は変わらない。

関西のセンター長である近藤によると、二〇一三年春以降、それまでの荷物に、アマゾンの荷物が一日当たり二〇個増えた、という。

ヤマト運輸がアマゾンの業務を引き受け、佐川急便がアマゾンを切ったのは両社のビジネスの構造上の違いが理由だ。佐川急便が個人宅への配送を、下請けの業者に委託しているのに対して、ヤマト運輸はそのほとんどを自社のセールス・ドライバーが運ぶ。

ヤマト運輸の場合、ほとんど下請けを使わない分だけ、荷物増に比例して、同社のドライバーの負担が増し、疲弊しているという構図がみえてくる。

その背景には、ヤマト運輸が重視する「生産性」という労働者を測る基準がある。

ヤマト運輸の中部地方の法人営業部門で働く石上俊介＝仮名は「うちの生産性に対するこだわりは相当強いですね」と語る。

各主管支店には、生産性の向上を目的にした〈業務改革推進課〉だけでなく、営業課や人事・総務課、社会貢献課などがあるのだが、それぞれの立場で労働現場の生産性を引き上げる施策が、宅急便センターにメールで届く。それが縦割りの指示なので、指示が矛盾する場合も少なくない。ドライバーの場合、コースによって、一人一日当たり、また一時間当たりに何個の集荷配達をするのかなどが決められている、という。

「あるセンターでは、四人のドライバーで配達するシフトを組んでいても、その日の物量が少ないと一人帰らせて、三人で運ぶことで生産性を上げるようにというような指示も出ています。当日になるまでシフトが組めない現場は、生産性に振りまわされているといえます」（石上）

生産性を追求した結果、ヤマト運輸の現場の負荷はどうなったのか。

私は、金井に入社当時の仕事量を一〇〇とした場合、現在はどれぐらいかと尋ねてみると「一三〇に増えた」との答えが返ってきた。センター長の近藤に同じ質問をすると「センター長の職務を含めて二〇〇」という返答だった。他の複数の一〇年以上働くドライバーに訊くと、「一五〇」という答えが返ってきた。その理由としては、業務量が増えたのにドライバーの数が増えていないことや、時間指定配送やクール便、コレクトサービス（代金引き換え）などのサービスメニューが増えたことなどを挙げる。

しかし、金井や近藤のサービス残業は、記録に残らないし、本社や労働組合もその実態を把握することはできない。

ヤマト運輸では、社員ごとに〈勤怠確認リスト〉という表がある。リストは「交番計画」（労働計画）と「PP入力実績」（労働者がPPに入力した労働時間）、それに「勤怠登録」（実際の給与が支払われる時間）と「修正」の四項目からなる。

ドライバーが業務を終えてPP端末を終了する際、「交番勤務ですか」という確認の画面が現れる。「はい」と押せば修正の欄には何も現れない。

金井は社内のプレッシャーから、また、近藤はセンター長という立場から、〈交番計画〉通りの勤務ではなかったのにもかかわらず「はい」と押している。そのため記録の上ではサービス残業を確認することはできない。

労働時間の修正欄に「＊＊」

しかし、首都圏で一〇年以上働く野口真一＝仮名の二〇一四年前半某月の〈勤怠確認リスト〉では、二一日の出勤日のうち、一一日分に「修正」の欄に「＊＊」がついていた。野口は、ＰＰ端末を終了する際に、「いいえ」と押して、その後に、正しい休憩時間を一五分刻みで入力しているからだ。

その自己申告した労働時間を、上司が変更すると修正の欄に「＊＊」の印がつく。野口の場合、休憩を一五分や三〇分としているのに、給与に反映される勤怠登録では一時間に書き換わっている。

同社の〈勤怠確認リスト〉の確認欄に「＊＊」がついているのは、セールス・ドライバーだけにとどまらない。

首都圏の支店で一〇年ほど内勤として働く野村直子＝仮名の二〇一四年前半の一カ月の〈勤怠確認リスト〉では、一四日の出勤日のうち、一一日分に「修正」の欄に「＊＊」がついていた。

「内勤の主な仕事は、破損事故やクレームなどの電話処理で、午後からのお問い合わせが圧倒的に多いので、一時間の休憩がとれないのです」

休憩がとれていないと入力しているにもかかわらず、勤怠登録では一時間の休憩をとったことになっているため、「＊＊」がついているのだ。

ヤマト運輸の人事総務部の課長である渡邊一樹は「勤怠確認リストに『＊＊』がついているのは、社員がPP入力した労働時間が短縮されて勤務登録されたことを表す印で、最悪の場合、労働時間の改ざんにもつながります」と説明する。

ヤマト運輸は二〇一四年一一月、社長の山内雅喜の名前で「労働時間の適正な申告について」という通達を出している。「社員各位」ではじまる通達にはこう記されている。

「より良い職場環境を全員で作り上げるため、平成二六年一一月一日から一一月三〇日の間、労働時間適正申告運動を実施いたします。労働時間の適正な申告を習慣化するための具体的取り組みや工夫について話し合い、実行していきましょう」

しかし、労働時間の改ざんに改善の兆しはない、と野口はいう。野口の二〇一五年夏の二カ月分の勤怠確認リストによると、出勤日が合計で四〇日に対し、修正の欄に「＊＊」がついている日が三六日ある。

つまり、野口が申告した労働時間の通りに賃金が支払われたのは、四〇日のうち四日にすぎない。

ヤマト運輸は過去にも労働時間の改ざん問題で、不祥事を引き起こしている。

読売新聞は二〇〇七年九月二三日、一面トップで「ヤマト運輸　違法残業　記録改ざんの疑い」と伝えている。社会面には「上司が改ざん指示」、「元現場の責任者証言」、「赤ペンで手書き3時間30分短縮も」とつづく。

記事によると、ヤマト運輸の給与計算の基となる勤怠記録がPP端末記録と異なり、労働時間が短くなっていたケースが判明した。記録改ざんの疑いもあり、大阪南労働基準監督署から労働基準法違反で是正勧告を受けた、というものだ。同紙はまた九月三〇日、大阪・淀川労基署と徳島労基署も同社に対して、労働基準法違反で是正勧告を出していた、との続報を打っている。

当時、ヤマトホールディングスを率いていた社長の瀬戸薫は、事件が起こる二〇〇七年一月の年頭のメッセージで、前年にはコンプライアンス（法令順守）に背く複数の行為が発生したとして、子会社の京都ヤマト運輸の野球賭博事件やクロネコメール便の未配達、〝いくら事件〟（荷主の要請により、賞味期限切れのいくらの表示を貼り替えた事件を指す）を例に挙げた。

さらに、瀬戸はこう語っている。

「たった一つの、あるいは一人の過ちの代償はあまりに大きく、耐え難いものです。

創業以来、社員の熱意と努力で築いてきた信用を取り戻すために、全社のコンプライアンス体制の再構築が急務であることは明白であります。私が先頭に立ち全力でこれに取り組みますが、同時に皆さん一人ひとりが誠意を尽くしてお客さんと接することの大切さを、地域の皆さんに迷惑をかけないことを念頭に置いていただきたい、と思います」

しかし、結果としては企業コンプライアンスの根幹ともいうべき賃金の支払いにおいて、ヤマト運輸という企業が大きな問題を内包していたことを露呈した形となった。

ネットメディアの「ＭｙＮｅｗｓＪａｐａｎ」は、厚労省の資料から、ヤマト運輸が二〇〇八年度に、約一五億円の未払い残業代などを支払ったのではないか、と報道している（「ＭｙＮｅｗｓＪａｐａｎ」二〇一〇年二月一日）。

これに対して、ヤマト運輸の人事戦略部の部長である小祝（こいわい）珠樹は、「読売新聞の報道を受け、社内での残業代の支払い方法を見直したことなどもあり、遡及して残業代を支払ったことは事実だが、金額についてはコメントできない」と語る。

ドライバーが起こした裁判

この労基署の立ち入りを契機に、ヤマト運輸の複数のドライバーが、労働問題に関する裁判を起こしている。

滋賀県の宅急便センターで働いていたセールス・ドライバーの市川達男（四三）＝仮名に会ったのは、関西のターミナル駅にある喫茶店。

一八〇センチを超える巨軀に人懐っこそうな笑みを浮かべ、初対面の私と名刺の交換をした。ドライバー時代、顧客にほめられた社員がもらう〈ヤマトファン賞〉を受け取ったことがある、と聞いて合点がいった。

その市川がヤマト運輸を裁判所に訴えたのは、労基署の是正勧告の二年後に当たる二〇〇九年のことだ。

ヤマト運輸から最初に、過去二年間にさかのぼって残業時間を申請してくれ、といわれたときは、上司からの指示に従って、サービス残業を一日一時間だけつけた。しかしその後、会社が二度目にサービス残業の実態調査を行ったときには、正直に一日当たり二時間をサービス残業として申告した。その結果、ヤマト運輸は市川に対して約一二〇万円の残業代を支払うことに決めた。

そこから話は二転三転して、市川は裁判を起こすのだが、裁判の主要な論点は、サービス残業代の支払いから、業務インセンティブに絡む控除額を中心とする非常にテクニカルな問題に移り、業務インセンティブ控除を含む約六〇〇万円超の請求をした。

地裁では市川が敗訴したが、上告した高裁で和解金一〇〇万円を受け取りヤマト運輸と和解した。

裁判の途中で市川は、ヤマト運輸で働きつづけることに見切りをつけ、飲食業を起ち上げている。

市川はこう語る。

「ヤマトに入社した理由の一つには、まだ元気だったころの小倉昌男さんがテレビに出演していて、従業員の残業代は払わないといけない、といっているのをみました。しっかりした会社だな、という印象でした。しかし、裁判を通して残った気持ちは、ヤマトに対する不信感でした」

中四国地方のヤマト運輸の宅急便センターで働く河野秀樹（四七）＝仮名に会ったのは、その地方で一番大きな駅からＪＲに乗って三〇分ほど離れた閑散とした駅だった。

そこからは河野の自家用車に乗って、自宅の一階にある河野の書斎で話を聞いた。書斎の本棚には、労働問題関連や物流関連の書籍、裁判資料などがぎっしりと並んでいた。

河野は二度、ヤマト運輸を相手に裁判で争った。一つは、二〇〇九年に起こした裁判で、二〇〇五年から二〇〇七年までの未払い賃金一二万円強を求める裁判。徳島簡易裁判所は、河野への支払いを命じている。

もう一度は、河野が同じ二〇〇九年に起こした裁判で、ヤマト運輸に二〇〇七年から二〇〇九年までのサービス残業代などの支払いを要求した。交渉の末、ヤマト運輸は河野への三〇万円強の支払いを認めた。

しかしヤマト運輸の企業組合から脱退し個人加盟の産業別ユニオンに所属していた河野は、ヤマト運輸が企業組合に属する従業員には一〇万円以下の残業代を支払うことで事を収めたことに違和感を抱く。

河野は、そうしたやり方は労基署の是正勧告の趣旨に反すると主張。ドライバー全員に河野と同様の水準のサービス残業代を支払うまで、自分の残業代などを受け取れない、と裁判の場で主張した。

しかし裁判所は、二〇一〇年の判決で、ヤマト運輸が先に三〇万円強のサービス残業代を法務局に供託していたことを「有効である」として、河野のドライバー全員に同様の支払いをするようにとの要求については棄却している。

ヤマト運輸の小祝は、先に挙げた三件の裁判について、「個別の裁判事案については答えることができない」と語る。

同社社長の長尾は、読売新聞の報道当時の様子をこう話す。

「記事が出たことは、当社にとって大きな転機となりました。それまで本社で、各現場での勤怠の時間を正確にみることができていなかったという反省に立ち、体制を見直しました。さらに、ドライバーの負担を軽減するために、積み込み専門の〈早朝アシスト〉や配達を補助する〈フィールドキャスト〉などのアルバイトを増員するなどしてセールス・ドライバーの作業負担を軽減できる体制を整えました。もし目が届いていないところがあったのなら、そこについては正していかなければいけないという姿勢で臨みました」

〈早朝アシスト〉とは、先に挙げたドライバーの代わりに荷物をトラックに積み込む短時間のアルバイトを指し、〈フィールドキャスト〉とは、配達荷物の多い午前中や午後の数時間限定でドライバーと一緒になって、荷物を配る短時間のアルバイトを指す。

長尾はさらにつづける。

「サービス残業を強要しても、会社にとっていいことは何もありません。サービス残業を黙認することは会社にとってリスクでしかない。各地の支店長クラスには、ドライバーの無理が常態化しているのでは、お客様にいいサービスは提供できない。（人件費に）お金をかけることも重要な経営判断だと説明しています」

皮肉なことに、ヤマト運輸の現場からは、読売新聞の報道を受けて会社が人事制度を改善したため、サービス残業が水面下に潜ることが多くなった、という指摘が聞こえてくる。

ヤマト運輸は二〇〇七年から、労働者の残業時間を含めた年間の労働時間の上限を決めた〈計画労働時間制度〉を導入した。実質的な初年度に当たる二〇〇八年三月期は二五五〇時間から二〇一五年三月期の二四六四時間まで、総労働時間を漸減してきた。一カ月二〇日稼働とすると、一日一〇時間強が、残業時間を含めた労働時間の上限となる。

もしドライバーが残業時間を全部申告したために、ある年の一月の時点で、年間の〈計画労働時間〉を上回ったとする。すると、二月と三月は乗車勤務ができなくなり、基本給のみが支払われることになる。

そこで問題となるのが、ヤマト運輸のドライバーの賃金体系だ。同社の賃金は、基本給と残業代、それに業務インセンティブといって、どれぐらい荷物を集荷配達したかによって払われる手当が三本柱となっており、給与全体の六〇〜八〇％程度を占める。

先述の野口はこう語る。

「年間の労働時間が多すぎて、二月と三月にハンドルを握れないとしたら、基本給とその他の手当しか入ってこなくなります。残業代と業務インセンティブを手にすることはできず、給与の額は大幅に減少します。そのためドライバーの多くは、一年間を通しての損得を考え、残業時間のすべてを申告することより、サービス残業を甘受する土壌ができあがっているのです」

では、ヤマト運輸で約六万人いる同社のフルタイムのセールス・ドライバーのうち、どれぐらいの割合でサービス残業をしているのだろうか。

同社の労働組合が二〇一四年五月から六月にかけて休憩時間の取得状況に絞って行った聞き取りアンケート調査では、全体の三六・七％が所定の休憩時間をとれていなかった。さらに、労働者の自己申告が変更されたケースも四・三％あった、と報告している。

労組の中央書記長の片山康夫は、アンケート結果を「深刻な状況であり、変わらなければならない」と語る。

しかしそれは申告した労働者の話であり、うつ病になったドライバーや進んで一〇〇時間近くサービス残業をするセンター長のようなケースは含まれない。

片山は次のように説明する。

「自分で判断して残業するのはダメ、必要な残業はきちんと申告しましょう、という指導を徹底しているところです。（一部の労働者が）組合に対する不信感を抱いているという話もありましたが、我々は組合員からの相談を年間一〇〇件前後受け付け、会社と労働環境の改善について話し合う材料としています」

こうしたヤマト運輸の経営側や労働組合の声は、現場の労働者にどのように響いているのだろうか。

「佐川で三年間働くと家が建つ」も今は昔

セールス・ドライバーのサービス残業は、ヤマト運輸だけの問題にとどまらない。佐川急便でもセールス・ドライバーによるサービス残業の実態がある。ヤマト運輸と比べると、佐川急便には組合がないため、労働者の権利はその分、守られにくくなる傾向がある。

佐川急便で一五年近く働く首都圏のセールス・ドライバーの上原岳＝仮名が働いた営業所では、一日約二時間のサービス残業があった、と話す。月間では約四〇時間に上る。

営業所での定時は午前八時から午後六時までだが、午前七時には出勤して、八時にIDカードで打刻する以前に、荷物の積み込みで一時間ほど作業を行う。一〇〇～一五〇個の宅配荷物を積み込んで出発するのが八時過ぎのこと。

自分のルートを一日で三回まわって、最後に営業所に帰ってくるのが午後八時から九時の間。営業所に帰ってくるとすぐにIDカードで退勤の打刻をする。しかし、その後、不在持ち戻りで翌日の再配達となる荷物の処理や、すでに到着している翌日分の荷物の積み込みなどで一時間程度のサービス残業が発生する。

「そうしたやり方は営業所の長年の風習というか、店長次第で大きく変わってくるんですけれどね」と上原はいう。

上原の二〇一四年度の給与支給明細をみせてもらうと、月によって、約五〇時間から八〇時間の残業がついている。しかし、月四〇時間程度のサービス残業がこれに上乗せされるのだ。上原の時間外手当は一時間当たり二七〇〇円強。月間一〇万円強分がサービス残業となっている。年間では一〇〇万円を超える。

「上司に食事をご馳走になったり、日頃の労をねぎらってもらってはいるものの、年間一〇〇万円以上タダ働きしていると思うと、正直いって複雑な心境になります」と上原は打ち明ける。

それでもサービス残業を受け入れてしまうのは、「上司からの無言のプレッシャーや、営業所内での暗黙のルールがあって、本当の残業時間を申告してはいけないという雰囲気が職場に漂っている」(上原)からだ。

佐川急便社内のいくつかの営業所をまわってきた上原によると、企業発個人向けの宅配荷物が多い住宅エリアを配送地区に持つ営業所は、サービス残業がある傾向が強いと語る。

第二章で、長距離の幹線輸送に同乗した際、大型ドライバーの人手不足について詳述した。労働時間が長く、賃金が安い。ドライバー職は働いても報われない業務として若者から敬遠されている実態を述べた。そこで大型トラックのドライバーの賃金の平均の年収は四一六万円となり、全産業平均と比べ五〇万円以上の開きがあると指摘した。しかし、セールス・ドライバーが運転する中小型トラックの場合、平均賃金は三八五万円とさらに低くなる。全産業平均と比べると、年収の差は八〇万円以上に広がる。

「佐川で三年間働くと家が建つ」

と業界ではいわれたが、それも今は昔の話である。

創業者の佐川清が健在だった七〇年代から九〇年代初頭にかけて、同社のドライバーは同業他社の三倍働き二倍稼ぐ、といわれた。当時、労働基準法など歯牙にもかけず、ドライバーを馬車馬の如く使い成長してきた。しかし、九二年の東京佐川急便事件以降、そのような超法規的な扱いは認められなくなり、その結果、徐々に佐川急便の給与体系も業界平均に落ち着いてきた。

現在、同社の大学卒業のセールス・ドライバーの初任給は月二〇万円台前半である。

サービス残業なしに成り立たないのか

二〇一一年四月に入社して、二年近く佐川急便で働いた後で異業種に転職した吉川良太郎＝仮名は大学を卒業後、車の運転が好きだったため、迷わず佐川急便に入社した。千葉県下の営業所に配属され、研修後すぐに集配車に乗れるようになり、自分で担当するルートのセールスまで任せてもらえるようになって、やりがいを覚えていた。

仕事はおもしろかったが、しかし給与が安かった。

二年目となる二〇一二年の年末調整は額面で三七〇万円台、手取りとなると二四〇万円台にまで下がる。しかも、一日の労働時間は一五時間前後で、その中には月に一〇〜二〇時間のサービス残業も含まれていた、という。

「毎月の給与が手取りで三〇万円あれば、仕事をつづけていたんですけれどね。やりがいも、責任もあり、担当エリアの売り上げが上がるかどうかは、ドライバーである僕の腕にかかっているところもありましたけれど、やっぱり給与が安すぎました」

佐川急便の別の首都圏の営業所で、一五年近くセールス・ドライバーをつづけている家田真一＝仮名は、入社した二〇〇〇年の初任給は月四〇万円で、一年後には五〇万円になり、すぐに六五万円まで上がった。しかし現在の給与は五〇万円台にまで下がった。

「私が入社した当時は、まだ運賃水準が今よりはるかに高かったものですから、その分、初任給もよかったですね」

家田が入社したのは佐川急便が宅配便の運賃を届けてから二年目に当たり、現場には届け出前の運賃で運んでいた荷物がまだ残っていた。たとえば、今でいうメール便のような書類の配達に二〇〇〇円の運賃がついていたため、届け出運賃に合わせて、荷主から受け取る料金を引き下げるという作業も頻繁に行った。

しかし仕事は忙しかった。繁忙期になれば一カ月、ほとんど休日がないということも珍しくなかった。

「今では週二日は休めますから、その分、給与水準が落ちたのだ、と割り切っています。ただ、最近入社してくる新入社員の給与が低すぎてやる気が出ないというのは理解できます。新人のドライバーが長つづきしないのも確かです」

家田もまた、現在、月間二〇～三〇時間のサービス残業をしている。家田が働く営業所では、月間の残業時間は六カ月で平均して八〇時間以内に抑えるように、単月では一〇〇時間を超えないように、という決まりがあるという。

しかし、月に何度か営業所内にドライバー全員の残業時間の一覧表が貼り出されるとき、その時点までの売り上げと予算の達成度を確認した所長から、その月の残業代は、五〇時間や、六〇時間までで抑えてくれ、という指示が口頭で出るという。

「上からそういわれると、従うしかありませんよね。僕らが残業時間をつけすぎて会社が潰れては仕方ありませんから」

同社の広報課の課長である山口は「当社にはサービス残業はないと認識しています」と答えている。

しかし、佐川急便がサービス残業を放置するやり方が許せないとして、同社で働いていたセールス・ドライバー二人が二〇一三年五月、東京地裁に未払い残業賃金支払い請求を起こしている。原告二人は、都内の城南店で二〇〇九年から二〇一二年まで勤務した。その間のサービス残業に関する、未払い残業賃金の支払い請求を行った。

結果は、東京地方裁判所が二〇一五年二月、佐川急便側に二人に対して、制裁金に当たる付加金も含め約二一五万円を支払うようにという判決を下した。原告・被告双方が上告しなかったため判決が確定した。

訴状によれば、原告二人は、出勤前と出勤後に、サービス残業を強要されたとし、その証明として、佐川急便の記録している労働時間と、通勤に使った高速道路の電子式料金自動収受システム（ＥＴＣ）の通過時間の食い違いを使ってサービス残業の実態を証明しようとした。

判決文では、「ＩＤ出勤時刻は、必ずしも原告●●（原文では実名）の実際の勤務時刻を正しく反映したものではないとみるのが相当であり（中略）原告●●の出勤時刻については高樹町料金所の通過時刻から推認するのが相当である」と、原告のいい分を大筋で認めている。

宅配業界を牽引するヤマト運輸や佐川急便でどれだけのサービス残業が行われているのかについて、正確な統計数字はどこにもない。その分、サービス残業にまつわる闇は深いといえる。

しかし、もしセールス・ドライバーの仕事がサービス残業なしには成り立たないとするなら、労働者人口が減少し人手不足が懸念される中、優良なドライバーを十分に確保していくことは、今後ますます難しくなるだろう。こうした違法な労働実態を早急に改善しない限り、宅配業界に明るい未来はない。

次章では、私がヤマトの旗艦センターである〈羽田クロノゲート〉で一カ月間働きながら観察した宅配業界の現場についてレポートする。

第七章　ヤマト「羽田クロノゲート」潜入記

広報も労組も取材ができない

大阪に出張していた私の携帯電話に「〇三」ではじまる見知らぬ番号から電話が入ったのは、二〇一四年七月中旬の日曜日。午後八時を回ったときのことだった。

その週末、私はヤマト運輸の取材のため関西にきていた。二日間で、数人のヤマト運輸の関係者への取材が終わり、投宿していたホテルの近くのお好み焼き屋の屋台で夕食を食べていたところに電話が鳴った。

緊張しながら着信のボタンを押すと、男性の声が耳に飛び込んできた。

「横田さんでいらっしゃいますか」

「ハイッ！」

「先日は、当社の羽田クロノゲートの面接を受けていただきありがとうございました。本日は、横田さんが面接に合格されたため、クロノゲートで働いていただけるようになったことをご連絡差し上げております」

私はいつもより上ずった声で、すぐに羽田クロノゲートに行きアルバイトを開始する手続きをすると告げた。

丁重に電話を切り、安堵のため息をついた。

私がクロノゲートで面接を受けたのはその数日前のこと。採用ならばもうそろそろ電話がかかってくるだろうと思い、その日は朝から電話を握りしめていた。午前と午後に、別件で電話が入ったときは、クロノゲートからの電話でなかったことに落胆していた。

「もうダメかな」

と半ば諦めていたところに朗報が舞い込んできた。

私が潜入取材という手法を採るのは、一〇年以上前に『アマゾン・ドット・コムの光と影』という本を書いたとき以来である。私がアマゾンの物流センターで働いたのは、二〇〇二年の年末からの約六カ月間。そのとき、アマゾンの物流センターでは毎日のように人を採用していたので、今回も羽田クロノゲートにアルバイトとして潜り込むことは簡単だろう、と高をくくっていた。

しかし、ヤマト運輸の社員から「七月中旬から八月末までは、宅急便にとって〝最閑散期〟となるため、ベースで働くアルバイトの採用を絞っている」という話を聞いて焦っていた。そこで受け取った採用の電話であるため、喜びもひとしおである。

私は二〇一四年三月、ヤマト運輸の広報に正面から取材を申し込んだ。しかし、「クール問題のみそぎが済むまで取材は受けられない。あと一年ぐらいは無理だろう」と断られていた。

広報担当者を訪ねた当日の日経新聞には、「ヤマト一斉値上げへ　法人向け脱デフレ、物流も」という六段記事が、一面トップで掲載されていた（「日経新聞」二〇一四年三月一二日）。クール問題のみそぎが済むまで一年間は取材を受けられないという話と日経に記事が載っていることは矛盾しないのか、と問えば、「それは日経が周辺取材をして勝手に書いた記事だ」との答えが返ってきた。

しかし、翌日の同紙にも「ヤマト運輸値上げ、社長に聞く　品質向上へ理解訴え」という社長インタビュー記事が載っていた（同、二〇一四年三月一三日）。つまり、ヤマト運輸は日経の取材を受けている、ということだ。

私に対する広報担当者の対応は丁重ではあったが、取りつく島がなかった。

雑誌で連載してから書籍にしたいという私に対して、

「雑誌記事や書籍だけということなら、対応したことはあるんですが、雑誌の連載から書籍にするというのは前例がありませんので……」と答える。

それなら、雑誌連載はなしにして書籍だけなら取材を受けてもらえるのか、と訊けば、

「それも、ちょっと……」

とそつのない笑みを浮かべながらも否定的な答えがつづく。

いくつか条件を変えて提示しても、広報が私の取材を受けないという姿勢は一貫していた。しかし、その後もヤマト運輸がほかの媒体の取材を受けていることをみると、私の取材は受けたくないという意味なのだろう、と理解した。

ならば、せめて労働組合から話が聞けないかと取材を申し込んだ。電話を入れると、「質問項目を送ってください」という返事があった。これは脈ありか、と思ってすぐに質問項目を送った。しかし、これも「クール問題のみそぎが済むまでは……」と、広報とまったく同じ理由で断られた。

そのころ、二〇一三年に出版された『クロネコヤマト「感動する企業」の秘密』と

いう新書を手に取った。

まえがきによると、著者が「取材したヤマトの関係者は、直接お話しした人だけでも一〇〇名を超える」という広範囲な取材で、その取材対象は経営トップから現場のセールス・ドライバーまでと幅広い。さらに、あとがきには、ある支社のマネージャーが四日間も著者の取材に同行してくれた、との記述もある。ヤマトの全面的バックアップでできあがった一冊だ。しかし、私の場合、そのような好意的な対応は期待できそうもなかった。

しかたなく、伝手を頼って、私は取材を受けてくれるヤマト運輸の関係者を探して、取材をつづけてはいたが、年間一六億個の宅急便を取り扱うヤマト運輸の全体像をつかむには程遠い。群盲象を撫でる、というか、隔靴掻痒という気持ちに陥っていた。

ヤマト運輸の広報も、労組も取材ができないというのなら、同社が二〇一三年秋に鳴り物入りで稼働させた〈羽田クロノゲート〉にアルバイトとして潜り込み、内部からヤマト運輸の仕組みをじっくりと観察するのも一つの手段ではないか、と考えるようになった。というよりも、宅配便業界トップのヤマト運輸を十分に取材することなしに、宅配便の本は書けない、という不安に陥っていたのだった。

「宅急便の心臓」に潜入

そんなとき、ヤマトの北関東のベースで働く寺島幸太郎（四二）＝仮名を取材した。それまでセールス・ドライバーを中心に取材していたが、ベースで働く人の話を聞くのははじめてのことだった。

寺島の勤めるベースでは繁忙期には約二〇〇人が働いており、労働者は六階層に分かれているという。トップにくるのが四、五人の正社員で、次が一年更新の正社員で一〇〇人前後、三層目はヤマト運輸が直接雇用したアルバイト、四層目はヤマトホールディングスの子会社の人材派遣会社〈ヤマト・スタッフ・サプライ〉が派遣するアルバイト、五層目はその他の派遣会社からのアルバイト、そして一番下には、七月や一二月の繁忙期に採用する、現金払いの日雇い労働者――だという。アルバイトや日雇いを合わせて、七〇人から一〇〇人程度だという。

寺島はこう語る。

「現金払いの労働者は、多いときでも二〇人程度でしょうか。ベースの近くにいる人たちをかき集めてくるんですけれど、こういう雇い方は果たしてどうなのかな、という疑問はあります」

７階建ての、羽田クロノゲートの外観

ヤマト運輸で一〇年以上働く寺島は、一年ごとに契約を更新する〈キャリア社員〉に当たり、時給は一一〇〇円を超えている。給与明細をみせてもらうと、閑散期である二〇一三年三月支給の給与は額面で二四万円超。繁忙期の同年一二月支給の給与は三五万円超となっている。給与の内訳は、基本給と超勤手当、深夜手当、通勤代のみで、扶養手当や地域手当などはない。通勤代以外は、時給のみという契約である。

「それに年二回、ボーナスが一五〇〇円とか三〇〇〇円とか出ます」

と寺島は付け加えた。

私はケタを聞き間違えたのかと思って聞き返すが、ボーナスの額は数千円台である、という。

その話を聞きながら、

「おもしろいな」

と私は思った。

宅急便の流れでみると、その中心にあるベースの機能を十分に知らずして、宅急便がわかったとはいい難いのではないか、と考えるようになった。同時に、ベースならばアマゾンのときと同様にアルバイトとして潜入できるのではないか、とも思った。ヤマト運輸のベースは全国に七〇カ所あるのだが、どうせ働くのなら羽田クロノゲートがいい。

羽田クロノゲートは、ヤマトホールディングスが現在、グループを挙げて取り組む〈バリュー・ネットワーキング構想〉の中核をなす施設だ。クロノゲートとは、ギリシャ神話に出てくる時間の神〈クロノス〉とゲートウェイ（出入口）から作った造語だ。同社の資料によれば、「新しい時間と空間を提供する物流の『玄関』であるとともに、物流の新時代の幕開けとなることを目指して名づけました」とある。敷地面積が約一〇万平方メートルで、延べ床面積が約三〇万平方メートル。七階建ての建物だ。

バリュー・ネットワーキング構想の総投資額二〇〇〇億円のうち、一四〇〇億円が羽田クロノゲートへの投資であることからもその重要性が明確になる。同施設は、二〇一三年一〇月に稼働している。

稼働の際に、アイドルグループのＴＯＫＩＯを使って「ニッポンの物流にもっとバリューを」、「羽田クロノゲート、始動」というコマーシャルを頻繁に流した。物流企業が施設の稼働に合わせてテレビＣＭを打つのは異例のこと、と業界では話題になっていた。物流施設としては抜群の知名度を誇るヤマトの最新施設ではどのような作業が行われているのだろうか。

クロノゲートがアルバイトを募集していることは、ネットの求人サイトでみつけた。ネット上には、いくつかの求人サイトがあり、働きたい会社の社名や勤務地、勤務時間や職種などを登録しておくと、毎日、新しい求人情報がメールで送られてくるサービスをみつけて利用した。以前と比べると、バイト探しもずいぶんと楽になった。

クロノゲートのアルバイトの時間帯は、「早朝」、「日勤」、「夕勤」、「夜勤」の四つに分かれ、勤務時間は三時間から八時間までに分かれている。私が選んだのは、「夜勤」の午後一〇時から翌朝六時までの休憩一時間を含む七時間勤務。時給一〇二〇円に、深夜割増しの二五五円がつくので、一時間当たり一二七五円。七時間働くと一日八九二五円となる。

契約は二カ月間。二カ月後に更新されるのではなく、二カ月後にいったん打ち切りとなり、その後もヤマト運輸で働きたければ、一カ月休んだ後で、二カ月働くのだという。つまり、年初の一月から働きはじめたとしても、最大で八カ月しか働けない。たとえば七月の途中からアルバイトをはじめた私の契約は、八月末日で終了となる。

ヤマトだけではなく佐川や郵政などとの取材の兼ね合いもあり、私は一カ月と期間を区切って羽田クロノゲートでアルバイトをすることにした。

私が夜勤を選んだのは、夜勤こそがベースの作業の中心であり、宅急便の翌日配達は夜勤の存在なしには成立しないと考えたからだ。ヤマト運輸に限らず、今日出荷した宅配便が、明日届くのは、夜を徹して仕分ける人たちがいるからだ。利用者には目につかないながらも、宅配便の肝ともいうべき作業なのだ。ヤマトが誇る最新鋭のクロノゲートのベースで働くということは、その仕組みを胃の腑から観察するにも等しい。

そう考えたのは私の独り善がりではなかったようだ。

ヤマト運輸の山内雅喜社長（現・ヤマトホールディングスの社長）は、ヤマトの社内報「Ｙａｍａｔｏ　Ｎｅｗｓ」の二〇一四年八月号の巻頭コラムにこう書いている。

「ベースは宅急便の心臓です。そしてベースの作業は、新鮮な血液を正しいリズムで間違いなく身体の各部位に送り込む心臓の弁であり心筋と同じだと思います。正しく動いてくれれば身体は健康ですが、少しでも乱れると身体は変調をきたしてしまいます。ベースが乱れればセンターのサービスレベルはすぐに影響を受けるわけです。ですから心臓を形成する一つ一つの細胞（つまり我々で言うならば、ひとりひとりの作業のスタッフ）に正しいＤＮＡを持って業務をしてもらい、目指すべき正しい働きをしてもらわないと困るのです」

ヤマト運輸にとって「正しいＤＮＡ」とは何のことなのか。山内は、同社の社訓を挙げてこう説明する。

「ベース作業のアルバイトさんたちにも『運送行為は委託者の意思の延長と知るべし』と同じ気持ちを持って業務をしてもらえれば、宅急便は安心・信頼できるサービスになります」

ヤマトの社訓である「運送行為は……」というのは、預かった荷物を顧客の立場に立って、迅速かつ丁寧に運ぶようにという意味。そうした気持ちを、二カ月で打ち切られるアルバイトに共有するように求めるというのは、どこまで現実的なのだろうか。

ここでもう一度、ヤマト運輸におけるベースとはどのような働きをするのかを確認しておこう。

ヤマト運輸には、羽田クロノゲートや厚木ゲートウェイを含め約七〇カ所のベースがある。ベースは、基本的に各都道府県に一つずつあるのだが、人口の多い東京や千葉、大阪や、配送エリアの広い北海道には、複数のベースがある。各ベースは主管支店を兼ねており、その下に約六〇〇〇カ所の宅急便センターが属する。各宅急便センターは、四〜五台の集配車を保有する。

たとえば、東京には六カ所のベースがあり、都内の宅急便センターでは、配送車が集めてきた荷物を順次、センターに持ち帰る。午後七時までには、それぞれが属するベースへと集荷してきた荷物を送り込む。

ベースでは、センターから集められた荷物を、各ベース行きに仕分ける。到着店（着店）ごとに番号が振り分けられている。羽田は三二番。同じ関東なら、茨城ベースが二一番、栃木ベースが二二番、群馬ベースが二三番——というように。

もし私が羽田クロノゲートのある大田区から、母校の大学のある西宮市の友人宅に宅急便を出した場合、羽田クロノゲートで尼崎のベース行きに仕分けられ、カゴ車に積み込み、下請けの車両に載せて、午後九時前後に出発する。これがベースにおける発送作業である。

それが、尼崎市にあるベースに到着するのが午前三時前後。そこでさらに宅急便センターごとに仕分けられ、センターに届けられるのが六時前。宅急便センターからヤマト運輸の制服を着たセールス・ドライバーが荷物を届けるために出発するのが午前八時過ぎ――となる。

一方、荷物を送り出した各ベースでの作業は、午後一〇時を境に、それまでの発送作業から、到着荷物の仕分け作業に切り替わる。羽田クロノゲートの場合、各地のベースから送られてきた荷物の、担当エリアである二三区内の品川区、大田区、渋谷区、目黒区、世田谷区の宅急便センターへの仕分け作業を行う。私を含めた夜勤の社員やアルバイト、派遣社員が行うのが、この仕分け作業である。

ベースで誤仕分けや、仕分けの作業の遅延が起これば、翌日の配送作業に大きな支障をきたす。仮に誤仕分け率が一％でもあったのなら、宅急便の機能が麻痺してしまう。山内社長の「ベースは宅急便の心臓です」という言葉はそういう意味なのだ。

つまり、宅急便におけるベースの位置とは、扇でいえば要となり、野球の守備でいえば捕手で、製本でいえば背表紙に相当するほど重要な役割を果たす。

夜勤労働者の四割は外国人

私が諸手続きを終えて、羽田クロノゲートで働きはじめたのは、大阪で電話を受けてから五日後の金曜日のこと。初日は曇天で、雨が降り出しそうな、作業が終わる翌朝まで天気が持ちそうな微妙な空模様。昼間の最高気温は二七℃。夜になると、ねっとりとまとわりつくような湿気が身を包んだ。

手続きの際、七月度と八月度の「出勤希望日」という書類を受け取っていた。それは、クロノゲート側とアルバイト側で、同じことが書かれた書類を分けて持っているというものなのだが、クロノゲート側が持っていた部分には、赤字のマジックで「クール」と書いてあった。

「クール宅急便の仕分けをするということなのか⁉」

そう思ったが、余計なことを口にして、万が一にもアルバイトのチャンスを逃すことがあってはならないと思い、当日まで黙って待つことにした。クール問題のみそぎが済むまでという理由で取材を断られ、苦し紛れに思いついた潜入取材で、クールの仕分けをすることになるのなら、何という偶然。天の配剤といったところか。

ヤマト運輸の二〇一五年三月期の取り扱い実績では、宅急便一六・二億個に対して、クール宅急便は一・八億個。これに加え、メール便の仕分け作業なども入るので、クールの仕分けに当たるのは二〇分の一前後の確率だろうか。クロノゲートでは、一度、配属場所が決まったら、契約が切れるまで同じ場所を担当する。

面接のときに受け取った作業マニュアルを読むと「低温仕分室は気温一〇・五℃に設定されています。クールに配属となった担当者は上着を一枚ご用意してください」とある。

私は出勤初日に二度、クロノゲートに電話を入れ、私の担当がクールの仕分け室なのかどうかを尋ねたが、要領を得ない答えが返ってくるだけだった。冷え性の私は、長袖のスエットシャツに上着を持って、初日のクロノゲートへと向かった。

自分の担当がクール宅急便であることがはっきりとわかったのは、私のタイムカードに「クール」の文字が書いてあるのを確認したときだった。

「I」という名札をつけたヤマト運輸の男性社員が、私に名札を渡して、ロッカーに案内してくれた。私の名札には、「横田」という名前の下に、アルバイトを管理する番号なのか、「964719」という数字と、「クール」という文字が入っていた。

男性社員は、ロッカーで四ケタの暗証番号を設定するように教えてくれた後で、私にこういった。

「ここは東南アジア系の人が多く働いていますので、暗証番号を設定しても、貴重品はロッカーに入れない方がいいと思います」

親切心から出た言葉ではあろうが、その表現はどうだろう。たしかに、ロッカールームやトイレには、日本語と並んでベトナム語に翻訳された利用案内が貼ってあった。ロッカーからは、三〇代の現場の男性社員が、クールの仕分け室まで私を連れて行ってくれた。顎に特徴があることから〝猪木〟と呼ぶことにした。

途中で、カゴ車を引っ張っている東南アジア人を横目でみながら、〝猪木〟はこういい捨てた。

「ヤマトの制服は着ていても、外国人は仕事のやり方がほとんどわかっていない。ここで働いているのはベトナム人が多い。外国人のうち八〜九割がベトナム人で、ほかに中国人や韓国人も働いているけどね」

「……」

たしかに外国人労働者は多い。夜勤では平均五〇〇人の労働者が働いていると聞いたが、その四割前後は外国人であり、その大半がベトナム人だ。ベースの作業員に外国人が多いのは、クロノゲートだけではない。北関東のベースでもベトナム人が多いといい、九州のあるベースではネパール人が多い、という。九州のベースで働く五〇代の女性は、こう話す。

「一〇年前は、日本人の大学生が夜勤のバイトに数多く入っていましたが、今は、六〜七割が外国人になっていますね。うちのベースで働く外国人は、多い順番に、ネパール人、バングラデシュ人、ベトナム人、中国人、韓国人――ですね」

アマゾンの物流センターでアルバイトをしたころは、作業現場に外国人は一人もいなかった記憶があるが、今ではアマゾンを含めた物流センターでも外国人が数多く働いているのだろうか。クロノゲートで働く日本人は、四〇代から五〇代の男女が圧倒的に多かった。中には、腰の曲がった七〇代にみえる老人も一人、毎日のようにバックパックを背負い、マスクをして作業現場に現れた。それに比べ、ベトナム人の労働者は二〇代が大半だ。彼らのほとんどが昼間に日本語の学校に通い、夜はクロノゲートで働いているのだという。

日本の労働人口が減少する中で、宅配便のような物流現場の夜勤手当込みで一〇〇〇円強という時給では今後、ますます日本人労働者を集めることは難しくなるのではないか。日本が単純労働者の外国人を受け入れるのなら、人手不足の問題は緩和することもあるのだろうが、日本にはそうした土壌もないようだ。

クロノゲートで働いている間、日経新聞に「外国人　働きにくい日本」という記事が載った。「労働人口が減少している日本。働き手を確保するために、外国人をもっと国内に呼び込むべきだという機運は高まっている。しかし、日本の全人口に占める外国人の比率はまだ一％台半ばと、米国の四分の一にとどまる」と書いてあった（「日経新聞」二〇一四年七月二八日)。

その記事を読みながら、もし一〇〇〇円強という時給が、外国人留学生からもそっぽを向かれる日がくると、宅配便の現場はまわっていかないことになるのではないか、との思いを強くした。

ベースの作業員の正しい服装とは、長袖長ズボンに軍手をはめ、つま先がプラスチックで覆われた安全靴を履いて、ヘルメットを被る。それに、手甲ガードを巻いて、安全靴にアキレス腱ガードを装着すれば完璧となる。作業現場は、さまざまな事故が起こる危険性がある。

一階の作業現場の入り口には、「(カゴ車を引っ張るときの)スピードの出しすぎダメ!」や「片手引きダメ!」、「無理なボックス回送はダメ!」、「頭上注意!」などの注意喚起のポスターが何種類も貼ってある。実際、私が働いている間にも、労働者がカゴ車の間に手を挟んで複雑骨折して入院した例があった。

クール宅急便の仕分け室は一〇℃

クールの仕分け室は寒かった。常温の仕分け室が三〇℃近いのと比べると、一〇℃前後に保たれているクールの仕分け室は、相当寒い。半袖のポロシャツとジーパン姿であったのなら、寒さのためだけに、三〇分ももたずに音を上げていただろう。

〝猪木〟は、「A1」というラインに私を連れて行って、四〇代の女性のアルバイトに引き合わせると、彼女に仕事を教えてもらうようにといって自分の仕事に戻って行った。こうした作業現場で、懇切丁寧な説明など期待していない。しかし、それでもほとんど何の説明もなしに作業を開始することには、戸惑いを覚える。

そのとき、それまでに取材したヤマト運輸の現役社員の言葉が私の耳によみがえってきた。

ヤマトの中京地区の現役営業マンである石上俊介（四四）＝仮名は、ヤマトの弱点として社内教育の不備を挙げていた。

「ヤマトでは、ボトムアップができるような社員教育の仕組みができていないため、現場のドライバーなどの若手がなかなか育ちません。本社の描く理想と、現場の現実の温度差があまりにありすぎるのもその原因の一つだと感じています」

東京都内で二〇年近くセールス・ドライバーとしてハンドルを握る野口真一＝仮名は、新サービスが現場に十分な説明がないままにはじまる様子をこう話す。

「九〇年代後半に時間指定やその後、関東域内の当日便がはじまったときも、現場に十分な説明がないまま突然のようにはじまるんですよ。主管支店からすると、概要はメールで送っておくからよく読んで理解するようにってことなんでしょうけれど。先日（筆者注・二〇一四年四月）、クロネコメンバーズの割引がはじまったときも、新聞やネットで熱心に情報を集めるお客さんの方がよっぽど知っているほどでした」

そうした教育が不十分であるというのは、現場にありがちな上層部への不満なのだろうかという思いもあった。しかし、二〇一一年に放送された「カンブリア宮殿」に出演した瀬戸薫（当時のヤマトホールディングス会長）の映像をみたとき、それは認識違いであると気づいた。

ドライバーに対してどんな教育をしているのかという問いに対して、瀬戸はこういい切っている。

「あまりたいした教育はしてないですね。サービスが第一ですよ、世のため人のためになることをしなさい、という概略だけを教えていますけれど、事細かに小さいことまでは絶対に教えてないですね。お客さんに対して反応するというのは、（ドライバーが自分で）考えてやっているんですね」

ヤマトの主力戦力であるセールス・ドライバーへの教育さえも不十分であるのなら、二カ月で契約を打ち切られるアルバイトに業務内容を詳しく説明しないことに何の不思議もない。

小指の爪が真っ黒に

羽田クロノゲートのクール宅急便の仕分け室は、西側と東側の二つがあって、私が働いた西側には目黒区と世田谷区、渋谷区向けに一三本のラインがあった。

各地から到着したクール用のコールドボックス（クール宅急便では、カゴ車ではなく開閉式のボックスタイプを使用するので呼び方が変わる）に詰まった荷物は、〝流し〟と呼ばれるベルトコンベアの出発点から載せられる。

流しからベルトコンベアに投入された荷物は、いったん中二階へと上がる。そこでクロスベルトソーターに載せられる。スキャナーで荷物についているバーコードを読み取り、各方面のシューターに落としていく。ソーターの時速は約一〇キロ。

私が最初についたA1のラインは、冷凍荷物だけが落ちてくる。ラインにつながる長さ一〇メートルほどのローラーの周りに、目黒区内の〈祐天寺センター〉と〈下目黒支店〉からはじまって、〈駒場センター〉や〈鷹番センター〉まで一七本のコールドボックスが、縦横五～六メートルの壁のようにぐるっと囲んでいる。

同じラインのアルバイトの女性は、クロノゲートで合計六カ月ほど働いているとのことで、ほとんどの作業手順を飲み込んでいた。右も左もわからない状態で私が質問しても、嫌な顔をせずに教えてくれるのは大きな救いだった。彼女の契約が終了となる七月末までの二週間、たくさんのことを教えてもらった。ただこの人、過食症なのか、常にお菓子をビニール袋に入れて現場に持ってきて、作業が暇になると、監視カメラの死角でお菓子を口に運ぶ癖があった。

ベースが午後一〇時に、発送作業から荷受け作業に切り替わって、最初にやることは、ボックスを所定の位置に並べることだ。Ａ１なら全部で一七本のボックスを並べるのだが、このボックスをどう並べるのかが結構複雑だ。サテライト店という車両を使わず、主に台車や自転車で運ぶ小規模の宅急便センターには、小さなボックスを用意する。通常の宅急便センターには、大きなボックスを用意する。

ボックスには、電動式と、蓄冷剤を使う蓄冷式の二つのタイプがある。どちらのタイプにも、ボックス内の温度を示す温度計がついている。営業所によって、電動式と蓄冷式を使い分ける必要がある。「作業マニュアル」によると、冷凍荷物とはマイナス一五℃以下で取り扱い、冷蔵荷物は、三～八℃で取り扱うことになっている。

アルバイトはまず、自分の担当するシューターの周りにボックスを集めて並べ、冷凍の場合、ボックス内をマイナス一五℃以下に冷やすため、行き先別に決められた数のドライアイスや袋詰めされた〈ドライアイスナゲット〉を詰める。どのボックスに、

A1ラインのイメージ図

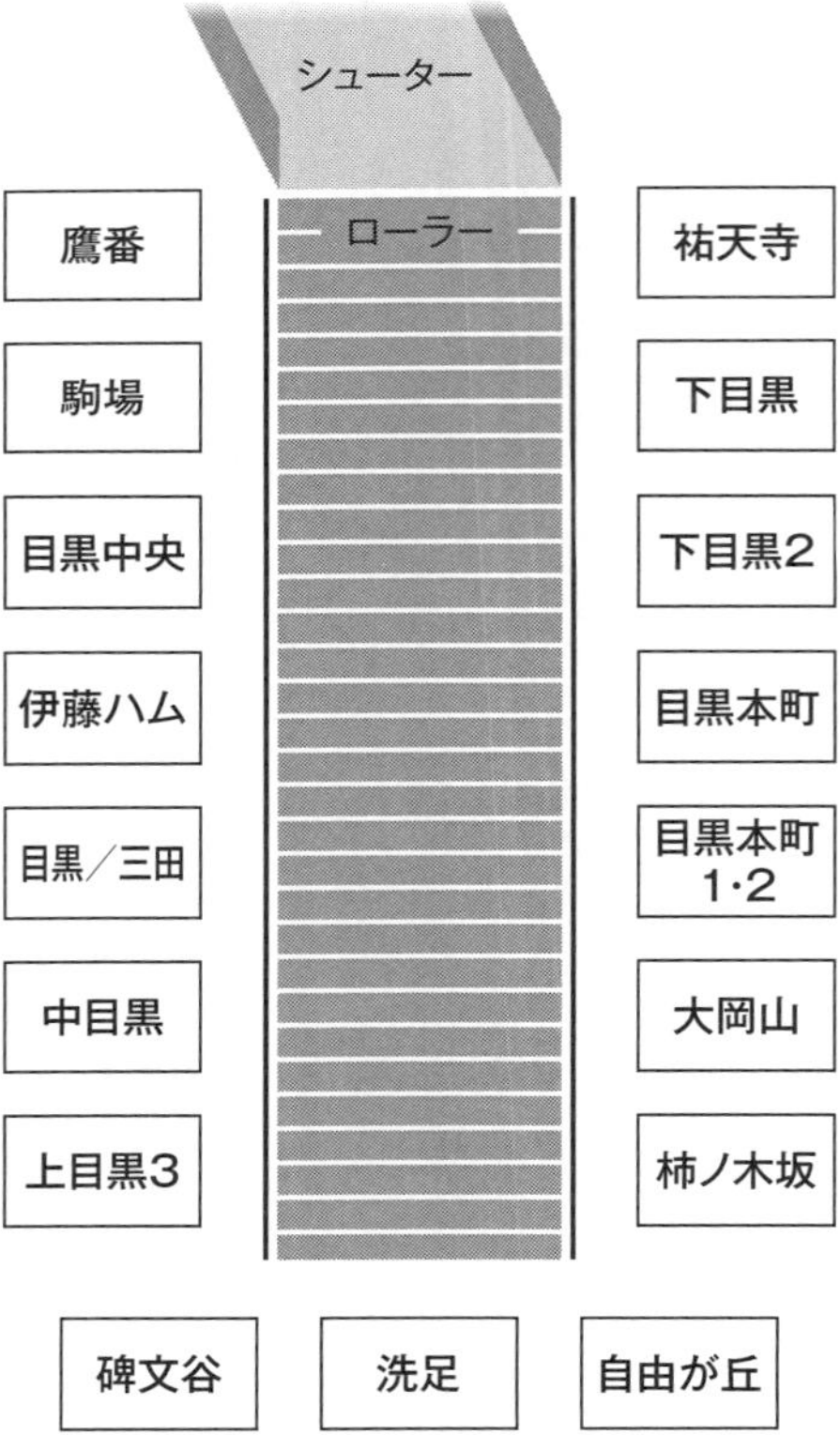

冷凍荷物専用のA1ラインには17本のコールドボックスが並ぶ

いくつのドライアイスやアイスナゲットを詰めるのかは、住所を書いた用紙に赤字で書き込まれている。祐天寺サテライト店には、ドライアイス二〇キロ、アイスナゲット一袋というように。その作業が約三〇～四〇分かかる。

その後、ようやくシューターから冷凍の荷物が落ちてくる。落ちてきた荷物の住所をみて、コールドボックスを開けて入れてから、閉める。初日は、午前一時の休憩までの三時間に、五〇個も積み込んだだろうか。〝最閑散期〟という言葉通り、楽勝ムードが漂う。ただ残念だったのは、クールのラインには、ヤマトの最大手の顧客であるアマゾンの荷物が流れてこないことだった。

暇な間、私は一七本のボックスの住所を頭に叩き込もうとしていた。単純作業ではあるが、荷物を抱えて住所を探していては、時間がかかって仕方がない。たしかに潜入取材の目的は、内部から宅急便の仕組みを観察することにある。しかし、時給とはいえお金をもらう以上、もらった金額以上の働きをしなければという身にしみついた貧乏性が頭をもたげてくる。

午前一時から一時三〇分まで最初の休憩。二階の休憩室の自動販売機で〈ゆずはちみつ〉のジュースを買って飲むが、体が芯から冷えているのか、恐ろしいほど冷たい飲み物に感じられた。一時三〇分から二回目の休憩が入る三時までも荷物量が少ない。

しかし三時三〇分からは、荷物量がそれまでの約四倍に跳ね上がった。一転して目が回るほど忙しくなる。まだボックスの位置と住所を十分に覚えていない私は、ベテランの女性が住所をみて、ローラー上で、入れるボックスの前まで転がして寄こしてくれる荷物を積み込むのが精一杯。ボックスに荷物を入れる際、作業を急ぐあまり、視界に銀粉が舞うほど何度も頭をボックスに打ちつけた。ヘルメットがなければ、頭がタンコブだらけになっていただろう。

荷物は中二階のシューターから落ちてきて、五メートルほどのローラーへと流れていくのだが、シューターからローラーへとつながるところが荷物で詰まってくると、各ラインについている警報ランプが黄色に点滅し、サイレンのような音と一緒にまわり出す。二階にある中央管理室という部屋で、ライン全体の作業の流れを監視できるようになっていて、目詰まりが起こると、そのラインの監視カメラを作動させ、作業の様子を映し出すことができる。

黄色信号がともっても、作業が進まない場合は、赤いランプがまわりはじめる。「ラインが〝パンク〟しているので早くどうにかしろ」という意味である。ローラー上の荷物が減らない限り、赤いランプはまわりつづける。

警報ランプが鳴りはじめたら、とにかく、荷物をローラーから降ろし、該当住所のボックスの前にいくつか積み上げる。ローラー上の荷物を一通り降ろし終えた後で、ボックスに積み込むのだ。ボックスに積み込む際、一回ごとの開け閉めに時間が取られる。しかし、一度に複数個積み込めば、スピードは上がる。処理の能力を超えるほど荷物が落ちてきたときは、緊急避難の策として、とられる手段である。

この手のバイトをはじめてから慣れてくるまでは、自分が随分とバカになったように思えてくるのが常である。早く仕事を覚えるほど、周りをじっくり観察する余裕も出てくるのだ。

四時三〇分には「残りの到着台数、あと二台です」とのアナウンスが入る。五時過ぎにはほぼ積み込み作業が終わり、それからはボックスの〝追い出し作業〟となる。

積み込んだコールドボックスを方面ごとに引っ張って、都内の宅急便センターをまわる大型トラックに積み込む。荷物を満載したコールドボックスは一台、数百キロとなる。それを、次々に追い出していく。

この追い出し作業には危険が伴う。数百キロのボックスを、追い出していくとき、勢いをつけた方が楽に動く。しかしあまりスピードをつけすぎると、ボックスとボックスの間に手を挟んで大怪我をする恐れがある。そのため、現場では手甲ガードをつけて作業するように、とうるさいほどいわれる。

アルバイトの中には、自分の力を誇示するためか、それとも早く作業を終わらせたいためか、必要以上にスピードをつけてボックスを振りまわすように追い出す若者が何人かいた。しかし、ここで大怪我をしては潜入取材の目的を達成することはできない。私は、極力こうした若者たちには近づかず、ボックスの追い出し作業をするように気を遣った。

この追い出し作業は力作業でもある。毎日追い出し作業をするようになった私は、足を踏ん張るために両足の指にマメができた。さらにつづけていると、左足の小指の爪が内出血し、一カ月のアルバイトが終わるころには小指の爪全体が真っ黒になった。そしてその年の冬、小指の爪が全部剝がれた。

ようやく六時直前になると、「六時までの人は上がってください」とのアナウンス。クール室にいた二〇人ほどのアルバイトが一斉に、二階のロッカールームへと向かっていく。

私は、二階へと向かう階段を一段上るのさえ、足が上がらずつまずきそうになる自分に気づく。日頃、ろくに体を動かしていないので当然の報いとはいえ、初日の労働が身体に堪えていることを実感する。

二階の休憩室に腰を下ろすと、その前の休憩時間のときには真っ暗闇だった空に、曇天の後ろに朝日が昇っていることがわかる。生まれてはじめての夜勤のアルバイトであるため、仕事をしているうちに夜明けを迎えるのもはじめてのこと。

「今日一日の作業で、九〇〇〇円にもならないのか」

というのが正直な感想だった。一〇℃前後という低温の中での立ち仕事に、いったい何日たてば身体が慣れるものだろうか、と思いながら私は重い身体を引きずるようにして、自分の部屋まで、這うようにして戻った。部屋で飲んだ温かい焙じ茶が、冷えきった体の芯をとかすように感じ、立て続けに何杯も飲む。その後、朝食をとってから眠りについた。

バイトをはじめる前、夜は現場で働き、昼間は取材や記事の執筆をしようと思っていたが、それが自分の許容量をはるかに超えた甘い目論見であったことを初日にして痛感した。

クール宅急便の温度管理問題

クールの現場で、〈流し〉に入ったのは、二日目の休憩が終わった後だった。

午前零時半の休憩の後、私は本来なら西側のクール室に戻るところを、東側に戻ってしまった。すぐに間違いに気づいて西側に戻ろうとするところで、ヤマトの制服を着た茶髪の男性に呼びとめられた。

「一緒に、ここをやってもらえませんか」

ベルトコンベアの出発点である〈流し〉だ。到着したコールドボックスを開けて、荷物をベルトコンベアに載せていく作業だ。

茶髪の男性からは、コンベアには、生花やワインなどのビン物や極薄の医療サンプルなどは載せないようにといわれる。最初の二つは、ベルトコンベアで流すと壊れるためであり、極薄の医療サンプルなどは、流れていく途中でコンベアからこぼれ落ちてしまうからだ。後は、バーコードの貼ってある側面を上にするように、と。

ここでも最小限の指示だけで、作業スタートである。

私ははじめ、こわごわと荷物を載せていたのだが、制服男性と比べると半分も載せることができていない。制服男性のやり方をみていると、載せるというより、放り投げるという方が近い。私も、だんだんと壊れない程度に放り投げるコツがわかってくる。後は、どんどん投げ込む。

宛名をみてボックスを探しまわる必要がないので、頭を使うことはないのだが、体力は使う。しかし到着したコールドボックスが流しの前で五、六本並んで順番を待っているのをみると、休むことはできない。ボックスの中には、一〇〇個近くの荷物が入っている。一回しゃがむごとに持てる荷物は、せいぜい二、三個。何度も腰を曲げて荷物を取り出して放り投げていく。気温一〇℃前後でも、汗が出てくるほどの仕事量。

徐々に腰が痛くなってくるが、「他の人に代わってほしい」ともいい出せない。制服の男性に遅れないようにと思うが、スピードの差は開いていくばかり。そのうち、ボックスを開けたとき特有の生臭いにおいに気分が悪くなるが、次の休憩時間が一刻も早くくることを願って、荷物を投げつづける。

いったん流しに入った後で、注意してみていると、荷物を投げ入れるのは、クールの流しに限ったことではなく、常温品の荷物も同じように投げ入れていることに気づいた。この流しでラインに載せるときに、クールでも常温でも同じだが、どんどんと荷物を放り投げる。流しでは、「一時間で七〇〇〜一〇〇〇個を投入する」という。一〇〇〇個なら、三秒強で一個を投入する計算だ。とても一個ずつ丁寧に置いていたのでは間に合わない。

クールの荷物を投げ込みながら、思い出していたのが、先に挙げたヤマトの瀬戸薫が出ていたテレビの特集番組だ。番組は、白と黒のクリームで作られた手の込んだパンダの立体デコレーションケーキを地方から東京へ運ぶシーンからはじまる。番組では地方のケーキ店を出発した荷物が、次の場面ではセールス・ドライバーが東京の一軒家に届ける。

箱を開けると、出発したときのままのケーキが現れる。受け取った家庭の主婦が「どこをみても完璧なのでびっくりしています」と語った後で、「ケーキも余裕で運ぶ。いまや宅急便に運べないものはない」とナレーションが謳いあげる。

その映像が嘘だというつもりはない。

しかし、その途中にあるはずの幹線輸送やベースでの仕分け作業はどうなっていたのだろう。たとえば、一日二〇〇個が売れるその立体ケーキの箱が、今、私の目の前のボックスに入っていたら、どうしたらいいのか。隣の社員なら、それだけは特別にゆっくり、丁寧に作業をするのだろうか。

番組は二〇一一年に放送されている。その後、二〇一三年一〇月に朝日新聞がクール宅急便の温度管理がずさんであることを一面トップですっぱ抜いた。複数の宅急便センターにおいて、コールドボックスが開けっ放しになっていたため、真夏の外気にさらされた荷物が二七℃で仕分けされていたこともある、という衝撃的な内容だった。

その間も、テレビに出てきたパンダの立体ケーキは無事に届けられていたのだろうか。

無理やり荷物を積み込み拍手

宅急便にクロネコのマークがついているのは、「親猫が子猫を優しく口にくわえて運ぶように、お客さまの荷物を丁寧に取り扱う」というヤマトの経営思想が込められている。しかし目の前の作業現場の現実は、ヤマトの掲げる理想とは程遠い。そのことは、現場を知っている人にとっては、周知の事実である。

ヤマトで二〇年近く働いた四〇代の元管理職の男性はこういう。

「俺は、宅急便もメール便も使わない。現場の作業レベルが低いのは、自分の経験でよく知っている。他の業者の作業現場にしても同じようなもの。だからどうしても届けたい物があったら、自分で車を運転して届けるようにしている」

クロノゲートで働く前にこの話を聞いたとき、いくらなんでもいいすぎではないか、と私は思ったが、実際に働いてみると、その言葉に共感できるようになっている自分に気がつく。

先に述べた〈流し〉での作業を終えた私は、休憩後に所定の位置に戻ると、六時まで荷物の積み込み作業をつづけた。

作業が終わる六時直前のことだった。隣のラインのボックスに荷物が積み込みきれず、三、四個だけが残っていた。制服を着た男性社員が、何度か荷物を積み直し、隙間を作って積み込んでいくと、最後は残り一個だけとなった。男性社員は、それをどうにか積もうとして、必死の形相で積み替え作業を繰り返す。しかし最後の一個分を積むだけの十分なスペースを作り出すことはできず、結局、真ん中に開いたわずかな隙間に、六〇サイズほどの段ボールが変形するのもかまわずにねじ込んだ。周りでみていた数人の社員とアルバイトからは期せずして拍手がわき起こった。

どうして男性社員が無理やり押し込んだのか。

どうして拍手が起こったのか。

一個であっても荷物が残れば、もう一本ボックスを使わなければならないからだ。満載のボックスと、一個しか入っていないボックスを比べれば、満載の方が積載効率がいい。無理やり押し込めば、配達の際、型崩れした荷物を受け取った顧客からクレームが入るかもしれない。しかし、一個の荷物を大切にすることよりも、積載効率を、つまりコストの方を優先したのだ。周りから自然と拍手が起こったのは、私が働いていた現場には、個々の荷物を大切にするより、効率を重視する風潮があるからだろう、と私の目には映った。

小倉昌男が終生唱えつづけた「サービスが先、利益は後」という考え方は、業界トップという位置に安住した今、どうでもよくなったのだろうか。それとも小倉の時代のベースでも、作業の荒っぽさは同じようなものだったのだろうか。「サービスが先、利益は後」というのは、外部にとっての耳当たりのいいキャッチコピーのようなものだったのだろうか。

アルバイトは二カ月限り

羽田クロノゲートでは、何人ぐらいが働いているのだろうか。全体像はどのようになっているのだろうか。アルバイトとして働いていると、自分の働いている点はみえてきても、それを線でつなぎ全体を俯瞰することはできない。

全体をみることは諦めて、半ば捨て身の気持ちではじめた潜入取材ではあったが、それがその後、ヤマト運輸の取材の突破口を開くことになった。

潜入取材中の七月下旬、ヤマトホールディングスの第1四半期の決算説明会があった。決算説明会の場で、私は三月に私の取材を断った広報担当者をつかまえた。クロノゲートに置いてある社内報や組合の冊子から判明した労働環境に関する数字をいくつか並べ、取材をさせてもらえないか、と再度頼んだ。

すると、その労働環境の数字が効いたのか、広報担当者の顔色が変わったようにみえた。
「どんな取材がしたいのか、もう一度、質問項目を送ってください」
と担当者はいう。
労働環境の数字などを含めて質問項目を送ると、今度は、直接会って話がしたいと
いい出す。
私がヤマト運輸の本社を訪ねると、広報担当者はこう切り出した。
「横田さん、うちの会社に潜入取材などをなさっているんですか」
ウソをつけば後々不利になることがわかっているため、私は、
「いろいろな方法を使って、情報を集めさせていただいています」
とだけ答えるにとどめた。
曲折をへて、取材許可が下りたのは、真夏の潜入取材が終わり、秋も深まった一〇
月のことだった。ヤマト運輸の常務であった長尾裕（現・社長）への三時間にわたる
インタビューと、その翌日の羽田クロノゲートの見学が実現した。
長尾へのインタビューの際、
「横田さんは、すでにクロノゲートでお働きになっておられるので、おわかりのこと
と思いますが……」という言葉が何度か飛び出すのを聞いて、私が羽田クロノゲート

に潜入取材をしたことを知った上で、取材を受けていることがわかった。

一〇月にヤマト運輸の取材ができると、それと連動するかのように、ヤマト運輸の労組からも取材の許可が下りた。

ようやく実現した正面からの取材でわかったのが、次のような羽田クロノゲートの全体像だった。

私が働いた仕分け施設を案内してくれたのは、主事の大川悠気と、副ベース長の山口昭博だった。七階建ての羽田クロノゲートで、ヤマト運輸が入るのは、一階と二階、それに三階部分。私が働いた一階は、クールを含めた宅急便の仕分けエリア。二階はメール便や書類、小物などを機械で仕分けるエリア。三階は、機械で仕分けできないメール便などの仕分けエリア——となっている。

一時間の荷物の処理能力は四・八万個で、他のベースが二万個前後であるのと比べると、二倍以上の処理能力を持っている。二〇一三年一〇月から稼働して、年末の繁忙期が終わった二〇一四年二月から本格稼働する。それまでの南東京ベースと東京ベースで行っていた業務を羽田クロノゲートに移管した。

一階には、発着荷物のトラックの搬入口と搬出口が合計で一〇〇カ所強ある。そこから荷物が積み降ろされるのだが、一日の発着荷物の合計は五〇万個強となり、繁忙期には、それに二〇万〜三〇万個が上乗せされる。もちろん、七〇カ所あるヤマト運輸のベースでは最大の荷物の処理量となる。

センターは、午後二時から午後一〇時までが到着荷物を処理して、午後一〇時から午前六時までが発送荷物を処理する。

集められた宅配荷物は、全長一〇〇〇メートルを超えるベルトコンベアに載せられて二階に上がっていく。カメラ式スキャナーがバーコードを読み取った後、時速約一〇キロで動くクロスベルトソーターは、〈セル〉という一枚ずつのゴム製の板のようなものでできて、そのセル一枚ごとに、荷物一個ずつが載る。そのセルが行き先のシューターのところまでくると、セルが横に回転してシューターに落ちていく。

カメラ式スキャナーは、宅配荷物を画像として撮影し、保存するという役割も持っている。前後左右の四面からの画像を撮影し、機械が読み取れなかった荷物などは、二階にある中央制御室で、専任のオペレーターが仕分けコードを手作業で打ち込むことになっている。いずれも最新鋭の物流機器である。

社員とアルバイトを含めた在籍の従業員の概数は一五〇〇人で、約一〇〇〇人が昼と夜のシフトに分かれて働いている。そのうち、無期限雇用の正規社員に当たる〈マネージ社員〉は約三〇人で、一年更新の正社員である〈キャリア社員〉は八〇人強。

つまり、一五〇〇人の主力は、二カ月雇用のアルバイトだということだ。稼働してから約一年の間に、ロールボックスパレットやクールボックスに手や足を挟んでケガをした労災事故は一〇件前後ある、という。

私は、なぜアルバイトの契約を二カ月で打ち切り一カ月の休みとするのか、と尋ねてみた。するとこうした答えが返ってきた。

「仕分け作業では、繁忙期と閑散期の差が大きいんです。閑散期とは、具体的には一月、二月を指しています。逆にお中元やお歳暮の時期は、繁忙期で多くの人手が必要となります。そうした荷物の多寡に合わせて、アルバイトを雇えるように二カ月という契約期間をとっています」

繁忙期には人手をかき集め、閑散期には人手が余らないように安全弁として、アルバイトを二カ月限りで雇っているというようにも聞こえた。

それに対して長尾はこう答える。

「クロノゲートは、まだ稼働から一年もたっていない施設なので、アルバイトの中から社員になってもらう人を集めている過程なのです。古くからあるベースでは、社員の比率が八〇%から九〇%というところもあります。アルバイトからヤマト運輸にふさわしい人を選んで、口説いて社員になってもらうのに最低でも一年以上は必要です」

作業員から取材者に変わった私にとって、その日一番印象に残ったのは、ヤマト運輸の仕分け現場をみせてもらっていたときの出来事だった。昼間の仕分けをしている南米系の作業員が、ロールボックスパレットから荷物をベルトコンベアに積み込んでいるときに、何個かの荷物が足元に落下した。

それをみつけた山口から「荷物が崩れないよう！　気をつけろよ！」との怒声が飛んだ。そのとき、作業員に戸惑いの表情が浮かんだ。「いつものことなのに、なんで今日だけ怒られるんだよ」という反発の気持ちがこもった表情にもみえた。

もっと手荒な荷扱いの現状を知っている私からすると、その怒声は外部の人間向けのパフォーマンスにも思えた。取材者、つまりお客さんとしてみせてもらえる現場と、働きながらみる現場には、大きな隔たりがあることを、改めて認識する場面だった。

医療器械の洗浄から家電の修理まで

羽田クロノゲートが、バリュー・ネットワーキング構想の中核拠点となるのは、宅急便以外の四階から七階の部分にその理由がある。その部分も見学させてもらった。

バリュー・ネットワーキング構想の主眼は、下落傾向にあった宅急便の運賃を穴埋めするため、その宅急便に流通加工や在庫、保管、ピッキングなどの付加価値作業を加えることで、売上高と利益率を上げようという点にあった。

宅急便を運ぶだけでは、佐川急便や日本郵便などの同業他社との差異化が図りづらいため、どうしても運賃の値下げに追い込まれがちになる。そこで、ヤマト運輸は、宅急便を軸としながらも、グループ会社が宅急便を発送する前後の作業工程にかむことで、宅急便に絡む一個当たりの単価を押し上げようというのである。

具体的には、七階建ての羽田クロノゲートのうち、四階から上の上層階にグループ会社の〈ヤマトロジスティクス〉や、〈ヤマトマルチメンテナンスソリューションズ〉、〈ヤマトシステム開発〉などが入っている。

たとえば、七階のヤマトロジスティクスのメディカルセンターでは、病院に代わって、病院で使う医療器械を洗浄・メンテナンスする。同じく七階に入っているヤマトマルチメンテナンスソリューションズでは、家電メーカーから修理業務を請け負う。さらに五階に入っているヤマトロジスティクスでは、自分たちで物流センターを構える余裕がない中小企業向けに在庫管理からピッキング、梱包や出荷を肩代わりする。

そうした上層階での付加価値作業が終わった荷物は、七階から一階までつながるスパイラルコンベアで、仕分け施設に降りてきて宅急便として発送される。

家電の修理を例に挙げるなら、神奈川県の一般家庭からヤマトマルチメンテナンスソリューションズが請け負う家電の修理品があるとすると、午前中にヤマト運輸のセールス・ドライバーが家庭まで宅急便の荷物として集荷に行く。当日午後に、修理品は神奈川のベースから羽田クロノゲートへと運ばれる。翌日の午前中にクロノゲートで修理を終え、午後一時にはクロノゲートを出発する。神奈川のベースに着くのが午後三時で、午後五時には修理を完了した家電が配達完了となる。

電化製品の修理をクロノゲートで行い、前後を宅急便で運ぶために動線にムダがなく、消費者は発送の翌日に、修理を終えた電化製品を受け取ることができる。

このサービスは家電メーカーや消費者にとって便利であるだけではない。ヤマトホールディングスは、往復の宅急便の運賃に上乗せして、修理代や修理部品の保管代も収入とすることができる。

ヤマトホールディングスが進めているバリュー・ネットワーキング構想とは、端的にいえば、これまで消費者から消費者という個人間の輸送手段としてはじまった宅急便の仕組みに企業発の宅配荷物を載せていたものを改め、企業発の宅配荷物をメインに取り扱うことができる仕組みに切り替えることなのだ。

長尾に、二〇〇〇億円の投資の効果はどのぐらい見込んでいるのか、と尋ねると、アメリカの大手宅配業者の営業利益率が一〇％前後あることを引き合いに出して、「ヤマトホールディングスの現在の五％台の利益率を、バリュー・ネットワーキング構想がフル稼働したときには、八％ぐらいまでには引き上げないといけないと考えています」

という答えが返ってきた。そのためには、宅急便を軸としながらも、グループ会社がその前後の過程で、付加価値をつけていくことが必要となるのだ。それが、バリュー・ネットワーキング構想の主眼である。

「ドライバーの皆様へ」のシール

羽田クロノゲートで働いている間、私の定位置はA1かA2、A3・A4のラインにほぼ固定され、一週間もするとボックスの位置もおおよそ頭に入ってきた。すると、作業や荷物を見渡す余裕が出てきた。A1とA2は、目黒区内のほぼ同じ住所の荷物を取り扱うが、A1は冷凍荷物で、A2は冷蔵荷物を取り扱うラインである。A3・A4は隣の渋谷区で、神宮前や宇田川町といった商業地区が中心となり、冷凍荷物と冷蔵荷物の両方を扱うラインである。

最初に違和感を覚えたのは、通販の荷物の箱によく印刷されている、「ドライバーの皆様へ」という文章だった。

一例を挙げると食材通販大手の箱に書いてあるこんな文章だ。

『「運送会社ドライバー皆様へ」（必ずお読みください。）いつも運送ありがとうございます。この箱の中にはお客様にお届けする大事な食材が入っています。取り扱いには十分注意し、また指定時間には、必ずお届けするようお願いいたします』

この通販企業が特別なわけではない。

別の食品会社の箱には、同じような文句が並ぶとともに、「冷蔵」や「この面を上に」、「ガラス、ビン、セトモノ」といったシールが貼ってある。ヤマトの荷物には、この類のシールがやたらとべたべた貼ってある。定番の「天地無用」や「ワレモノ注意」、「ナマモノ」などからはじまって、「山梨のぶどう／横積・横かかえ厳禁／取扱注意!!」、「ソフトタッチｉｎケーキ／注意！　この面を上に」、「たまごヨォー／ワレモノにつき下積厳禁」など、挙げだしたら切りがないほどバリエーション豊富なシール群である。

驚くことは、それらのシールの多くを、発送する荷主企業ではなく、ヤマト運輸が作っている点である。たとえば、プリンのイラストがついた「取扱注意!!　プリン在中」というシールには、クロネコのマークと一緒にヤマト運輸の文字が入っている。

荷物を大切に扱いますよ、という発送店の営業姿勢なのだろうが、仕分け作業の現場でみると腹立たしいことこの上ない。

一つのラインで一日に取り扱う荷物の数は、六〇〇個から一〇〇〇個超まで幅がある。一つのラインは、一人か多くても二人で受け持つ。ヤマト運輸は、日々の荷受けする荷物量を予測してアルバイトを配置する。たとえば、平日なら同じクール室に三〇人近くいるアルバイトが、荷物の少ない週末になると一〇人前後になる。そんな週末には、二人で三つのラインを受け持つこともある。ヤマト運輸が重視する「生産性」という指標がここでもしっかりと機能していることがわかる。

仮に八〇〇個を一人で仕分ける場合、七時間勤務なので、一時間一〇〇個以上の荷物をボックスに入れることになる。その上、ボックスが一杯になったときは、ボックスを交換する作業も出てくる。時には、書いてある住所に不備があり、どこの荷物かわからず右往左往することもある。蓄冷剤を入れたり、温度管理表に温度を書き込んだりする作業もある。また、最後に積み替えて、荷物を一つでも多く載せるという作業もある。

ほとんど余裕なく動きまわっているときに、先の「ドライバーの皆様へ」のような慇懃無礼（いんぎんぶれい）に思える文章を読むと、神経を逆撫でされたような気になる。シールについても同じである。そこから読み取れるのは、「私の出荷したこの荷物だけは特別なので、大切に運んでください」というメッセージである。

クロノゲート全体での一日の取扱個数は五〇万個を超える。荷物の数量が一定の量を超えると、荷物から個性が消えていく。宅配荷物の約九割が企業発の荷物であるとき、その傾向は一層顕著になる。つまり、荷物の背後にあるだろう物語、実家の母親が嫁ぎ先の娘に送る田舎の野菜や、一人暮らしの息子の健康を願って送る乾物などといった荷物にまつわる物語が雲散霧消してしまう。

それに取って代わるのは膨大な荷物を数時間で仕分けて、次のベースなり、宅急便センターに送り出していかなければならないというノルマに駆られる焦燥感だ。一つ一つの荷物に送る側の思い入れがあるのは理解できる。しかし、その思いを十分にくみ取って作業をしていては、時間までに作業が終わらない。作業が終わらなければ、宅急便の配達が遅れる。遅配である。

そうした現場で、山のように流れてくる箱に印刷された先述のような文章や箱に貼られたさまざまなシールをみてこみ上げてくる感情は、

「そうか。大切に扱おう」

という素直な気持ちよりも、

「この忙しいのに、何いってるんだ！」

「いったいいくらの運賃を払っているんだ！」

という怒りという言葉では足りない、殺伐とした気持ちだった。

ヤマト運輸のセールス・ドライバーに訊けば、「お客さんに頼まれれば、どんなシールでも貼るのだ」という。しかし、シールを貼ったからといって、その分料金が上乗せされるわけではない。

ならばなぜ、特別扱いする必要があるのか。

これだけ大量の荷物が流れてくる中で、自分の荷物を特に大切に扱ってほしいというのなら、「その分の料金を上乗せして払え」というのが作業員である私の正直な気持ちであった。ヤマト運輸にとっても、シールをべたべた貼るのは、過剰サービスとはならないか。できない約束をするということは、顧客を裏切ることにはならないのか。その意味で、私が一番大切に扱ったのは運賃表通りに支払う単価の高い個人間の荷物である。

通販企業の過度な要求

宅配業界には、要求されるサービスレベルが高くなっていることが、宅配便のネットワークに過度の負荷をかけているという見方が強い。しかし、ヤマトのように自らシールを作り、顧客のいうがままに貼っていくのは、自らの首を絞める行為に映る。

たとえば、A３・A４の商業エリアのシューターに毎日のように落ちてきたのは、北関東にあるパンメーカーの冷凍荷物の箱である。多い日には三〇個ほど落ちてくることもあった。その箱には「パン在中／つぶれやすい／下積厳禁」というヤマトの作ったシールが貼ってあった。

箱の大きさは縦横五〇センチ×幅二〇センチといったところか。ある日、それが同じボックスの住所宛に一一個落ちてきたことがあった。ボックスの中で、横に二つ並べることすらできないこの箱を、「下積厳禁」のシールに従ってボックスの一番上に置くとするなら、一一本のボックスが必要となる。

どんなに荷物が多い住所のボックスでも、一日で三本が満杯になるぐらいだ。同じ住所で一一本のボックスを作るなんて無理なことは、荷受けしたドライバーにもわかっているはずだ。

いらだちを抑えて、制服を着たヤマトの社員にどうすればいいのかと訊けば、「冷凍荷物なので、下積厳禁のシールは気にしなくていい」という返事。ガチガチに凍っているのだから、上に荷物を載せても荷物が崩れることはないというのだ。その指示に従って、一一個の荷物を全部重ねて置いた。

毎日、荷物を仕分けていて私が気になったのは、いったいいくらの料金で荷物を引き受けているのか、ということである。クール宅急便の場合、通常の運賃に、サイズによって、二〇〇円強から六〇〇円強が加算される。運賃表通りなら、関東圏内で六〇サイズのクールの荷物を送れば、通常の運賃七〇〇円強に二〇〇円強が加算され一〇〇〇円近くとなる。これが一番安い料金だ。一番高い北海道から沖縄までの一二〇サイズの料金となると、三五〇〇円強に六〇〇円強が加算され、四二〇〇円強となる。ちなみに、ヤマト運輸のクール宅急便のサイズは、六〇サイズから一二〇サイズまでで、重量は一五キロまで。常温の荷物の一六〇サイズで二五キロまでの荷物より一回り、二回り小さい。

しかし、すでに述べたように宅急便の大半は企業発の荷物であり、そのほとんどが何らかの料金割引の恩恵を受けているため、平均単価は五〇〇円台後半どまりだ。すべてが正規の料金をもらっているのなら、運賃単価は一〇〇〇円近くとなることもあり得る。運賃単価が一〇〇〇円になれば、ヤマトホールディングスの売上高は二兆円前後となり、営業利益率は現在の四％台から、七～八％台へと倍増する。そうすれば、作業員の時給を引き上げたり、人数を増やしたりする余裕も簡単に出てくるのではないか。

しかし、現実は、運賃の低迷がつづいている。そんな中でも利益を上げていくためには、経費の過半を占める人件費を抑え、作業効率を優先させることになる。ベースでいえば、アルバイトの時給の額と投入する人数を抑え、ぎりぎりの要員で作業をこなすことを意味する。

自分たちの荷物を大切に扱ってくれ、という文章やシールではなく、「この荷物には、正規の運賃を払っているから大切に運んでください」と書いてあった方が、はるかに説得力がある。仮に、一つのボックスに「下積厳禁」のシールを貼った荷物を五個積み込む必要があったとしよう。それぞれの運賃がわかっているなら、正規の運賃に一番近い荷物を一番上に載せるというように判断ができるからだ。

その日の仕事が終わって、クロノゲートで何度も目にするようになったいくつかの通販企業を、ネットで検索してみた。

九州で作った有機野菜や減農薬野菜を直送で運んでいる通販企業の箱には、はじめから「取扱注意」、「天地無用」「われもの注意」と印刷されており、さらに「この面を上に」というシールまで貼った上で、こう書いてある。

「配送ドライバーの方へ　本品は生もの、食材です。取り扱いには充分に注意していただき温度管理の徹底をお願いいたします。／もし配送前に問題がありましたら、事前に（TEL〇一二〇－●●●－●●●）にご連絡いただくようお願いします」

この野菜通販のサイトをみていると、特徴の一つとして、「（野菜の）収穫からお届けまで最短でなんと!!　一～二日」とある。大手野菜配送業者では二～三日かかり、スーパーなどの店頭販売では四～七日かかるのと比べると、一番早く届けられる、というのだ。つまり、ヤマト運輸のクール宅急便を使って産地から一、二日で届けることが大きなセールスポイントになっている。

利用者が支払う送料を調べると、「一部地域を除き全商品とも送料無料」となっている。送料無料だからといって、必ずしも荷主がヤマト運輸に支払う運賃が安いとは限らない。しかし利用者から十分な送料を取っている通販に比べると、運賃水準は安くなる傾向がある。ここまでわかると、その通販企業の荷物をみる視線が冷ややかになってしまう。

クロノゲートでのバイトの後、我が家で、通販でドライフルーツを取り寄せたことがある。長野県にある市田柿やドライフルーツ、フルーツジュースを取り扱う通販会社。運んできたのは、ヤマト運輸ではなく、日本郵便だったが、箱に印刷してある「配送を担当される方へのお願い」という文章を目にすると、途端に気が重くなった。

一度でも、宅配便の現場で働くと、宅急便でもゆうパックでも、現場のうんざりした顔が目に浮かんでくるからだ。

ドライフルーツはおいしかったので、二度目は、いろいろ入った「国産ドライフルーツ五種お試し！　食べ比べセット」を頼んでみた。しかし送ってきたのは、二種類だけ。おかしいと思って電話を入れるが、留守電だった。残りの三種類が入ったゆうパックが別便で届いたのは、その翌日のこと。どうしたわけか、その別便に書かれていた我が家の住所が間違っていたため、持ち戻り、再配達となっていたのだ。

それを知って私は、

「何をやっているんだか……」

という呆れた気持ちになった。

宅配の配達担当者にあれこれお願いする以前に、通販が出荷する段階で梱包や住所を書き間違えていては、話にならないのだ。

大幅な遅れに社員の金切り声

潜入取材も二週間目に入った八月一日のことだった。日中の温度は、三五℃に迫る暑さで、夜になってもうだるような暑さがつづいていた。その日私は東京駅で打ち合わせを済ませてから、ぎりぎりにクロノゲートに到着した。

一〇時前に二階の更衣室から一階の仕分け室に下りていくと、不穏でざらついた空気が満ちていた。いつもなら一〇時までに終わっているはずの、地方のベースへの発送作業が、大幅に遅れているのだ。多くの荷物が積み残されている中で、発送作業担当のヤマトの社員が、金切り声をあげて作業員を怒鳴り散らしている。しかし、アルバイトの間には白けた空気が漂っていた。笛吹けど踊らず、といった雰囲気である。

最初はいったい何が起こっているのか、わからなかった。しかし、一一時ごろになってようやく私が担当する到着荷物の仕分け作業に入ったとき、事情が飲み込めてきた。その日の私の担当は初日に担当したA1だった。しかしこの日、私のバイト初日から仕事を教えてくれていた過食症気味の女性アルバイトはきていない。前日に、「七月末で二カ月の契約期間が終わるため、明日から一カ月休みます」と聞いていた。

つまり、毎月一日は、アルバイトが大量に入れ替わる日であり、そのため作業が予定通り進まないことが一〇時前のパニックの原因だったのだ。おそらく、この種の混乱は、この日に限ったことではなく、毎月一日は、同じような惨状に陥っているのではないか、と思われた。

二カ月で契約更新というアルバイトの契約はよくみかける。アマゾンの物流センターでも二カ月更新だった。しかしヤマトのように、二カ月働いて一カ月休みとするところは、めったにない。働く側からしても連続して働けないのは不便であるし、ヤマトにとっても毎月一日になるたびに、アルバイトが入れ替わるため、現場が混乱していてはメリットがないように思える。

ベテランの女性アルバイトに代わって、A1には、私と同年代の新人アルバイト男性が入っていた。

「自営業がパッとしないので、夜勤で少しでも稼ごうと思ってきた」という家族持ちの安川信夫＝仮名だ。彼は配属先がクール室だとは知らず、Tシャツ一枚でやってきた。A2には、それまでいたアルバイトの女性に加え、二〇代の女性の派遣社員が一人入っている。これまでは、A1とA2の二つのラインなら、三人でまわしてきた。しかしこの日は、新人一人、派遣社員一人を含めた四人でもうまくまわっていかなかった。人件費が一人余分にかかって、しかも処理する仕事量が少ない、という生産性の向上とは逆行するパターンである。

この日の荷物量はA1、A2ともに、それぞれ七〇〇個前後と多くはなかった。

しかし作業は大変だった。一つには、誤仕分け荷物が数多くA1に落ちてきたからである。A1はラインの最後にあるため、〈リジェクト・シューター〉の役割も果たす。どこにも属さない荷物、つまり東京都内でも、クロノゲートが受け持つ以外の荷物が紛れ込んでいたときには、間違った荷物の仮置き場としてA1に落ちてくるようになっているのだった。

これが通常なら、一時間に多くても五、六個ぐらいしか落ちてこないのに、この日は三〇個も四〇個も落ちてきた。いつもなら、社員が台車で誤仕分けの荷物を持っていくのだが、この日は台車では間に合わず、カゴ車に積んで持っていったほどだった。〈リジェクト・シューター〉に落ちてくるのは、クロノゲートに到着する以前のベースでの誤仕分けが原因。推察するに、これも羽田クロノゲートと同じように、月が替わったため仕分け作業がうまくいかなかったのであろうか。いつもなら、空いたスペースに誤仕分け荷物を置いているのだが、それが多すぎて邪魔になり作業スピードが大幅に落ちた。

もう一つには、隣のA2の女性二人がコールドボックスを交換できないので、交換方法がわかっている私が、A1とA2のボックスを交換することになった。電動式ならば交換して、電源をつなげばいいのだが、蓄冷式しかみつからない場合、ドライアイスや蓄冷剤を入れる作業も必要となる。

このころになると、アルバイトの熟練度と、やる気の有無をはかるには二つの指標があることに気づいた。

一つは、複雑なボックスを交換できるかどうか。もう一つは、いったん積み終えた荷物を降ろして、効率よく積み替えることができるかどうか。荷物は、到着順に落ちてくる。その順番にボックスに積み込むが、最初に一番大きいと思っていた箱を一番下に置くと、その後でそれの一回り大きな箱が落ちてくることがある。またその後で、もう一回り大きな箱が落ちてくることもある。すると、積み込んだ荷物が逆三角形となり不安定になる。それを、いったん全部積み込んでから荷物を全部降ろして、一番大きな箱を一番下にして積み替える。そうすることで、荷物が安定すると同時に、積み込める荷物の数が多くなるのだ。

しかし、一度積み込んだ荷物を全部積み替えることは、忍耐力と体力、それに作業スピードが要求される。つまり、この二つができれば、アルバイトとしては一応、合格点といえるのではないか。

ベースの混乱は、前後の作業にも少なからぬ影響を与えるようだ。

八月一日の様子を、関西のベースから幹線輸送を請け負うドライバーに訊けば、

「ベースでの荷捌きが遅れて、荷降ろしに五〇台ぐらいの大型車が順番待ちをしていたね。いつもならすぐ荷降ろしができるのに、その日は一時間ほど待ったかな」

と語る。

また、ヤマト運輸の首都圏のセールス・ドライバーは、翌二日の様子をこう話す。

「飲食店に届けるはずの三個口（もともと一つの荷物をサイズオーバーのため三つの荷物に分けて、同じ宛先に送ること）の冷蔵荷物のうち、二つが行方不明で宅急便センターに届きませんでした。どこに行ったのかわからなかったので、サービスセンターで調べてもらい、その日のうちに、赤帽を使った〝特配（特別扱いの緊急配送）〟で送ってもらいました」

クロノゲートでは翌日も同じように、私と安川がA1で、女性二人がA2を担当した。その隣のA3・A4ラインには、派遣社員の男性二人が入っていた。私は、A1とA2までで手一杯だと思っていたが、A3・A4の作業がまわっていないのは、はた目にも明らかだった。〝パンク〟を知らせる赤いランプが、耳障りなサイレン音とともに何度も点滅し、荷物がラインにあふれていることを警告していた。しかし、社員も忙しいのか、だれも手伝いに行く気配がない。

A1とA2の作業がほとんど終わり、午前六時の作業終了の三〇分ほど前に、私はA3・A4をみに行った。何本かのボックスが満杯になっているが、その日きたばかりの男性の派遣社員二人にはボックスの交換の方法がわからず、荷物が積みきれずにあふれていたのだった。

私はボックスを交換して、派遣社員と一緒に荷物を積み込む。冷凍の五個口のアイスクリームの箱を持ち上げると、中身が溶け出して柔らかくなってしまっているのがわかった。いったい何時間放置されていたのだろうか……。このままボックスに入れて固まるものだろうか、と思いながらも、もうボックスを追い出す時間も間近に迫っていて、いまさらどうしようもない。とりあえず、住所だけを確かめてボックスに押し込んだ。

怒鳴るのがここの〝流儀〟

それにしても、ヤマトの現場はどうしてこんなにも説明しないのだろう。

新人アルバイトは、ほとんど何の説明も受けずに現場で学べとばかりに送り込まれてくる。しかし、すでに現場にいるアルバイトにしろ、まともな説明は受けておらず、みようみまねで、作業をすることになる。その日きたばかりの派遣社員にラインを任せれば、うまくいかないのははじめからわかりきっているではないか。

たとえば、作業に関するこんな簡単な説明があるだけでも、仕事がずいぶんと円滑に進むのではないか。

「このクール室では、冷凍荷物と冷蔵荷物を扱います。ラインには、冷凍荷物だけが流れてくるラインと、冷蔵荷物だけが流れてくるライン、それにその両方が流れてくるラインがあります。両方が流れてくるラインでは、シューターが左右に分かれていて、別々に荷物が落ちてきます。また、冷凍荷物には通常灰色のシールが貼ってあり、冷蔵荷物には青のシールが貼ってあります。灰色と青という色の区別は電動式のボックスの温度切り替えのスイッチのついた操作盤や、操作盤に被せる保護プレートも同じです」

アマゾンの物流センターでも同じように作業の説明はほとんどなかった。それでも、アマゾンでは作業が成り立ったのは、説明がなくてもその日からできるぐらいに作業がきわめて単純化されていたからだ。

アマゾンのセンターに比べると、ヤマトの作業は複雑である。その一つに、ボックスの種類が多いことがある。

Ａ２の女性二人が、ボックスの交換に手を出さなかったのもこれが理由だ。ボックスには少なくとも六種類があり、どこにどれを使えばいいのか、誰も教えてくれない。先に電動式と蓄冷式、それにサテライト店用の小さなボックスがあるといったが、それ以外にも一五時間運行用と書かれたボックスや、特殊な布でできたクールボックス

（金属製のコールドボックスとはまったく別物）、緑のラインが入ったボックスなどがあった。

私は最初の二週間で、何度も間違え、そのたびに怒鳴られながらもボックスの交換をしていた。教えることはないけれど、作業員が間違えれば怒ったり怒鳴ったりするのが、ここの〝流儀〟であるようにみえた。

私が一番怒鳴られたのは、制服を着た六〇代の〝イライラ爺さん〟だった。いつも余裕なく動きまわり、不機嫌な空気をまき散らしていた。

ある日、私が、Ａ２で、ボックスを入れ替えようとしていると、

「違う、違う、違う。そうじゃないんだよ」

といって割り込んできた。

「どうすればいいんですか」

と私が下手（したて）に尋ねても、

「違うっていったら、違うんだって！」

と吐き捨てるようにいって、自分でボックスの交換をはじめた。みていると、爺さんとは、蓄冷剤の入れ方が違っていたのだとわかった。しかし、私は別の社員からいわれた通りにやっていたのだ。こうした作業現場では、聞く人によってやり方が違う

というのもよくあることである。

アルバイト相手に「オイ、コラ」式に怒鳴るのは何もこの爺さんだけに限らない。アルバイトをはじめて二、三日目のこと、前日と同じように女性のアルバイトと一緒にA2に入って作業をしていると、四〇代の制服を着た男性社員がやってきて、

「なんでA2を二人でやっているんだ。だれが指示を出したんだよ」

とまくし立てる。そして、私は一人でA3・A4を担当することになった。

この作業現場で問題なのは誰からも指示が出ないことにある。一カ月働いて、その日の担当のラインを決めるための打ち合わせがあったのは、ほんの数えるほどしかなく、あとは、何の指示もなく作業がスタートする。指示がないので、アルバイトは無難に前日と同じところを担当する。

作業現場なので、ぞんざいな人遣いは仕方ない、と私は自分にいい聞かせて諦めていた。しかし、一日だけ、まともなヤマトの社員に出会ったことがあった。

マスクをした細身の三〇代の男性社員で、口数が少ないながらもこちらの質問には、怒鳴ることも嫌な顔をすることもなく、正面から答えてくれる。たとえば、この人がいたときに、先に話した下積厳禁の冷凍パンが同じ住所に一一個落ちてきたのだが、どうすればいいのかと尋ねると、

「荷札に貼ってある中身をみてから判断してください。冷凍の場合、すぐに積み込めば荷物が崩れることがないので下積厳禁はさほど気にしなくても大丈夫です」

また、こちらが荷物を積み込んでいるときにボックスが満杯になると、その男性社員がどこからともなく現れ、ボックスを交換してくれたのには本当に助かった。積み込み作業が終わったあとの追い出しのときも、いつもはどのボックスをどこの出口に持って行けばいいのかわからず、周りをみながら動くのだが、この男性は、先にいくつかのボックスに「3」と書いた貼り紙をして、「この3を貼ったボックスは、奥のエレベーターに運んでください」と教えてくれた。

たったこれだけのことだが、いつも小突き回されるように作業をしている中で、こうしたまともな社員に出会うと、一服の清涼剤のように感じる。同時に、それまでずいぶん、私自身、嫌な扱いに我慢していたんだな、ということに気づいた。

労働現場における上の立場の人間のちょっとした気遣いの有無が、働く環境に大きく影響することは、確かなことだ。そうした気遣いが、私の働いていたクールの仕分け室で感じられることはめったになかった。

しかし、私の経験だけで、ヤマト運輸に七〇カ所あるベースの作業が全部同じようにひどい、というつもりはない。

宅配便のセールス・ドライバーのところでも言及したが、セールス・ドライバーといっても、地域によって、コースによって仕事内容や上司の指示が大きく異なるように、ベースの作業も、場所が違えばちゃんと教えてくれるところもあるだろう。ただ、はた目からみると、二カ月でアルバイトとの契約をいったん打ち切り、ろくろく説明もなしに新しいアルバイトを次々と現場に投入するやり方は、どうしても乱暴に思えた。よくこれで、毎日、宅急便が滞りなく届くものだ、と感心さえしたものだった。

冷蔵荷物が規定の温度超え

クールの仕分け担当となった私が、最も関心を払っていたのが温度管理の実態だった。二〇一三年一〇月に発覚したクールのずさんな温度管理の問題は、宅急便センターでセールス・ドライバーが運ぶ前や運ぶときに限定されていた。しかし荷物は、集荷したセンターから、二カ所のベースを経由して、配達するセンターへと届けられる。配達するセンターに届く前のベースでの温度管理はどうなっているのだろうか、というのが私の問題意識だった。

朝日新聞が報じたクール宅急便のいい加減な温度管理の実態は、ヤマト運輸にとっても大きな打撃だったようで、私が出席したその後のヤマトホールディングスの決算説明会では、繰り返しクール問題の再発防止のための方策と、それに伴う支出増についての説明があった。

増収減益となった同社の二〇一四年三月期の決算説明会で、財務担当常務の芝崎健一が「昨年、クール宅急便の品質の問題がありまして、その維持・向上のための体制の構築費用」などがかかり、対前年度比で三一億円の減収になった、と説明している。その後の決算説明でも、再三にわたってクールの問題は言及されている。

クール宅急便は、ドライアイス一つとってもお金がかかる。クロノゲートでは、〈関東商事〉という会社からドライアイスを仕入れていた。ネットで検索すると、二キロごとに切り分けた一〇キロのドライアイスの定価が三九〇〇円かかることがわかる。冷凍の場合、そのドライアイスを目黒支店行きのボックス一本につき一〇〇キロ入れる（アイスナゲットを含む）。それだけで三万九〇〇〇円になる。

ドライアイスの投入量は、曜日によって若干異なるが、私が働いていたときの平日は、世田谷区と目黒区、渋谷区を合わせて、三〇〇〇個近くを投入していた。ドライアイスだけで、一日一〇〇〇万円を超える出費がある計算になる。これがクール室の西側だけであり、東側も同じだけのドライアイスを使うとするなら二〇〇〇万円超の経費がかかることになる。

結論からいえば、冷凍荷物は、おおむねしっかりと温度管理がなされていた。しかし、冷蔵荷物については、大いに首をかしげたくなる場面を毎日のように目撃してきた。

冷凍荷物の場合、最初にドライアイスを入れて、マイナス一五℃以下になったボックスに入れ、ボックスを交換するときにも、冷凍用に冷やされているボックスを使うので問題はなかった。ただ、Ａ１の〈リジェクト・シューター〉に宛先が不明で落ちてくる冷凍荷物が、数時間放置されているのを何度か目撃した。通常、リジェクト・シューターに落ちてきた荷物は、一、二時間に一回ぐらいの割合で社員が台車で回収し、正しい住所に持って行くのだが、社員が足りないときは、数時間ほったらかしのときもあったのだ。一〇℃ぐらいの温度に、冷凍荷物が数時間さらされることになる。しかし全体からいえば、おそらく〇・一％以下の数であろう。

問題は冷蔵荷物である。

Ａ２とＡ３・Ａ４は冷蔵荷物を取り扱うのだが、私を最初に現場まで連れてきた〝猪木〟は、冷蔵荷物には電動式ではなく、蓄冷式を使うように、と指示した。蓄冷式には、プラスチックの蓄冷剤やドライアイスを入れるのだが、午前三時を過ぎてから入れるように、というのだ。

作業開始前、蓄冷式のボックスは常温室に置かれていることもあり、ボックスの温度計が二〇℃近くを指していることもある。Ａ２のラインを担当していた七月下旬のこと、午前三時前に、二本のボックスが満杯になり交換した。一本のボックスの温度は一七・六℃で、もう一本は一六・六℃。素人がみても、冷蔵荷物を入れておくには温度が高すぎる。

私が自分の判断で蓄冷剤置き場から蓄冷剤を持ってきて入れようとすると、

「まだ入れない、まだ！」

と〝猪木〟が私に向かって怒鳴る。

蓄冷剤を元に戻し、積み込み作業をしながら、目の端でボックスの温度の推移と〝猪木〟がどうするのか、をみつづける。

午前三時五〇分となると、一本目のボックスは一六・二℃に下がり、二本目のボックスは一五・六℃に下がった。積み込んだ冷蔵荷物が、ドライアイスの働きをしてボックスを冷やしているのだろう。

〝猪木〟から蓄冷剤とドライアイスを入れる指示が出たのは三時五六分。そこから急速にボックスの温度は下がっていった。

翌日も同じセンターへ向かう冷蔵荷物のボックス二本は、午後一〇時台に一四・六

℃と一二・六℃だった。しかしそのうち、一本は蓄冷剤もドライアイスも入れることなく、満杯となり、ボックスを交換した。

「なぜドライアイスや蓄冷剤を早めに入れてはいけないのか」

と私が問えば、

「早く入れすぎると、宅急便センターに着いたとき、ドライアイスや蓄冷剤の効果がなくなって温度が上がってしまうからだ」

と〝猪木〟が答えた。

朝、宅急便センターに着いたときの温度管理に合わせ、ドライアイスを入れる時間を遅らせているのである。

こうした冷蔵荷物をめぐるいい加減な温度管理は何度も目にした。〝猪木〟だけに限ったことではない。他の社員との間にもほぼ同じような受け答えがあった。

八月上旬、私がA３・A４の冷蔵荷物のボックスが一一℃であるのをみて、クール室に三人いるリーダーの一人に温度が高すぎないか、と訊くと、

「蓄冷剤とドライアイスを入れるのは二回目の休憩の後でいいよ」

「三時ぐらいですか」

「うーん、三時じゃちょっと早いかな」

果たしてそれでいいのか、とアルバイトの方が心配する始末。

同じ日に、ヤマト運輸の複数のベースで三年近く働いているという派遣の女性が、ドライアイスを入れなくていいのか、と私に訊いてきた。私はこれまで、ドライアイスを入れるのが早いといって何度か怒鳴られた経緯を話す。

「でも、室温より温度が高いボックスっておかしいですよね」

彼女はそういって、ボックスを開けたまま作業をしていた。その方が、ボックス内の温度が下がるからだ。

クロノゲートでは、午前三時と五時に、ボックスの温度を〈クール温度管理表〉という用紙に記入することになっていた。管理表には、冷凍ボックスはマイナス一八℃以下、冷蔵ボックスは〇～六℃に、とするように書かれている。それがどのように活用されているのかまではわからないが、午前三時でもドライアイスを入れるのが早い、ということならば、午前五時までに、規定の温度まで下がっていればいいということなのだろうか。

私がみてきた範囲では、午後一〇時の仕事開始から、午前三時過ぎまでの五時間については、冷蔵荷物は社内ルールの規定の温度を超えていることが日常茶飯事であった。

まともに温度管理をしようとすれば、まずは午後一〇時のタイミングで、冷蔵用のボックスに一回目のドライアイスや蓄冷剤を入れる。さらに、午前三時の出荷前に、ドライアイスや蓄冷剤を入れ替えるという手順が必要だろう。しかし、手間がかかるためか、経費がかかるためか、私の知る限り、そうした方法がとられることはなかった。

私が何度か思い出したのは、アメリカで低温輸送を得意とする物流企業の話。中西部に本社を置く〈C・H・ロビンソン〉という企業は、トラックのトレーラーや鉄道コンテナを使って、冷蔵荷物や冷凍荷物を運ぶのが主力業務の一つである。その物流企業は、荷物を出荷した企業に対し、輸送中の温度の推移を、ネット上で公開している。アメリカの中西部を出発して東部に到着する荷物なら、二、三日の間の温度の推移をすべてガラス張りにしている、というのである。

なぜそんなことが可能かといえば、途中に積み替えがない一貫輸送であるためだ。

しかし、ヤマトに限らず宅配便の場合、途中で何度も積み替え作業が発生する。同社が二〇一四年一一月に発表したクール問題の調査結果と、再発防止策の資料には、クール宅急便の輸送工程が図表として載っている。それによると、ベースの仕分け室を含め、六回の積み替えが行われていることがわかる。ヤマト運輸でいうベースや他

何度も積み替え作業が発生するクール宅急便

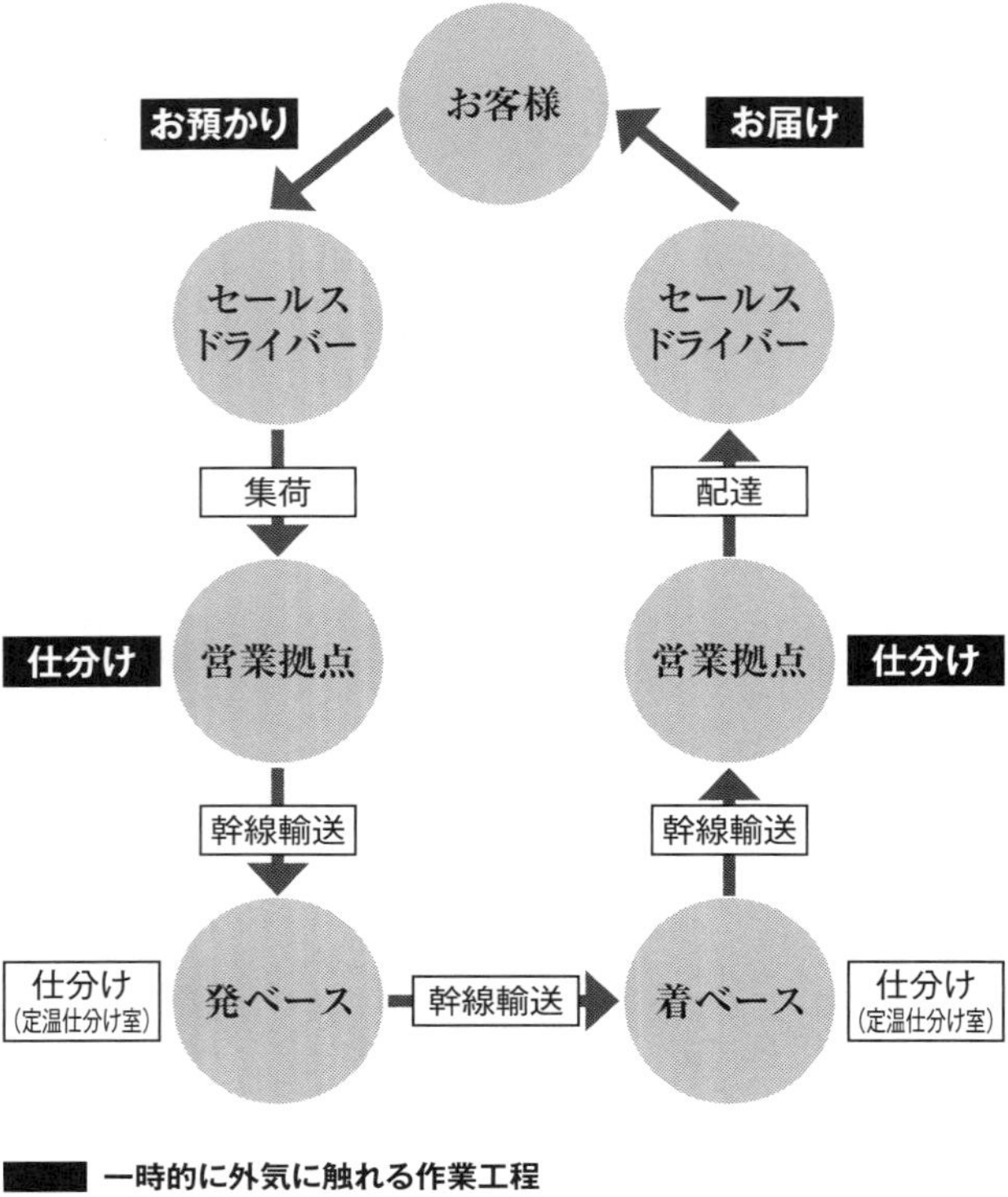

ヤマト運輸の発ベース・着ベースでの
冷蔵荷物の温度管理にも問題があった

※ヤマト運輸の資料による

の業者の仕分け拠点での温度管理となると、これまで実態が表面に出ることはなかった。今回の潜入取材でわかったことは、私が働いたクロノゲートのクール室の温度管理には、改善の余地が大いにあるという実態だった。

温度管理がどうして規定通りに行われないかといえば、一つには人手が足りないこともある。私は何度か、先の〈クール温度管理表〉にボックスの温度を記入するように、と指示された。午前三時以降というのは、荷物量が最も多い時間帯である。一人で一つのラインの積み込みをしているときは、温度管理表の書き込みさえも邪魔くさい。シューターから荷物が次々と落ちてきているときは、温度を書き込むよりも、荷物を積み込むことが優先される。温度を書き込んでいる間に、荷物が一〇個、二〇個と落ちてくれば、それだけで警報ランプが鳴りはじめる。

クール宅急便をヤマト運輸の定めた社内ルール通りにやろうとすれば、現場の人手が不足している、というのが私が体感したことだ。それもこれも、元をたどれば、安い運賃で請け負ってきたヤマト運輸に問題があるのだ。

一カ月の作業が終了

羽田クロノゲートでのアルバイトの最終日となったのは、八月一〇日の日曜日のこと。

いつものように、一カ月間乗ってきた蒲田駅の東口から午後九時三〇分に出発するヤマト運輸の送迎バスに乗り込む。通常のマイクロバスに、社員やアルバイトたちが二〇人ほど乗り込んでくる。

みんな一様にうつむいたり、携帯電話をいじったりしながら、羽田クロノゲートに着くまでの時間をやりすごす。従業員同士、会話が弾むことなどはまずない。このバスに乗るたび、子どものころに聞いた「ある晴れた昼下がり 市場へつづく道♪」という東欧の民謡を思い出す。売られていく仔牛の気分とはこのようなものであっただろうか、と思うのが常だった。

この日は台風が関東に接近しているというニュースが流れていた。この仕事をはじめてから、台風を含む気象情報や高速道路の事故の情報に敏感になった。台風や事故で、幹線輸送車の到着が遅れれば、作業時間終盤に作業が立て込むようになり、最悪の場合、作業時間の延長もあり得るからだ。

この日は、日曜日で企業発の荷物が少ないことから、クール室の人員は一〇人ほど。その中で日本人は私一人だけだった。

私はA1を担当し、A2はベトナム人の女性、商業エリアであるA3・A4には担当者を置かずに、その先のA5・A6にベトナム人の女性二人が入った。担当者のいないA3・A4は、手の空いているアルバイトが適宜入って荷捌きをすることになった。

平日は、日本人は日本人同士でチームを組み、ベトナム人はベトナム人同士でチームを組んで仕事をしていた。その方が、言葉のカベがないという配慮なのか、日本人とベトナム人が組んで仕事をすることはなかった。

しかし、この日、日本人は私一人だけ。嫌でもベトナム人の女性たちと一緒に働くことになる。

遠目に彼らをみているときは、仲間同士でぺちゃくちゃおしゃべりをしたり、荷物を乱雑に扱ったりという側面が目についたが、一緒に働いてみると、彼らは彼らなりの職業倫理を持っているようだった。

私が担当するA1のボックスの一本が満杯になったので、別のボックスと入れ替えている間、隣のA2の女性がA1のラインに入って、満杯になったボックスの隙間に小さな荷物を入れているのをみた。また、A1のラインに荷物がまとまって落ちてくると、A2の女性だけでなく、A5・A6の女性までが応援に現れて手伝ってくれる。

作業内容のことなら日本語でも十分に意思疎通ができる。

これなら、いつも国籍が同じ従業員同士が固まることなく、いろんな組み合わせで働く方が、余計な誤解が生まれることなく、職場が円滑にまわるのではないか、と思ったほどだ。

日曜日の荷物は平日の半分もない。その日、A1に落ちてきたのが二〇〇個台で、A2が三〇〇個台、A3・A4が二〇〇個台。四つのラインを合わせても、八〇〇個台にすぎない。台風の影響で幹線輸送車が遅れて到着することもなかった。

五時半過ぎには追い出し作業がはじまる。六時数分前には、「六時までの方、お疲れ様でした。上がってください」というアナウンスが入る。

先の章で、ヤマト運輸や佐川急便のセールス・ドライバーには、サービス残業があると書いたが、羽田クロノゲートではサービス残業は行われていなかったようだ。時給で働くアルバイトたちに、サービス残業を強いれば、即座に大量のアルバイトが逃げていくからだろうか。この労働環境下で、もし私が一時間でもサービス残業を求められれば、すぐにでも逃げ出したい気持ちになったことに疑いの余地はない。

現時点で、外国人労働者が半数近くとなっているベースの作業現場は、一〇年後にはどのような国籍構成となっているのだろうか。

一カ月の作業がようやく終わって、二階の休憩室に上がっていくと、太陽はとっくに東の空に昇り、すでにギラギラとした真夏の日差しが大気中に乱反射していた。

週休二日のペースで一カ月の間、私が働いた日数は一九日。しかし給与明細が送られてくることはなかった。年末調整のため源泉徴収を頼んで送ってもらうと、「支払金額一六万五二四〇円」で、「種別」には「日雇給与」と記してあった。ヤマト運輸は、私のようなアルバイトの労働を日雇いと位置づけていることを知り、その待遇の悪さに改めて納得がいった。

終章 宅配に〝送料無料〟はあり得ない

ヤマト運輸や佐川急便、日本郵便の直近の二〇一五年三月期の決算発表からほぼ一カ月後、国交省が調査した宅配便の不在持ち戻り率の数字が明らかになった。宅配の不在率は宅配各社が、これまで公表することを拒んできた数字である。

佐川急便がローソンと配達の新会社を設立したり、日本郵便がオーストラリアの物流業者を六〇〇〇億円超で買収したりという記事が経済紙の一面を飾ったのと比べると、その記事はいたって地味な扱いだった。しかし、その内容は非常に示唆に富む（「日経新聞」二〇一五年六月二四日）。

今回の調査によると一回目の配達で不在となるのは約二割。不在が三回以上となる場合も全体の一％近くある。時間指定サービスの場合でも、これらの数字はほとんど変わらなかった。

宅配業界では、同じ荷物に触れる回数が少ないほど効率がいい。初回で荷物が〝落ちる〟のなら、それが一番いい。しかし、初回で荷物が〝落ちる〟のが、全体の五分の四にとどまり、三回以上触れなければならない荷物も一％ある。宅配業界の全体の数字に広げてみると、年間三六億個のうち、七億個以上が再配達となり、三回以上の配達でようやく〝落ちる〟荷物も四〇〇〇万個近くあることになる。単純に一〇〇個の荷物を運ぶとすると、全部運び終えるのに一二三回配達する必要があることになる。

この記事を読みながら、都内の公園のベンチで聞いた佐川急便のセールス・ドライバーの井原善之＝仮名の話を思い出していた。

ドライバー歴が二〇年近くとなる井原は、宅配業務を最も難しくしているのが再配達と時間指定サービスだ、とした上でこう話す。

「時間指定がなければ、時計の針なら、一二時からはじめて、一時、二時、三時というように最短のルートを組むことができます。でも、時間指定があるために、時計の針の一二時からはじめて、次は六時の場所、その次は九時の場所に配達してから、三時の場所に配達しているのが現状です。そのため、配達の動線はどうしても長くなるんです」

さらにネット通販などで受け取る顧客自身が配達時間を自分で選びながらも、実際に行ってみると不在だ、ということが毎日、相当数に上るという。これを解決するには、追加料金を徴収すればいい、と提案する。

「もし自分で指定した時間に受け取れないのなら一〇〇円をお客さんからいただくという発想があってもいいんじゃないでしょうか。当社には、〈飛脚ジャストタイム便〉という厳格な時間指定の商品があって、通常の二倍以上の料金をもらっています。そのサービスを使う人が不在ということはまずありません。どうしても必要としているお客さんがお金を払って使うサービスなんです。でも、現在のように、時間指定が無料のままならば、セールス・ドライバーはお客さんとの約束である時間指定を守るために四苦八苦しながら、一方のお客さんは自分で指定した時間に不在であってもペナルティーがないわけです。これでは対等な約束とはなりません」

至極もっともな話である。

一個の宅配便が、発送者の手元を離れ、受取人に届くまでどれだけの人手がかかり、設備が必要なのかは、これまで事細かく述べてきた。それをネット通販などが、〝送料無料〟と表示するのは無理がある。その論をさらに進めていくと、井原のいうような追加料金を徴収するという話が、どれだけ的を射ているのかがわかる。

その井原の考えは、私がヤマトのクロノゲートで体験したこととも通じる。荷物に、「下積厳禁」や「ワレモノ注意」、「ナマモノ」や「横かかえ厳禁」などのシールを貼って自分の発送する荷物だけを特別扱いするように要求するのなら、その分の料金を上乗せして払うべきだ、という考えだ。

それよりももっと簡単に、宅配便を使っている利用者が、労働に見合う運賃を支払っているのかを見分ける尺度がある。

それは自分自身が、あるいは自分の子どもを宅配業界で働かせたいと思うかどうかである。セールス・ドライバーでも、下請けの長距離輸送のドライバーでも、ベースの仕分け作業員でもいい。すでに述べたように、物流業界の労働時間は他産業の平均より長く、賃金は平均より低い。長時間で低賃金である。人が二四時間働くことによってようやく宅配便が届くという仕組みの一部に、自分自身が、あるいは自らの子どもがなりたい、と思うかという点から考えることである。

米アマゾンがドローン（無人機）を使った宅配サービスの特許をとったり、商品をピッキングするロボットのコンテストを開催するといった記事を読むたび、同社が物流の現場から、管理が大変な労働者を極力減らしたいという思いが透けてみえる。

しかし、これからの一〇年、二〇年でどれだけコンピュータのシステムやロボット工学などの科学技術が進歩しようとも、物流業務に人手がかかることは変えることができない事実のように思われる。

ホワイトカラーだけでなく、文字通り額に汗して働くブルーカラーといわれる労働者がいなければ、宅配業務が存続することはできない。

もし現在の宅配業界が、労働者や下請け業者の犠牲の上に成り立っているとするのならば、そうしたサービスが〝社会のインフラ〟として長つづきすることは難しいだろう。利用者が今一度、その宅配産業が職場として魅力的であるかどうかを考えてみることが必要ではないだろうか。

すでに運賃が安いために、あちらこちらが制度疲労を起こしかけている宅配の現場にできるだけ近づきながら、この本を書き上げた今、私が思うことはこの一点に尽きる。

あとがき

しんどい取材と執筆だった。

ヤマト運輸のクロノゲートへの潜入取材が終わると、すぐに佐川急便の千葉支店にも週末だけ、荷物の仕分けのアルバイトとして潜り込んだ。二〇一四年八月下旬から一〇月までの約二カ月間、夜一一時から翌朝八時という夜勤だった。

この部分を本文に書いていないのは、佐川急便の仕事で最もきついとされる大型の企業間の荷物の〝荷引き〟をやらせてもらえなかったことが大きい。五〇代手前という年齢のためか、ラインの最後に申し訳程度についている、小さいサイズの企業発個人向けの宅配荷物の仕分けに終始したからだ。もう一つは、週末だけの勤務であったため、章を立てて書くほどの材料を集めきれなかったこともある。

しかし、クロノゲートから数えて、三カ月の夜勤による生活のリズムの乱れは、少しずつ私の身体を蝕んでいったようだった。

体調不良の予兆を感じたのは、佐川急便の夜勤をつづけていた一〇月上旬、ヤマト運輸でようやく社長の長尾（当時、常務）への取材がかなった日だった。我が家からヤマト運輸に行くには、京葉線に乗り新木場駅で降りて、地下鉄・有楽町線に乗り換え、新富町で降りれば、歩いて五分でヤマト運輸の本社に着く。それが、地下鉄で乗り越して有楽町駅で気がついて新富町駅まで引き返してきた。同じ一〇月下旬に同社の労働組合を取材したときは、京葉線の新木場で降りるところを、八丁堀まで乗り過ごし、タクシーでヤマト運輸の本社内にある労働組合へと向かった。

振り返ってみると、それまで何度か通っているヤマト運輸への乗り換えを二回も連続して間違えるということは、よほど注意力が散漫になっていたのだろう。

本づくりの進行表からいえば、取材の大半を終え、あとは追加取材をしながら、大きく執筆に軸足を移していくという時期だった。しかし一一月に入るころから、やる気と気力、体力が身体から水蒸気のように蒸発してしまった。

これまでも体調がすぐれないことはあったが、今回の不調は、一カ月たってもまったく回復する兆しがなかった。このままでは、どうやって原稿を書いていけばいいのかわからない、と途方に暮れた。水泳の一五〇〇メートル自由形にたとえるなら、前半の半分のところで体力が尽き、これ以上泳げなくなった感じである。

まずは、かかりつけの病院で診てもらうことにした。肝臓や腎臓の働きが弱っているのだろう、とあたりをつけて血液検査をしてもらった。これまでも体調不良のときは胃腸を中心にした内臓に症状が現れることが多かったからだ。しかし肝臓や腎臓の機能を表す値は異常なし。

かかりつけ医師の「問題はない」とする説明には納得がいかず、ネットで検索し、隣町にある「日本消化器病学会　専門医」と「日本肝臓学会　専門医」の二つの肩書を持つ主治医のいる病院で血液検査とエコー検査を受けるが、結果は同じく問題なし。

内臓に問題がないといわれても、不調はつづく。

そんなとき、うつ病にかかったというヤマト運輸のセールス・ドライバーの話を思い出した。もしかして、自分もうつ病にかかったのか、と疑い、すぐに精神科を受診してうつ病の薬を処方してもらった。しかし、しばらく抗うつ剤の服用をつづけるが、どうもうつ病とも関係がないように思えてきた。

消去法で導き出した結論は、不眠である。

不眠とは長い付き合いであり、ここ数年は睡眠導入剤が手放せない。その不眠が、これまでとは違い、抜き差しならないほど深刻になっていたのだ。一一月と一二月の二カ月は、何をしていたのか、という記憶がほとんどない。スケジュール帳をみれば、年末であるため何件かの飲み会が入っていたのがわかるが、その席でどんな話をしたかとなると、途端に記憶が曖昧となる。

ただ、このころ、午前三時、四時に目が覚めて、そのまま一睡もできず朝を迎えることが多くなった。そうした日、午前中は眠気のため、身体と頭がほとんど機能しなかった。そういう日がつづくと、夜眠る前に、果たして今晩は朝まで眠ることができるだろうか、と不安感に襲われ、そのことが眠ることを一層難しくするという悪循環に陥っていた。

体調不良の原因は不眠だろうと大方の見当がついた。睡眠薬の組み合わせを替えてから、徐々に体調が回復してきた。ぐっすり眠れた翌日は仕事がはかどるが、眠りのリズムがずれたときは、一日を無為にすごすことも少なくなかった。

しかし、なぜ不眠が今までにないほど悪化したのか。

これまで、今回以上に仕事量や締め切りという面では、厳しい仕事もあった。これまでの取材と今回の取材を比べて一番違う点を探すと、潜入取材の勤務時間帯、つまり夜勤に行き着いた。

夜勤をしている間は、それが負担になっているという自覚はなかったため、夜勤の合間を縫って、大阪にあるＳＧホールディングスの会長である栗和田宅を直撃取材したこともあった。

睡眠薬の組み合わせを替え、根本的な原因がわかってからでも、体調はゆっくりとしか回復しなかった。体調のいい日がつづいたかと思うと、体調が逆戻りすることもあった。再度、水泳の一五〇〇メートルにたとえれば、後半は、途中で息継ぎに何度も失敗し、そのたびに水を飲み、立ち止まりながらも泳ぎつづけた、というところだろうか。この本を書き終えた時点で、体調は九割程度まで戻ってきた。

おそらく、同じ積み込み作業でも、日勤ならここまで体調が崩れることがなかったのではないか、と思っている。しかし、すでに何度か述べたように、夜を徹して宅配荷物を仕分ける人たちがいてはじめて宅配荷物の翌日配達が可能になる。それを身をもって体験した上で書くためにも、夜勤の現場に潜入するという取材手法は有効だった、と考えている。ただ、これだけ身体に負担がかかるとは想定外だったが。

この本を書き上げるのにあたって、お礼を述べたいのは、取材に応えてくれた宅配便の現場で働く労働者の方々である。数多くの現場に関する貴重な話を伺えたことで、この本を書き終えることができた。また、物流センターや経営陣への取材をアレンジしてくれたヤマト運輸、佐川急便、日本郵便の広報部門にも謝意を表する。

加えて、物流コンサルタントの刈屋大輔氏には、取材の際に数多くの示唆に富む考えをいただいた。深謝する。

最後に、小学館の月刊誌「ＳＡＰＩＯ」の編集者である酒井裕玄氏に感謝したい。普段でも仕事が遅い上に、体調不良が加わり、なかなか取材・執筆の進まない私に、最後まで辛抱強く付き合ってくれた。「ＳＡＰＩＯ」での連載をへて、今ようやくゴールまでたどり着くことができたのは、酒井氏の忍耐力のおかげである。

二〇一五年　盛暑

文庫版補章　仁義なき宅配　残業死闘篇

元ドライバーの告発

砂上の楼閣(ろうかく)であったヤマト運輸にとどめを刺したのは、同社の二人の元ドライバーだった。二人の一撃で、すでに過酷な労働環境のために現場が疲弊しているうえ、未払い残業代という〝爆弾〟を抱えていたヤマト運輸は、宅配業界を巻き込んで、音を立てて崩れていった。旧約聖書に出てくるダビデが巨人ゴリアテを倒す話を思い出した。

その二人とは、山口智司と宇佐美昭三＝ともに仮名だった。それぞれ横浜神奈川平川町支店で、一〇年以上働いたあと、二〇一六年に退職した。

二人は同年六月に弁護士を立て、会社に対し、過去二年分の未払いサービス残業の支払いの交渉をはじめ、労働審判の準備に入っていた。

私が二人に注目するようになったのは、彼らが二〇一六年八月に最初の是正勧告が平川町支店に出た後の一一月に厚生労働省で記者会見を開いてからのことだ。これまでも、ヤマトのドライバーが劣悪な労働環境をめぐって労基署に駆け込んだり、ヤマトと裁判で争ったりしたという例をいくつも見てきたが、そのほとんどは、対ヤマトの対応に追われたり、裁判対策で疲労困憊したりして、その情報を積極的にマスコミに公開することは少なかった。しかし、山口と宇佐美には、明らかにメディアを通じて、ヤマトの問題を社会に問いかけよう、という姿勢が感じられた。

最初の労働審判が行われたのは二〇一七年二月上旬のこと。私が「月刊文藝春秋」にインタビュー記事を書くため二人の話を聞いたのはその直後のことだった。二人は二年間でそれぞれ三〇〇万円前後の未払い残業代があると主張したが、これに対してヤマト側は一〇〇万円以下の支払い金額を提示してきた。双方の主張する金額の差は三倍以上あった。

山口は、労働審判を起こした理由をこう語る。

「ヤマトはよくセールス・ドライバーが会社の財産だとか強調していますけれど、現場の僕らは家畜か奴隷のように扱われていたと感じていました。まったくの人権無視。サービス残業は日常的にしなければならないし、それを上司である支店長は知っていながら黙認している。お昼ご飯を食べる時間もろくろく取れない。人間として扱われていなかったと僕は思っていました。ヤマト運輸では、サービス残業の問題について、現役のドライバーは言いづらい環境にあるんです。不満があっても、それを上司なり会社に訴えるかといったら、ほとんど誰もそういう話はしない。それを口にすれば、人事などで不利な扱いをうけますから我慢してしまうんです。けれど、どうせ自分はもう辞めるんだし、僕自身の不満もありますし、みんなの不満の代弁者として、僕らが会社と戦おう、と思ったんです」

宇佐美はこう話す。

「僕はこの仕事のつらさで辞めてしまいました。『これ、マジできねえ』という個数の荷物を毎日、運ばなければならなかったからです。職場の人間関係では、すごくみんなとは仲がいいし、仕事場にはいやすいし、思いどおりにもやらせてもらってたし、何不自由なかったんで、すごく辞めたくなかったんですけれど、ただ体力的に仕事がきつすぎました」

労働審判と並行し、二人は労基署にも訴えた。その結果、先述のように横浜北労働基準監督署が二〇一六年八月、ヤマト運輸の平川町支店に、違法な長時間労働と未払い残業代に関する二本の是正勧告を出した。さらに一二月上旬、〈三六協定〉違反と〈大臣告示〉違反でも是正勧告を出した。合計四本の是正勧告である。三六協定とは、労働基準法で認められた一日八時間、週四〇時間を超える労働をする場合、労使で話し合って何時間まで超過の労働ができるのかという時間を決めた契約を指す。大臣告示とは、厚労省が二〇〇一年、トラックやバスなどの業界ごとに、労働時間の上限や仕事の間の休憩時間を定めたガイドラインを指す。そのいずれにも違反していたので是正せよ、という勧告である。

もし労働審判の結果に納得がいかなければ裁判も辞さないし、労基署に訴え、マスコミへも積極的に露出する二人の猛攻に、しぶしぶ対応するかのように、ヤマト運輸は二〇一六年後半から、社内調査を実施。全国約六万人のドライバーなどの労働者が正しく休憩が取れていたのかどうか、朝や夜にサービス残業がなかったのかを調査し、過去二年にさかのぼって、未払い残業代を支払う準備に入った。その最終的な未払い残業代の総額は、二四〇億円超に上った。

この二四〇億円超の未払い残業代というのは前代未聞である。

厚労省が毎年発表する〈監督指導による賃金不払残業の是正結果〉という調査があ

る。一企業で一〇〇〇万円以上の未払い残業代を払った企業の合計金額である。それによると、合計額は過去数年、一〇〇億円超で推移している。たとえば、二〇一六年の数字は、一八四企業が合計一二七億円を支払っている。一企業当たりが支払った割増賃金の平均は、一〇〇〇万円弱となる。これが直近の二〇一七年となると、四四六億円と四倍近くに跳ね上がる。

同省は「働き方改革の影響で、残業や賃金支払いの見直しへの意識が企業の間で急激に高まっている」と分析しているが、しかしヤマトの巨額の未払い残業代が大きな影響を与えているのは間違いないない

こうして見ると、ヤマト一社で二〇〇億円を超える未払い残業代を支払うというのは、どれだけ悪質なのかがわかる。

ヤマトは変わったのか

では、果たしてヤマトは、サービス残業代を適切に支払ったのだろうか。

関東で二〇年以上、働く同社のドライバーである佐々木雄太＝仮名はこう話す。

「僕はサービス残業代として三〇万円強を受け取りました。僕がサービス残業を自己申告した日は、午後から出勤だったので、午前中しか時間がありませんでした。大き

な会議室のようなところで、過去二年分の勤怠リストを見せられ、その場で、休憩や朝と夕方のサービス残業の時間を書き込んでいくという方法でした。その勤怠リストを家にもって帰ってじっくり見ることは許されません。制限のある時間では、二年分すべてを精査することはできませんでしたから、結局は三〇万円分ぐらいしか申請しませんでした。ゆっくり見る時間があれば、一〇〇万円を超える金額になっていたかもしれません」

関西で約二〇年働く同社のドライバーである藤原健司＝仮名はこう語る。

「僕は結局、二〇万円弱をもらいました。最初は支店長が、サービス残業代を申請したいのなら、裏付けとなる証拠を一緒に出すように、と厳命したんです。でも、毎日の出退勤の時間や休憩時間を手帳などに書き込んでいるドライバーは一人もおらず、これはどうしようもないな、と思って、支店のドライバー全員がいったん申請をあきらめたんです。すると今度は、支店の上部組織である主管支店から、一つの支店のドライバー全員の残業代が『〇円』というのは不自然すぎるだろう、と言ってきたんです。先の支店長から、それならと年間二回の七月と一二月の繁忙期に、お昼の休憩一時間を丸々とれてなかったことにして、一月二〇日の出勤で、それで一年間で四〇時間、二年間合わせて八〇時間でどうだ、という打診があったんです。全然もらえないよりはいいか、ということになり全員一律八〇時間で手を打ちました」

上司との面接で、部下であるドライバーがサービス残業代を申請する。多くの金額を申請すれば、上司にとってはマイナスの評価につながる。どうしても、申請の金額を減らそうという力学が働き、「いい加減な算出」となった例も少なくなかった。

サービス残業代の支払いに対する社内の処罰は、ヤマト運輸を含むヤマトホールディングスの役員六人に対する減俸六カ月という軽微な処分だけ。この問題で、誰一人、責任を取って辞めた役員はいない。

二〇一八年六月の株主総会で、サービス残業代の責任を取って経営者が辞めることはないのか、と問われ、ヤマトホールディングスの山内雅喜社長は、「経営者としてヤマトをもう一度信頼される形に構築していく、これこそが責任だろう、と考えている」と答えた。つまり、今後も辞めるつもりはない、ということだ。

ここで指摘しておきたいのは、こうしたヤマト運輸におけるサービス残業の問題は、昨日今日にはじまった話ではない、ということだ。

本編で書いた通り、二〇〇七年には、大阪南労働基準監督署をはじめとする複数の労基署から、勤務記録の改ざんで是正勧告が出ている。当時のヤマト運輸の木川眞（きがわまこと）社長（現・ヤマトホールディングス会長）は同年一〇月五日付で、「社員の皆様へ」

と題した、文書を出している。「社外秘」と打たれた文書には、次のように書いてある。「この度、労働基準監督署による当社への労働時間の管理に対する是正指導やその後の新聞各紙の報道、及び社員の皆様の声をうけて、社長として考えていることをお話しします」ではじまる。「今回の件により、お客様はもちろんのこと、社員の皆様、そしてそのご家族の方々にまでご心配をお掛けしてしまいました。会社として反省すべきところはしっかりと反省し、改善すべきところは早急に改善していかなければなりません。（中略）今回の件を真摯にうけとめ、全社をあげて構造改革に取り組んでいきます」などと殊勝な言葉が並ぶが、これ以降も事態が変わらなかったことは本編に書いた。

この後、朝日新聞が二〇一三年、クール宅急便が常温で運ばれていると、報道した時も、受け入れた荷物が現場の能力を大きく上回っていることを指摘された。さらに、二〇一五年に刊行された本書にも、平均で一日三時間のサービス残業を強要されうつ病になった同社のドライバーや、サービス残業だけで過労死ラインを超えて働いていたドライバーの証言などが載っている。

ほかにも各地の労基署が労災認定をしたケースも数々ある。

船橋労基署が二〇一二年、ヤマト運輸の元従業員の死亡は長時間労働による過労死が原因と労災認定を行った。長野県の労基署が二〇一六年、自殺した同社の元従業員を労災認定している。さらに、二〇一七年には、兵庫の尼崎労基署で、休憩の未取得や割増賃金が支払われていなかったとして同社の尼崎武庫支店に二本の是正勧告を出した。ダメ押しは、福岡労働局が、同年に同社の博多北支店がドライバーに対し違法な長時間労働をさせた疑いで、福岡地検に書類送検したことだ。これによって、ヤマト運輸は、厚労省の〝ブラック企業リスト〟に載った。

利益度外視のアマゾン契約

こうした労基署からの度重なる是正勧告や労災認定の背景には、各現場の許容量をはるかに超えた作業量が存在する実態があった。しかし、なぜヤマト運輸は、利益を度外視して個数を追いかける愚行をつづけたのか。

その答えは、同社が二〇一一年に発表した長期経営計画の中核に、二〇一九年までに宅配便市場でシェア五〇％を取ることを目標に据えていたことにある。シェア最重視の考えの背景には、シェアが高まれば、各配送エリアの荷物の密度が高まり、配送効率が高まるという考えがある。

ヤマト運輸の宅急便の二〇〇〇年の業界シェアが三三％台で、そこからほぼ右肩上がりでシェアを伸ばしつづけ、二〇一七年には四六％台と、目標としてきた五〇％に王手がかかるところまで上り詰めてきた。シェアを上げる最も安易な手法は、安い運賃で荷物を取ってくることだ。佐川急便が二〇一三年、二七〇円前後で、採算が合わなかったといって打ち切ったアマゾンとの取引をヤマト運輸が低料金のまま請け負った背後にもシェア重視の姿勢があった、と考えられる。

ヤマト運輸の長尾裕社長は経済誌のインタビューに答え、アマゾンの荷物を引き受けた理由をこう答えている。

「（アマゾンジャパンとの取引について）言っておくと、よく佐川急便さんが捨てたものを拾ったみたいな言い方をされますけど、そんなつもりはさらさらありません。私に言わせれば、一番無責任なことをやったのは佐川さんじゃないのという気がしてしょうがないんです。そもそもアマゾンさんの荷物は、日本通運さんがやっていました。日通さんがやっていたのを、全部安い値段でひっくり返したのは佐川さんです。／それを（佐川が）全部ほったらかして、（ヤマトがやらなければ）誰が運ぶのですか。（アマゾン側から）何とか助けてくれないかというお願いがあって、力になろうという判断をしたわけです」（日経ビジネスオンライン、二〇一七年五月三〇日付）

長尾社長は社会的な責任を感じてアマゾンの荷物を引き受けた、という。

しかし、営利企業同士の商取引である。佐川急便が手を引いたのなら、他にアマゾンの荷物を運べる業者はヤマトしかいない。業界三位の日本郵便が引き受けるには、荷物量が多すぎるからだ。「（アマゾン側から）何とか助けてくれないかというお願いがあった」というのなら、なおさらである。運賃交渉の主導権は、ヤマト運輸にあったはずだ。にもかかわらず、一個二八〇円といわれる低水準の運賃でアマゾンから請け負っている。これでは、利益よりシェアがほしかったのだろう、と非難されても仕方がない。

宅急便一個が二八〇円という運賃は、どれほど安いのだろう。

私の手元に、値上げ前の〈運賃ハキダシ早見表〉というヤマトの社外秘の一覧表がある。ハキダシとは、一個当たりにかかる経費のことで、ハキダシ表以上の運賃でとれば、それが荷物を発送する店舗の利益になるという数字だ。それによると、関東発関東着の六〇サイズで、荷物の通常の料金が七〇〇円の場合、ハキダシが二八〇円。つまり、受け取る運賃が二八〇円を超えてはじめて利益が出ることになっている。関東発関西着ならハキダシは三八〇円かかる。それを二八〇円で受ければ、一〇〇円の赤字になる。要するに、アマゾンの荷物は、どれだけ個数があろうとも利益を生み出すことはなかった、ということだ。

そのシェア重視の陰で泣かされていたのが、同社でサービス残業を強要されるドライバーだという図式だ。アマゾン以前も忙しかったが、アマゾンの荷物を受注した二〇一三年以降、お昼の休憩も取れずに働かされた。

先の山口は、二〇一五年年末の繁忙期の様子をこう語る。

「配らなければならない荷物の個数があまりにも多すぎて、とても配り終わりそうにない。それがものすごいプレッシャーで仕事中にイライラしてくるんです。そういう時にお客さんから再配達の催促の電話が何件も入ったりすると、こめかみのあたりがパンパンに張ってきて、このままではヤバいなと思いました。一二月はほぼ毎日そんな状態で、このままつづけていたらいつかは死ぬだろうと思って、ヤマトを辞める決心をしたんです」

昼食も食べる時間もないほど忙しい上に、働いた残業代も支払われない状況がつづく。溜まりに溜まった不満や怒りが、二人の元ドライバーの捨て身の告発につながった。

追い詰められたヤマト運輸は二〇一七年に入ってから、次々と〝働き方改革〟の施策を打ち出していくように見えるのだが、それは、自らこの問題に取り組み積極的に解決したいということではなく、世間の批判からどうやって会社の体面を守るかという後ろ向きの姿勢から発したことのようにみえた。

株主総会に出席拒否

ヤマトが何としてでも避けたかったのは、〝第二の電通〟となることだった。

電通の新入社員だった高橋まつりさん（享年二四）が二〇一五年に自殺した。労基署が二〇一六年九月に労災と認定。その後一一月、東京労働局の過重労働撲滅特別対策班（通称・かとく）などが強制捜査に切り替え、電通本社と三つの支社に労働基準法違反の疑いで家宅捜索を行った。

東京労働局は同年一二月、法人としての電通と高橋さんの当時の上司を、労働基準法違反の疑いで書類送検した。同日、同社の社長が、引責辞任することを発表している。働き方改革の旗を振る安倍内閣がその本気度を示すために〝かとく〟を動かし、その権限と威力を見せつけ、一罰百戒としたとする向きもあるが、その効果は絶大だった。

ヤマトが避けたかった悪夢が、現実になるかと思える場面もあった。

山口らの動きが端緒となり広がったヤマト運輸の違法な労働環境の実態は、国会でも取り上げられた。二〇一七年一月三一日の参議院予算委員会で、共産党の田村智子議員が、安倍総理にこう質問した。

「神奈川県内のヤマト運輸の支店に対して、昨年八月、不払い残業に対する是正勧告が行われたというふうに報道されました。（中略）このヤマトの事例で私が深刻だと思うのは、（ヤマト運輸が）違法なサービス残業、不払い残業をシステム化していたということです」

これに対し安倍総理は、「賃金未払いでの残業といった法令に違反することは決して許してはならないと考えています。企業全体で同様の労働基準法違反が認められる場合は、労働局や労働基準監督署が本社に立ち入り検査を実施して監督指導を行い、全社的な改善を図らせてまいります」と答弁している。

〝第二の電通〟となることが現実味を帯びることになったこの国会の質疑応答で、ヤマト運輸は窮地に追い詰められた。

まず、ヤマト運輸は国会答弁の翌日二月一日、社長直轄の〈働き方改革室〉を慌てて設置した。

ヤマト運輸はその後、働き方改革の道筋を新聞紙上で細かく発表していく。

「ヤマト　宅配総量抑制へ　人手不足、労使で交渉」（日経新聞、二〇一七年二月二三日）

「ヤマト昼指定廃止　正午〜一四時　人手不足で検討」（同、三月一日）

「ヤマト、残業一割削減　便利さ追求限界　総量抑制へ値上げも」（同、三月二日）

「ヤマト、全面値上げ　アマゾンと交渉入り　二七年ぶり、秋までに」（同、三月七日）

——いずれも一面トップやそれに準ずる大きさでの扱いだった。

ヤマトの動きと並行して、山口と宇佐美の労働審判は三月下旬、調停が成立した。正確な和解金額は非公開ながら、二人が要求した通りの三〇〇万円前後で落ち着いたもよう。和解のポイントは、ヤマトの労働実態に〈変形労働時間制度〉の適用が認められず、未払い残業代がヤマトの想定の約三倍に上った点だ。

この聞きなれない変形労働時間制度というのが、ヤマトの未払い残業代を理解するカギとなる。

変形労働時間制というのは、残業代圧縮の切り札だ。通常なら、一日八時間を超えると生じる残業代を、一カ月など一定期間の平均を週四〇時間に収めれば払わなくてもよいという制度だからだ。しかし、労働者の権利のバランスと労働者を保護する意味から、その適用を受けるには、一カ月前までに勤務時間を確定するなど厳格な運用が義務付けられている。しかしヤマト運輸の〝交番表〟は、物量に合わせ、日替わりのようにコロコロ変わるものだったので、変形労働時間が認められない、という判断だった。

この調停結果は、ヤマトに新たな難問を突きつけた。ヤマト運輸の各支店で使われている変形労働時間による残業時間の圧縮が認められないとなれば、想定される未払い残業代がどこまで膨れ上がるのか、わからなくなるからだ。

ヤマトホールディングスが記者会見を開き、働き方改革の取り組みを説明したのは、四月下旬のこと。

複数の広報担当者が出席記者の顔と名前を入念にチェックした後で、ヤマトホールディングスの山内社長とヤマト運輸の長尾社長が、会見をはじめた。会場には、一〇台前後のテレビカメラのほか、一〇〇人近い報道陣が集まった。

顔見知りの経済誌の記者が、

「会見前にヤマトの広報が、横田さんがどこにいるのか必死で探していましたよ」

と教えてくれたように、広報が確認したかったのは、私が出席しているのかどうか。出席しているならどこに座っているのか。

記者会見は、冒頭の約三〇分で、（1）宅急便の運賃を一〇月から値上げすること、（2）宅急便の受け入れ総量を低めに抑えること、（3）配達時間帯の区分を減らすこと、（4）労働時間の管理を徹底すること――などの施策が発表された。

そのあと一時間超の質疑応答で、私は最初から最後まで手を挙げつづけたにもかかわらず、一度も指名されることなく会見が打ち切られた。ならば、会見後に個別に訊こうと、山内・長尾社長のもとに駆け寄るが、ほんのわずかな間に、会見会場から逃げるように退室し、姿が見えなくなった。

私が聞きたかったのは、同社のドライバーに変形労働時間制が認められるのか否か。それによって、ドライバーが受け取る未払い残業代が、倍以上も違うことが弁護士から指摘されていたからだ。記者会見で、社長を捕まえることができなかった私は、その場で、広報課長を捕まえ、ヤマトのドライバーには変形労働時間制が当てはまらない、と主張した。

しかし、驚いたことに、ヤマトの広報課長は、交番表が、その日の物量に合わせて毎日のように変わることに何の疑問も持っていないことがわかった。私が説明しても「変形労働時間についてはわかりません」と答える。私がポイントを説明しようとすると、「興味ないです」と逃げる。コンプライアンス上の重要な問題である、と詰め寄ると、「横田さんと議論する気はまったくありません」とどこまでも逃げの姿勢を決め込む。

この変形労働時間制の議論は、些細なことに聞こえるかもしれないが、重要な問題である。もしも、ヤマトのドライバー全員に変形労働時間が認められないのなら、二四〇億円超支払った未払い残業代が、三〇〇億円にも四〇〇億円にも上る可能性があったからだ。

もう一つは、この変形労働時間に、ヤマトがどう取り組むかは、ヤマトがどれほど率直に未払い残業時間の問題を反省し、改革に取り組もうとしているのかというリトマス紙になるからだ。本編でも書いた通り、ヤマトはこれまでも労働問題を指摘されるたび、その場しのぎといえる方法で表面を取り繕ってきた。その結果が、二四〇億円超という未払い残業代である。今回の未払い残業代問題についても、その場しのぎで逃れようとするのか、それとも持続可能な企業経営のための教訓としようとするのか、という分かれ道だ。

私はこの質問をするため、同年六月に行われたヤマトホールディングスの株主総会に、株主からの委任状を持って出席しようとしたが、広報部や総務部、法務部が出てきて、総力で出席を阻止された。

「入社を目論んでいる」

変形労働時間についての質問がヤマトにとって泣き所であったことは、ヤマトが二〇一七年一一月一日、全社に一斉に流したメールの文面からもわかる。

そのメールの前段として私が、その前日の二〇一七年一〇月三一日のヤマトの中間決算に出席したことがある。国土交通省の記者会見場に現れた私を見つけると、先の広報課長が飛んできて、「横田さん、お茶に行きましょう」と執拗に誘う。

あまりにしつこいので、国交省内にある喫茶店で話をすると、その時、私が出版したばかりの『ユニクロ潜入一年』について根掘り葉掘り訊いてくる。ネット上で私が受けたインタビュー記事を持ってきて、「もう横田さんは潜入取材をやらないって書いてありますよね」と何度も念を押す。話を聞くのも馬鹿らしくなってきた私は、適当に答えをはぐらかし決算会見に出席した。

すると、その翌日一一月一日付で、「(秘)記者の入社に関する注意喚起」というメールがヤマト運輸の人事総務課から全支店長と主管課長宛に一斉に送信された。

「役職者各位／表題の件、記者の入社について改めて注意喚起をお願いいたします。年末繁忙期も近くなり、記者の横田増生氏がヤマトへの入社を目論んでいる可能性があります。現在は、当社の月間変形労働時間制の適用是非について執拗に追いかけている状況です」

とした上で、私がユニクロに潜入するために改名した本名まで明記してある。明らかな個人情報の漏洩である。なぜ彼らが私の本名を知っているかといえば、六月に株主総会に出席しようとした際の委任状に書いてあったからだ。

いったん変形労働時間制の話を脇に置けば、ヤマト運輸からサービス残業の問題はなくなったのか。

答えはＮＯだ。

私の手元に二〇一七年の一年分のヤマト運輸の〝赤社報〟と呼ばれる社外秘の書類がある。事故隠蔽や不正事案（物販代金の不正処理）、ＤＭ便滞留など、社内の懲戒委員会の審査で減給や譴責（けんせき）、諭旨退職や懲戒解雇などの処分を受けた事案を一件ずつ説明した内部資料である。

その中に依然として労働時間の改ざんが出てくる。二〇一七年七月五日に開催された懲戒委員会の決定事項には、労働時間の改ざんが七件出てくる。その中から二件を抜粋する。

「・主管　神奈川主管支店　・所属　人事育成課　・役職　係長　・氏名　[redacted]（原文は本名）・概要　[redacted]は横浜みなとみらい支店長として勤務していたが、労働時間改竄行為の黙認を行っていたものである。／事の経緯は、平成二九年一月度から平成二九年五月度の勤怠において、社員二九名の労働時間が正しく反映していないことを知りながら、それを修正することなく黙認していたものである。　・審議　減給に処す」

「・主管　奈良主管支店　・所属　はりセンター　・役職　副支店長　・氏名　◆◆◆◆　・概要　◆◆◆◆は御所（ごせ）支店長として勤務していたが、法違反を隠蔽するため労働時間の改竄を行っていたものである。／事の経緯は、平成二八年九月度から平成二九年五月度の勤怠において、社員三名、合計四九回の休憩未取得を隠蔽するため、休憩を取得していたように改竄を行っていたものである。また管下店の社員が公休日に勤務していることを把握していながら、勤怠を修正することなく黙認していたものである。　・審議　減給に処す」

これだけ同社のサービス残業が社会の批判を浴びた後でも、依然として、ヤマト運輸社内でサービス残業が横行していることに驚きを禁じ得ない。果たして、ヤマト運輸は、自らサービス残業をなくすことができるのか。

クール宅急便の温度問題

ヤマト運輸について私がもう一つ追いかけていた点が、クール宅急便が社内の規約を無視して、常温で運ばれている、という問題だった。その背景には、本編で書いたように私自身が二〇一四年七月、羽田クロノゲートに潜入取材した際、クール宅急便の仕分け部門に配属され、その杜撰な温度管理を実際に目の当たりにしてきたことがある。通常、〇～八℃の温度帯で管理されるべき冷蔵のクール宅急便の荷物が、ドライアイスの入れ替えをする手間とコストを削減するため、一〇℃以上で何時間も放置されていたのをこの目で見ている。

朝日新聞が二〇一三年一〇月二五日の一面トップで、「クール便　常温で仕分け」「ヤマト運輸　八月　荷物二七度に」と報じた後で、社内調査を行い、全社の四割近くの営業所で、クール宅急便のルール違反の取り扱いがあると社内調査で認め、全面的に謝罪をし、今後はルールに則りクール宅急便の信頼回復に努める、としながら、それから一年もたたずにルール無視の現状に戻っていた。

私は二〇一七年、ヤマト運輸の関係者の協力を得て、冷蔵のクール宅急便が地面に置かれている写真や、クール宅急便を、クールバッグを使わずに配達しているドライバーの動画を入手した。動画には、こんな音声が録音されている。

——あれっ。ドライバーさん、これクールじゃないんですか？

「クールです。冷蔵冷凍です」

──これ、そのまま配達していいんですか？

「駄目です」

──クールバッグとか使わないんですか？

「クールバッグは、車両に積んでいます」

警察の取り調べでいうなら〝完落ち〟の状態である。

ヤマト運輸の元ドライバーに話を聞くと、次のような答えが返ってきた。

「ボクが現役のドライバーの時は、効率よく仕事をやりたいので、いけないとはわかっているんですけど、クールバッグを使わずに、そのまま行っちゃおうということになっていました」

現役のドライバーはこう言う。

「使うだけの時間的な余裕がないんです。バッグを一回開閉するのに一分はかかるんです。一日三〇個を配るなら三〇分、六〇個なら一時間かかる計算になるでしょう。それをやると、最後の夜九時の時間指定までに配達が終わらなくなるんです」

クール宅急便の社内規約違反は、こうした個別事例だけではない。

福岡の菓子メーカーである〈スイーツファクトリー〉は二〇一四年九月、クール宅急便で冷凍のケーキを運んだが、途中で解凍されたため商品が売れなくなったとして、ヤマト運輸に対し二五〇〇万円の損害賠償を求める民事訴訟を起こしている。

訴状によると、冷凍のクール宅急便でロールケーキやモンブランなどを運んでいたが、

「配送過程での温度管理が適切に行われなかったため、段ボール箱の中の本件商品の温度が上昇し、解凍・軟化された結果、運送中の揺れ等で型崩れを起こしたことが原因である」

と述べられている。

裁判の結果は、二〇一六年二月にヤマト運輸が、守秘義務条項を課したうえで一〇〇万円の解決金を支払うことで和解が成立した。事実上、ヤマト運輸の敗訴といっていい。裁判資料によると、ヤマト運輸は、〈スイーツファクトリー〉との取引がはじまった二〇一二年以降の二年間で、一五回以上にわたる解凍事故を起こしており、そのたびに賠償金を払っている。裁判の勝敗を決したのは、スイーツファクトリー側が、自社の商品の中に〈データロガー〉と呼ばれる小型の温度計を埋め込んで、配送過程の全温度を測定したところ、途中で一〇℃を超える状態で放置されたことが何度もあることが判明したことだ。

裁判をよく知る関係者はこう話す。

「ヤマト運輸のクール宅急便が、約束通り運ばれてないことは、お菓子業界に携わる多くの人が知っている事実です。ヤマトには、できないことはできないとして、真摯な姿勢で商売をしてほしいと思っています」

佐川でも残業代未払い

ヤマト運輸の問題を追いかけていると、佐川急便にも同じような未払い残業代の問題があるという話が、私の耳に飛び込んできた。東京の千代田営業所と仙台営業所で、未払い残業代があるのが発覚し、社内調査を行ってドライバーに未払い残業代を支払う手続きに入った、という。私は、このことを「週刊文春」（二〇一七年七月二〇日号）で、「ヤマトに続き佐川急便でも残業代未払いが発覚！」という記事に書いた。

佐川急便の労働者によると、千代田営業所のサービス残業に関する面談調査は、同年六月中に終わったという。「対象になったのは、約五三〇人いる営業所の従業員全員で、特に約四〇〇人のドライバーには、念入りに聞き取りが行われました」として、従業員の間では、千代田営業所だけで未払い残業代が二億円に上るのではないかと囁かれている、と語った。

佐川急便のＯＢはこう話す。

「千代田営業所は、個人宅への配送がほぼないため、全国でもかなり楽な営業所に入る。そこでサービス残業が発生しているのなら、個人宅の配送もある地方を含む他の営業所で発生していないと考えるほうが不自然だ」

佐川急便には、約三万人のドライバーがいる。もし千代田営業所の「二億円」という数字を当てはめてみると、未払い残業代が全社で二百億円近くに上る可能性もある。ヤマトの未払い残業代に迫る規模で、経営にも大きな影響を与える数字だ（同社広報部は、二つの営業所に未払い残業代の問題があり、聞き取りをしたことは「事実です」と認めながらも、千代田営業所の二億円という金額については否定した）。

物流業界に詳しい証券関係者は、同社がこの時点で、未払い残業代の清算に乗り出したのには、このころ進んでいた親会社の上場準備があると解説する。

「佐川急便の持ち株会社であるSGホールディングスが二〇一七年六月に東京証券取引所（東証）に上場を申請しています。どんな企業であっても、上場準備の際は、未払い残業代や過剰労働問題を完全に解決しておく必要があります。特に同業者のヤマトの巨額のサービス残業代が発覚した後だけに、東証は佐川急便のサービス残業の問題に深い関心を持っていると考えられます。もし、上場後にサービス残業を含むコンプライアンスの問題が表面化したのなら、東証の審査上の問題も指摘されることになるからです。その分、審査には慎重にならざるを得ません」

取材をはじめてすぐにわかったのは、佐川のサービス残業代の調査基準が、ヤマトよりはるかに甘いことだった。

ヤマトが未払い残業代の支払いの期間としたのは、労働基準法で定められた過去二年で、対象としたのは、朝の残業、昼の休憩、夜の残業——と残業にかかわるすべてだった。しかし佐川急便の対象期間は、運転日報が残っている一年だけ。しかも、調査の対象は昼の休憩を取れているのかどうかという点のみ。

しかし、佐川急便のドライバーの話を聞いてみると、事態はヤマト運輸と変わらないほど深刻であるのがわかってきた。

首都圏のドライバーである佐川急便の宮沢和夫＝仮名はこう語る。

「二〇一七年五月前後からサービス残業の社内規制が強まりましたが、それまでは家に帰るのは日付が変わってからでした。それから晩飯を食べ、お風呂に入るのが午前二時ごろ。そのまま眠りお湯が冷たくなる五時ぐらいに目が覚めて会社に行っていました」

昼食をまともにとれたことは過去数年間ほとんどなく、朝は六時過ぎに出社して午前零時すぎに退社。同社の月間の残業時間の上限が二〇一六年度は八〇時間、二〇一七年度は七五時間と決まっていたので、それを超える分はサービス残業となる。

宮沢の場合、サービス残業の時間は、一日六時間近く。休日出勤もあったので、月間のサービス残業一四〇時間超。残業時間の上限と合わせると、二〇〇時間を超える。厚労省が過労死ラインとする八〇時間の二倍以上となる。

しかし、宮沢が八月に入って所属する営業所の所長との面談で聞かれたのは、昼の休憩時間が取れているのかどうか、という点だけ。昼の休憩は全くとれていなかったが、所長は宮沢がタバコを吸うことや、トイレに行くことなどを指摘し、一日三〇分強の休憩をとっていると決めつけ、一日一時間のサービス残業のみを認めた。朝と夜のサービス残業については一切触れられなかった。

中部地方で一〇年以上働くドライバーの村田真一＝仮名の場合、上司とサービス残業について話し合ったのは二〇一七年五月のことだった。

村田が、過去二年のサービス残業が約一五〇〇時間あることを告げると、上司はこう答えた。

「当社としては、過去三カ月分だけしか払えない。それぐらいしか金銭的な余裕がない」

村田は述懐する。

「サービス残業代の支払いが過去二年までさかのぼって請求できるのは、現場のドライバーでも知っていること。それを会社の都合で三カ月しか払えないと言うのでびっくりしました。この会社は、コンプライアンスの視点から見て大丈夫なのか、と疑いました」

上司が村田に提示したサービス残業の時間は三カ月で一〇時間のみ。村田は「冗談じゃない」としてその話を蹴ると、「納得してもらえないのなら、民事裁判を起こしてもらうしかない」と開き直ったという。その後、所属する営業所で、サービス残業の聞き取り調査が行われることはなかった。

佐川のドライバーの話を聞くにつれ、ヤマトの未払い残業代を上回る金額となる可能性もある、と思えてきた。しかし、佐川急便の取材の難しさは、ドライバーの口の堅さにある。ヤマトに比べると、マスコミに積極的に話そうとするドライバーははるかに少ない。そのため、ヤマト運輸の問題ではマスコミ挙げての問題追及となったが、佐川急便の問題となると私の一人旅の様相を呈してきた。佐川のドライバーが私に話をしてくれる理由は、私が先行してこの問題を繰り返し取り上げてきたため、彼らから話を聞いてほしいというアプローチが数多くあったからだ。

では、なぜ佐川急便のドライバーの口は重たくなるのか。

佐川急便関係者はこう解説する。

「社内には労働組合もないほどの強権支配の会社です。ドライバーが、マスコミや労基署に労働環境を話せば、徹底的に〝犯人捜し〟を行います。隣国の独裁政権国家と同じで、社内は恐怖によってコントロールされているため、言論の自由が認められていないのです。よって、管理職やドライバーはマスコミに話すことに対して恐怖心のほうが先に立つのです」

それで思い当たったのが、本編で書いた、佐川急便を未払い残業代で訴え勝訴した二人のドライバーのことだった（第六章参照）。約一〇〇万円ずつの未払い残業代を勝ち取った二人に話を聞こうとするも、弁護士を通しても、また裁判資料にあった本人たちの携帯番号に電話をかけて取材をお願いしようとしても、まったく応答がなかった。裁判には勝ったが、佐川急便にこれ以上かかわるのはまっぴらご免だ、という強い意志を感じた。

実際、私が佐川急便の従業員にアプローチして記事を発表していた時、同社が従業員に配布する携帯電話を調べ、私の電話番号からの着信の有無を調べたこともある。私からの着信があった従業員は、本社での〝取り調べ〟を受けている。

ドライバーからの話を聞いていて感じたのが、佐川急便の場当たり的な対応だった。

営業所ごとに違う基準を設けて対応する。基本的に、ドライバーの主張はできるだけ聞き入れない。支払うサービス残業代は極力低く抑える。ある意味、ヤマト運輸よりたちが悪いと感じた。

ブラックリスト入り

私は、二〇一七年一〇月下旬に行われたSGホールディングスの中間決算の会見に出席し、佐川急便の真意を質した。

――佐川急便のサービス残業代の支払いを過去一年としたのはどうしてか。

「社内で確認していく中で客観的に判断できる資料（筆者注・運転日報を指す）に基づいて調査を実施し、処理を行っています」

――法的にはサービス残業代の請求は何年間さかのぼれるのか。

「二年です」

――佐川急便の一年というのは労働基準法からみて、違法性があるのではないか。

「私どもは出退勤のシステム管理を十分にしていると認識し、研修教育・内部通報制度など定期的、かつ継続的に確認をしていますので、この範囲（同・過去一年を指す）で行っています」

──昼の休憩時間だけが対象となっているが、私の取材では朝と夜もサービス残業をしたという多くのドライバーの話を聞いた。どうして朝と夜はサービス残業の調査の対象とならないのか。

「出退勤の状況をＩＤカードなどで管理しておりますので、朝と夜については適切に管理ができている（同・サービス残業がない）と考えています」

──ＳＧホールディングスは現在、株式の上場を申請中だが、申請が通るためのコンプライアンスとして十分な対応といえるのか。

「必要で十分なコンプライアンスの対応はとれていると思います」

──ドライバーの朝と夜のサービス残業は一切ないのか。

「われわれはつかんでいないということです。従業員から話があれば、真摯に対応するということです」

──ドライバーが、朝と夜のサービス残業をまともに申告すれば、一番辛いコースに飛ばされるような目には遭わないのか。

ここで司会者から私の質問は打ち切られた。

この質問で私はＳＧホールディングスの〝ブラックリスト〟に載ったようだった。

二〇一七年一二月一三日に同社が株式を上場した際の鐘をつく儀式の写真撮影に参

加を申し込むも、同社の広報からは頑なに参加を拒否された。その日の午後、東京証券取引所内にある兜倶楽部という記者クラブでの会見の参加も拒否されそうになったが、私は、「記者会見への拒否権は主催する記者クラブにあるのであって、ＳＧホールディングスにはない。記者クラブの承認は得ている」と主張して参加した。

株式を上場するというのは、会社に関するさまざまな情報を公開する代わりに、株式市場から資金を調達できることを意味する。上場企業が、公開企業と呼ばれるのはそのためである。ＳＧホールディングスが、自分たちの意に沿わない私を上場の記者会見から締め出そうとするのは、株式を上場するという行為とは真逆の態度である。

しかし、このままで済ませていいのか。佐川急便のドライバーから話を聞くたびにそう思っていた。

私は、最後の手段としてＳＧホールディングスの株主になって二〇一八年六月下旬、京都で開かれた株主総会に出席し、同じ質問を株主としてぶつけてみた。

私は佐川急便のサービス残業の支払いには三つの問題点があると指摘した。一つは、支払期間を過去一年に限定したこと。二つ目は、朝と夜のサービス残業を申告できないこと。三つめは、同社がサービス残業代で支払った総額を公表していないこと。

それに対し、株主総会の議長を務めたＳＧホールディングスの町田公志（ただし）社長はこう答えた。

「出退勤の管理を（今後、より一層）厳格にしていく。過去のエビデンス（証拠）を元に不都合があった場合には対処していく。また、未払い残業代は金銭をもってしたということは事実だが、それに基づいての前期の業績ということでご理解いただきたい」

と述べ、実質的には私の質問に何一つとして答えなかった。

上場企業の未払い残業代の総額が一〇億円なのか、それとも一〇〇億円なのかは、投資判断にも大きな影響を与える。しかし、そんな簡単な理屈さえ理解していないような株主総会の不十分な説明だった。

＊

これまでの取材を通して痛感したのは、ヤマト運輸にも佐川急便にも自浄作用がほとんど働かないという事実だ。内部からの通報でマスコミなどが騒ぎ出して、ようやく対策をとる。それも、体裁を取り繕うための最低限の対応に終始し、抜本的な問題解決からはほど遠い手法でごまかそうとする。こうした企業の一挙手一投足には、常に監視の目を光らせておく必要があると思わせるような対応に終始した。

文庫版あとがき

この単行本を二〇一五年に刊行してからの三年間、宅配業界を取り巻く状況は大きく様変わりした。

最も変わった点は、宅配業界に対する人々の関心が飛躍的に高まったことだ。それまで宅配便を含む物流業界は、経済の裏方という地味な位置づけにとどまっていた。それが、ヤマト運輸がサービス残業の問題で経営の転換を迫られた二〇一七年春先以降、経済紙などが連日のようにその問題を一面トップで取り上げた。それと相前後して、多くの経済誌が宅配業界の特集記事を掲載するようになった。私が物流業界紙で働いていた二十数年前と比べると、隔世の感がある。

単行本が出版されて以降、私は取材者として、この宅配業界をめぐる世論の転換を至近距離で観察することができた。同時に、活字メディアだけでなく、テレビ番組から何度も宅配便についてのコメントを求められた。畑違いのテレビの討論番組にも呼ばれ、宅配業界の劣悪な労働環境や送料無料に伴う問題などについて語った。

テレビに出演したのがうれしいわけでも、自慢したいわけでもない。

宅配業界の問題がテレビ番組で話し合われること自体、単行本を書いた時点では想像さえしていなかった。それだけの速度で、世の中の意識が変容していった。そのただなかに身を置き、時代の流れを体感できたのは稀有で、貴重な経験だった。

取材の過程で、宅配企業の経営者や広報担当者からはずいぶんと煙たがられたが、一方で多くの労働者が私の味方となってくれた。刻々と変化する現場の環境をライブさながらに伝えてくれるだけでなく、社外秘と打たれた資料を何度も見せてもらった。不祥事を含む現場の話を聞いてほしい、という声が今も私のもとに毎日のように届く。

今回、文庫本として新しい装いと安価な価格で読者に届くことになったことは、ジャーナリスト冥利（みょうり）に尽きる。

最初にこの書籍の企画を持って私のもとに現れ、その後も、文庫化まで二人三脚で伴走してくれた「週刊ポスト」の編集者である酒井裕玄氏には、心から感謝したい。

また、取材に協力してくれた宅配関係者に、心中よりお礼を申し上げる。

二〇一八年一〇月吉日

横田増生

主な参考文献（映像資料を含む）

■ヤマト運輸関連

『大和運輸五十年史』　大和運輸株式会社社史編集員会　大和運輸　1971年

『ヤマト運輸70年史』　ヤマト運輸株式会社社史編纂委員会　ヤマト運輸　1991年

『ヤマト運輸労働組合運動史』　ヤマト運輸労働組合　1999年

『小倉昌男　経営学』　小倉昌男　日経BP社　1999年

『やればわかる　やればできる』　小倉昌男　講談社　2003年

『宅配便130年戦争』　鷲巣力　新潮新書　2006年

『ヤマト運輸労働組合60年史』　ヤマト運輸労働組合広報部　2006年

『経営はロマンだ！　私の履歴書』　小倉昌男　日経ビジネス人文庫　2003年

『クロネコヤマト「個を生かす」仕事論』　瀬戸薫　三笠書房　2013年

『どん底から生まれた宅急便』　都築幹彦　日本経済新聞出版社　2013年

『未来の市場を創り出す』　木川眞　日経BP社　2013年

『小説ヤマト運輸』　高杉良　新潮社　2013年

『クロネコヤマト「感動する企業」の秘密』　石島洋一　PHPビジネス新書　2013年

『小倉昌男　祈りと経営』　森健　小学館　2016年

『ヤマト正伝　小倉昌男が遺したもの』　日経ビジネス編　日経BP社　2017年

『宅配クライシス』　日本経済新聞社編　日本経済新聞出版社　2017年

〈映像資料〉
『プロジェクトX　腕と度胸のトラック便　翌日宅配・物流革命が始まった』　ＮＨＫ　ＤＶＤ　２０１１年
『ザ・メッセージⅡ　ニッポンを変えた経営者たち　小倉昌男』　ＮＨＫ　ＤＶＤ　２０１１年

■佐川急便
『ふりむけば年商三千億』　佐川清　読売新聞社　１９８６年
『よみがえる佐川急便』　松家靖　総合法令出版　１９９５年
『絶望！　佐川急便に明日はない！』　松家靖　ゴマブックス　１９９９年
『創業者からの遺言』　佐川清　ゴマブックス　２００１年
『佐川急便　再建３６５０日の戦い』　「財界」編集部　財界研究所　２００３年
『飛脚の精神（こころ）　佐川急便株式会社五十年物語』　佐川急便株式会社社史編纂委員会　佐川急便　２００７年

■東京佐川急便事件
『佐川急便の犯罪』　山本峯章　ぱる出版　１９９２年
『佐川のカネ食った悪徳政治家』　菊池久　山手書房新社　１９９２年
『巨悪を逃がすな！　佐川のカネ食った悪徳政治家』　菊池久　山手書房新社　１９９２年
『小説　佐川疑獄』　大下英治　徳間文庫　１９９３年
『知事の背信　新潟県政と佐川急便事件』　新潟新報報道部　潮出版社　１９９３年
『佐川急便事件の真相』　佐高信　伊東秀子　岩波書店　１９９３年
『われ万死に値す　ドキュメント竹下登』　岩崎達哉　新潮文庫　２００２年

『歪んだ正義　特捜検察の語られざる真相』　宮本雅史　情報センター出版局　２００３年

〈映像資料〉

『失速！　佐川急便の大いなる野望』　ＪＮＮ報道特集　ＴＢＳ　１９９１年

■日本郵便関連

『郵政改革の原点』　「財界」編集部　財界研究所　２００７年

『市場と権力　「改革」に憑かれた経済学者の肖像』　佐々木実　講談社　２０１３年

■その他

『フリー　〈無料〉からお金を生みだす新戦略』　クリス・アンダーソン　ＮＨＫ出版　２００９年

『潜入ルポ　アマゾン・ドット・コム』　横田増生　朝日文庫　２０１０年

『ユニクロ帝国の光と影』　横田増生　文春文庫　２０１３年

『ジェフ・ベゾス　果てなき野望』　ブラッド・ストーン　日経ＢＰ社　２０１４年

新聞・雑誌記事に関しては、「月刊ロジスティクス・ビジネス」や「週刊東洋経済」、「週刊ダイヤモンド」、「日経ビジネス」、「月刊激流」、「朝日新聞」、「読売新聞」、「日本経済新聞」、「産経新聞」——などのほか多数を参照した。書籍に収録されていない記事の引用については、極力文中に出典を明記するよう心がけた。

――本書のプロフィール――

本書は、2015年9月に刊行された同名の単行本（初出・『SAPIO』2015年1月号〜3月号）に加筆修正して文庫化しました。

小学館文庫

仁義なき宅配
ヤマトVS佐川VS日本郵便VSアマゾン

著者　横田増生

二〇一八年十一月十一日　初版第一刷発行

発行人　飯田昌宏
発行所　株式会社　小学館
〒一〇一-八〇〇一
東京都千代田区一ツ橋二-三-一
電話　編集〇三-三二三〇-五九六一
　　　販売〇三-五二八一-三五五五
印刷所――中央精版印刷株式会社

この文庫の詳しい内容はインターネットで24時間ご覧になれます。
小学館公式ホームページ　http://www.shogakukan.co.jp

ISBN978-4-09-406580-0